SCARLETT SCOTT

A CAÇADA

Traduzido por Mariel Westphal

1ª Edição

2024

Direção Editorial:	**Revisão Final:**
Anastacia Cabo	Equipe The Gift Box
Tradução:	**Arte de capa:**
Mariel Westphal	Bianca Santana
Modelo:	**Preparação de texto e diagramação:**
Beto Malfacini	Carol Dias

Copyright © Brittney Sahin, 2021
Copyright © The Gift Box, 2024
Foto cedida pela autora Brittney Sahin

Todos os direitos reservados.
Nenhuma parte do conteúdo desse livro poderá ser reproduzida em qualquer meio ou forma – impresso, digital, áudio ou visual – sem a expressa autorização da editora sob penas criminais e ações civis.
Esta é uma obra de ficção. Nomes, personagens, lugares e acontecimentos descritos são produtos da imaginação da autora. Qualquer semelhança com nomes, datas ou acontecimentos reais é mera coincidência.

Este livro segue as regras da Nova Ortografia da Língua Portuguesa.

CIP-BRASIL. CATALOGAÇÃO NA PUBLICAÇÃO
SINDICATO NACIONAL DOS EDITORES DE LIVROS, RJ
Gabriela Faray Ferreira Lopes - Bibliotecária - CRB-7/6643

S138c

Sahin, Brittney

A caçada / Brittney Sahin ; tradução Mariel Westphal. - 1. ed. - Rio de Janeiro : The Gift Box, 2024.
310 p.   (Falcon falls segurança ; 1)

Tradução de: The hunted one
ISBN 978-65-5636-330-1

1. Romance americano. I. Westphal, Mariel. II. Título. III. Série.

24-88646   CDD: 813
                 CDU: 82-31(73)

Para Joey Bowden

Obrigada por ler minhas histórias, por trazer tanta alegria a este mundo, e por servir ao nosso país. Você é incrível!

CAPÍTULO 1

Birmingham, Alabama.

— Você está sujando minha vitrine com essa sua mão grande. Além disso, Ella irá embora em breve e vai te pegar espionando. — Savanna fez uma careta e colocou as palmas das mãos na bancada de cerejeira brasileira em sua cafeteria.

Jesse rapidamente tirou a mão do copo e se virou para encará-la, com uma adorável expressão, como se tivesse sido flagrado com a mão no pote de biscoitos. O que era apropriado, não apenas porque ele estava obviamente espionando sua amiga, mas também porque segurava um dos biscoitos que ela havia assado esta manhã e colocado na vitrine da frente, todos cobertos de laranja, preto e branco em formatos diversos em razão do Halloween na semana seguinte.

Ela não apenas vendia seus produtos exclusivos criados a partir de receitas passadas por sua avó, mas também bebidas de café artesanais de dar água na boca, preparadas com os melhores grãos de café expresso importados que ela podia pagar.

— Eu não estou espionando. Estava apenas fazendo uma varredura de perímetro. Certificando-me de que ninguém tente roubá-la enquanto você fecha a loja. — Ele mordeu o chapéu preto do biscoito de bruxa. — Teve uma invasão no açougue na semana passada. Você não ouviu?

— No açougue, na padaria... alguma notícia sobre o fabricante de castiçais? — Ela lançou-lhe um sorriso atrevido.

Sorriso atrevido. Riu sozinha. Lembrou-se de um trecho de um livro que tinha acabado de ler de um autor britânico. Inferno, outro dia ela até começou a pensar com o sotaque. O sotaque inglês era sexy, quem poderia culpá-la?

— Hilário — ele grunhiu, comendo o biscoito e limpando os restos da cobertura, que era tão boa que dava vontade de lamber os dedos, nas laterais de sua calça jeans.

Savanna piscou e pegou uma de suas toalhas de mão rosa e branca, que combinava com a placa listrada pendurada do lado de fora da loja com parede de tijolos. Ela escolheu seu próprio nome para a cafeteria. Seus pais se casaram em Savannah, Geórgia, e era a cidade sulista favorita de sua mãe, que retirou o H do seu nome na certidão de nascimento. E ter um lugar como este sempre foi o sonho de sua mãe e de sua avó, então ela recentemente decidiu arriscar em homenagem às duas.

A cafeteria era uma padaria antes de Savanna comprar o local, então já tinha tudo o que ela precisava. E estava convenientemente localizada perto de Rhodes Park, que ficava a poucos passos de sua casa. Ela mal conseguia pagar o aluguel depois de gastar até o último centavo que tinha na cafeteria.

Já estava com o aluguel atrasado há um mês e não queria pedir dinheiro emprestado para pagar as contas, mas estava ficando sem opções. Bem, havia uma opção de *último recurso*, mas era estritamente o *último* recurso. Ela não podia tocar naquele dinheiro... poderia?

Os negócios estavam indo bem? Sim. Bem o suficiente para sobreviver? Por muito pouco. Mas essa era a natureza da coisa, não era? Ela não conhecia ninguém que tivesse entrado nesse tipo de negócio esperando estar rolando em dinheiro. Sem trocadilhos.

Eee foco. Sobre o que estávamos falando? Não era sobre as minhas contas.

— Então, o que acontece a seguir? Ella liga ou manda mensagem para avisar se conheceu o cara certo? — Jesse pegou os Ray-Bans que estavam presos na frente de sua camisa cinza com decote em V, mexeu neles e os prendeu de volta no lugar.

Ora, ora. O homem estava uma pilha de nervos.

Savanna ergueu o queixo, sua atenção concentrada na parede de grãos de café expresso à sua esquerda (os grãos da América Central com tons de caramelo eram seus favoritos) antes de olhar pela janela para ver o restaurante do outro lado da Highland Avenue.

O prédio em frente ao dela permaneceu congelado no tempo. A grande mansão branca remonta aos dias de *E o vento levou*, seus pilares gregos guardando graciosamente a ampla varanda e as cadeiras de balanço sulistas por excelência, nas quais se pode sentar e desfrutar de um ou dois coquetéis antes ou depois do jantar.

— Ella sempre escolhe o restaurante italiano do outro lado da rua para ir com seus encontros on-line, já que ela sabe que estou aqui. Se tudo correr bem, ela me manda uma mensagem. Se não acontecer, vai fingir que tem alguma emergência e vir para cá.

Os olhos azul-claros de Jesse estudaram Savanna enquanto ele batia o punho contra os lábios por um momento antes de baixar o olhar para o chão. Estava usando botas pretas, que eram uma mudança em relação às surradas botas de cowboy marrons que normalmente usava. Elas também combinavam com a jaqueta de couro que vestia, dando-lhe uma aparência de "bad boy". Não que Jesse provavelmente se importasse com a moda, o que era o oposto de Ella, que desenhava roupas e sapatos como hobby.

— E quantas vezes Ella teve que enviar mensagens? — murmurou, suas sobrancelhas se unindo em uma carranca.

— Até hoje? Nenhuma. Todos os encontros terminaram por meio de ligações estratégicas.

Ele encarou Savanna, as leves rugas nos cantos de seus olhos expressivos ficando mais profundas enquanto ele sorria com óbvia satisfação. Bem a cara de Jesse. Pensativo em um minuto, sorrindo no outro.

— Então, por que você está espionando ela esta noite? Por que não espionou nas outras noites em que ela teve encontros? — *Por que estou cutucando um urso mencionando os outros encontros?*

Ele amaldiçoou baixinho, depois bagunçou seus já desgrenhados fios loiros semicurtos.

— Eu estava na cidade. Estou checando você. Dizendo oi. *Não* espionando minha...

Savanna arqueou uma sobrancelha escura, que não combinava mais com seu cabelo, já que ela ficou quase loira-caramelo na semana passada no salão. Ela precisava de uma mudança.

— Não está espionando sua... o quê?

De acordo com Ella na noite passada, a mulher estava *farta de Jesse*. Ela mandou uma mensagem para Savanna com um vídeo do TikTok lamentando que todos os homens com nomes que começam com a letra "J", eram destruidores de corações, e depois seguiu com sua mensagem de quem estava *farta* uma fração de segundo depois:

> Não vou mais esperar por aquele homem. Vou sair com todos os homens de Birmingham a Boston, antes de pensar em Jesse novamente.

— Vamos falar sobre Shep em vez disso e como você dormiu com ele na noite de... — a voz profunda de Jesse trouxe Savanna de volta ao presente.

— A noite do que deveria ser o casamento de Ella e Brian — Savanna terminou por ele. — O casamento que não aconteceu porque você disse a ela para não se casar com ele no jantar de ensaio na noite anterior. Naquela noite, certo? — Savanna cruzou os braços sobre o peito e fez uma careta para o amigo. Ela era próxima dos dois, mas, se a situação continuasse assim, ela teria que ficar ao lado de Ella. — E por que você está trazendo isso à tona?

Savanna se lembrava vagamente de ter balbuciado sobre aquele momento para Jesse, quando eles beberam muita tequila algumas semanas atrás, lamentando o fato de serem solteiros.

Shep era bombeiro em uma pequena cidade e um dos quatro irmãos superprotetores de Ella. E então havia Jesse. Definitivamente não era seu irmão, mas, de acordo com Ella, o cara mais frustrante e superprotetor de sua vida.

De qualquer forma, Savanna não achava que Brian fosse o homem certo para Ella, e ficou feliz quando a amiga cancelou a cerimônia. Ella prosseguiu com a recepção, insistindo que a festa estava paga, então por que não?

Os convidados se soltaram no clássico estilo sulista — bebendo, dançando e cantando até tarde da noite da suposta recepção de casamento de Ella. Savanna e Shep estavam bêbados naquela noite quando transaram e, ao acordarem na manhã seguinte, ambos concordaram rapidamente que foi um erro que nunca deveria ter acontecido, apenas uma vez. Savanna tinha certeza de que Shep também estava preocupado com a possibilidade de A.J. quebrar seus dentes se descobrisse que seu irmão havia dormido com Savanna. Além de ser mais um irmão de Ella, A.J. também era o melhor amigo de Marcus.

Marcus...

Savanna fechou os olhos enquanto as lembranças de seu falecido marido se reuniam em sua mente, ainda vívidas depois de todos esses anos.

O casamento deles foi pequeno e pitoresco, realizado no meio de um campo aberto, cercado por amigos e familiares. Bem, quase toda a sua família.

O pai de Savanna a acompanhou pelo corredor improvisado — uma faixa recém-cortada de grama perfumada repleta de flores silvestres — até o homem com quem ela pensava que passaria o resto da vida, mas então Marcus faleceu em 2015.

— Você dançou com Ella naquela noite. Pena que não foram vocês dois que tiveram um momento de bebedeira juntos. Pelo menos o de vocês não teria sido um erro — Savanna disse, logo em seguida, depois de superar a dor de sua perda.

Ela respirou fundo e foi imediatamente reconfortada pela fragrância persistente de suas velas perfumadas favoritas de Halloween, a laranja picante, o tempero de abóbora e a ameixa escura misturando-se com os ricos aromas de grãos de café expresso e biscoitos.

Ela verificou novamente se todas as velas haviam sido apagadas e Jesse se dirigiu para a estante que ele havia feito à mão para a cafeteria.

Enquanto trabalhava em um conceito para o local no ano passado, ela bateu de frente com sua designer, a mãe de Ella. Deb propôs cerca de trinta tons de rosa junto com cores das quais Savanna nunca tinha ouvido falar antes, mas Savanna declarou que a cor rosa deveria ser limitada às toalhas de mão, à placa externa e à cobertura de bolos e biscoitos.

Optou por ficar com um tom mais escuro, querendo que o ambiente tivesse uma vibração mais íntima, quase romântica — um lugar onde você esperaria ver Hemingway escondido em uma mesa de canto com sua máquina de escrever. Jesse também ajudou na construção para reduzir custos, e suas habilidades em marcenaria foram uma grande vantagem.

Ele concordou com Savanna e a ajudou a combinar a madeira com a cor dos encorpados grãos de café expresso italiano, bem como a incluir os tons ligeiramente mais claros dos grãos que ela importou da Nicarágua em sua seleção de móveis.

Depois havia sua parte favorita, um pequeno recanto que acomodava até oito pessoas e podia ser fechado com uma porta deslizante em forma de celeiro que Jesse reformara em madeira caiada com detalhes em marrom.

— Alguém além de você realmente lê isso? — A grande mão de Jesse pegou abruptamente um romance da estante como se de alguma forma o tivesse ofendido.

As três prateleiras inferiores eram reservadas para jogos. Quem não gostava de jogar Scrabble ou um bom e velho Detetive enquanto tomava um café e mastigava biscoitos doces? Mas suas prateleiras favoritas eram aquelas destinadas à troca de livros. Romances se alinhavam nas três de cima.

— Na verdade, sim. E caramba, Jesse. Marcas de mãos sujas nas minhas vitrines é uma coisa. Maltrate meus livros e você está procurando uma briga. — Savanna não se preocupou em esconder seu sorriso provocador quando ele olhou para ela, segurando um livro cuja capa mostrava um homem elegante e bonito, vestindo um terno bem feito. Bad boy bilionário. *Macho alfa*. Romance de escritório. Tudo que há de sensual.

Ele o virou e começou a ler a sinopse como se nem em um milhão de anos fosse ler o livro.

— O cara parece um verdadeiro campeão — disse Jesse casualmente, como se fosse sobre *isso* que ele realmente queria falar, e então colocou o livro de volta na estante.

— Ah, na verdade ele é um idiota. Um idiota que não conseguia enxergar algo bom que estava bem na sua frente. E, honestamente, eu quis dar um tapa na nuca do cara em mais de uma ocasião. — Os paralelos entre Jesse e o herói do livro a fizeram sorrir. — Como outra pessoa que conheço.

— Então você não gostou do livro? — perguntou, ignorando o comentário, bem como a sugestão de que ele deveria parar de dançar em torno de sua atração por Ella e fazer algo a respeito.

— Amei. A mulher o deixa de joelhos. Não se preocupe.

O queixo de Jesse caiu levemente, como se ele estivesse prestes a negar mais uma vez seus sentimentos por Ella e lembrar Savanna de esperar sentada por um "felizes para sempre", porque *"isso não vai acontecer"*. Em vez disso, ele disse:

— Não entendo as mulheres.

— Claramente — não pôde deixar de comentar, os olhos viajando de volta pela janela, se perguntando se esta seria a noite em que o encontro de Ella correria bem. E se sim, a cabeça de Jesse explodiria? — A propósito, ela cansou de esperar. — Savanna engoliu em seco, sentindo-se um pouco mal, mas estava com raiva por Ella. — Provavelmente.

— Que bom. Não quero que ela espere por mim. Ela precisa seguir com sua vida. Não tenho ideia de por que as pessoas pensam que deveríamos ficar juntos. — Jesse levou os nós dos dedos para o lado da cabeça e girou, como se todos os outros estivessem loucos. Não, só ele era louco por não dar o próximo passo com Ella.

Savanna bateu com a palma da mão no peito.

— Sério, quando se trata daquela mulher, você não tem juízo. Eu poderia trocar duas moedas de cinco centavos contigo por uma de um centavo e você pensaria que é rico. O que há de errado com você?

— Não sabia que hoje teria show de stand up. Está cobrando pelo show? — devolveu, com o mesmo sarcasmo que ela. — E, além disso, eu não vim para ouvir um sermão.

— Não, só para E-S-P-I-O-N-A-R. — Ela realmente precisava soletrar isso para ele?

— Eu estou aqui por *você*.

— Aham. E eu vou me apaixonar novamente... — Suas palavras foram sumindo, porque bem, elas machucavam. Um pouco demais.

Novembro estava chegando, o mês em que seu marido foi executado por terroristas anos atrás. Marcus, junto com o irmão de Ella, A.J., trabalharam para uma equipe não oficial que dirigia operações especiais para o Presidente dos Estados Unidos. Uma equipe de dez Navy SEALs que o mundo não sabia que existiam. Jesse provavelmente não tinha ideia de que o marido de sua irmã trabalhava em operações clandestinas para o Tio Sam, em vez de cuidar de trabalhos de segurança para uma empresa privada, que era a história que contavam a todos.

— Savanna — Jesse chamou, com uma expiração suave. — Marcus ficaria orgulhoso de você e deste lugar. — Seu tom permaneceu suave, um nítido contraste com a robustez geral de um homem que já foi um Ranger do Exército e agora trabalhava com as mãos desenhando belas peças de móveis e armários. — Eu só queria que ele estivesse aqui para ver isso.

E se ela perdesse este lugar? Isso era tudo que lhe restava. Isso e o Ford Mustang vermelho de Marcus, que ele adorava em segundo lugar depois dela, estacionado na garagem de sua casa. De jeito nenhum ela venderia aquele carro, mesmo que isso mantivesse a loja aberta e um teto sobre sua cabeça. Nem tocaria no dinheiro escondido debaixo da cama.

Savanna voltou para trás do balcão para se certificar de que tudo estava guardado antes de ir para casa.

Amanhã prometia ser um longo dia. Havia algumas atividades antecipadas de Halloween acontecendo, como a grande competição de comer doces, que tinha sido uma ideia tão ruim no ano passado que Savanna ficou chocada de o Conselho Municipal ter planejado outra edição. O pequeno Shawn Franklin venceu o concurso ao comer mais doces em cinco minutos e imediatamente vomitou tudo, errando o balde de doces vazio. Até hoje, Savanna ainda engasgava ao ver uma barra de Kit Kat ou um pedaço de milho doce.

Então ela não estava exatamente ansiosa por isso, especialmente porque estava fornecendo todos os biscoitos para o concurso de decoração de biscoitos, que depois se transformou na competição *"coma o máximo de biscoitos que puder"* (outra ideia idiota). Mas o vencedor ganhava mil dólares e...

Caramba, talvez eu devesse participar? O dinheiro viria em bom momento.

Ela pressionou a palma da mão contra a testa quando as frustrações sobre dinheiro voltaram. Seria mais uma noite insone e cheia de preocupações, não é?

É melhor ler. Talvez um bom romance de fantasia? Paranormal? Uhm.

— Sua cafeteria fechou há cinco minutos — Jesse comentou, verificando o relógio. — Ela sempre fica tanto tempo?

— Não, mas ela está tentando te pegar aqui no flagra.

Um segundo depois, Ella abriu a porta, mas a parou no meio do movimento com a palma da mão e congelou no meio do caminho, porque estava de olho no próprio Jesse McAdams parado a poucos metros dela.

Juro, eu sou apenas uma personagem secundária em sua história de amor épica... Ela não estava pronta para desistir da ideia de "eles dois" e presumiu que um dia Jesse tiraria a cabeça do buraco e Ella o perdoaria por demorar tanto para tomar uma atitude. Mas será que Savanna alguma vez seria capaz de sentir alguma coisa por outro homem novamente?

Não houve nenhuma faísca entre ela e Shep, e ficou quase desapontada com isso, o que era uma pena, porque ela adorava a sensação do corpo de um homem contra o seu. O cheiro de colônia flutuando no ar. Até mesmo lavar roupa suada depois do treino de um cara. Savanna simplesmente não conseguia sentir nada em seu coração por outro homem desde que Marcus morreu.

Ela sabia que o falecido marido iria querer que ela seguisse em frente. Mas sentia a presença dele em todos os lugares. Era como se ele estivesse sempre cuidando dela. E Savanna adorava isso, mas também sentia que estaria traindo-o se desenvolvesse sentimentos por outro homem. Então, por enquanto ela ficaria com seus namorados fictícios.

Savanna se concentrou novamente no que parecia ser um confronto entre seus dois amigos.

As costas de Jesse estavam voltadas para ela, mas, pela postura rígida, ela sabia que seus olhos estavam focados na mulher que ele amava parada diante de si, com uma calça jeans skinny e botas marrons, combinadas com uma blusa branca justa sob a jaqueta de couro, muito semelhante àquela que ele usava.

— Não foi bom? — Savanna perguntou, esperando quebrar o silêncio constrangedor.

Ella finalmente entrou e deixou a porta fechar, mas se manteve perto da saída.

Farta de Jesse, uma ova.

A maneira como ela olhava para Jesse não era um olhar de adoração. Não, os olhos de Ella ardiam de raiva.

E como uma autora de romance descreveria o que estava acontecendo entre eles?

Tensão palpável? O ar estalou? Ou algo assim.

Ela não era escritora, apenas fã do mundo da escrita. E tinha quase certeza de que a história deles não seria mais um romance de amigos a amantes, mas sim de inimigos a amantes, no ritmo em que estavam indo. Afinal, o homem arruinou o casamento dela e basicamente a transformou em um fantasma, partindo seu coração, assim como o vídeo do TikTok havia avisado.

— Não foi bom? — Jesse repetiu a pergunta de Savanna quando os lábios de Ella permaneceram colados.

Seus braços pendiam como pesos mortos ao lado do corpo, mas suas mãos estavam firmemente cerradas como se ele quisesse acabar com o cara misterioso que saiu com Ella.

A amiga ignorou a pergunta e voltou sua atenção para Savanna.

— Mesma hora amanhã, ok?

— O quê? — Jesse engasgou, seu tom estrangulado transmitindo claramente seu choque. — Você está saindo com qualquer ser humano que respira na cidade? Quantos encontros foram esta semana?

Opa, opa, opa. Preciso de um pouco de pipoca para isso. Sim, sou uma personagem secundária.

Ella se aproximou de Jesse, com ameaça em seus olhos, e colocou o dedo indicador pintado em seu peito e cutucou.

— Não. É. Da. Sua. Maldita. Conta. — Havia muito mais rancor em seu tom do que Savanna esperava.

— Vou te acompanhar até o seu carro. Garantir que chegue em casa em segurança — cedeu, sem colocar mais lenha na fogueira, o que foi quase surpreendente. — Já volto para te levar para casa, Savanna.

— Não precisa. Estou bem — ela respondeu.

Ella negou com a cabeça.

— Não, ele está certo. Houve aquela invasão outro dia.

Por que ela não tinha ouvido falar dessa invasão? *A ignorância às vezes é uma bênção.*

Jesse passou por Ella e deu um passo para trás para manter a porta aberta. Se Savanna ganhasse um centavo por cada vez que aquele homem irritou Ella nos últimos dois anos, ela seria capaz de pagar seu empréstimo duas vezes.

Ella estava quase saindo pela porta quando se virou e cortou o ar com a mão.

— Ah, merda, quase esqueci que prometi ajudar você na competição de amanhã. Quer que eu cancele meu encontro?

— Não, deve terminar às cinco. Você pode usar minha casa para tomar banho e se preparar para o seu encontro depois. — Savanna percebeu o olhar assassino de Jesse enquanto estava atrás de Ella, uma total contradição com sua alegação idiota de que queria que Ella seguisse em frente... mas seguir em frente do quê? Eles nunca haviam se beijado. Mas, caramba, todos sabiam que eles pertenciam um ao outro.

— Obrigada, miga. Vejo você amanhã. — O sorriso de Ella se dissolveu como se estivesse se preparando para encarar Jesse.

Depois que ela e Jesse foram embora, Savanna foi até a foto emoldurada que mantinha escondida em uma das prateleiras atrás do balcão de produtos assados e segurou-a. A foto era de Marcus em seu traje branco quando ele estava com seu pelotão antes de se juntar ao irmão de Ella para trabalhar nas operações ultrassecretas que levaram à sua morte.

Sua mão tremia enquanto ela olhava para a foto e soltava um suspiro suave, mas um barulho repentino na área da cozinha a assustou e quase fez com que deixasse cair a foto. Parecia que alguém havia aberto a porta dos fundos. *Mas não tinha mais ninguém na cafeteria... ou tinha?*

Savanna correu até a janela e procurou Jesse na rua, mas não havia ninguém lá fora.

Talvez ela estivesse ouvindo coisas ou, caramba, talvez alguém fosse roubá-la?

Depois de posicionar cuidadosamente o porta-retrato, decidiu não ser uma garota burra de filme de terror que grita "olá" e sai à procura do que causou o barulho.

Ela pegou o iPhone do balcão e caminhou lentamente para trás, mantendo os olhos na porta fechada do corredor, que levava à cozinha, de onde ela jurava que o barulho tinha vindo.

Os olhos de Savanna se arregalaram ao observar a maçaneta descer lentamente e a porta se abrir um centímetro. A voz dentro de sua cabeça gritava: "corra!", mas antes que tivesse a chance de escapar, a porta se abriu totalmente e seus ombros caíram de alívio.

A CAÇADA

— Jesse McAdams, você vai ser a minha morte!

— Por que diabos sua porta dos fundos estava destrancada? Não acabei de falar sobre os roubos recentes?

Ela soltou um suspiro.

— E por que você estava me assustando?

— O carro de Ella estava na rua atrás da sua casa, e pensei em verificar novamente, já que estava lá. Não achei que você seria descuidada o suficiente para deixar aquela maldita porta aberta.

— Você é rabugento. Imagino o porquê... Primeiro nome, Ella. Sobrenome, Hawkins. — Agora que sua frequência cardíaca havia retornado ao ritmo normal, ela se aproximou e deu um tapa de brincadeira no peito dele com as costas da mão. Então pegou sua bolsa e as chaves para trancar a porta da frente para que ele pudesse ser autoritário e protetor e levá-la para casa.

— Você deveria pensar em encontrar um lugar melhor para morar — Jesse opinou, alguns minutos depois, ao passarem pelo Rhodes Park, falando pela primeira vez desde que saíram do café. — Não que este seja um local ruim. Mas sua casa é um pouco mais hotel de beira de estrada do que um cinco estrelas. E, no mínimo, acho que todos nos sentiríamos melhores se você tivesse um sistema de segurança. — Ele a observou atentamente enquanto se aproximavam de sua casa, que talvez já tivesse visto dias melhores. Tipo nos anos 70.

— Ah, claro, vou alugar um daqueles apartamentos em condomínios chiques em Arlington. Vou resolver isso amanhã, depois que um bando de crianças vomitar doces e biscoitos na frente da minha cafeteria.

Ela diminuiu a velocidade em frente ao caminho curto que levava à casa de dois andares, com um pequeno pátio lateral cercado e uma garagem para um carro.

Seus ombros caíram ao olhar para o lugar, perguntando-se como diabos evitaria o dono da propriedade por mais um mês sem pagar o aluguel.

A mala com dinheiro debaixo da cama no quarto principal começava a chamar seu nome cada vez mais alto a cada dia. Mas seus princípios e moral calaram rapidamente essa voz.

— Não me diga que você deixou esta porta destrancada também? — Jesse a encarou com uma carranca bem-humorada, que parecia um pouco assustadora na luz da rua próxima que piscava como se estivesse prestes a morrer.

— Você é o comediante agora, pelo que vejo. — Ela passou por ele, elaborando em sua cabeça a lista de tarefas para esta noite. Um banho quente. Um pouco de mau humor por causa de sua falta de dinheiro. Então ela afogaria suas mágoas lendo. Um alfa gostoso ou um beta?

Quem estou enganando? Alfa. Sempre.

— Pare — Jesse sibilou, com urgência, sua voz tão baixa que ela quase não ouviu quando inseriu a chave na fechadura.

Savanna olhou para trás e o viu subir correndo os três degraus de tijolos para chegar até ela.

— Acho que alguém está lá dentro.

Ela sorriu. *Outra brincadeirinha, hein?* Ignorando suas travessuras, ela girou a chave e abriu a porta.

Em segundos, Savanna foi agarrada, puxada pela porta e jogada contra a parede da escada. Ela xingou quando sua bochecha bateu contra o gesso pouco antes de mãos rudes girá-la em um movimento rápido e içá-la, com os pés balançando no ar.

— O que...

A mão coberta por luva de alguém cobriu sua boca e, sem pensar duas vezes, Savanna levantou o joelho e o enfiou na virilha do idiota.

Ele soltou um grunhido doloroso e a soltou, mas apenas o tempo suficiente para girá-la e travar seus grandes braços ao redor de seu peito, mantendo-a imóvel enquanto ela assistia com horror Jesse lutar com outros dois homens que ela não tinha ideia de que estavam lá.

— Jesse! — gritou, antes que a mão tapasse sua boca novamente, e um maldito homem segurasse seu corpo se contorcendo firmemente em seus braços, mantendo-a de costas para seu peito para que ela não pudesse desferir outro golpe cruel.

Demorou um segundo para que seus olhos se ajustassem à luz fraca e percebessem que Jesse estava... lutando realmente bem. Foi como assistir a uma cena de Matrix ou John Wick passando diante dela, com Jesse no papel de Keanu Reeves.

Ela continuou tentando escapar de seu captor enquanto Jesse se esquivava da lâmina de uma faca empunhada por um agressor e então o derrubava habilmente.

Sem armas? Isso era bom, certo? Ou talvez eles não quisessem ser ouvidos pelos vizinhos, e Jesse poderia usar isso a seu favor.

O homem afrouxou o controle de Savanna como se percebesse que seus parceiros precisavam de ajuda antes que o jogo terminasse para eles.

Jesse mal tinha dificuldades para respirar enquanto esquivava para a esquerda e para a direita, desviando de golpes e conectando os punhos aos homens, quase como uma dança coreografada.

O homem a libertou e então correu em direção a Jesse.

— Cuidado! — avisou, mas Jesse não perdeu o ritmo.

Ele já havia esfaqueado um homem com a faca do próprio cara e passou a parte plana da lâmina pela frente de sua camisa, limpando o sangue como uma tática de intimidação para assustar o próximo inimigo que estava prestes a enfrentar.

Savanna se manteve encostada na parede, tentando ficar longe da ação e deixando os olhos em Jesse. Os sons contundentes de punhos se chocando à carne e botas arrastando-se contra o chão de madeira não eram altos ou dramáticos como as lutas nos filmes.

O intruso que ela havia dado uma joelhada nas bolas estava deitado de costas em segundos, e Jesse se ajoelhou sobre ele, segurando a lâmina em sua garganta.

— Quem enviou você? — Jesse sibilou, aproximando o rosto do homem.

Com um grunhido, o cara colocou as pernas nas costas de Jesse como um movimento de luta de UFC que ela tinha visto na televisão, e trocou de posição.

Mas só por um segundo.

Eles estavam de volta à luta novamente, e os outros dois homens... se foram. *Merda.*

No entanto, a maneira como Jesse se movia... eles ensinavam essas coisas no Exército?

Savanna lentamente se agachou para tentar pegar sua bolsa quando o grandalhão caiu no chão com um baque forte a seus pés. Seus olhos a observaram, mas, antes que ele pudesse fazer qualquer movimento, Jesse o arrastou pelos tornozelos, raspando seu corpo no chão.

Ela rapidamente aproveitou a oportunidade para pegar seu telefone no momento em que a sala ficou em silêncio mortal — literalmente.

— Ai, meu Deus, Jesse. O que você fez?

Jesse ficou de pé sobre o corpo imóvel, o peito arfando com respirações profundas.

— Onde estão os outros? — rosnou, obviamente ainda cheio de adrenalina pela luta e esquecendo por um momento que ela estava ao seu lado.

— Acho que eles fugiram quando perceberam que não conseguiriam vencer você. Não deviam estar com armas — opinou, com a voz trêmula, tentando entender o que aconteceu. Mas tudo estava confuso e fragmentado em sua mente, com um corpo sem vida sob as botas de Jesse.

Ele se ajoelhou ao lado do homem, ergueu a máscara de esqui e colocou os dedos no pescoço, sentindo o pulso.

— Você está bem? — perguntou, ao se levantar, como se estivesse afastando a raiva que o tomou a ponto de acabar com a vida de alguém. — Eu queria interrogá-lo, mas ele foi implacável. — Jesse deslizou a mão por baixo da camisa e Savanna acendeu as luzes.

Uma poça de sangue vermelho se espalhava nas madeiras debaixo do corpo, mas foi o sangue na mão de Jesse quando ele a tirou de baixo da camisa que a deixou preocupada.

— Ah, meu Deus. — Savanna tirou a jaqueta e levantou a camiseta. — Ele cortou você.

— Superficial. Contanto que você esteja bem, estou bem. — Suas sobrancelhas franziram quando ele lhe ofereceu um aceno fácil.

— Você me disse para não entrar. Como você sabia? E onde você aprendeu a lutar assim? — Ela estava tonta. Seus pensamentos estavam em espiral. — Isso foi mais Denzel em *O Protetor* do que um Ranger do Exército. E-eu não entendo...

— Eles te machucaram? Você bateu a cabeça? — Jesse alcançou o queixo dela com a mão não ensanguentada e inclinou a sua cabeça de um lado para o outro, como se estivesse verificando se havia danos. — De jeito nenhum você vai fazer piadas depois que três caras invadiram sua casa para fazer Deus sabe o que.

— Não estou brincando — devolveu, quando ele a soltou. — Quem diabos é você, Jesse McAdams?

CAPÍTULO 2

Savanna se deitou no chão, uma cama de folhas vermelhas e douradas amortecendo seu corpo, e olhou para um céu azul sem nuvens. Cruzou os braços sobre o peito e sorriu quando uma brisa fresca de outono soprou em seu rosto, fazendo as folhas girarem no ar.

— Como você sabia que eu estava aqui? — perguntou, ao ouvir o barulho da folhagem seca quando alguém se aproximou.

— Onde mais você estaria? Foi aqui que você e Marcus se casaram. O caixão dele está vazio, então sei que você não vai ao cemitério quando quer estar perto dele — a voz rouca pertencia ao irmão de Ella, A.J., o que foi uma surpresa porque, na última vez que ela teve notícias, ele estava em Washington.

Savanna virou a cabeça para o lado e o encontrou deitado no chão ao lado dela.

— Eu odeio que nunca tenham encontrado o corpo dele — ela sussurrou. *E que testemunhei meu marido ser decapitado em rede nacional por terroristas.* Ela fez uma careta diante da lembrança dolorosa de novembro de 2015, uma lembrança que nunca seria capaz de apagar de sua mente enquanto vivesse. — Sabe — começou, suavemente, precisando mudar o rumo da conversa antes que sua dor de estômago já piorasse —, Marcus e eu íamos viajar pelo mundo juntos. Ele prometeu que encontraria tempo para me levar em aventuras, mas nunca tivemos chance.

A.J. pegou a mão dela e apertou-a entre onde estavam.

— Mas você terá a chance de ver o mundo.

Com quem? Com que dinheiro? Mas Savanna guardou esses pensamentos para si mesma, porque não queria sobrecarregar A.J. com seus problemas. Claramente, ele foi informado de tudo o que aconteceu na noite passada, afinal, um cara acabou morto no chão da casa dela. Se estava ciente de todos os detalhes, como Jesse realizando alguns movimentos dignos de filme, Savanna não tinha ideia.

— Acha que Marcus teve algum pressentimento e seu espírito guiou Jesse até mim? Não sei, as pessoas que faleceram podem ter premonições? — sussurrou, sabendo que A.J. seria a última pessoa a pensar que tinha enlouquecido. O homem estava convencido de que o fantasma de Marcus o visitava de vez em quando. A.J. disse que preferia acreditar nisso a pensar que estava tendo alucinações, então...

— Estou feliz que Jesse estava lá com você. Não consigo imaginar outro cenário. Na verdade, me recuso — A.J. falou, devagar. — Mas sim, acho que Marcus teve uma participação nisso. Você sabe que ele está sempre cuidando de nós. Provavelmente de forma literal.

— Sim, e é difícil seguir em frente — confessou, sentindo-se imediatamente culpada por reclamar.

— Ele iria querer que você fizesse isso, Savanna. Marcus odiaria que você permanecesse sozinha para sempre. — A.J. pigarreou e, quando falou novamente, sua voz estava sombria. — Só não com o Shep.

— Merda. Você sabe? — Ela soltou a mão dele e a levantou para cobrir o rosto, completamente envergonhada por ele ter descoberto sobre o erro que ela e Shep cometeram bêbados.

— Uhm, sim, Shep se sentiu todo culpado e contou a Beckett, que contou a Caleb, e bem...

— Caleb te contou — ela interrompeu, porque, é claro, Caleb contou tudo. Os irmãos Hawkins contavam tudo um ao outro. — Estou surpresa que suas penas não transpareçam com o quanto vocês, garotos, cacarejam como galinhas. Então você deu um soco em Shep? — Ela virou a cabeça para ele, desejando que seu rosto não traísse quão envergonhada estava. Embora, se o calor que irradiava de suas bochechas fosse alguma indicação, sua pele provavelmente estava escarlate.

— Não o vejo desde que cheguei em casa. Mas, você sabe, é uma possibilidade mais tarde. — Ele riu levemente, como se estivesse tentando dissipar qualquer tensão estranha.

— Então por que exatamente você está aqui, A.J.? Você ouviu sobre meus movimentos ninja e veio ver por si mesmo? Aprender com a mestre e tudo mais? — Foi a vez de ela de aliviar o clima, mas, com base no olhar de *"você só pode estar brincando"* que ele estava dando a ela, Savanna pode ter errado o alvo.

A.J. colocou os óculos escuros de volta no lugar e dirigiu sua atenção para o céu azul.

— Tenho quase certeza de que fui a segunda ligação que Jesse fez depois de Beckett, que, aliás, não acha que a invasão da sua casa foi aleatória. Ele acredita que aqueles homens estavam atrás de você.

Isso é loucura. Savanna se apoiou em um cotovelo e olhou para A.J.

— Por que Jesse ligou para Beckett, afinal? Seu irmão não tem jurisdição na cidade. E como toda essa bagunça não virou notícia? Três bandidos invadiram minha casa e um deles acabou morto. Por que não ligamos para o departamento de polícia local para contar o que aconteceu e prestar um depoimento? Onde está o cadáver? — Ela respirou fundo depois de divagar suas perguntas, então fechou os olhos com força.

Tudo o que aconteceu ontem à noite pareceu mais um sonho, bem, um pesadelo, do que realidade. Ela não tinha ideia de quando o estágio de negação terminaria, mas será que queria que isso acontecesse?

— Pelo menos estou livre das competições de doces e biscoitos hoje — brincou, quando A.J. ainda não tinha respondido, e depois de outro momento de silêncio, sua mente voltou para as consequências do incidente.

Jesse convenceu Beckett, o infame xerife de uma pequena cidade fora de Birmingham, assim como Savanna, a não ligar para a polícia local. E, por alguma razão insana, ambos concordaram. Quanto a onde o cadáver estava agora, ela não conseguia nem imaginar. Savanna ficou na casa de Jesse na noite passada, optando por não contar a Ella, pelo menos não ainda, o que havia acontecido para não a colocar em perigo. Beckett sugeriu que ficasse em sua casa, mas ele tinha uma filha pequena, então isso também estava fora de questão.

Porque, e se Jesse estivesse certo e alguém estivesse atrás dela? Ela nunca se perdoaria se alguém inocente fosse pego no fogo cruzado do seu problema.

Mas *que* problema? Mais uma pergunta para a qual ela não tinha resposta. Quanto mais pensava nisso, menos sentido fazia.

— O homem que Jesse matou não tinha identidade, nem arma nem telefone com ele — A.J. finalmente respondeu. — No entanto, temos uma foto do rosto dele e minha equipe a analisou anteriormente em nosso software de reconhecimento facial. Conseguimos uma correspondência numa das câmeras de segurança do aeroporto um dia antes do ataque. Terminal internacional. Ainda estou trabalhando em uma identificação e sua localização original.

— Acho que foi por isso que você pegou um voo de Washington. Porque alguém de outro país estava dentro da minha casa, certo? — Ela se sentou ereta e abraçou os joelhos contra o peito para tentar se consolar.

— Estou aqui para ver como você está, Savanna, é claro. Mas sim, qualquer um que ataque você faz meu sangue ferver. Alguém vindo do exterior para ir atrás de você, bem, isso me deixa mais nervoso.

Ela soltou um suspiro profundo e moderado.

— É por isso que eles não tinham armas? Eles voaram pra cá comercialmente de qualquer lugar?

— Creio que sim. — Provavelmente isso era normal para A.J., mas não para ela. Não mesmo. Mas não passou um dia sem que ela ainda não se preocupasse com os ex-colegas de equipe de Marcus. Ela não poderia perder nenhum deles. *A ideia de algo acontecer comigo, porém, nunca considerei.*

— O que esses homens poderiam querer de mim? — perguntou, um tanto incrédula, quando a notícia de que três homens embarcaram em um voo internacional para ir atrás dela finalmente assentou em seu cérebro.

— Eu não sei, querida. Pelo menos, ainda não, e isso está fora do alcance de Beckett.

— Mas está dentro do seu. — Ela deitou de novo na cama de folhas que havia feito e fechou os olhos, tentando evitar o pânico por mais um pouco.

— O problema é que o presidente ligou às nove horas e ordenou que Bravo e Echo se aprontassem para amanhã. Há alguma merda arriscada acontecendo no exterior e somos necessários. Sinto muito. Odeio ter que deixar você depois do que aconteceu, mas tenho que decolar esta noite.

— O presidente precisa de você. Eu nunca te pediria para ficar.

A.J. estava sentado agora e pegou o braço dela, pedindo-lhe que se sentasse e ficasse de frente para ele.

— Você sabe que não vou te abandonar. — Ele empurrou os óculos escuros no cabelo. — Mas tenho a segunda melhor opção. Lembra-se do irmão da esposa de Wyatt, Gray? Ele agora dirige uma empresa de segurança com um ex-colega do Delta.

Wyatt e A.J. faziam parte da Equipe Echo, enquanto Marcus fazia parte da Bravo. Ainda a surpreendia que esses caras colocassem suas vidas em risco todos os dias para lidar com operações que o mundo nunca conheceria.

— Vou pedir um favor. Espero poder trazê-los aqui até o final do dia.

Não, isso não funcionaria...

— Obrigada, A.J., mas não posso pagar alguns caras para me protegerem.

— Em primeiro lugar, você não vai pagar nada a ninguém. E em segundo lugar, se vou estar no exterior fazendo coisas sobre as quais tecnicamente não posso falar, preciso deixar você em boas mãos. Não que eu não confie em Jesse e no meu irmão, mas isso não é...

— Da alçada deles. — Mas com base no que ela viu de Jesse na noite anterior, talvez fosse?

— E também, não estou apenas pedindo a eles que te protejam. Preciso que isolem a ameaça e lidem com ela.

— Matar mais pessoas, então, hein? — A lembrança do cara morto estaria assombrando seus sonhos por um bom tempo. Ela estremeceu, apesar de o dia estar mais quente que a média.

— Jesse fez o que qualquer um de nós teria feito. Ele tinha que te proteger — declarou, com voz firme, apoiando a decisão de seu melhor amigo de infância de acabar com uma vida.

— Onde Jesse aprendeu a fazer isso? Não acho que nem mesmo Marcus fosse capaz de fazer aqueles movimentos, e Jesse está aposentado do Exército há anos.

A.J. olhou para a floresta ao longe. *O que ele estava escondendo?*

— Tem certeza de que não tem ideia, por menor que seja, do motivo pelo qual aqueles homens estavam em sua casa?

— Não, e você sabe que nunca saí do país.

Ele franziu a testa.

— Bem, você tem minha palavra de que resolveremos tudo isso e te manteremos segura.

Suas pálpebras se fecharam e ela abraçou os joelhos novamente.

— Marcus também me deu sua palavra. Eu o fiz prometer que morreria antes dele.

A.J. passou o braço em volta das costas dela e a trouxe para o seu lado.

— E esse é uma promessa que nenhum homem apaixonado jamais iria querer manter.

CAPÍTULO 3

Em algum lugar da Pensilvânia...

Griffin se livrou da mochila e do equipamento e sibilou baixinho, frustrado e irritado com seu corpo dolorido por ter a audácia de ser um bebê tão chorão. Ele tinha apenas trinta e nove anos, mas, depois daquela manhã cansativa, sentia-se tão velho quanto Matusalém. Pegou dois Motrin de uma das gavetas próximas e os engoliu a seco. No Exército, costumava ingeri-los como se fossem doces. Mas hoje, caramba, nas últimas duas semanas, estava se sentindo mais como um novato, e isso era uma droga.

Olhou para seu chefe, Carter Dominick, curioso para saber quais pensamentos passavam por sua cabeça. Ele estava encostado no quadriciclo que usavam para viajar pelos túneis quando estavam com pressa para escapar do que gostava de brincar que era a caverna do Batman.

Sua nova base de operações estava escondida nas montanhas Pocono, perto de Bushkill Falls. O bunker foi construído durante a Guerra Fria como um refúgio nuclear por algum magnata da época.

Griffin ergueu o olhar, se perguntando se alguma vez existiram estalactites acima dele antes de o bunker eliminar completamente a natureza, e se havia apenas linhas nítidas e superfícies duras feitas pelo homem de parede a parede. Bem, até chegar aos túneis de saída, e então parecia mais que eles estavam dentro de uma rede de cavernas.

Não se preocupou em perguntar ao chefe como poderia pagar por aquele lugar ou de quem havia adquirido o bunker, especialmente tão rápido. Carter mantinha tudo sob controle, só compartilhava o que fosse necessário e nunca falava sobre si mesmo. Também se recusava a reconhecer os rumores de que tinha pilhas de dinheiro guardadas em todos os bancos do planeta, como se estivesse economizando para um dia chuvoso do tamanho de uma arca de Noé.

Como a vida de Carter foi divulgada em todos os noticiários anos atrás, ele era um livro aberto a esse respeito. Isto é, *se* as histórias da mídia fossem verdadeiras, o que Griffin não tinha tanta certeza. Então optou por não trazer à tona o passado doloroso do homem. Não era como se ele quisesse falar sobre sua própria vida ou sobre os fantasmas que o assombravam.

— Já garantimos que esses caras podem ficar conosco? — Griffin perguntou, esperando uma resposta afirmativa.

Carter coçou a barba escura, os olhos acompanhando cuidadosamente os outros três homens dentro do bunker.

— Eles não foram obrigados a passar e sobreviver à seleção da fase de navegação como nós. Tenho que me certificar de que eles podem hackear.

A fase de navegação, designada como "teste de estresse" da seleção para a unidade de elite do Exército, significava carregar uma mochila pesada demais pelas Montanhas Apalaches usando um mapa e uma bússola tradicionais para completar uma missão de sessenta quilômetros. O teste exigia que você chegasse ao ponto de encontro em um horário especificado. Um minuto atrasado e você estava fora. Era muito mais difícil do que parecia, e noventa por cento dos rapazes desistiram antes de passarem para as avaliações psicológicas, onde mais cairiam como moscas. Conseguir uma posição na unidade, comumente conhecida pelo público como Força Delta, era considerado quase impossível.

— E você teve que me arrastar junto para o passeio, hein? Eu era doze anos mais novo do que sou agora quando você e eu nos qualificamos naquela época. — Griffin voltou sua atenção para os outros três membros da equipe que Carter havia selecionado de alguma forma no casamento de um Navy SEAL, entre todos os lugares.

— Bem, eu preciso de uma massagem. Ou talvez de um banho de gelo. Ou ambos — Oliver declarou, com um bocejo. Oliver Lucas foi basicamente a razão pela qual Carter começou a trabalhar com os outros dois homens, Gray Chandler e Jack London.

Oliver teve um pouco de má sorte este ano enquanto trabalhava como guarda-costas em Dubai, e Griffin e Carter ajudaram um grupo de SEALs no que equivalia a uma missão de resgate para garantir que não acabasse executado pelos sauditas por um crime que não cometeu. Sendo um bom e velho garoto do Exército e precisando de um emprego, Carter lhe ofereceu um. Mas Gray Chandler, que dirigia uma empresa de segurança no oeste, também o queria em sua equipe.

Pelo que Carter disse a Griffin, eles discutiram sobre Oliver no meio da recepção de casamento e, em uma reviravolta bizarra, os homens decidiram, naquele momento, unir forças.

E embora Gray e Carter fossem codirigir a nova equipe, Carter gostava de ser um grande pé no saco para os novos recrutas.

Ele tinha sido muito duro com Griffin no ano passado, quando o recrutou, apesar de terem passado pela seleção juntos há doze anos. Carter não tinha uma empresa oficial quando ofereceu um emprego a Griffin, mas, aparentemente, durante os anos desde que deixou a CIA, ele esteve lidando com missões de sua própria escolha com homens de todo o mundo.

E agora o plano era que seu pessoal trabalhasse ao lado de Gray, porém, com base nas últimas duas semanas de treinamento, Griffin não tinha tanta certeza de que isso daria certo.

Gray e Jack eram mais do Exército das antigas, e Griffin presumiu que o resto de seus homens na Califórnia eram da mesma variedade. Considerando que Carter era a definição de um curinga, o que levou Griffin a trabalhar com ele. Isso e o pagamento de seis dígitos.

— Agora que provamos que podemos, uhm, estar com vocês, filhos da puta — Jack começou, piscando para Griffin só para ser um idiota —, quando teremos nossa primeira missão? Meu dedo no gatilho está coçando.

Por alguma razão, ele e Jack estavam brigando desde o momento em que começaram a treinar juntos, há duas semanas. Ele não conseguia se imaginar trabalhando ao lado de Jack em campo, considerando que quis matá-lo mais do que algumas vezes enquanto realizava missões práticas e treinamento de campo com o homem.

Gray não era tão ruim. E, caramba, para um cara que perdeu parte da perna em um acidente de helicóptero enquanto servia, ele acompanhou o ritmo de todo mundo. Ultrapassou alguns deles nas trilhas também.

— Estaremos de volta amanhã — foi tudo o que Carter disse, se afastando do veículo e girando um dedo no ar, sinalizando para todos saírem.

— Então, isso é um não sobre terminar o treinamento? — Jack perguntou, com um toque de humor em seu tom.

Carter se ajoelhou quando Dallas, seu Malamute do Alasca, se dirigiu a ele depois de pular do sofá de couro no centro do lugar que estava carregado com artilharia suficiente para transformar a Filadélfia em uma potência armamentista.

— Não creio que estejamos nos adaptando muito bem com base no que tenho visto em campo — Carter explicou, o que era um eufemismo. Eles não estavam em sincronia. — Não podemos ir em nenhuma missão até que aprendamos a confiar uns nos outros.

Oliver desabotoou o colete e disse:

— Bem, eu não tenho nenhum problema de confiança. Mas acho que esses dois sim. — Guardou o colete e acenou com o dedo entre Jack e Griffin.

— Provavelmente deveríamos nos dividir em equipes. Costa Leste e Oeste. Voltaremos para Califórnia e ficaremos com nossos outros membros da equipe — Jack sugeriu, ignorando o comentário de Oliver ou talvez falando por causa dele. — Vocês ficam aqui no seu bunker do Batman. — Jack lançou a Griffin um sorriso torto. — Que tal nos dividirmos em espartanos e troianos?

Griffin ergueu as palmas das mãos no ar e se aproximou do engraçadinho.

— Eu não sou uma empresa de camisinhas e, com base nessa sua boca esperta, você provavelmente não tem nenhuma utilidade para elas. Duvido que você esteja transando. — Mesmo que ele se parecesse com Ryan Reynolds, um ator que todos pareciam amar. *Bem, eu não. Não mais.*

Jack soltou uma risada e olhou nos olhos de Griffin, depois disse:

— Projetando, Griff? — Sim, havia algo fervendo por trás de seus olhos. Griffin atingiu um nervo, não foi?

Mas Carter queria que eles trabalhassem juntos, então recuou por respeito ao seu chefe.

— Siglas militares, então? — Oliver propôs, e agora todos estavam ao redor de Carter e Dallas.

— Não, vinte anos no Exército, cara, e cansei de todas as siglas. — Griffin foi um pouco mais educado dessa vez, já que estava falando com Oliver, e não havia tensão entre eles. Não que soubesse qual era o problema de Jack com ele, mas havia alguma coisa. *Talvez eu devesse perguntar?* Pensou sobre isso por um breve segundo. *Não.*

Jack estalou os dedos e assentiu.

— Acho que Oliver está certo.

— Ok, que tal três equipes? E você pode ser uma equipe de um homem só. — Griffin voltou sua atenção para Jack. — Vamos com pão, queijo e pinga. Porque quem se importa, cara. — Griffin balançou a cabeça, lembrando-se de quantas vezes repetiu essas palavras nas comunicações durante seus anos de serviço. Naquela época, havia um fluxo constante de momentos com gritos de PQP, especialmente quando os chefes ordenavam que a unidade fizesse alguma merda idiota da qual eles frequentemente discordavam.

— Não vamos nos dividir em equipes — Carter falou, assumindo o comando da sala ao se levantar, e Dallas correu de volta para o sofá. —

Gray e eu concordamos que ficaríamos juntos como uma unidade. Tenho muitos outros homens posicionados ao redor do mundo se precisarmos de reforços, mas nós cinco deveríamos...

— Parar de olhar para o próprio umbigo e começar a agir como se fôssemos levar um tiro um pelo outro, se necessário — Gray terminou por ele em um tom sério.

Jack olhou para Griffin de onde estava ao lado de Oliver a poucos metros de distância, lançando um olhar irritado como se estivesse prestes a dar uma resposta espertinha em vez de concordar.

— Se eu sobrevivi a anos de casamento com minha ex, acho que posso sobreviver a essa nova situação. — Ele se virou e foi até uma das mesas dispostas no espaço e, um segundo depois, a música começou a tocar no alto-falante do computador.

— Ainda precisamos do nome de uma empresa também, certo? — Oliver perguntou, enquanto caminhava até o sofá, sentou-se ao lado de Dallas e começou a coçar sua cabeça. — Não nos dividirmos em equipes funciona para mim. Provavelmente serão necessárias siglas. Mas qual é o nome da empresa? Continuamos com Chandler Segurança?

Isso fez Carter abrir um sorriso, que parecia um pouco ameaçador, considerando que o homem raramente sorria.

— Não. Gray e eu ainda estamos negociando toda a coisa meio a meio, e como estou financiando esta equipe, nem a pau vou chamar nossa organização de Chandler Segurança.

Os olhos de Gray vão para o chão. Ele estava resistindo a discutir com Carter, não estava?

— Vamos pensar em algo. — Ele se virou para Oliver. — O que você usava quando estava na 82ª?

Oliver voava, o que significava que Griffin e Oliver provavelmente se cruzaram em algum ponto em Fort Bragg no passado, mas era uma base grande, então não se lembrava dele.

— Kodak. — Oliver ergueu as palmas das mãos para o céu como se fosse autoexplicativo como ele ganhou o apelido. — Tenho memória fotográfica. Bem, o mais próximo possível de uma.

Gray fez um gesto para o comediante.

— Jack era Ás.

— Joga Poker? — Oliver perguntou a ele. — Sempre estou pronto para um jogo.

— Não, é porque sempre tenho um ás na manga. — No entanto, os olhos de Jack permaneceram firmes em Griffin.

O que diabos é esse olhar?

— Midas — Griffin ofereceu. — Meu toque é de ouro. Sempre pego meu alvo. — Ele sorriu. — Ou *alva*. — E caramba, falando em mulheres, ele precisava transar. Eram apenas duas da tarde, então talvez fosse até a Filadélfia, que ficava a pouco mais de uma hora e meia de distância, para frequentar um dos bares. Tentar ter sorte antes que suas bolas ficassem azuis e desenvolvesse um novo apelido. — E você?

Gray coçou a cabeça como se não quisesse compartilhar, seus olhos vagando pela sala antes de dizer relutantemente:

— Romeu.

— Ah, aham. Já disse o suficiente. — Griffin bateu palmas, pronto para pegar a estrada. *Bem, talvez um banho primeiro.* Ele teria mais chances de conhecer uma mulher se não cheirasse a carniça.

— E quanto ao Carter? — Oliver perguntou, se levantando e indo até a mesa.

— Diabo — Griffin respondeu por Carter, sabendo que o homem havia conquistado esse apelido por se tornar uma lenda no Iraque, um homem que seus inimigos temiam antes mesmo de suas botas pisarem no chão.

— Eu não vou usar esse. Vou pensar em outra coisa — Carter respondeu, em um tom cortante, os olhos erguendo-se por um breve momento para o teto como se seu antigo status de lenda pesasse sobre ele. — E o que estamos ouvindo?

— Bieber. A versão TikTok da música — Jack disse, antes que Oliver pudesse responder.

— Você tem Bieber na sua playlist? — Griffin ergueu as sobrancelhas, surpreso. — Bem, você fica melhor a cada segundo.

— O que é TikTok? — Oliver perguntou, e era ele que estava morando em uma caverna? Quase todo mundo conhecia o aplicativo que ele se absteve de usar, preocupado com a segurança de suas informações pessoais e privacidade.

Jack caminhou até Dallas e sentou-se do outro lado dele.

— É um aplicativo que oferece alguns conselhos decentes, na verdade. Muitas pessoas que são divorciadas e solteiras usam e...

— E você quer que eu leve um tiro por esse homem? — Griffin perguntou a Carter, e Jack lhe mostrou o dedo do meio.

Os líderes da unidade gostavam de dizer que nem sempre escolhiam o melhor cara para o trabalho, mas escolhiam o certo, e Griffin com certeza esperava que Carter estivesse certo sobre Jack.

— Você precisará excluir esse aplicativo — foi tudo o que Carter teve a dizer sobre o assunto assim que o celular de Gray começou a tocar.

— É A.J. — Gray anunciou.

Griffin lembrou-se do SEAL da operação conjunta que realizaram na fronteira sudanesa e egípcia naquele verão, quando derrubaram um terrorista que decidira que queria fazer o mundo chover drogas para "infectar" a sociedade ocidental. A.J. não estava na ativa, pelo que Griffin percebeu, mas, de acordo com Carter, sua equipe executava operações não oficiais para o presidente. *Não tão aposentado, então.*

Pelo andar da carruagem, essa nova equipe que Griffin e os caras estavam formando atualmente, teriam missões tão diferentes? Eles simplesmente não aceitariam ordens do presidente. Na verdade, não responderiam a ninguém e não teriam nenhuma burocracia para resolver. E essa era a beleza de tudo: foi assim que Carter conquistou Griffin e o convenceu a deixar o Exército depois de vinte anos de serviço.

— Espere, o quê? Você está falando sério — Gray disse ao telefone, e agora ele tinha a atenção de Griffin. — Sim, claro. Vou falar com os caras. — Ele ergueu o pulso e consultou o relógio.

E merda, não vou transar, vou?

— Sim, acho que podemos chegar hoje à noite. Vejo você em breve. — Gray encerrou a ligação e olhou ao redor da sala, fixando sua atenção em Carter por último. — A.J. precisa de nós para um trabalho. A equipe dele trabalha com minha irmã, Natasha. Não posso dizer não.

A irmã de Gray também era da CIA, e ele esperava que pudessem contar com ela de vez em quando para conseguir informações para um trabalho, se necessário. Seu pai era almirante... e também o Secretário de Defesa. Um bom homem para se ter ao lado, caso a situação se tornasse difícil e alguma merda fosse jogada no ventilador no exterior em uma operação não autorizada.

— Para onde estamos indo? — Carter perguntou, sem hesitação em sua voz.

— Birmingham, Alabama — Gray devolveu, já em movimento.

— Bem — Jack comentou, sorrindo —, parece que o treinamento acabou, rapazes.

A CAÇADA

CAPÍTULO 4

Walkins Glen, Alabama...

— Mais cinco minutos, certo? — Savanna perguntou, de onde estava na pia da cozinha, parabenizando-se silenciosamente por parecer calma quando não se sentia assim. Ela olhou para A.J., que estava parado perto das duas portas francesas que levavam ao pátio dos fundos da casa de Jesse, os polegares enfiados nos bolsos da frente da calça jeans e um chapéu de cowboy na cabeça.

Jesse morava em Walkins Glen, a trinta minutos de carro de sua casa em Birmingham. Para ela, Walkins Glen era uma cidade de contos de fadas. O tipo de lugar que você veria em um programa na televisão ou em um lindo filme de Natal da Hallmark. Todos se conheciam e só havia dois bares na cidade, sendo o mais popular o Crocodilo Bêbado.

— Sim. Cinco *caras* da equipe chegarão — A.J. respondeu, endireitando os ombros para trás.

Certa vez, Savanna considerou se mudar para Walkins Glen, mas estava preocupada que a pequena cidade não conseguisse sustentar seu negócio. E ela não queria competir com o negócio de Liz, a única padaria e cafeteria que já existia, então ficava em Birmingham.

— Cinco é um pouco demais, não acha? Temos seus três irmãos e esse cara incrível aqui. — A memória de Jesse em ação na noite passada veio à mente, e ela olhou para onde ele estava sentado em uma banqueta em sua ilha de cozinha, com a cabeça apoiada nas mãos. Com o coração pesado por matar aquele homem? Ou alguma outra coisa o incomodava?

— Eu não sou nada incrível — Jesse comentou, mal-humorado, sem olhar para cima. Savanna ficou tentada a brincar que o status de "rabugento" nesta cidade já era assumido pelo xerife Beckett Hawkins, mas decidiu que era melhor não. Jesse matou um homem para salvá-la, bem, ela não tinha certeza do quê, e agora não era hora para piadas.

Jesse levantou a cabeça e começou a tamborilar silenciosamente os dedos no tampo de carvalho vermelho feito à mão em um ritmo quase suave.

Savanna foi até a ilha, em frente a Jesse, e voltou seu foco para os ingredientes que havia reunido para assar biscoitos, uma atividade que sempre achou terapêutica. Jesse não tinha uma batedeira, mas ela se contentou com o método antigo para as primeiras fornadas, pedaços de chocolate e depois aveia. Os músculos do braço dela definitivamente estavam sentindo o exercício, mas era uma boa distração. Agora Savanna estava pronta para fazer seus biscoitos amanteigados exclusivos. Não houve tempo para deixar a massa descansar durante a noite na geladeira para assar melhor, mas tudo bem. Qualquer coisa com manteiga no Sul era uma aposta certa.

— Sem peneira. Sem batedeira. Sem rolo.

— Eu não faço essas comidas — Jesse a interrompeu, levantando a cabeça, seus olhos azul-claros fixos nos dela. — Você parece estar indo bem sem todo o equipamento. — Ele piscou e seu mau humor desapareceu temporariamente. Ela consideraria isso uma vitória.

Se alguém deveria estar de mau humor, não deveria ser Savanna? Ontem à noite, havia três homens esperando por ela dentro de sua casa. Se Jesse não estivesse lá...

E agora, o sangue havia arruinado o chão da casa da qual ela estava prestes a ser despejada e...

— Tem certeza de que está bem? — A.J. sentou-se ao lado de Jesse e agora ela estava sob o escrutínio dos dois. Preferia voltar para Hilton Head com a avó, aprendendo a fazer biscoitos pela primeira vez aos sete anos, do que pensar em sangue e bandidos.

Sua avó havia perdido o marido ainda jovem e, infelizmente, ficar viúva era algo com que Savanna se identificava.

Ela fechou os olhos por um segundo, lembrando-se das lições da avó.

O segredo para fazer biscoitos deliciosos é colocar um pouco do seu coração neles, instruiu sinceramente, com a mão sobre o coração. Então sorriu e limpou o narizinho de Savanna com a ponta do dedo coberta de farinha. *Abuela* tinha um lindo sorriso e lindos olhos castanhos, e Savanna se sentiu sortuda por ter herdado essas duas características.

— Estou muito melhor do que vocês dois. São vocês que estão tão nervosos quanto um gato em uma sala cheia de cadeiras de balanço. — Ela adicionou açúcar à manteiga amolecida na tigela de prata e começou o processo de bater tudo com uma colher de pau, uma tarefa árdua que teria sido muito mais fácil com uma batedeira. Mas, novamente, qualquer coisa para distrair sua mente da confusão em que ela parecia estar metida.

Savanna precisava agir como se tudo estivesse normal, fingir que a noite passada tinha sido algum tipo de confusão, que ela não tinha sido o alvo, porque qual era a alternativa? Viver com medo? Se jogar em um buraco sem fim de "e ses"?

Ela já esteve nesse buraco quando Marcus foi morto. *E se ele nunca tivesse entrado nas equipes? E se não tivessem sido chamados para aquela operação? E se ele tivesse matado os terroristas primeiro?*

Mas os dois "e se" que a atormentavam até hoje, porque o corpo dele nunca havia sido recuperado, eram: *E se não foi Marcus que eu vi na TV? E se ele não estiver realmente morto e um dia entrar pela minha porta?*

Uma dor aguda e penetrante atingiu suas costelas com esse último pensamento, algo que ela não podia negar que passava por sua cabeça regularmente.

Quando olhou para A.J., ele estava ajustando o boné pelo que parecia ser a décima vez em poucos minutos, como se sua cabeça tivesse crescido de alguma forma desde que ela começou a fazer seus biscoitos amanteigados. Provavelmente era nervosismo. E um SEAL nervoso não lhe descia bem.

Savanna não precisava de um manual para entender um homem Hawkins. Ela conhecia todos os quatro muito bem. E caramba, que inferno, ela conhecia Shep um pouco melhor do que os outros. *E aquilo foi um erro.*

— Deixe-me adivinhar: você está desapontado por ter perdido a competição de comer doces e biscoitos hoje. — Tentativa de mudar de assunto número dois, mas ela poderia ao menos aliviar o clima quando parecia que uma nuvem sombria pairava sobre suas cabeças sem nenhum céu azul à vista?

Ela olhou ao redor da cozinha pitoresca, sempre impressionada com o trabalho manual de Deb. Agora que Savanna parou para pensar, a mãe de A.J. praticamente ajudou a decorar a casa de todos na cidade.

A casa térrea de tijolos cinza de Jesse, com mil e oitocentos metros quadrados, seria o lugar perfeito para ele e Ella também. Savanna podia vê-los tendo duas meninas com tranças loiras correndo em seu quintal cercado, assim como um menininho puxando as tranças de suas irmãs, afinal, por que não? *Garotos.* Não precisava de outra explicação.

— Não gosto de deixar você — A.J. admitiu. — Mesmo com cinco caras capazes, e meus irmãos e Jesse aqui para cuidar de você. Mas te mandar para outro local também me preocupa. Não aconteceu como planejado, hm, sempre que tentamos isso com pessoas no passado.

Uhm. Ela honestamente não tinha ideia do quanto Jesse realmente sabia sobre o que A.J. fazia para viver. Mas ele não era um tolo. Certamente tinha suas suspeitas. Savanna assinou um acordo de confidencialidade — uma exigência do presidente quando Marcus se juntou à unidade não-oficial em 2013. Foi sua promessa de nunca revelar o segredo, e ela também estava para sempre ligada a esse documento.

— Eu vou ficar bem. E não se atreva a perder o foco enquanto estiver no exterior e deixar Ana... — *Viúva*. Seu estômago revirou.

A.J. se levantou abruptamente e Jesse fez o mesmo. Mas ambos permaneceram quietos, como se não tivessem certeza do que diabos fazer. Ela também não sabia o que dizer, então se afastou da ilha e olhou pela janela acima da pia que dava para o quintal. O sol se poria em breve e A.J. precisava pegar a estrada para o aeroporto em trinta minutos.

E de todas as músicas que poderiam tocar no rádio da outra sala... *droga*. Se ainda não soubesse que Jesse havia ligado o sistema de som na sala, juraria que Marcus estava lá e lhe enviou uma mensagem.

Savanna apoiou as palmas das mãos no balcão e baixou a cabeça enquanto tocava *Die a Happy Man*, de Thomas Rhett. *Marcus estava feliz antes de morrer?* Ela gostava de pensar que sim.

Lágrimas caíram por seu rosto ao ouvir a música, e então duas mãos grandes tocaram os lados de seus braços por trás.

Mas ela já estava perdida em suas memórias.

Página por página.

Começando com o primeiro capítulo, quando conheceu Marcus em Tampa enquanto ele participava de uma reunião com alguns almirantes no Socom, o centro do Comando de Operações Especiais dos Estados Unidos, com sede lá.

Na época, Savanna estudava na Universidade de Tampa e servia mesas em meio período. Uma tarde, no bar, Marcus lhe passou um bilhete convidando-a para um encontro.

Ele teve que ir embora no dia seguinte, então tiveram seu primeiro encontro por telefone e se falaram todos os dias depois disso por e-mail ou ligação até ele retornar um mês depois.

Ela se apaixonou por ele através de suas palavras como se fosse uma personagem de um romance de Nicholas Sparks, que seu coração romântico amava. Ele era doce e atencioso. Forte, com o coração de um leão. O homem mais incrível e decente que ela já conheceu.

E embora eles tenham passado talvez apenas cinco dias juntos pessoalmente durante o ano de namoro, ela aceitou seu pedido de casamento e, um ano depois, em 2011, eles se casaram no Alabama. Mas em 2015, a vida dele foi levada, deixando a dela aos pedaços.

O epílogo da história deles realmente foi o dos livros trágicos de Sparks, não foi? Muitas vezes não havia garantia de um final feliz com aquele autor e, antes de conhecer Marcus, isso não a incomodava. Mas, desde que seu marido foi roubado dela, Savanna se recusava a ler qualquer história que não terminasse com um feliz para sempre.

— Savanna? — a voz de A.J. estava em seu ouvido. — Eles estão aqui.

Savanna fungou e passou as costas das mãos sob os olhos, enxugando algumas lágrimas, depois se recompôs como aprendeu a fazer ao longo dos anos e olhou para cima para ver cinco homens indo em direção às portas francesas.

Um deles pareceu notar que ela estava observando e parou por um segundo, congelando como um cervo que percebeu que alguém estava mirando nele. Seus olhos permaneceram conectados por mais um momento, mas ao som das portas se abrindo, ela se encolheu e se afastou da janela para verificar sua nova equipe de protetores.

Mas do que exatamente vocês estão aqui para me proteger?

Ela reconheceu dois deles, mas por pouco. Grayson Chandler, cunhado de Wyatt, veio primeiro, seguido por Jack London, que ela viu uma ou duas vezes em reuniões depois que Wyatt e a irmã de Gray, Natasha, se casaram.

Os outros três, especialmente o que ela notou lá fora, eram pontos de interrogação.

— Gray. Jack — A.J. cumprimentou. — Vocês se lembram de Jesse e Savanna?

— Tem alguma coisa queimando? — Gray perguntou, farejando o ar.

— Ah, merda. — Savanna correu até os fornos duplos e Jesse a ajudou a tirar os biscoitos queimados. Graças a Deus, porque a última coisa que ela precisava hoje era ligar para o irmão bombeiro de A.J., Shep. Ela preferiria que A.J. saísse da cidade antes de ver Shep também, apenas no caso de seu amigo realmente querer dar um soco nele por causa do momento de bebedeira.

Depois de jogar os biscoitos estragados no lixo e a assadeira na pia, ela apoiou as palmas das mãos na borda da pia e respirou fundo — ela poderia estar mais envergonhada do que agora? — apenas para ficar cara a cara com alguém. Suas mãos voaram e pousaram contra aquele peito, que era incrivelmente duro e musculoso, e era muito, muito bom. Era como se os dedos dela estivessem no piloto automático quando subiram lentamente pelo peito e pelos ombros, deixando um leve rastro de pó açucarado em seu rastro.

Savanna olhou para cima e encontrou um par de olhos castanhos escuros olhando para ela.

— Griffin — cumprimentou, seus lábios se contraindo em diversão.

O "fanfarrão" tinha nome. Um nome *sexy*. E uma voz profunda e sensual para combinar com aquela estrutura firme e musculosa e olhos assassinos nos quais ela poderia se perder.

Seu queixo de granito — *é assim que os autores o chamariam, certo?* —, nariz masculino e grande estrutura óssea geral eram... *bem, caramba*. Sem barba cheia no momento, mas ele tinha pelos faciais de alguns dias.

Seu cabelo castanho-escuro estava artisticamente penteado na parte superior e um pouco curto nas laterais. Savanna calculou que ele tivesse cerca de um pouco mais do que um metro e oitenta de altura.

Ela engoliu em seco, mas foi mais como um gole alto.

— Oi — Savanna guinchou. E então, para seu horror, *ela riu*. Normalmente não agia como uma adolescente de língua presa, então o que diabos estava acontecendo?

— Você tem uma coisinha no rosto. — A ponta do polegar de Griffin passou pela bochecha dela, então ele se inclinou um pouco para trás e lambeu o polegar. — Açúcar.

Por que ainda estou agarrando esse homem?

— Aham. Savanna, você pode soltá-lo? — Isso foi A.J., colocando lenha na fogueira e transformando esse momento em algo ainda mais estranho.

Obrigada. Vou me lembrar disso.

— Não tenha pressa, Doçura. — Griffin lhe deu um sorriso atrevido, inclinando um pouco a cabeça para o lado.

Atrevido de novo? Foco, mulher!

Savanna ergueu as mãos e recuou, esbarrando no balcão atrás de si, captando os olhos de Jesse no processo, que a olhava com curiosidade.

Ela também estava um pouco curiosa. Quando foi a última vez que um homem provocou uma reação tão intensa fora das páginas de seus romances favoritos?

Antes que tivesse a chance de tentar decifrar seus sentimentos, ela avistou Shep e Ella indo em direção às portas dos fundos. *Merda, mais problema chegando.*

— Shep e Ella estão aqui.

— Jesse McAdams — Ella disse, no segundo em que entrou, as mãos indo para os quadris com ênfase dramática.

— O quê? — Jesse olhou para Griffin em seu caminho para interceptar Ella enquanto Shep permanecia na porta.

— Por que você trouxe Ella aqui? — A.J. perguntou. — Ela não precisa se envolver nisso. E se alguém aparecesse?

— Tente dizer à nossa irmã para não fazer algo que ela pretende fazer — Shep respondeu rapidamente, antes de examinar os cinco estranhos na cozinha, parecendo avaliar rapidamente os homens.

Ele era alto, forte e tinha músculos. Pela aparência dos cinco caras que estavam lá para ajudar Savanna, eles também estavam bem nesses quesitos. E ela já havia *sentido* os músculos sob a camisa de Griffin para verificar esse fato em relação a ele.

— Por que você disse meu nome como se eu tivesse feito algo ofensivo? — Jesse girou o boné preto na cabeça como se estivesse se preparando para discutir com um árbitro durante um jogo de futebol.

— Você matou um homem. — Ella tirou a mão do quadril para balançá-la no ar como se estivesse perseguindo uma mosca irritante. *Neste caso, uma mosca chamada Jesse.*

— E? — ele comentou, casualmente. — Não é a primeira vez.

Os lábios de Ella se separaram, mas ela permaneceu olhando para ele em silêncio.

— Nos deem um minuto. — Ele pegou o cotovelo dela e a guiou para fora, fechando a porta atrás de si.

— Problemas com namorada? — um dos homens, cujo nome ela não sabia, perguntou.

— Ah, eles não estão juntos — Shep respondeu, o que chamou a atenção de A.J., que foi direto para o irmão, com os punhos cerrados ao lado do corpo. Shep inclinou a cabeça e encontrou o olhar de Savanna. — Ele sabe? — murmurou.

Ela fez uma careta e assentiu com a cabeça, depois observou com surpresa Shep inclinar o queixo e deixar A.J. dar um soco.

— Não era assim que eu esperava que vocês estendessem o tapete de boas-vindas para nós — Griffin comentou, obviamente tentando reprimir uma risada, o que distraiu até mesmo A.J., desviando o olhar de Shep e focando-se em Griffin.

A.J. apertou a mão e estremeceu.

— Ele teve o que mereceu. Confie em mim.

De alguma forma, ela poderia jurar que Griffin também sabia o porquê, porque aqueles olhos castanhos oscilavam entre ela e Shep. Mas ele provavelmente era um militar, bom em ler ambientes e pessoas.

Savanna foi até o freezer, pegou dois sacos de ervilhas congeladas — esses homens trabalhavam muito e brincavam mais ainda, então algum tipo de bolsa de gelo era um item básico no freezer de todo mundo, inclusive no de Jesse — e entregou um para A.J.

Quando ofereceu o outro a Shep, suas mãos se tocaram por um breve momento e ele se encolheu.

— Obrigado — ele disse, suavemente. — Desculpe por isso.

Seu olhar viajou até o rosto dele, encontrando os olhos de Shep semicerrados. *Talvez eu esteja enlouquecendo?*

— A propósito, meu nome é Oliver. Não tive a oportunidade de dizer olá — um dos estranhos interveio, outra tentativa de redefinir o tom da cozinha.

— Carter — o cara com cabelo da cor da meia-noite e olhos como chocolate se apresentou. Tudo nele gritava vilão em vez de herói.

— Prazer em ver você de novo, Savanna — Jack saudou, e ela não pôde deixar de retribuir seu sorriso cativante.

E uau, o que há de errado comigo? Esses caras estavam lá para ajudá-la e, por algum motivo insano, ela estava catalogando cada detalhe sobre eles como se fosse um episódio de "Bachelorette" com sua própria temporada e pretendentes. Mas, caramba, esses homens eram muito gostosos. E se eles fossem todos solteiros...

Ela geralmente pensava que era um monte de besteira que tantos homens em romances fossem incrivelmente bonitos. E que todo herói que estava no Exército era um fodão com, *no mínimo*, um tanquinho. Parecia que ela precisava reconsiderar essa opinião, porque olha só os homens presentes. *Ficção versus realidade?*

— Bem, obrigada a todos por terem vindo. — Savanna sentiu a necessidade de dar o pontapé inicial, já que eles estavam lá para ajudá-la, e ela tinha algumas coisas que precisava tirar do peito. — Mas não tenho ideia do que aconteceu ontem à noite. Ou por que aqueles homens estavam na minha casa. Eu também não tenho condições de pagar pelo serviço. E não posso me dar ao luxo de fechar minha cafeteria por mais um dia. Não tenho nenhum funcionário. Sou só eu. Então, por favor, não me peçam isso.

— Eu disse para você não se preocupar com dinheiro. — A.J. jogou o saco de ervilhas na ilha da cozinha, lançou um olhar irritado ao irmão e depois voltou a se concentrar em Savanna. — Mas você não pode abrir a cafeteria até que tenhamos certeza de que todas as ameaças foram extintas. Quem quer que esteja atrás de você pode atacar a cafeteria na próxima.

Seus ombros caíram com a má notícia que A.J. deu a ela. Se fechasse seu negócio, mesmo que por alguns dias, poderia perder sua casa. Por outro lado, ela nunca colocaria ninguém em perigo.

Também não vou tocar naquele dinheiro debaixo da minha cama. Não, não, não.

— Você não precisa se preocupar em nos pagar. Posso cobrir qualquer perda de lucros enquanto você estiver fechada também — Carter disse.

Savanna negou com a cabeça, mas era em Griffin que seus olhos estavam fixos. E seu eu viciado em livros de romance prontamente pulou de cabeça na fantasia das muitas opções de pagamento que uma heroína de um livro poderia oferecer ao herói. E por que ela tinha o desejo de retribuir a esse homem de maneiras perversas e sacanas? *Ai. Meu. Deus. Savanna, pare.*

Sexo. Eu preciso transar. Faz... bem, desde... Ela lançou um rápido olhar para Shep e escondeu o rosto na palma da mão por um momento, preocupada que ficasse vermelho-beterraba e que todos instantaneamente percebessem seus pensamentos sujos.

Mas acabou por aí? Não. Seus pensamentos lascivos sequestraram suas cordas vocais e ela deixou escapar:

— Bem, não espere que eu troque orgasmos por proteção.

Ela tinha certeza de que Shep e A.J. estavam tendo ataques cardíacos leves naquele momento.

Mas foi de Griffin que Savanna não conseguiu desviar o olhar quando olhou para cima. Ele estava com a palma da mão apoiada na ilha da cozinha ao seu lado e a observava com uma expressão divertida e levemente arrogante no rosto. Como se estivesse imaginando esse plano de reembolso acontecendo em sua cabeça.

Agora suas bochechas estavam realmente em chamas.

— Savanna — Jesse latiu, como um pai brigando com sua filha.

— Ela estava brincando — Ella afirmou suavemente, fazendo Savanna desviar os olhos de Griffin e se virar em direção às portas francesas. Parecia que sua melhor amiga havia terminado de dar um sermão em Jesse lá fora.

— Não gosto de não pagar pelo tempo dedicado e ajuda — Savanna explicou, esperando que seu erro fosse rapidamente esquecido. — Pode haver uma maneira de retribuir. — Porém, se ela não usaria esse dinheiro para pagar suas contas, por que ela o usaria para pagar esses homens?

— Eu vou resolver e isso é tudo que você precisa saber — a voz de Carter era firme e profunda, e ela não queria discutir com o homem. Havia um brilho ligeiramente perigoso em seus olhos.

Bem, que bom que você está do meu lado.

— Viemos com meu avião particular, então trouxe tudo o que precisamos — Carter acrescentou, voltando ao assunto de por que eles estavam lá.

— Que tipos de coisas vocês podem precisar? — Savanna perguntou.

Ella se colocou ao lado de Savanna e cruzou os braços, olhando para os oito homens que lotavam a cozinha.

Caramba. Oito? Faltam quatro para um calendário sexy.

— O que é que vocês não estão me contando?

— Ainda estamos trabalhando para identificar quem pode ter enviado aqueles homens — A.J. começou, em tom baixo e profundo, e ela reconheceu a expressão em seus olhos. Ele acionou o modo soldado em seu cérebro e agia na vibe "são apenas os fatos, senhora", como Marcus costumava fazer sempre que estava envolvido em uma conversa de trabalho. — Esse tipo de gente geralmente opera sob as ordens de outra pessoa, o que significa que o chefe deles, seja ele quem for, quer você. Ou algo que você possa ter.

— Algo que eu posso ter? — *O que diabos eu teria? Quem iria me querer?* Não fazia nenhum sentido.

— Minha irmã enviou uma lista segura por e-mail sobre tudo o que encontrou, mas Natasha vai ficar fora dos radares por um tempo, então odeio dizer que essa é a extensão da ajuda que ela pode oferecer — Gray falou.

— O que Natasha encontrou? — Savanna voltou seu olhar para A.J., perguntando-se por que ele não havia compartilhado as informações de Natasha antes, enquanto ela preparava os biscoitos. Certamente ele sabia o que havia sido fornecido a Gray.

Sua atenção voltou para Gray quando ele cruzou os braços sobre a camiseta preta e se concentrou nela.

— Natasha passou a foto do invasor morto através do software de reconhecimento facial da CIA — começou — e o rastreou até o Aeroporto de Birmingham. Ele estava usando um pseudônimo. Passaporte falso. Depois de cavar um pouco mais, identificou o homem como grego. Ele pegou um voo de Atenas. Presumimos que os outros dois que estavam com ele também eram gregos.

— Natasha também conseguiu determinar o hotel em que ele se

hospedou usando o software dela, mas os homens ficaram longe das câmeras de segurança dentro e ao redor da cidade — Jack acrescentou. — Bem treinados para saber como evitar quase todas as câmeras.

— Beckett e eu fomos ao hotel mais cedo — A.J. deu a notícia a ela.

Mas que diabos? Ela odiava ficar no escuro, mas supôs que eles estavam apenas tentando protegê-la.

— Pelo que podemos dizer, os homens não retornaram ao hotel depois do que aconteceu em sua casa. Eles provavelmente esvaziaram o quarto antes de irem para lá — A.J. explicou, o que fez o coração dela bater forte contra as costelas.

— Além disso, até onde sabemos, os homens só estiveram em Birmingham por uma noite antes de irem atrás de você, então não gastaram muito tempo te seguindo para aprender seus padrões — Gray apontou.

Seguindo? Isso estava se tornando demais.

— Eles não precisariam me seguir. Eu trabalho e durmo. Muito simples de descobrir.

— Estamos monitorando todos os aeroportos e eles serão registrados se tentarem sair do país — Jack disse. — Nosso próximo passo é descobrir quem diabos eles realmente são, para quem trabalham e por que podem ter vindo atrás de você.

Sim, um próximo passo muito importante.

— Mas vocês não acham que eles planejam desistir? Eles ainda me querem. — Um milhão de pensamentos giravam em sua mente enquanto ela se afastava dos homens. Savanna queria chorar de raiva, mas, quando Ella colocou a mão em seu ombro para reconfortá-la, ela se acalmou. Graças a Deus tinha seus amigos.

Os olhos de Savanna focaram na ilha coberta de farinha e açúcar, depois no chão, quando um par de botas pretas apareceu em sua visão periférica. Ela se moveu para o lado e lentamente ergueu o olhar. Calça jeans escura, camisa preta de botão aberta para revelar uma camiseta preta, até a garganta bronzeada de Griffin, antes de se fixar em seus penetrantes olhos castanhos.

— Estamos bastante confiantes de que eles vão ligar os pontos à sua amizade com Jesse e também virão aqui procurando por você. Não é uma questão de "se" — Griffin pontuou, em voz baixa —, é uma questão de "quando".

— Você está tentando assustá-la? — Jesse rosnou, o irmão que ela nunca teve, mas sempre quis ter. Agora ela tinha mais do que podia suportar. Savanna basicamente foi adotada pelos colegas de equipe de A.J., bem como por toda a família Hawkins.

— Savanna precisa entender o perigo que corre. E que, se ela ficar aqui por muito mais tempo, estará basicamente se oferecendo como isca — Griffin disse, desviando sua atenção dela e para Jesse ao se aproximar.

A mulher enfrentou os dois e Ella tirou a mão do seu ombro.

— Vou ficar aqui e esperar por eles — Jesse ofereceu. — Eu gostaria de uma segunda chance com esses malditos.

— Sem chance — a preocupação de Ella pelo homem por quem ela afirmava já estar *farta* certamente deixava a realidade muito às claras.

— Você sabe que eu nunca colocaria Savanna em perigo. — A.J. se aproximou e alguns dos outros caras recuaram e saíram da linha de visão de Savanna, como se sentissem que isso era um assunto de família.

Mesmo assim, Griffin permaneceu firme. Ele não parecia estar indo a lugar nenhum.

Por que houve um pequeno salto em seu pulso quando seus olhos encontraram os dele novamente?

— Se os dois caras restantes da noite passada forem tão bons quanto diz, você tem certeza de que pode proteger Savanna? — Ella falou e as sobrancelhas de Griffin se ergueram em insulto.

— Jesse acabou com eles sozinho. Mas não creio que isso tenha acontecido porque esses homens não tivessem habilidade. É só que as de Jesse são, bem, superiores — Griffin respondeu, seu olhar indo para Jesse por um momento, depois de volta para a melhor amiga de Savanna.

— Você prefere que ela fique em algum hotel a uma hora de distância com apenas um cara? Ou aqui conosco? — Carter entrou na conversa.

— Savanna não vai servir de isca — Shep interveio.

Caramba. Muitos homens aqui. Muitos caras se preparando para bater de frente. Era a vida dela. Ela não deveria ter direito a dizer algo?

— Só por cima do meu cadáver — Shep acrescentou, e aí, essas palavras doeram. A ideia de perdê-lo, ou qualquer pessoa por causa dela, era demais para suportar.

— Eu ainda gostaria de saber por que alguém da Grécia está atrás de você — A.J. abordou uma das principais questões.

— Somos dois — Savanna disse suavemente, e então uma lâmpada acendeu em sua cabeça, e ela fechou os olhos com força. Havia uma possibilidade. Uma estranha, mas ainda uma possibilidade.

Quando ela abriu os olhos novamente, encontrou uma cozinha cheia de espectadores fitando-a com curiosidade, como se sentissem que ela tinha tido um momento de "Eureca!".

— O que foi, Savanna? — Griffin falou primeiro e, por algum motivo, ao ouvi-lo dizer nome dela, seus braços ficaram arrepiados.

— Precisamos ir para minha casa. Há algo que quero mostrar a vocês — confessou, odiando ter escondido esse segredo de todos, e preocupada com a forma como A.J., em particular, lidaria com a notícia.

Mas ele não tinha um voo para pegar?

— Tudo bem — Carter disse. — Esperamos pelo pôr do sol. Jack e Oliver limparão sua casa e ficarão de olho nas ruas da frente e de trás para garantir que seja seguro. Griffin e eu iremos acompanhá-la. — Ele apontou para Jesse. — Shep e Jesse, vocês ficam aqui. Fiquem atentos caso recebamos visitantes antes do esperado.

— Ainda tenho mais duas perguntas — Savanna disse, franzindo as sobrancelhas. — O que aconteceu com o cadáver? E vamos contar à polícia?

CAPÍTULO 5

— Então, Griffin. Seu nome é com Y ou I? Sou Savanna sem H, então fiquei curiosa.

Antes de responder, Griffin olhou para Jesse de onde apoiou a espingarda. O homem dirigia seu Dodge Ram cinza pela I-65 para a cidade, verificando o retrovisor de dentro e os laterais a cada poucos segundos. Com a saída de A.J., Jesse exigiu ficar ao lado de Savanna, mesmo que fosse uma curta viagem até sua casa. Considerando como ele lidou com os três intrusos na noite passada, Carter e Gray cederam à sua exigência.

Griffin virou-se para Savanna no banco de trás.

— Eu não sabia que existiam Griffins com Y. — Ele deu a ela um sorriso lento. — Mas meu primeiro nome é James. Não que eu queira que você me chame assim.

— James? — ela repetiu, como se a palavra fosse estranha e precisasse deixar rolar um pouco o nome dele na boca.

— Sim, James Griffin Andrews.

A língua dela apareceu entre os lábios e, Deus o ajude, por que isso fez seu pau acordar?

Ela era linda? Com certeza. Ele estudou seu dossiê durante o voo para o Alabama, então já sabia que Savanna era uma mulher bonita antes mesmo de conhecê-la. Ele simplesmente não estava preparado para a versão ao vivo e em cores.

Mas ela era a nova cliente da equipe. E havia também o fato de que seu marido, um colega de equipe de A.J., havia sido brutalmente assassinado por malditos terroristas que transmitiram o crime ao vivo pela televisão para o mundo ver. Então sim, havia isso. Um grande, enorme ISSO.

Griffin com certeza não precisava de nenhuma reação abaixo da cintura em relação a ela. Mas estaria mentindo se dissesse que não ficou semiereto quando ela colocou as mãos em seu peito na cozinha de Jesse. Ou quando ele passou a ponta do polegar pela sua bochecha macia e imaginou sua língua fazendo o mesmo caminho.

A CAÇADA

Savanna parecia casualmente sexy em sua calça jeans skinny escura e botas curtas marrons, com uma camiseta branca larga enfiada na frente da calça. Quando tirou o avental, ele avistou alguns finos colares de ouro pendurados em seu pescoço, em vez das placas de identificação de seu falecido marido, o que ele meio que esperava.

— Então, Griffin com I, por que você usa seu nome do meio em vez de James? — Ela estava nervosa e tentando bater papo?

— Bem, Savanna sem H, minha mãe sempre preferiu meu nome do meio ao do meu pai, que é James. Então, ela sempre me chamou de Griffin. — Ele pegou Jesse olhando de soslaio com uma carranca de desaprovação no rosto. Merda, ele estava na linha tênue do flerte, não estava?

— Ah, entendo. — Savanna recuou um pouco, como se sentisse a necessidade de aumentar a distância entre eles.

Embora o sol tivesse se posto, ainda havia luz ambiente suficiente do lado de fora para ver que ela o estava avaliando como um sudoku que não conseguia decifrar. *Boa sorte com isso.*

Griffin honestamente não tinha ideia de por que divulgou aquela informação pessoal. Ele nunca disse a ninguém que seu primeiro nome era James, especialmente para uma linda mulher.

Ela colocou uma mecha de cabelo ondulado da altura dos ombros atrás das orelhas, revelando dois brinquinhos de ouro que ele não tinha notado antes. Provavelmente porque estava distraído pelo vislumbre do decote que teve quando baixou o queixo para olhar para Savanna enquanto ela passava os dedos por seu peito.

Sendo um atirador de elite, além de um homem de sangue quente, ele sempre ficou grato por ter uma visão clara e um ângulo perfeito. E sua blusa de gola redonda proporcionava exatamente isso. Ele era um idiota? Com certeza. Então, essa era outra razão pela qual deveria se comportar. Ele tinha a sensação de que A.J. não hesitaria em dar um soco no seu queixo se descobrisse que Griffin tinha sequer olhado para Savanna de soslaio. Ele não hesitou em socar o próprio irmão, então não estava ansioso para descobrir o que A.J. faria com ele.

E qual era a história entre ela e Shep? Havia uma história, certo?

Estou em uma das novelas da minha mãe? Meeerdaaa.

— Ouvi dizer que você estava no Exército. — Griffin olhou para frente, redirecionando a conversa para Jesse. Ele não tinha certeza por quanto tempo mais seria capaz de tolerar Savanna o encarando com aqueles lindos olhos castanhos; e se ela lambesse aquele lábio inferior carnudo novamente, ele poderia se lançar no banco de trás.

— Ranger — a resposta de Jesse ainda não correspondia ao que Griffin tinha ouvido falar na noite passada e como ele lidou com três homens treinados. Muito provavelmente assassinos ou mercenários. Claro, eles podiam não ter armas, mas três contra um enquanto Jesse também tinha que manter Savanna segura não era uma tarefa fácil.

Griffin refletiu brevemente se deveria ou não mencionar que conheceu a irmã de Jesse, Rory, no ano passado, em uma operação. Jesse provavelmente não tinha ideia do que aconteceu na costa de Porto Rico em outubro passado. Ou que a equipe havia trancado a irmã dele na casa de Carter, na ilha. Tecnicamente, era para mantê-la segura, mas Jesse poderia não ver dessa forma.

Ele provavelmente teria atacado Carter ou eu esta noite se soubesse.

— Também estive no 75º Regimento de Rangers antes... — Ainda era segredo? Já tinha vazado a informação de que a unidade existia e ele não tinha planos de escrever uma autobiografia. Deixaria isso para os SEALs. Então, supôs que poderia compartilhar. *Mas vou deixar quieto a coisa de Rory.*

— Delta — Jesse terminou por ele. — Ouvi dizer que Carter era Delta, e vocês dois trabalharam juntos antes de se juntarem a Gray. Achei que você também fazia parte da unidade.

— Força Delta. Isso é semelhante ao DEVGRU, certo? — Savanna perguntou suavemente. — Equipe SEAL 6?

Ele se virou na cadeira para observá-la novamente e assentiu.

— Há quanto tempo você está aposentado e trabalha no setor privado? — Savanna seguiu com outra pergunta, então ele manteve sua atenção voltada para ela e aquele lábio nervoso preso entre os dentes.

— Cerca de um ano atrás, Carter me puxou para o lado obscuro — respondeu, com uma piscadinha. *Pare de jogar charme, cara.* Mas era uma segunda natureza neste momento.

— E... — Savanna o levou a continuar.

— Doçura — ele a interrompeu e olhou para frente —, eu não sou um livro aberto. — *Não mesmo.* — Que tal você ir em frente e nos contar agora por que acha que pode estar em perigo?

— Prefiro esperar — respondeu, suavemente.

Griffin se virou novamente para encontrar a cabeça de Savanna baixa, focada em suas mãos agora entrelaçadas em seu colo. Isso era culpa? O que ela estava escondendo?

— Bem, talvez enquanto eu estiver aqui em Bama, consiga minha primeira morte nos Estados Unidos. — Ele estava tentando aliviar o clima com algum humor. Humor ácido, claro. Mas era assim que ele funcionava. Foi a isso que, na época, Griffin e os caras tiveram que recorrer para manter a sanidade. — Parece que você conseguiu a sua. — Voltando sua atenção para frente, ele olhou para Jesse. — A menos que você já tenha rompido o lacre da primeira morte nos Estados Unidos…

— Rompido o lacre da primeira morte nos Estados Unidos? Isso é horrível — Savanna falou, e pelo menos ele a distraiu.

— Foi uma piada — garantiu, com um suspiro. *Em grande parte*.

Jesse agarrou firmemente o volante com as duas mãos, e Griffin não pôde deixar de se perguntar se Jesse, como muitos veteranos, estava travando uma batalha interna naquele momento. Matar aquele homem na noite passada provavelmente desencadeou algumas lembranças ruins para ele.

— Ela teve sorte de ter você lá ontem à noite. — Griffin sentiu a necessidade de lembrar Jesse caso ele *estivesse*, de fato, lutando contra alguns demônios sobre o que tinha feito.

— Ele se transformou em John Wick ontem à noite — Savanna comentou, e Griffin sorriu ao ver que ela parecia impressionada e não enojada com isso.

Talvez Rory não tivesse contado a Jesse todos os detalhes do perigo que correu no ano passado porque seu irmão teria entrado no modo de vingança de John Wick por causa da morte de seu cachorro?

— Uhm. Bem, quem não gosta de John Wick? — Griffin sorriu, não que ela pudesse ver, já que ele estava com os olhos no espelho lateral à sua direita, verificando se não havia veículos suspeitos os seguindo. — Você está preparado esta noite, certo?

— Tenho uma arma em um cofre embaixo do assento. — Jesse descolou a mão do volante e apontou o polegar para trás. — Você tem uma extra para ela?

Griffin quase riu. A confeiteira com farinha e açúcar nas bochechas sabia atirar? Antes que ele pudesse responder, Savanna falou:

— Vou no campo de tiro com frequência. Meu mari… Marcus garantiu que eu fosse uma excelente atiradora. — Houve uma pausa dolorosa no meio da frase, mas ela a forçou.

Alcançando nas costas a pistola 9mm no coldre sob a camisa de botão, Griffin virou-se para oferecê-la a ela.

— Espero que você não precise disso, mas aqui.

Savanna hesitou, mas aceitou a arma e depois olhou para ela, com uma expressão de cachorrinho nervoso no rosto. Não era a expressão ideal para alguém segurando uma arma de fogo carregada. Praticar no campo de tiro era muito diferente de mirar ou atirar em um alvo vivo.

Ele ergueu uma sobrancelha, algo que ela provavelmente não conseguiu ver quando a escuridão da noite começou a penetrar e dominar a cabine da caminhonete.

— Tem certeza de que quer isso?

— Na verdade, não. — Ela balançou a cabeça e ofereceu de volta para ele. — Eu não quero uma morte, uhm, nos Estados Unidos ou no exterior. Ou nada do gênero. — Ela estava tremendo o suficiente para que ele pudesse perceber o tremor, apesar da escuridão.

Griffin guardou a arma, sentindo-se melhor com sua arma onde ela pertencia e, alguns minutos depois, quando já estavam na cidade, Jesse estacionou na rua da casa de Savanna como planejado por Carter e desligou o motor. Saiu prontamente do veículo e deu a volta para abrir a porta para ela.

— Que cavalheiresco da sua parte. E inesperado.

Griffin sabia que ela quis dizer aquilo como um insulto, mas o atrevimento em sua voz e a maneira como seu olhar deslizava para cima e para baixo sobre seu corpo faziam seu sangue esquentar quando ele precisava se concentrar.

— Fique do meu lado — emitiu a ordem em um tom de voz entrecortado, irritado por uma mulher ter desviado sua atenção com tanta rapidez e facilidade durante uma missão.

Jesse manobrou para a esquerda de Savanna, e eles a mantiveram entre eles enquanto se dirigiam para a parte traseira da casa, olhando de um lado para o outro.

Carter estava esperando na porta dos fundos e, com Jesse agora atrás de Savanna, Griffin abriu o caminho para sua cozinha escura.

Beckett, um dos irmãos de A.J., e também xerife em Walkins Glen, tinha o corpo escondido como Desconhecido no necrotério local por enquanto. Mas ele deve ter enviado alguns homens em quem confiava à casa dela para apagar todas as evidências de que alguma vez houve uma invasão ou uma morte. O lugar cheirava a água sanitária em vez de sangue velho, graças a Deus. Savanna não precisava pensar nisso. E até saberem com o que e com quem estavam lidando, não queriam que a polícia local ou o FBI assumissem o caso. Não que eles também não confiassem, mas, no que dizia respeito a Griffin, ele e sua equipe eram mais adequados para lidar com uma situação que pudesse envolver a violação de algumas leis.

— Ok, agora que estamos aqui, qual é a história? — Carter saiu das sombras ao lado de Gray.

— Está no meu quarto. — Savanna pegou o braço de Jesse e envolveu o dela como se precisasse de ajuda para andar.

A história está no seu quarto?

Griffin e os outros seguiram Savanna e Jesse escada acima e percorreram um pequeno corredor até o quarto principal. Carter segurou uma lanterna perto do chão para seguir seus movimentos e oferecer-lhes uma visão geral do que aquela mulher misteriosa estava fazendo.

Savanna soltou o braço de Jesse e se ajoelhou ao lado da cama, depois pegou algo ali embaixo. Ela puxou uma mala e ergueu os olhos em direção à luz.

— Esta é a única coisa em que consigo pensar — ela disse, com a voz suave antes de se inclinar e abrir o zíper.

Carter apontou a lanterna para dentro da mala para revelar pilhas de cem dólares. Uma mala cheia de dinheiro.

— Quem é você? Uma ladra de bancos? — Griffin falou, incapaz de esconder o choque.

Savanna balançou a cabeça quando Jesse se sentou ao seu lado e pegou uma pilha de notas, claramente surpreso com o que estava vendo.

— Não, mas tenho quase certeza de que é um criminoso que me envia esse dinheiro regularmente — confessou. — Um pacote contendo dez mil dólares embalado dentro de uma caixa bem maior é enviado todo mês. Não há endereço de remetente, mas presumo que tenha sido enviado domesticamente.

— Você guardou algum dos pacotes originais? Talvez ainda consigamos rastrear uma localização — Carter indagou.

— Não, sinto muito — ela se desculpou. — Eu também nunca soube o que fazer com o dinheiro. Ainda não sei, então estou guardando tudo debaixo da cama. Não posso gastar dinheiro sujo.

— Por que um criminoso enviaria dinheiro para você? Quando isso começou? — a voz de Jesse estava tensa quando colocou as notas de volta na mala, que parecia conter dinheiro suficiente para comprar uma bela casa de praia no Caribe.

Savanna levantou-se lentamente e sentou na cama, com a atenção concentrada na mala.

— Tudo começou um mês depois da morte de Marcus.

A visão de Griffin começou a se ajustar à falta de iluminação, além da lanterna, e ele observou Jesse se levantar e levar as mãos aos quadris.

— O irmão de Marcus? — o tom baixo e preocupado de Jesse era uma bandeira vermelha.

Savanna assentiu e permaneceu quieta. Ela estava com vergonha?

— Certo. Seu arquivo mencionava que o irmão do seu marido não era exatamente um cidadão honesto — Griffin declara, ao se lembrar do que havia lido no avião, mas o cunhado dela não parecia estar em sua vida, então eles não achavam que o cara tivesse qualquer ligação com a ameaça. *Talvez estivéssemos errados.*

— Não, ele definitivamente não é. — Savanna negou com a cabeça. — Nick é um ladrão — acrescentou, o que todos já sabiam. — Um arrombador de cofres e um dos melhores do mundo, pelo que ouvi.

CAPÍTULO 6

Uma hora depois de sua confissão, Savanna estava sentada em silêncio no sofá da sala de Jesse. Ele também não havia falado uma palavra com ela durante aquela hora, o que deixou seu estômago embrulhado. E ela sabia que, quando A.J. descobrisse que estava mantendo esse dinheiro em segredo de todos, ele ficaria mais do que um pouco magoado. Mas ela não queria causar qualquer preocupação. Além disso, era apenas uma teoria. Mas uma muito boa, porque, quem mais, além de Nick Vasquez, de repente começaria a enviar pacotes cheios de dinheiro para ela? Criminoso ou não, Savanna presumiu que Nick estava tentando cuidar dela depois que Marcus morreu. Era a única teoria que fazia sentido.

— Eles devem terminar em breve — Griffin anunciou, sentando-se na poltrona de couro à sua esquerda. Também não disse nada sobre sua grande revelação.

Depois que saíram de sua casa, Carter exigiu que instalassem pontos de segurança ao redor do perímetro da casa de Jesse o mais rápido possível, caso alguém decidisse visitá-los, especialmente enquanto ela ainda estivesse por lá.

— Se alguém tentar chegar a quinhentos metros da casa, nós saberemos. Além disso, trabalharemos em turnos. Pelo menos dois de nós ficaremos acordados esta noite — Griffin explicou, e ela notou a atenção dele se voltando para a cozinha, de onde Jesse acabara de avisar que tomaria um pouco de ar fresco.

Isso significava que ela estava sozinha com um homem cuja presença produzia misteriosamente uma sensação de calor e formigamento por todo o seu corpo. Ele era um cara bonito, então ela presumiu que o motivo era esse. Mas Shep também era bonito, e ela não sentia a mesma sensação de frio na barriga quando estava perto dele.

Era possível que aquela sensação fosse produto da proximidade de Griffin. Frio na barriga à parte, não estava nem perto do que ela chamava de "Efeito Marcus". Porque, como poderia um homem competir com seu falecido marido e com o que teve com ele?

Ninguém fez suas bochechas doerem de tanto sorrir como Marcus.

Ou teve a habilidade de usar o poder das palavras para derreter seu coração da mesma forma que Marcus a conquistou nas primeiras semanas em que se conheceram.

E, infelizmente, a lista continuava indefinidamente.

Ela ficaria sozinha para sempre, e sabia que seria a última coisa que Marcus iria querer para ela. Mas Savanna não tinha certeza se conseguiria evitar comparar cada homem que tentava entrar em sua vida com ele.

Seus olhos vagaram para as três caixas no canto da sala que os caras trouxeram de sua casa esta noite. Pertences de Marcus. Alguns deles, pelo menos. Ela levou dois anos para embalar as coisas dele, mas essas três caixas Marcus havia embalado quando foram morar juntos.

Era sua caligrafia em marcador preto nas caixas também.

Minhas coisas pré-Savanna escritas em um.

Minhas coisas antes de conhecer a mulher dos meus sonhos em uma combinação de impressão e caligrafia em outra.

E, por último, aquele que a fez rir quando viu o rótulo pela primeira vez: *Minhas coisas de quando fiz coisas idiotas.*

Ela só abriu essas caixas um dia, enquanto ele estava em uma missão de cinco meses no Afeganistão. Estava entediada e ele nunca disse que essas caixas estavam fora dos limites, então Savanna decidiu: *por que não?* Havia muitas fotos dele e de seu irmão na caixa de "coisas idiotas", bem como cartas que Marcus havia escrito para seu irmão enquanto Nick cumpria pena. Cartas que seu marido colocou em envelopes, endereçadas e carimbadas... mas nunca enviou.

Ela não havia invadido a privacidade de Marcus naquela época e ainda se recusava a lê-las, a ser quem as abriria, incapaz de invadir a privacidade de seu marido mesmo após sua morte. Mas foi assim que ela descobriu que Marcus havia perdido contato com o irmão, o homem que ele e seus pais raramente falavam sobre. Como um filho que eles já haviam perdido. Um irmão que Marcus havia enterrado.

Savanna esperou até que ele estivesse nos Estados Unidos para perguntar sobre as cartas, e também foi a primeira e única briga real do casamento deles.

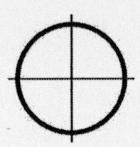

— *Talvez você devesse entrar em contato com ele?* — lembrava-se de pressionar, o que irritou Marcus e o fez andar de um lado para o outro na pequena sala de estar. — *E se ele precisar de você? Você poderia ser uma influência positiva na vida dele e, como ele não está mais na prisão, poderia ajudá-lo a mudar.*

Marcus se virou e levantou ambas as mãos para o teto como se estivesse rezando aos céus para que Savanna entendesse a insanidade de sua proposta.

— *Aquele homem desrespeitou nossa família. Tudo o que meus pais sempre quiseram foi nos dar o tipo de vida que nunca tiveram. E Nick se tornou tudo o que há de errado neste mundo.*

As lágrimas que encheram seus olhos quando ele finalmente olhou para ela contavam uma história diferente, e a fizeram se aproximar dele lentamente. Tentando implorar a um homem ferido.

— *Foi isso que você disse a ele em suas cartas, então?*

Ele colocou as mãos nos braços dela e apertou suavemente enquanto olhava em seus olhos.

— *Não* — ele disse, com a voz embargada. — *Eu disse a ele que o perdoei. Em cada maldita carta, eu disse a ele que o ajudaria quando ele saísse.*

— *Mas você nunca enviou as cartas* — ela sussurrou, e ele assentiu, as lágrimas começando a cair dos olhos de seu teimoso marido.

— *Não, porque as escrevi quando estava fraco.*

— *Perdão não é fraqueza* — Savanna repetiu o que sua avó sempre dizia quando ela era criança, e mesmo agora, o som de sua voz aquecia seu corpo gelado enquanto ela lutava com suas emoções ao reviver a memória.

— *Para mim, é.* — Ele a soltou e, pela primeira vez no casamento, deu-lhe as costas, incapaz de olhá-la nos olhos.

— *Então por que você guardou as cartas?* — ela perguntou suavemente, colocando a mão no meio de suas costas tensas.

Ele lentamente a encarou e disse:

— *Elas são um lembrete da merda idiota que fiz.* — Apontou para a caixa. — *O fato de que, mesmo em um momento de fraqueza, eu poderia perdoá-lo pelo inferno e pela vergonha que ele fez meus pais passarem é uma loucura.*

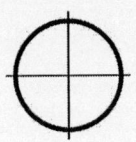

E, com isso, ele saiu de casa e foi ao bar local beber com alguns de seus amigos, preferindo fugir dela e de suas perguntas. Savanna tentou trazer a reconciliação ao longo dos anos, mas ele sempre a rejeitou. E então, finalmente, já era tarde demais.

— Desculpe. O que você estava dizendo? — Savanna piscou algumas vezes, viajando no tempo de volta ao presente. Para o fato de que talvez Marcus estivesse certo e seu irmão fosse um problema.

Mas por que ele me mandou o dinheiro se não se importava nem um pouco?

— Eu estava dizendo que, se alguém tentar chegar até você esta noite, nós cuidaremos da situação, mas decidimos que não é seguro mantê-la aqui por mais de uma noite — a voz rouca de Griffin encheu seus ouvidos; quando ele começou a arregaçar as mangas de sua camisa preta, seus olhos imediatamente focaram no movimento, acompanhando seus antebraços tensos.

E bam! Olá, frio na barriga. Aí está você.

Sobre o que era tudo isso?

Ah, sim, eu sei.

Este homem era um *bad boy*, não era? Um daqueles caras por quem ela teria se apaixonado antes de Marcus. Savanna percebeu pela maneira como ele a encarava como se fosse um presente de Deus para as mulheres, bem como pela maneira autoconfiante como se comportava. Aqueles sorrisos arrogantes e diabólicos que ele lhe deu antes? *Bandeira vermelha*. O jeito que a chamou de Doçura? *Outra bandeira vermelha*. Ah, e o primeiro nome dele começava com "J", então sim — *bandeiras vermelhas por todos os lados*.

Sim, houve um tempo em que ela teria tropeçado por um homem como ele. O tipo de cara que transformava o envio de sinais confusos em um jogo. Agindo como se ele não desse a mínima em um minuto, e depois interessado no outro. Por que ela queria esse tipo de homem em vez de um cara legal que fosse totalmente receptivo e atencioso? Savanna não tinha ideia. Mas prometeu a si mesma que se casaria com um bom homem. Um homem que não brincava com seus sentimentos.

E Marcus tinha sido esse homem. Além de manter o passado de seu irmão em segredo, ele sempre foi um livro aberto. O oposto de Griffin, pelo que ela percebeu no pouco tempo que passaram juntos.

Afinal, por que estou pensando em Griffin? Ele é um estranho. Uma distração daquelas três caixas? Da realidade? Pelo fato de que a qualquer minuto a casa de Jesse poderia ser invadida por homens que a procuram?

— Você está tensa. — Griffin se levantou da cadeira e pegou o telefone. — Precisa relaxar um pouco antes que os caras voltem.

— Cozinhar geralmente ajuda. Sabe, com o nervosismo. — Savanna também se levantou e não pôde deixar de olhar a bunda dele naquela calça jeans surrada enquanto ele pegava o telefone.

— Com base no que vi quando chegamos, acho que você fez biscoitos suficientes para durar pelo menos uma noite com um monte de homens em casa. — Griffin sorriu. Lá estava. O sorriso que ele pretendia passar como amigável e inocente, mas a maneira como aqueles lábios perfeitos se curvavam era pura sedução. Ele ao menos sabia que estava fazendo isso?

Bad boy.

Um total e completo bad boy.

E a quem ela estava enganando, Shep era igual. Outra razão pela qual Savanna fez o possível para evitar qualquer coisa além de amizade com ele antes e depois daquele momento de embriaguez.

Se algum dia ela fosse capaz de se apaixonar por alguém novamente, precisava de outro homem bom. Não do tipo destruidor de corações com quem namorou antes de seu verdadeiro amor lhe passar aquele bilhete no bar em Tampa, há mais de uma década.

— O que você está fazendo? — perguntou, quando uma música desconhecida começou a tocar alto em seu telefone.

— Isso deve ajudar. Chama-se *Arise*. Me anima quando preciso ir...

— Para a luta? — Seus olhos arregalados encontraram os castanhos dele. — Atirar em alguém? — Porque sim, a música caótica até a fez querer brigar com alguém. Pelo menos dar alguns socos no ar.

Griffin se aproximou. Perto o suficiente para que, se olhasse para baixo, provavelmente pudesse ver seu decote. Ele baixou o queixo, mas manteve os olhos focados nos dela. O coração de Savanna começou a disparar enquanto esperava pela resposta. Ele diria que sim? Sim, essa música o fazia querer ir para a briga? Matar?

Mas, antes que ele pudesse falar, ela disse:

— Isso não vai me acalmar. Muito pelo contrário, na verdade. — E não era essa a verdade? Savanna queria que ele acreditasse que a música perturbava seus sentidos, mas talvez o ritmo acelerado também a fizesse desejar...

— Ah, então você quer algo que faça seus quadris se moverem? — perguntou, sedutoramente, inclinando-se mais perto. — Talvez Shakira?

Savanna ordenou que seu coração desacelerasse e sua voz permanecesse firme, então disse:

— Tem Shakira na sua playlist? — *Duvido*.

Suas sobrancelhas se juntaram e ele manteve os olhos fixos nos dela. Griffin levou a disputa de encarada para o próximo nível.

— Na sua não tem? — perguntou, parecendo verdadeiramente chocado. E então o idiota piscou.

Ah, este homem era um problema.

— Você é um atirador de elite, não é? — Ela recuou um passo e tentou se lembrar de como fazer aquela coisa de respirar. — Os atiradores sempre piscam.

— Tem muitos homens piscando para você, hein? — Ele acabou de virar o jogo contra ela? Caramba, ele era bom.

Savanna desviou seu foco para o chão de pinho e depois fechou os olhos com força.

— Não preciso de música para relaxar. — *O que eu preciso é que esse problema desapareça.*

Depois de algumas respirações profundas, ela abriu os olhos e levantou o olhar para ver que ele havia recuado um pouco, mas não abandonou aquele sorriso diabólico. Ele estava pensando em sexo, não estava?

— Você está certo, sexo também é relaxante — Savanna respondeu como se ele realmente tivesse expressado o que ela presumiu que ele diria.

Griffin baixou o telefone, a música terminando e outra que ela não reconheceu vindo em seguida.

— Ah, sério? — Sua mão livre pousou naquele peito duro. — Minha boca se mexeu e eu falei sem perceber?

Antes que Savanna pudesse defender sua insanidade, ouviu as portas da cozinha se abrirem. *Graças a Deus.*

Griffin a surpreendeu inclinando-se atrás dela, colocando a palma da mão na parte inferior de suas costas e colocando a boca em sua orelha.

— Relaxar não é a palavra que eu usaria para descrever sexo.

Ela ficou parada por um momento e observou Griffin se afastar, em estado de choque e tentando processar o que ele havia dito. O homem teve a coragem de entrar na cozinha e se juntar aos outros como se não tivesse acabado de sussurrar palavras em seu ouvido que fizeram seu sangue esquentar e seu pulso acelerar. A insinuação naquelas palavras...

E isso só a fez pensar que tipo de sexo ele preferia. Duro e rude? Gostoso e intenso? Todas as opções?

Em questão de segundos, Savanna elaborou uma lista de seus namorados literários favoritos para ver se Griffin combinava com algum, mas, de onde ela estava agora, admirando a bunda dele naquela calça jeans enquanto conversava com Carter, ele era um algo verdadeiro.

Um verdadeiro bad boy, lembrou a si mesma. *Já fiz uma confusão com Shep.* Esse homem estava ali para protegê-la, e a realidade estava muito longe da ficção. Savanna claramente precisava se lembrar disso, o que era uma loucura, já que deveria estar mais preocupada com os três homens que a atacaram na noite passada. *É um mecanismo de enfrentamento,* decidiu. Desviar e distrair-se com pensamentos sensuais para ignorar o fato de que ela estava em perigo e que isso poderia estar ligado ao irmão de seu falecido marido.

— Estamos prontos para esta noite. — Carter entrou na sala, mas não viu Jack ou Oliver. Eles provavelmente estavam posicionados do lado de fora. — Você está pronta para compartilhar o que sabe? Recebemos a versão resumida sobre Nick em nosso voo para o Alabama, mas presumimos que ele nunca fez parte de sua vida. O dinheiro debaixo da sua cama muda as coisas.

Sua atenção se voltou para Jesse, buscando conforto nos olhos azul-claros de um de seus melhores amigos. Ele devolveu o olhar dela com uma expressão conflituosa no rosto, que fez seu peito apertar. Jesse estava de folga desde a noite passada e, com Nick Vasquez adicionado à questão, provavelmente estava abalado.

Savanna caminhou até as caixas, não preparada para vasculhá-las e reviver a briga que teve com Marcus.

— Nick é alguns anos mais velho que Marcus. Os dois eram muito próximos até Nick cometer seu primeiro crime aos dezessete anos. Ele foi julgado quando era menor de idade por uma tentativa de assalto a banco com três outros caras que eram mais velhos que ele — lentamente revelou a história, ouvindo a voz de Marcus em sua cabeça como se estivesse falando por ela.

Arrepios surgiram em sua pele sob as roupas, e ela cruzou os braços sobre o peito, preocupada que seu sutiã de renda mostrasse os mamilos através do tecido fino de sua camisa quando se virou para olhar para a sala.

— Nick não aprendeu a lição e, quando saiu, foi preso novamente, nem mesmo dois anos depois. — Savanna se virou para ver os três homens observando-a como um grupo de elite faria se ela mesma fosse interrogada.

Bem, não Jesse. Mas seu olhar agora para Savanna era de decepção, talvez até de traição por manter o dinheiro em segredo. Tanto ela quanto Jesse também sabiam que Marcus nunca a perdoaria por ficar com aquele dinheiro, e ela não conseguia imaginar como ele se sentiria se ela gastasse um centavo dele.

— Marcus disse que, se Nick errasse de novo, seria a última vez e ele estaria fora da família. Pelo menos, ele o rejeitaria como irmão. — Savanna engoliu em seco. — E, enquanto estava fora, Marcus descobriu que Nick estava de volta e trabalhando com criminosos ainda mais perigosos. Ele nunca mais foi preso, pelo que eu saiba, mas Marcus disse que estava farto do irmão. Ele não queria nada com um criminoso.

— Presumo que Nick começou a arrombar cofres, e como um dos melhores no ramo, por causa de seu pai? — Carter falou.

— Sim. O pai deles trabalhava para uma empresa que construía e instalava cofres para bancos e para grandes corporações e instalações do governo. Muitos contratos governamentais, a maioria deles ultrassecretos. Como aquele na década de cinquenta, quando forneceram a porta do cofre de vinte e cinco toneladas no Projeto Ilha Grega. Sabe, o abrigo nuclear projetado para abrigar funcionários de alto escalão do governo no Greenbrier Hotel, na Virgínia Ocidental, durante a Guerra Fria. O pai de Marcus ensinou aos dois filhos os meandros dos cofres. Ele esperava que eles seguissem seus passos — Savanna explicou, tentando manter a voz firme. Além disso, meio que desejava que Griffin tivesse deixado a música de fundo para que não parecesse tão absolutamente silencioso na sala.

— Acho que Nick fez exatamente isso, só que usou as habilidades para roubar — Jesse murmurou baixinho.

— Você já viu Nick pessoalmente? Não temos nenhum registro de vocês juntos em nosso arquivo — Griffin comentou e ela voltou sua atenção para ele.

Teria sua vida realmente sido coletada e catalogada com marcadores em algum arquivo?

Mas ela se lembrou de quando conheceu Nick, uma época em que seu marido ainda estava vivo. Mais ou menos um ano depois de ter descoberto as cartas.

— Apenas uma vez. Marcus o expulsou em cinco minutos e eu mal falei com ele. — Sua língua ficou presa na parte interna da bochecha por um momento enquanto fazia o possível para manter suas emoções sob controle. — Tentei entrar em contato com Nick depois que Marcus morreu para pedir que ele fosse ao funeral. A mãe deles também. Não conseguimos encontrá-lo.

— Então o dinheiro começou a vir depois disso? — Jesse perguntou, e ela assentiu.

— A mãe deles faleceu há alguns anos, pelo que me lembro. — Carter entrou mais na sala e se aproximou de Savanna enquanto ela assentia. — Não estou convencido de que o dinheiro tenha alguma coisa a ver com o motivo pelo qual aqueles homens apareceram ontem à noite, mas vamos investigar e ver o que podemos descobrir.

— Então, você é a única família de Nick? — Griffin perguntou.

Savanna ergueu o olhar de volta para Griffin, encontrando seus olhos castanhos focados nela com uma expressão suave, que a lembrava de "tentar relaxar". Ela jurou que ele estava balançando a cabeça levemente, como se a música ainda tocasse como outro lembrete para ela se soltar, confiar neles e compartilhar o que sabia.

E funcionou.

Um pouco da tensão começou a se libertar de seus membros enquanto ela evocava Shakira, entre todas as cantoras, em sua cabeça.

Quando viu um sorriso malicioso nos lábios de Griffin, olhou para baixo e descobriu seus quadris balançando. *Sim, minha cara deve estar em todos os tons possíveis de vermelho.*

— A menos que ele seja casado, sim — finalmente respondeu. — Nick nem apareceu no funeral de Marcus, então seria chocante que ele estivesse me mandando dinheiro, porém quem mais poderia ser?

— Aqueles homens ontem à noite não estavam lá pelo dinheiro. Duvido que soubessem que você o tinha — Jesse observou. — Três caras assim não viajam pelo mundo por uma mala de dinheiro. Eles foram contratados para fazer algo. Tinham que estar atrás de você.

— Concordo — Carter declarou, em tom firme. — Vamos nos aprofundar nos antecedentes de Nick e nos colegas de cela, já que não fizemos isso antes. Ver com quem ele anda desde que saiu da prisão. Também é possível que ele tenha feito contatos enquanto estava na prisão para ajudá-lo a conseguir um trabalho quando saísse. Não deveria ser muito difícil determinar seu paradeiro nos últimos anos. — Ele olhou para Griffin. — Faremos você sair daqui antes do sol nascer amanhã. E mudaremos para o plano que discutimos no avião.

— Que plano? — Jesse deu a volta para confrontar Carter.

— Levar Savanna para uma propriedade no norte do Alabama, perto da fronteira com o Tennessee. Não muito longe daqui. Mas longe o suficiente — Griffin disse, e *espera, o quê?*

— Não sem mim — Jesse interrompeu, com as mãos levantadas como se estivesse preparado para lutar.

Jesse, sempre o lutador. Ele era assim desde criança, pelo que Ella havia lhe contado, mas disse que ele se acalmou um pouco depois do Exército.

— Você não vai — Griffin respondeu, com uma voz profunda, que ainda não tinha usado com Savanna. Ele tinha se mantido sexy e brincalhão até agora com ela. — Oliver virá buscar reforços, mas, acredite em mim, o lugar para onde estamos indo é tão seguro quanto possível. Qualquer um que tentar se infiltrar na propriedade irá se arrepender. — Ele levantou a mão para o ombro de Jesse, que deu um passo para trás, afastando-se de seu alcance.

— Não. Ela não sai da minha vista.

Savanna levantou a mão.

— Uhm, oi. Eu tenho uma opinião nisso, certo?

— Não — Carter e Griffin responderam, sem perder o ritmo, e *que droga é essa?*

— Falaremos sobre isso mais tarde — Carter disse, mas ela sabia que era o mesmo que uma mãe dizer a uma criança: *"veremos"*. Não, isso significava que não.

Antes que Savanna pudesse abrir a boca para refutar, Carter ergueu o pulso e olhou para uma luz vermelha piscando em seu relógio.

— Alguém no perímetro. Mais de dois caras pelo que parece — sua voz era tão calma e firme que... o quê? Ele atendeu o telefone um momento depois, antes que o primeiro toque terminasse. — Quanto tempo temos?

O barulho lá fora, que parecia fogos de artifício, fez Griffin alcançar Savanna e jogá-la atrás de si como se fosse um escudo humano. Pelo canto do olho, ela viu Jesse pegando uma arma escondida sob a camisa.

— Eles estão aqui por você — Carter anunciou e, em voz baixa, disse a Griffin: — Estamos seguindo o plano B. Só você e ela — sibilou. — Vão.

CAPÍTULO 7

— Ainda estou tentando compreender o que aconteceu e por que estamos em uma minivan com um adesivo "bebê a bordo" na janela traseira — Savanna disse, apressada, sua mão apertando o peito como se tivesse acabado de correr um quilômetro em terreno acidentado e testemunhado outro assassinato.

Griffin voltou os olhos para a estrada. E sim, essa última parte aconteceu, então ele não a culpava por estar abalada.

Ele também não precisou olhar novamente para saber que seus olhos castanhos estavam fixos em seu perfil. Sentiu sua curiosidade viajar sobre ele enquanto permanecia sentado, sem ser afetado pelo que havia acontecido.

Talvez não totalmente sem se afetar. Ele estava muito exausto. Griffin passou a manhã inteira na Pensilvânia — *foi mesmo esta manhã?* — realizando provas destinadas a operadores muito mais jovens, imediatamente seguido por embarcar em um voo para o Alabama, durante o qual ele não teve tempo de descansar enquanto os caras repassavam os detalhes da missão. Acrescente a isso essa mulher intrigante com sua voz sexy e seus suspiros ofegantes que só serviam para chamar sua atenção para seus seios, e ele estava exausto. Era preciso muito trabalho para evitar observá-la a cada poucos minutos.

— Você está segura. Isso é tudo que precisa entender — finalmente respondeu, o que provavelmente não era a resposta que ela esperava.

Os pneus da minivan esmagaram o cascalho ao longo da estrada não pavimentada, claramente destinada a um quadriciclo ou outro veículo off-road, mas essa era a única opção para eles fugirem com segurança sem dar na cara. A área densamente arborizada se aproximava da propriedade de Jesse e, felizmente, todos, exceto um homem, invadiram a propriedade pelos lados norte e sul, que eram os pontos de entrada mais vulneráveis.

— Não acho que fomos seguidos, mas me sentirei melhor quando estivermos um ou dois quilômetros mais longe da propriedade de Jesse.

— Estamos a apenas dois *klicks* de distância agora. Ainda muito perto — ela disse, depois de mais uma de suas respirações ofegantes, mas pelo menos ele não estava olhando para ela desta vez.

Savanna ter usado a palavra "klicks" foi mais um lembrete de que ela não era apenas uma civil em perigo. Ela era uma civil que foi casada com um soldado de elite por muito tempo.

— Quando exatamente vocês estacionaram esta van na floresta? — perguntou, esbarrando no antebraço dele apoiado no console enquanto se virava para ver melhor a estrada.

— Decidimos ter um veículo reserva em um local seguro, pronto para uma extração caso alguém fizesse uma visita surpresa. — Griffin parou por um segundo quando ela esbarrou nele novamente enquanto olhava para frente, então desviou o olhar para vê-la se contorcendo no banco e ajustando o cinto de segurança como se estivesse se atrapalhando com um paraquedas reserva que temia precisar acionar.

O cinto pegou a gola da blusa, puxando-a para baixo o suficiente para revelar a borda superior do sutiã. Estava escuro demais na van para distinguir o material ou a cor, mas sua imaginação deu um pulo e optou pelo nude e pela renda. Um material fino que deixaria seus mamilos aparecendo se...

E seu pau se contraiu.

Nem *tudo* nele estava exausto.

— Então, você vai me responder ou vai continuar olhando para os meus seios em vez de para a estrada?

Minha nossa, como diria seu tio do Centro-Oeste, batendo nas pernas e levantando-se da cadeira como sinal para os visitantes saírem de sua casa...

Ela. Foi. Bem. Direta.

— É tão difícil assim? — *Ok, agora ela estava apenas brincando com ele.*

— Essa é uma pergunta capciosa? — Porque sim, o pau dele estava chegando a esse ponto, apesar do cansaço.

— É realmente tão difícil responder à minha pergunta? — ela esclareceu, pronunciando cada sílaba como se ele também tivesse problemas de audição.

— Sim, é muito difícil. — Griffin lhe deu um sorriso, aquele que seus amigos chamavam de "sorriso de idiota arrogante", mas imediatamente se arrependeu. *Controle-se e pare de pensar bobagem, Griff.* — Minha equipe tomou providências durante o voo para cá para que um veículo discreto estivesse acessível, se necessário. Como A.J. e Jesse conhecem a disposição do terreno, eles escolheram o local. Ainda bem que pensamos nisso, caso contrário estaríamos caminhando até a rodovia mais próxima. — Ele se parabenizou por se esquivar da acusação contundente de que estava olhando para os seios dela.

— Suponho que você não esperava ter que atirar naquele homem em nossa pequena excursão pela floresta até a van de fuga? Falando nisso, quem decidiu que uma minivan abandonada com um adesivo "bebê a bordo" e sem assentos de carro à vista era qualificada como "discreta" precisa ser demitido.

Ele não tinha certeza do que o surpreendeu mais: a ousadia dela em usar aspas no ar ou seu pequeno discurso, feito aparentemente sem respirar.

— Foi você, não foi? — Savanna refletiu, e ele podia vê-la totalmente de frente para ele agora pelo canto do olho. — Foi você quem achou que uma van de crime abandonada era uma boa ideia.

Ele lhe deu um olhar rápido, fazendo o seu melhor para não ser um idiota e verificou seu decote novamente enquanto conferia se sua camisa estava de volta no lugar.

— Eu estava preparado para qualquer possibilidade — ele finalmente respondeu, já que ela apenas arqueou uma sobrancelha em resposta, notável mesmo na penumbra. — Este é o plano B. E o plano B envolve levar você para um local seguro a cerca de uma hora e meia ao norte daqui até que possamos nos reagrupar e reavaliar o que aconteceu.

— E se alguém se machucar? Ainda não tivemos notícias de Jesse ou dos outros. — Seu atrevimento foi subitamente esmagado pelo medo. Ela não poderia perder mais ninguém em sua vida, e ele poderia se identificar com isso em muitos níveis.

— Não é a primeira vez deles — Griffin disse calmamente, sabendo que Carter poderia segurar o rojão sozinho pelo que ele tinha visto no passado, então ele não estava preocupado.

Todos os caras trabalharam como uma unidade coesa esta noite, o que ele tinha reservas, mesmo depois de duas semanas de treinamento, especialmente em relação a Jack, então talvez ainda houvesse esperança para eles.

— Sua confiança é reconfortante — ela respondeu, parecendo cética.

— Além disso, seu namorado ou amigo, quem quer que ele seja para você, é o John Wick, lembra?

Por que eu falei isso?

— Jesse é meu melhor amigo — Savanna respondeu, rapidamente. — Eu não tenho namorado.

Griffin riu.

— Não existe isso de homens e mulheres serem melhores amigos. Homens solteiros não relaxam com mulheres solteiras lindas sem esperar por mais.

— Você me acha linda, então?

Ele virou para uma estrada principal, sentindo-se um pouco melhor agora que estavam fora de perigo. Figurativamente também, ele esperava.

— Sim, senhora, eu acho.

E pelo que ele testemunhou até agora, Savanna era muito mais do que apenas linda. Ela era inteligente, atrevida e capaz de se virar em uma sala cheia de homens cheios de testosterona. Ela também mantinha a cabeça fria durante uma crise. Poucas pessoas seriam capazes de lidar com o que ela passou nas últimas vinte e quatro horas. Então não, não era apenas a beleza de Savanna que dificultava para ele organizar seus pensamentos toda vez que ela estava por perto ou olhava em seus olhos como se estivesse tentando lê-lo como um livro.

Griffin optou por manter o foco à frente, preocupado que, se olhasse para Savanna, ela o leria novamente. Ela saberia que não havia nenhuma maneira de que ele pudesse ser amigo de uma mulher como ela. Porque ele estaria constantemente tentando levá-la para cama. Sexo era tudo o que ele poderia oferecer a qualquer mulher neste momento e, embora não conhecesse Savanna, sabia que ela merecia mais do que isso de um homem. Muito mais.

— Jesse tem uma queda pela irmã de A.J., Ella. Lembra o pequeno confronto deles na cozinha hoje à noite?

Ah, certo. Ele quase se esqueceu disso, com tanta coisa acontecendo desde então.

— E nós *realmente* somos apenas amigos. Nem todos os homens precisam transar com todas as mulheres que conhecem. Parece um problema seu.

Ele riu levemente.

— Aham, claro.

— Além disso, quase todo mundo no estado do Alabama me rotulou como fora dos limites por causa de, bem, você sabe.

— "Praticamente" significa que nem todos. Quem é a exceção? — as palavras saíram de sua língua com muita facilidade, e isso o fez se perguntar por que estava tendo essa conversa, uma vez que claramente não era da sua conta. — Shep, hein? — perguntou, um momento depois, embora tivesse

A CAÇADA   65

tentado se impedir de falar o que pensava, mas era como tentar impedir que uma bala descesse pelo cano de um rifle depois de apertar o gatilho. Não vai acontecer, porra. — Acho que A.J. não tem o hábito de socar o irmão sem um bom motivo. — Griffin havia pesado ainda mais seu sotaque sulista daquela vez. Depois de mais de vinte anos trabalhando em inúmeras operações e mais de cinco missões no exterior, seu sotaque tinha uma tendência a ir e vir dependendo de seu humor ou nível de fadiga.

— Enfim... — Savanna arrastou, alongando as sílabas de uma forma que seu cérebro cansado achou sugestivo. Tipo, *enfim*, vamos parar e praticar fazer aquele bebê que deveria estar a bordo.

Pensando em sexo depois de atirar na cabeça de um homem há sete minutos. Que beleza.

— Você tinha que atirar na cabeça do cara? Não poderia ter mirado no ombro? — *Ela leu sua mente?*

Savanna massageou a mão direita, aquela que ele segurava com toda força para mantê-la correndo em seu ritmo quando eles atravessaram a propriedade.

— Éramos nós ou ele. Pense nisso e conseguirá dormir à noite. Eu não sou um assassino frio. — E por que o incomodava tanto que ela pensasse isso?

— Não estou questionando por que você atirou nele. O cara tinha uma arma apontada para nós. E — ela continuou, com um toque de rendição em seu tom —, se você o tivesse apenas ferido, ele poderia ter tido a chance de matar Jesse ou os outros. Eu, uhm, acho que entendi — Savanna sussurrou, como se compreendesse, mas não gostando do fato. — Já vi três pessoas mortas diante dos meus olhos.

Três?

Porra.

O marido dela. Ela *havia* testemunhado aquele momento.

— Você conseguiu sua morte nos Estados Unidos — Savanna acrescentou levemente, voltando a confiar no humor para desviar e distrair da realidade, assim como ele.

Griffin virou para outra estrada, permitindo que o GPS de seu telefone montado no painel os guiasse, então ele olhou para ela.

— Está funcionando?

— O que está funcionando?

— O humor? Está ajudando você?

Seus ombros relaxaram.

— Não sei o que estou fazendo, para ser sincera. Só preciso saber que todos estão bem.

— Eles estão bem.

— Sim, e eu ouvi Carter antes de sairmos. — Ela desviou o olhar dele, então ele voltou sua atenção para a estrada, onde deveria estar. — Oito homens invadiram a propriedade de Jesse. Oito malditos homens foram enviados para me pegar. Desta vez, com armas. Não faz sentido. Quem sou eu para essas pessoas?

— Se isso estiver ligado a Nick, vou assumir que ele se meteu em alguma merda feia, e você de alguma forma está sendo puxada para a briga — Griffin respondeu, o mais honestamente que pôde. Também era a única coisa que fazia sentido.

Ele estava prestes a apresentar mais algumas teorias, só que a ligação de Carter o impediu.

Ele pegou o telefone e levou-o ao ouvido em vez de atender no viva-voz.

— Pode falar — ele disse, imediatamente.

— A casa está segura. Ninguém do nosso pessoal ficou ferido — Carter compartilhou a boa notícia. — Seis, incluindo aquele em quem você atirou, foram derrubados. Um banho de sangue que não creio que o xerife consiga encobrir desta vez.

— Todo mundo está bem — murmurou para Savanna, observando enquanto ela fechava os olhos e colocava as duas mãos sobre o coração.

— Temos dois sobreviventes que mantivemos vivos para interrogatório — Carter continuou. — Precisamos nos mudar para um novo local antes que a polícia local, o FBI ou quem quer que decida aparecer apareça.

— Para onde você está levando eles? — Griffin perguntou.

— É muito arriscado levá-los para onde vocês estão indo, então estamos trabalhando para conseguir outro local. Acha que pode cuidar dela sozinho por uma ou duas noites enquanto descobrimos o que diabos está acontecendo nesta pequena cidade?

Griffin deu uma olhada na mulher a quem ele teria que "cuidar", sabendo que mantê-la segura não seria um problema. Mas a estranha reação a Savanna que sentia sempre que ela olhava em seus olhos ou mesmo quando seu braço o tocava inocentemente era uma bola curva para a qual não estava preparado, e ele fez o melhor que pôde para se preparar para tudo.

— Sim, de boa. Avisarei quando chegarmos.

— Estou chamando alguns de nossos outros homens para montar

uma equipe de cinco para proteção adicional da cidade. Não precisamos de mais pessoas aparecendo e atacando uma das amigas de Savanna para tentar atraí-la. Entre os cinco, o xerife e o resto da família de A.J., devemos ter todos seguros.

Contingências para suas contingências. Melhor estar preparado.

— Entendido. — Griffin encerrou a ligação e colocou o telefone de volta no suporte, explicou o que Carter havia dito e acrescentou: — Não conseguiremos esconder essa bagunça da polícia. E isso provavelmente também vai atrair órgãos federais. Eles vão deixar a casa de Jesse em breve com os dois caras que mantiveram vivos para interrogar.

— A esposa de A.J. é do FBI. Bem, ela leciona em Quantico agora, mas talvez possa ajudar a encobrir nossos rastros? — Savanna parou por um momento. — Nós voltamos ou continuamos?

O corpo de Griffin ficou rígido ao sentir a mão dela em seu antebraço, e ele diminuiu um pouco a velocidade do veículo para fitá-la por um segundo.

— Por enquanto, seguimos o plano — ele disse, antes de engolir em seco. — Somos só você e eu.

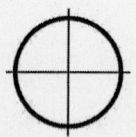

— Queria poder pelo menos falar com Ella ou Jesse. Odeio não estar em contato com eles. — Savanna tamborilou os dedos nas coxas enquanto se aproximavam do destino final da noite. Ela não tinha falado muito durante o resto da viagem, o que lhe convinha muito bem. — E é estranho estar sem meu celular.

— Não poderíamos correr o risco de que alguém pudesse usá-lo para rastrear você. Além disso, alguém pode estar ouvindo as ligações de seus amigos. Então, isso também está fora de questão por enquanto — Griffin explicou, calmamente.

— Onde é esse lugar para onde você está me levando?

— Meu pai possui uma grande propriedade que usa para caçar perto do rio Tennessee. Muscle Shoals fica a apenas quinze minutos de distância se precisarmos ir à cidade, o que eu preferiria não fazer, mas provavelmente deveria te alimentar. — Ele sorriu sem olhar para ela. — Não se preocupe, o lugar é fortemente protegido e seguro.

— Seu pai não estará lá, imagino?

Griffin balançou a cabeça.

— Por que seu pai tem uma propriedade de caça fortemente protegida? Do que ele tem medo? De alguém caçar cervos em suas terras antes que ele possa chegar até eles?

— Algo parecido. — Olhou para Savanna para encontrá-la focada na janela lateral, observando as árvores passarem na escuridão da noite.

— Meu pai trabalhava na 101ª Divisão Aerotransportada — ele se viu admitindo, como se isso explicasse por que seu pai tinha uma propriedade tão segura. — Eu nasci em Fort Campbell. A bolsa da minha mãe estourou lá.

Antes que ele desviasse o olhar, Savanna girou para encontrar seus olhos, como se estivesse chocada por Griffin ter acabado de compartilhar uma página daquele livro fechado que ele afirmava ser.

— É a base do Exército na fronteira do Tennessee e Kentucky, certo?

Ele assentiu e colocou ambas as mãos no volante enquanto fixava seu foco na estrada. Estavam chegando perto da casa do seu pai, e ele não queria perder a curva que não aparecia no GPS.

— Então, você se alistou por causa dele? — Antes que ele tivesse a chance de considerar se iria responder, Savanna disse: — Deixa pra lá. Você não é um livro aberto. Esquece.

Seus ombros quase desmoronaram ao som da mágoa ecoando em seu tom.

— Sim, entrei por causa dele. O Exército tem sido minha vida desde que nasci, acho. — Ele não conseguiu olhar para ela porque ainda estava surpreso por ter se aberto um pouquinho.

— Imagino que tenha sido ele quem te ensinou a atirar?

— Uhum — foi tudo o que respondeu.

Os poucos minutos de silêncio que se seguiram o deixaram desconfortável por algum motivo e, quando ela fez a próxima pergunta, Griffin percebeu o porquê. Ela iria perguntar algo que ele não tinha certeza se estava preparado para responder.

— Matar alguém tão rapidamente como você fez, e como Jesse fez... Acho que simplesmente não entendo...

— Como fazemos isso e permanecemos sãos? — ele terminou por ela, com um nó no estômago. — A propósito, nem todos nós fazemos isso. — *Por que minha voz falhou?* — Muitos sobrevivem com uma combinação de

A CAÇADA

69

remédios, álcool, energético e humor ácido para conseguir lidar. Para lidar com os horrores da guerra.

— E você fez isso? Foi assim que sobreviveu?

Droga, já era tarde para essa conversa e, também, não era uma que ele desejasse ter.

— Tenho minhas próprias maneiras de lidar.

— Está tudo bem — afirmou, sua voz agora suave, quase terna. — Eu nem deveria ter perguntado. Marcus também nunca quis falar sobre nada disso. Com Jesse é igual. A.J. também.

Aquele nó em seu estômago se afrouxou um pouco com o alívio por ela parecer estar encerrando o assunto. Então, por que ele optou por *"desumanizar o inimigo"* estava além de sua compreensão:

— O cara que matei esta noite não era pai. Irmão. Filho. Ele não era humano. É assim que eu faço. Essa é a única maneira de tirar uma vida. — Ele virou à esquerda na estrada secundária que os levaria às terras de seu pai. — Sim, em primeiro lugar, é uma coisa do tipo eles ou eu, ou eles ou meu amigo. Mas você também precisa treinar sua mente para acreditar que eles são maus. Não são humanos. Se você não fizer isso, vai foder com sua cabeça e suas emoções.

— Sinto muito que você tenha feito isso por mim esta noite. E obrigada por compartilhar. Não é fácil, eu sei.

O peito de Griffin ficou tenso quando ela gentilmente colocou a mão em sua coxa, o calor de seu toque passando por sua calça jeans.

E ela sabia, porque foi casada com um SEAL e o testemunhou fazer o maior sacrifício: sua vida. Savanna sabia mais do que deveria sobre essas coisas.

— Está tudo bem — Griffin mentiu, depois voltou a se concentrar na estrada à frente. Ele não queria acionar uma das medidas de segurança que seu pai excessivamente paranóico havia instalado. Embora esta noite ele estivesse grato pela paranóia de seu pai, porque eles teriam um porto seguro. — Chegamos — anunciou, um minuto depois, quando parou em frente ao portão de entrada. — Fique na van.

Ele saltou rapidamente e caminhou até o painel de segurança ao lado do portão principal, mas, ao som da porta do passageiro se abrindo, ele rapidamente se virou.

— Fique no carro. — Griffin ergueu a mão no ar, redirecionando-a para voltar.

— Por quê?

— Esta cerca — ele falou, apontando para o que equivalia a um muro de fronteira de quase dois metros e meio de altura coberto com arame farpado — vai dar choque se você tocar nela. Sem falar todas as outras merdas que meu pai armou aqui para pegar qualquer um que tentasse invadir a propriedade.

— Uau, então ele realmente levou a segurança para outro nível, hein?

Você não tem ideia. Ele girou um dedo para ela voltar para o veículo, depois abriu o pequeno painel e colocou a palma da mão no scanner. Em seguida veio a senha de oito dígitos. E por último, uma chave.

Superprotetor ou louco? Talvez ambos.

— Acho que estaremos seguros aqui — Savanna comentou, quando Griffin voltou para dentro da van e o portão eletrônico se abriu para eles.

— Espero — foi a melhor resposta que ele pôde dar porque, naquele momento, eles não sabiam exatamente o que estavam enfrentando ou quem a estava caçando.

— Uau — ela disse, enquanto se aproximavam da casa de dois andares que ficava no ponto mais alto da propriedade de quatro acres e meio. A casa de toras com telhado verde também tinha um anexo nos fundos que poderia ser usado como centro de comando temporário caso o resto da equipe decidisse aparecer para trabalhar de lá. — Não quero desrespeitar, mas como alguém do Exército pode pagar por tudo isso?

— Dinheiro da minha mãe — foi tudo o que ele disse sobre o assunto, e então estacionou dentro da garagem anexa para três carros, entre um Jeep preto e uma caminhonete GMC Sierra preta.

Ele deu a volta até a traseira da van assim que a porta da garagem se fechou e abriu o porta-malas.

— Bem, sorte sua, você tem coisas — Savanna comentou, com um sorriso, e ele pegou a mochila.

Griffin sorriu e fez sinal para ela entrar.

— Suas coisas estão aqui também, Doçura. — Ele resistiu a piscar, lembrando-se do comentário anterior dela sobre atiradores de elite.

Ele era um atirador de elite, mas não precisava seguir nenhum estereótipo.

— Quando você teve a chance de comprar roupas para mim? — Ela não se moveu conforme as instruções e colocou as mãos nos quadris.

Era tarde. Eles passaram por muita coisa. E, ainda assim, esta mulher com os mais lindos olhos castanhos que ele já tinha visto não tinha perdido o fogo.

— Quando estávamos na sua casa hoje à noite, peguei algumas coisas

A CAÇADA

do seu quarto, caso tivéssemos que implementar o plano B. Jesse colocou a mala na van quando voltamos para a casa dele depois — explicou, como se não fosse grande coisa, e por que seria?

Os lábios carnudos dela se separaram quando seus olhos pousaram na mala que ele segurava em uma das mãos.

— Roupa íntima também?

— Uhm, bem, sim. Achei que você iria querer roupas limpas.

— Minhas gavetas — Savanna falou, exagerando seu sotaque sulista — não são para você tocar. — E, caramba, assim como da última vez que ela usou essa técnica, o pau dele, que acabara de tirar uma soneca, acordou mais uma vez.

— Ok. Posso me livrar delas — ele brincou, então começou a se virar, mas ela agarrou seu antebraço, provocando uma onda de calor que subiu até seu ombro.

Quando ambos olharam para onde ela o tocava, Savanna ofegou suavemente e afastou a mão como se tivesse sido queimada.

— Apenas me dê a mala.

— Então você pode tocar nas *minhas* gavetas?

Seus lábios se contraíram quando ela estreitou os olhos, e Griffin sabia que Savanna estava reprimindo uma piada. Mas ela se virou e subiu os três degraus que levavam à porta, e ele passou por ela para destrancá-la.

— Imagino que tenha muitos quartos... — Ela vagou pela grande sala depois que ele acendeu as luzes e se dirigiu para a enorme lareira que era o ponto focal do espaço aberto. — Que bom que este não é um *trope* de "só tem uma cama".

— O que é um *trope* de "só tem uma cama"? — ele perguntou depois de trancar a porta e ligar o sistema de segurança novamente.

Um tom de vermelho percorreu suas bochechas quando ele largou a mala e se aproximou dela.

— Esqueça o que eu disse — Savanna sussurrou, tímida.

Mas como poderia, especialmente quando isso a fez corar? Griffin cruzou os braços sobre o peito e ergueu as sobrancelhas em expectativa.

— Ok. — Ela lambeu os lábios e ele não conseguiu conter o gemido baixo que escapou de sua garganta. — Eu adoro ler romances, e em muitos livros, bem... — Sua gagueira fofa e o jeito que ela molhava os lábios eram uma distração gigantesca. — O mocinho e a mocinha dos livros muitas vezes acabam tendo que dividir a cama, e você sabe...

Griffin sabia, mas se viu querendo que ela explicasse tudo para ele. Que má ideia.

— Não, eu, uhm, não sei. — Ele fingiu ignorância, mas seu tom rouco pode tê-lo delatado quando ele se aproximou, lutando contra o desejo de colocar a mão nas costas dela e puxá-la para seu corpo.

— A dancinha sem a calcinha — ela sussurrou, com os olhos arregalados, como se desejasse que ele entendesse sem ter que realmente dizer. Quando Griffin não respondeu, suas bochechas coraram novamente. — Sabe, "compartilhar o calor do corpo" — prosseguiu, fazendo aspas no ar. Ele inclinou a cabeça para o lado como se ainda não entendesse, embora, se ela continuasse com os duplos sentidos, ele provavelmente não seria capaz de manter uma cara séria por muito mais tempo. — Sexo — Savanna finalmente deixou escapar, levantando a mão sob o cabelo e apertando sua nuca. — Eles geralmente fazem sexo.

Ele baixou o queixo para ver aquela mulher que o manteve alerta desde o momento em que se conheceram.

As sobrancelhas de Savanna eram mais escuras que seu cabelo, o que significava que ela provavelmente não era loira natural, mas combinava com ela. As ondas cor de mel emolduravam seu rosto oval, com maçãs do rosto proeminentes, nariz delicado e lábios carnudos realçados por leves linhas de expressão, mesmo quando ela não estava sorrindo. E agora, aquelas maçãs do rosto salientes estavam manchadas de rosa de vergonha. Ela estava absolutamente deslumbrante.

— Acha que livros de romance estabelecem expectativas irrealistas? — Griffin perguntou, aparentemente do nada, e esperava não a insultar com a pergunta, mas ele tinha seus motivos.

Ela respirou fundo antes de responder:

— Você não os aprova?

— Eu não disse isso. Mas a ideia de um "felizes para sempre" é o que considero irrealista. Quando na vida teremos essa garantia? — Seu peito apertou ao olhar nos olhos da mulher que ele sabia que entendia essa realidade muito bem.

— Você sabe uma coisa ou duas sobre livros de romance — ela comentou. — Mas esse "felizes para sempre" é uma das razões pelas quais os leio. Porque você tem razão, a vida não oferece muitas garantias e eu preciso desse escape. Preciso saber se o cara por quem ela se apaixona não vai... morrer.

Ele se inclinou para ela, incapaz de se conter, apesar da terrível confusão que aconteceu esta noite — começando com a confissão dela sobre o dinheiro e terminando com eles correndo até a casa de seu pai. E ele não conseguia esquecer que ela o viu atirar no rosto de um homem. Griffin queria desesperadamente abraçá-la. Para tirar a dor dela, que não estava na descrição de seu trabalho.

Savanna vacilou, quase perdendo o equilíbrio, mas ele rapidamente a agarrou pelos quadris para impedi-la de cair na lareira.

— Mas eu sou, uhm, uma fanática por uma boa cena de "só tem uma cama".

— Mas não na vida real?

Os esforços de Savanna para se distrair também estavam funcionando para ele. Suas responsabilidades estavam a um milhão de quilômetros de distância enquanto o olhar dela estava fixo em sua boca e as mãos dele em seu corpo.

Ela respondeu negando com a cabeça, mas, quando ergueu o rosto, seus olhos semicerrados diziam o contrário.

— Não, e-eu não quero isso.

Ele aproximou a boca perigosamente dos lábios carnudos e rosados dela e sussurrou:

— Então estamos ambos aliviados por haver mais de uma cama aqui? — A cada palavra que ele falava, o corpo de Griffin ficava mais tenso, o que era ridículo. Mas as mãos dele ainda estavam no corpo dela, e Savanna não parecia ir a lugar nenhum.

— Certo. Muito aliviados. — Os olhos dela se fecharam por um segundo, e a atenção dele desceu para os seus seios, subindo e descendo com respirações superficiais e entrecortadas.

O sutiã era de uma cor nude. E rendado. Sua imaginação estava correta.

Ele também era um idiota por observá-la assim. Mas esta mulher tentadora estava praticamente encostada em seu corpo, e ela era linda. E cheirava a uma mistura de biscoitos e tempero de abóbora. Ele queria comê-la, começando entre suas coxas.

Solte. Ela. Griffin jurou que ouviu a voz de outro homem em sua cabeça. Definitivamente não era dele. Marcus? Ele rapidamente a soltou e recuou, um lembrete de que o autor da história desta mulher havia roubado o homem que ela amava, e Griffin não tinha certeza se alguém seria capaz de substituí-lo.

Quando Savanna abriu os olhos e lançou-lhe um olhar assombrado e perplexo, como se também tivesse ouvido aquela voz, ele forçou-se a dizer com uma voz rouca:

— Vou mostrar o seu quarto.

CAPÍTULO 8

Savanna olhou para a pilha de roupas limpas empilhadas na poltrona de couro ao lado da cama. Ela estava no quarto de hóspedes do segundo andar, onde Griffin a deixara na noite anterior. Ou, mais precisamente, hoje, já que era uma da manhã. Ela imediatamente aproveitou o banheiro privativo e ficou sob o jato de um chuveiro quente até quase adormecer em pé. Ontem tinha sido um dos dias mais longos de sua vida, e ela não só precisava descomprimir, mas também queria lavar o suor seco e a sujeira grudada em sua pele por literalmente ter corrido para salvar sua vida, bem como o fedor da morte em seu nariz.

Só de pensar em Griffin vasculhando seu quarto, escolhendo aquelas roupas, incluindo calcinha e sutiãs, foi o suficiente para fazê-la corar novamente. E por que ela estava sempre corando perto do homem? Savanna pegou a calcinha branca lisa de algodão e o sutiã combinando e a jogou na cama ao lado da calça jeans e da blusa com decote em V branco que ela já havia escolhido.

Por alguma razão, ele optou por pegar apenas suas roupas íntimas chatas, ignorando todas as rendas e babados que estavam ao lado delas na gaveta de cima.

O relógio na mesa de cabeceira indicava que eram apenas sete da manhã, então ela não tinha certeza se Griffin já estava acordado, mas ela mal dormiu e esperava que Jesse ou os colegas de equipe de Griffin tivessem novidades em breve. Quanto tempo ela teria que ficar nesta romântica casa de madeira feita sob medida com o homem sexy?

Savanna tirou a camiseta enorme com a qual dormiu, aquela que Marcus comprou para ela em uma de suas viagens para Myrtle Beach anos atrás, seus pensamentos voltando para a noite passada e o momento que ela e Griffin compartilharam perto da lareira. E foi definitivamente um "momento". A maneira como suas mãos firmes agarraram seus quadris enquanto ele olhava profundamente em seus olhos despertou algo que ela não sentia há anos. Mas então ele a soltou como se tivesse sido queimado, e o "momento" foi destruído.

Provavelmente foi melhor assim. Ele a lembrava muito de Marcus. O cabelo escuro com um toque ondulado. A pele dourada e os olhos castanhos profundos e penetrantes.

No entanto, ao contrário de Marcus, Griffin emitia uma vibração "perversa" e "perigosa". Isso, junto com sua aparência robusta, queixo chocantemente duro e corpo incrível, era uma prova positiva de que os mocinhos dos romances existiam na vida real. Mas ele era perigoso, e Savanna sentia isso em seus ossos. Não era um perigo físico para ela, a menos que você considere um coração partido como uma lesão física. Não, ele a protegeria com a própria vida, disso ela tinha certeza. Agora, o seu coração...? Eles estavam juntos há menos de vinte e quatro horas, e a atração magnética que já exercia sobre ela, mesmo que fosse puramente sexual, era assustadora.

— Esqueça — ela murmurou baixinho, vestindo sua calça jeans. *Esqueça o jeito que ele olhou para mim. Como foi ter um homem me tocando.*

Ela começou a se vestir, ainda meio atordoada, depois calçou as botas de cano curto, as mesmas que usara enquanto corria pelo quintal da casa de Jesse na noite passada, temendo por sua vida.

O cheiro de café foi a primeira coisa que a atingiu no corredor. Muito melhor que o fedor da morte, isso era certo. Cada passo que Savanna dava com suas botas anunciava sua descida pelas escadas como um martelo batendo na madeira, então não ficou surpresa ao ver Griffin esperando por ela.

Agarrando-se ao corrimão em busca de apoio, parou a três passos do final, sua missão de procurar café esquecida enquanto observava cada centímetro do homem parado diante dela.

A primeira coisa que notou foi que ele estava sem camisa. Só isso quase a matou. A próxima coisa que notou foi que ele estava brilhando de suor, fazendo com que seu cabelo castanho-escuro parecesse quase preto, os fios bagunçados indo em todas as direções. Tênis de corrida pretos e shorts de ginástica da mesma cor, largos e pendurados nos quadris completavam o visual.

O maior engolir em seco de sua vida se seguiu enquanto ela rastreava as marcas dos músculos de seu tanquinho. A definição profunda de seu abdômen era definitivamente digna de um livro. E a manga parcial de tatuagem preta do ombro esquerdo até o cotovelo fez com que seus joelhos ficassem fracos como se ela fosse Bela no momento em que testemunhou a Fera se tornar um homem pela primeira vez.

Savanna nem gostava de tatuagens, apesar de Marcus tê-las, mas *uau, uau, uau*. Por que a tatuagem no corpo de Griffin o tornava ainda mais atraente para ela agora? Meu Deus, o homem parecia letal.

Sim. Perigoso, lembrou a si mesma, olhando para a tatuagem preta de grandes penas de pássaros, ou talvez asas de anjo, no topo de seu ombro.

Ele segurava uma caneca verde-escura em uma das mãos, e a borda pairava perto de sua boca enquanto ele a estudava antes de tomar um gole. E, claro, seu bíceps inchou no processo, aquele que não tinha tatuagem.

— Você acabou de malhar?

Ele baixou a caneca e avançou pela sala, contornando o sofá de couro marrom para chegar onde ela permanecia colada ao degrau.

— Se você quiser chamar assim, claro. Fiz uma varredura no perímetro da propriedade e verifiquei se todas as medidas de segurança estavam funcionando bem. — Ele sorriu, mostrando a ela seus dentes brancos perolados. Pois é, eles sempre eram perolados e brancos nos livros, certo? *Você está perdendo o controle, Savanna*, sua voz interior repreendeu.

— Mais de quatro acres, então, apesar da manhã fria, fiquei com calor.

Sem querer apontar o óbvio, mas você já me dava calor. Savanna ergueu a mão que não segurava o corrimão e passou os dedos pela clavícula enquanto absorvia todo aquele calor.

— Eu não esperava que você acordasse tão cedo. — Griffin olhou para o grosso relógio preto em seu pulso que ela não tinha notado até então. — Tem café. *Folgers*. Não é exatamente a coisa sofisticada com a qual você provavelmente está acostumada. Mas não há comida.

Savanna precisava dizer algo logo. Por quanto tempo ela poderia ficar boquiaberta com aquele homem lindo? Não, *lindo* não era a palavra certa. Lindo não evocaria os arrepios doloridos e necessitados que ocorrem ao sul, entre suas coxas. Foi o corpo esculpido, o rosto bonito e aqueles intensos olhos castanhos que fizeram tudo dentro dela ganhar vida. *É apenas um corpo. É apenas um rosto. Eu consigo.*

Griffin parou no final da escada, os olhos escuros fixos nos dela enquanto segurava a caneca longe da boca.

— Você está bem?

— Eu só, uhm... — ela parou, sem saber o que dizer. Ele realmente a deixou sem palavras.

Este homem precisa parar de mexer com a minha cabeça e começar a mexer com a minha... Ai, meu Deus, o que diabos estava acontecendo com ela? É apenas

A CAÇADA

um corpo. É apenas um rosto. Eu consigo, Savanna repetiu o que poderia ser seu novo mantra se ele chegasse perto dela sem camisa novamente.

— Savanna? — Suas sobrancelhas escuras se apertaram com preocupação.

— Ok. Estou bem — respondeu, aliviada por finalmente ter conseguido falar. — Só estou com fome. Não dormi muito.

— Sim, eu estava pensando que poderíamos comprar alguma comida no mercado e cozinhar aqui. Prefiro não levar você para a cidade, mas também não quero deixá-la sozinha.

— Alguma notícia dos caras? — Aí está. Ela disse algo importante. Uau, sentiu como se tivesse ganhado pontuação máxima jogando Scrabble.

— Sim, Carter ainda está trabalhando para fazer os dois homens falarem, e Oliver está examinando as caixas do seu, uhm, marido para ver se consegue encontrar alguma coisa sobre Nick. — Os olhos de Griffin se ergueram brevemente para as vigas rústicas acima, como se procurasse Marcus ali. — Tudo bem se Oliver ler as cartas que Marcus escreveu para Nick?

As cartas.

Ela nunca as leu, mas...

— Se Oliver acha que isso vai ajudar, então sim. — Que escolha eles tinham? As pessoas estavam potencialmente em risco por causa dela.

— Gray e Jack estão focados em investigar o paradeiro de Nick nos últimos anos e se alguém que ele conheceu na prisão pode se conectar a ele agora. Ou ao que está acontecendo com você — acrescentou, ao voltar o foco para o rosto dela.

— Os federais chegaram na casa de Jesse? Como ele está lidando com tudo isso?

— Jesse fez com que Beckett fizesse algumas ligações ontem à noite, apenas para ser proativo. Beckett não mencionou o que aconteceu em sua casa ou que você esteve na casa de Jesse. Preferimos manter seu nome fora disso.

O corpo de Savanna relaxou um pouco.

— Faz sentido, eu acho.

Ele assentiu, sua boca formando uma linha firme enquanto seu olhar se desviava brevemente para o V da blusa dela.

— Prefiro ir ao mercado agora, enquanto ainda é cedo. Menos chance de alguém nos ver. — Seus olhos encontraram os dela novamente. — Só vou tomar um banho rápido. — Ele inclinou a cabeça, um pedido para contorná-la no degrau.

— Certo. Desculpe. — Ela virou de lado em vez de fazer a coisa racional e apenas descer os últimos três degraus, então, para passar por ela, Griffin teve que dar um passo de lado também.

Seu corpo imponente e suado agora a encarava, o peito esculpido bem na altura dos olhos. Ela foi pega pela leve camada de pelos escuros em seu peito e olhou para o cós do short, perguntando-se se aquilo continuava até...

Mas, para seu crédito, por mais que Savanna quisesse estender a mão e tocá-lo enquanto Griffin manobrava ao seu redor, ela se conteve. *Boa garota*.

— Desço logo.

Ontem à noite ele disse a ela que a suíte principal estava lá embaixo, mas preferia não dormir na cama do pai. Ela também não queria fazer isso, o que era o melhor, considerando que teve alguns pensamentos impróprios sobre Griffin enquanto se revirava na noite passada.

Assim que ele desapareceu de vista, Savanna decidiu verificar o resto do andar de baixo. Ela preferia pegar um café diferente quando fossem às compras, então não tomaria nada por enquanto. Ela era um pouco esnobe quando se tratava de café expresso.

As persianas que cobriam as grandes janelas da sala eram inclinadas para permitir a entrada de luz natural, o suficiente para que pudesse ter uma boa visão do ambiente — os móveis eram elegantes, mas pareciam confortáveis, e a casa era espaçosa. Era relativamente novo ou recentemente renovado. Savanna virou à esquerda no segundo corredor, lembrando que Griffin havia dito que o primeiro corredor à esquerda da cozinha só levava ao quarto principal.

Ella sempre dissera que Savanna era intrometida, mas se considerava meramente curiosa. Ao abrir a primeira porta do corredor, descobriu um escritório aconchegante, e as persianas estavam abertas para revelar uma bela vista do sopé da montanha ao longe.

Ela estava prestes a fechar a porta quando uma estante na parede chamou sua atenção. A chance de encontrar algo para ler era remota, mas por que não tentar?

Livros de história militar e autobiografias alinhavam-se nas primeiras prateleiras, e ela passou as mãos pelas lombadas. De alguma forma, era reconfortante saber que o pai dele gostava de ler, mesmo que a escolha do material de leitura fosse mais útil para ela como uma ajuda para dormir.

Mas então, *bingo*. Ela estava alucinando?

Savanna se agachou para ver melhor a prateleira inferior de livros de aparência familiar. Uma inspeção mais detalhada revelou que todos foram escritos por sua autora de romance histórico favorito. Ela cuidadosamente tirou o primeiro livro da estante e se levantou. Ironicamente, este em particular tinha sido seu primeiro romance histórico, e ela os amava desde então. Depois de devorar todos os livros da lista de autores, Savanna se deliciou com uma dúzia de outros autores que escreveram no mesmo gênero. Na época, Marcus havia sido enviado para uma missão e era o primeiro ano de casamento. Esses livros a mantiveram sã. Eles a transportaram para outra época, outra parte do mundo. Os personagens se tornaram reais quando ela estava imersa em sua história, e suas vidas a impediam de se preocupar com a sua própria vida a cada segundo de cada hora de cada dia.

Talvez ela pudesse se distrair com um ou dois livros mais tarde? Melhor do que ser constantemente tentada por Griffin e toda a sua sensualidade.

— O que você está fazendo? — a voz de Griffin tinha um tom áspero que ela ainda não tinha ouvido desde que se conheceram. E caramba, o homem tomou banho bem rápido.

Griffin passou por ela e pegou o livro de sua mão como se fosse uma primeira edição rara, e ela estava prestes a dobrar uma página. *Sobre o que era tudo isso?*

Ele se ajoelhou e devolveu o livro ao seu lugar.

— Você abriu? — perguntou, se levantando.

— Desculpa, o quê? — Savanna colocou as mãos nos quadris e olhou para ele, confusa.

Seu cabelo ainda estava molhado do banho, e ele ao menos secou o corpo antes de vestir aquela camisa pólo branca com jeans preto? O tecido grudava em seu peito, delineando seus músculos como uma provocação deliciosa, e isso a fez esquecer sua pergunta acusadora e seu comportamento estranho por cerca de dois segundos.

— Esses livros são especiais para o seu pai? Desculpe. — Virou-se para a estante, percebendo que parecia que seu pai possuía todos os livros daquela autora. Vinte e quatro, para ser exata. Savanna a seguia no Instagram e lembrava que havia anunciado no mês passado que estava escrevendo o livro número vinte e cinco. — Ele deve ser fã. Ou são livros da sua mãe? — Ela o encarou novamente, confusa mais uma vez ao vê-lo respirando pesadamente. — Você continua se referindo a este lugar como sendo do seu pai, então presumi que sua mãe não veio aqui, que ela não gostava de caçar ou algo assim. — *Mas ele disse que era o dinheiro da mãe. Uhm.*

— Eles são... dele — Griffin disse, hesitante. — Ela não vem aqui. —

Seus olhos foram para a janela acima da mesa. — Não mais. — Inclinando a cabeça em direção à porta, ele disse: — Podemos ir?

Seus ombros desabaram. Ela odiava sentir que estavam brigando, mas essa era a vibração que sentia.

— Você está com raiva de mim?

Griffin passou os dedos pelo cabelo grosso algumas vezes antes de encontrar o olhar dela.

— Por que diabos eu ficaria bravo com você?

— Porque você está sendo o Sr. Ranzinza agora.

O mau humor desapareceu em um segundo, e um de seus lindos sorrisos substituiu os lábios voltados para baixo.

— Sr. Ranzinza, hein?

— Você prefere que eu te chame de *Doçura?* — provocou, caminhando em direção a ele, sentindo-se um pouco mais confiante em sua capacidade de se comportar agora que Griffin estava de camisa.

— Eu gostaria de ver você tentar — ele disse, sombriamente.

Seu estômago revirou com a forma provocativa como os olhos dele a comiam, apenas desafiando-a a chamá-lo de Doçura, para que ele pudesse calá-la cobrindo sua boca com a dele. Ou colocá-la sobre os joelhos. Ou algo igualmente perverso.

Talvez ela não conseguisse se comportar mesmo com ele de camisa, afinal?

— Uhum. — Ela sorriu. — Entendido. — Esperava parecer atrevida, mas seu corpo estava uma bagunça com os olhos sensuais e aquele sorriso dele apontando em sua direção, e então ela praticamente apenas sussurrou a resposta.

— Savanna, Savanna, Savanna. — Griffin se aproximou e a surpreendeu ao alisar o cabelo sobre o ombro esquerdo enquanto olhava para ela.

— O que eu vou fazer com você, Doçura?

CAPÍTULO 9

Griffin desembalou as compras na cozinha ao lado de Savanna, sua mente repassando a conversa no escritório de seu pai há uma hora. Que Deus o ajudasse, ele quase a prendeu na parede e beijou aquela boca atrevida quando ela sussurrou "entendido".

— Você realmente gosta desse café, né? Comprou três pacotes como se fôssemos ficar aqui por muito mais tempo do que o esperado.

Ele lhe deu um olhar de soslaio enquanto ela segurava um pacote preto de café torrado Freedom Fuel feito pela Black Rifle Coffee Company, com uma bandeira americana na frente sobreposta à silhueta de um rifle.

— Gosto do meu café forte, e também é uma empresa criada e administrada por veteranos; tento apoiá-los sempre que possível.

— Ah, eu amei. — Ela se ocupou em guardar os ingredientes que insistira em comprar um tanto apressada. — Espero que você goste dos meus biscoitos.

Por que isso parecia sacana?

Ele viu a mão dela pairando sobre o pacote de farinha que ela acabara de abrir e se perguntou se teria pensado o mesmo.

— Você não precisa cozinhar para mim. — Griffin colocou as palmas das mãos na ampla ilha da cozinha e olhou para Savanna por cima do ombro.

— É terapêutico e me ajuda a me distrair — ela reiterou o motivo para encher o carrinho de compras quase até a borda.

Para alguém cujos últimos dois dias foram um inferno, ela não parecia de forma alguma como se o peso do mundo estivesse sobre seus ombros. Griffin calculou que Savanna tinha dormido menos de cinco horas, mas seus olhos castanhos estavam claros e brilhantes, e sua pele parecia recentemente beijada pelo sol. E ela valsou pelo supermercado conversando alegremente sobre panificação e ingredientes. Savanna parecia surpreendentemente calma. Bem, para a maioria das pessoas. Quando ele inesperadamente a cumprimentou naquela manhã com o peito nu, ela ficou quieta e estranha.

Griffin com certeza esperava que ela não estivesse atraída por ele, porque isso apenas tornaria seus esforços para se comportar muito mais difíceis. Mas a maneira como ela o encarou, como o tocou...

Seus olhos estavam fixos nas mãos dele, então ele baixou o foco para ver por que ela estava olhando.

— O quê?

— Veias. Seus braços. Mãos. Uhm, muitas veias.

Ele sorriu e ergueu os olhos para ela.

— Sinto que as veias são vitais para a vida. Estou me esquecendo de algo?

O adorável sorriso brincando em seus lábios criou uma resposta inesperada dentro dele. Seu peito apertou e ele quase levou a mão para lá, incrédulo.

— As enfermeiras devem amar você, foi tudo o que eu quis dizer.

Estamos realmente falando sobre enfermeiras e minhas veias?

— Faço o meu melhor para evitar ser picado por agulhas sempre que possível.

O que ela estava realmente pensando?

Talvez ele não quisesse saber.

O momento constrangedor desapareceu quando ela começou a abrir os armários em busca do que precisava para assar seus biscoitos. Quando Griffin era pequeno, sua mãe cozinhava e assava nesta cozinha, então ele sabia que tudo que ela precisava estaria lá. Mas onde? *Inferno*, se ele soubesse. E Griffin estava gostando da visão de Savanna se curvando e procurando pelas coisas. Um pouco demais.

A visão de sua bunda em formato de coração naquela calça jeans skinny o fez se virar e ajustar a virilha.

— Se você vai me ajudar, então lave as mãos — Savanna anunciou atrás dele.

Merda, ela o viu ajustando o pau na calça? Griffin rapidamente se virou e esbarrou nela, derrubando a tigela de prata em sua mão no chão. Ambos congelaram e observaram a tigela girar um pouco no chão de pinho antes de simultaneamente se agacharem e estenderem a mão para pegá-la. Então, em um movimento aparentemente coreografado, cada um deles agarrou um lado da tigela como se ambos precisassem desesperadamente daquela maldita coisa.

Como um coelhinho surpreso, os olhos de Savanna se arregalaram. E quando sua língua rosa apareceu para molhar os lábios antes de pegar o de baixo entre os dentes, tudo o que ele pôde fazer foi olhar.

— Desculpe — ela murmurou e soltou a tigela.

O que estou fazendo? Ele piscou para afastar a névoa cheia de luxúria e se levantou, colocando a tigela no balcão, então seguiu a ordem dela de lavar as mãos. Ele também precisava de um momento para entender por que seu peito doía novamente e como essa mulher conseguia desviar constantemente seu foco.

— Quando foi a última vez que você comeu biscoitos caseiros? — Ela estava tentando afastar o constrangimento e ele se sentia grato por isso.

Griffin secou as mãos e trocou de lugar com Savanna na pia para que ela pudesse lavar as mãos em seguida.

— Já faz muito tempo que não como nada caseiro — admitiu.

— Ah, isso não é verdade. — Ela jogou a toalha sobre um ombro. — Vi você comer um dos meus biscoitos ontem à noite.

Porra, quero comer muito mais do que um dos seus biscoitos. E ele quase expressou o pensamento em voz alta enquanto seu foco se voltava para a calça jeans dela.

— Uhm, entããão... — Ela estava fazendo isso de novo, arrastando a palavra daquele jeito sugestivo.

Quando ele forçou os olhos para cima, viu que Savanna estava corando. Ela leu seus pensamentos?

— Algumas coisas importantes para levar em conta ao se fazer biscoitos. Mantenha a manteiga o mais fria possível, sem sobrecarregar a massa, e uhm... — Mais uhm. Mais pausas. Ela estava ficando tão nervosa quanto ele, não estava? — Se tocar demais na massa — Savanna prosseguiu, seus olhos pousando nas mãos dele —, você acabará esquentando a manteiga. Entende?

Ele se aproximou, o tom ofegante dela o fez querer colocar a palma da mão em sua bochecha e perguntar se sua mão estava muito quente.

— Não, infelizmente não entendi. — Fazendo o possível para se comportar, ele ergueu as palmas calejadas no ar. — Eu entendo sobre balas. Não sobre biscoitos.

Quando a boca de Savanna se abriu com uma linda risada, o coração dele bateu forte no peito. *Então, não é um ataque cardíaco.* Era *ela* que provocava a estranha sensação que ele não estava acostumado a sentir, a não ser quando corria com uma mochila no calor sob a mira do inimigo.

— Ok, bem, vou te ensinar como fazer isso. — Mais cor apareceu em suas bochechas, e suas sobrancelhas se ergueram enquanto seu olhar deslizou para a virilha de sua calça jeans. Griffin quase riu quando ela colocou a mão sobre o coração. E, claro, o pau dele acordou ao vê-la dando uma olhada. Mas ele já estava visivelmente duro? — Bem, você já sabe como fazer *isso*. Tenho certeza de que não precisa de ajuda.

Ele franziu a testa, preocupado por não conseguir aguentar mais uma hora com aquela mulher sem puxá-la para seus braços.

— Talvez eu devesse deixar você fazer isso sem mim?

— Tenho feito isso sozinha há muito tempo — ela disse, parecendo melancólica. Mas, como se percebesse o que acabara de dizer, Savanna olhou para o chão e se virou. Ela estava envergonhada por ter desviado a conversa de biscoitos para sexo? E foi esse o caso, certo?

Griffin não conseguia mais se conter. Aproximando-se por trás, ele agarrou suavemente os braços dela, mas conteve o desejo de apoiar o queixo no topo de sua cabeça e puxá-la contra seu peito.

— Então me mostre — sussurrou em seu ouvido. — Os biscoitos. Como fazê-los. Me ensine.

Quando ela se virou, ele tirou as mãos de seus braços. Savanna estava a poucos centímetros de distância, mas sua cabeça permaneceu abaixada, então ele levantou seu queixo com os nós dos dedos. Sim, ela estava envergonhada, mas o que Griffin não esperava era encontrar os olhos dela brilhando de lágrimas.

— Ok — Savanna disse suavemente e respirou fundo pelo nariz antes de se concentrar no balcão onde ela havia colocado tudo.

Sim, eles iam fazer isso. Biscoitos, certo?

Mas enquanto ela falava, explicando os fundamentos da culinária, tudo o que ele conseguia imaginar era o quanto queria lhe oferecer algum alívio de outra forma. Sexo era muito mais terapêutico do que cozinhar. Não que ele pudesse comparar, já que não cozinhava, mas estava confiante em sua suposição de que um orgasmo era mais benéfico do que amassar uma massa.

— Pronto? — Ela olhou para ele com uma sobrancelha arqueada.

Griffin não ouviu nada do que ela disse, mas sorriu e assentiu.

Poucos minutos depois, e com as mãos na massa, fazendo o possível para não esquentar a manteiga, perguntou:

— Por que você abriu a cafeteria? Você trabalhou para uma empresa de publicidade anos antes. Era um sonho de infância seu?

Ela levou um momento para considerar a pergunta dele, com as mãos imóveis enquanto sua mente trabalhava.

— Minha avó e minha mãe adoravam cozinhar. O sonho delas era ter um lugar assim e, embora minha avó não esteja mais viva e minha mãe esteja ocupada com seu trabalho, pensei que seria algo que eu poderia fazer para homenageá-las.

— Mas você gosta?

Savanna se concentrou novamente na tarefa em questão.

— Sim. E sinto que minha avó está comigo em cada fornada de biscoitos que faço. — Sorriu como se lembrasse de um momento especial com a avó. — Ela nasceu em Cuba, mas casou com um americano e, quando tentaram fugir de Cuba nos anos sessenta, ele foi morto. Ela se tornou mãe solteira e criou minha mãe nos Estados Unidos. — Savanna fez uma pausa. — Desculpe, não sei por que estou lhe contando isso. Você já conhece minha história; tinha um relatório sobre mim.

Ele sabia de tudo, mas ouvi-la contar foi muito mais impactante do que palavras em um papel. E o esmagava saber que ela também devia ter sentido o vínculo com a avó pelo fato de ambas terem perdido os maridos muito cedo.

Esse também foi o golpe na cabeça que ele precisava para se lembrar de que ela estava fora dos limites. A mulher não precisava de mais dor em sua vida. Nunca se permitiu chegar perto o suficiente de qualquer mulher em seu passado para realmente partir seus corações, mas Savanna era... diferente.

— Qual é o resto da sua origem ancestral? — Ele precisava preencher o espaço desconfortável que enchia o ar, mesmo que fosse com conversa fiada.

— Minha mãe disse que sou um pouco disso, um pouco daquilo e uma pitada irlandesa.

Ele sorriu.

— Ela disse o que era "isso" ou "aquilo"?

— Não, e por algum motivo, nunca perguntei. — Ela pegou o antebraço dele e colocou a palma da mão ali. — Acho que está pronto. — Quando Savanna pigarreou e afastou a mão, com os cílios tremulando rapidamente, ela perguntou: — E você?

Griffin tirou as mãos da tigela e se lavou. Ele ainda não conseguia acreditar que estava fazendo biscoitos. O que os caras da equipe diriam sobre isso? Eles ririam e contariam uma dúzia de piadas sexuais.

— Grego, brasileiro e até uma pitada de irlandês.

— Ah. Então é por isso que você mantém um bronzeado dourado o ano inteiro como eu.

— Você deu uma olhada no meu bronzeado, não é? — ele brincou, então a encarou enquanto enxugava as mãos.

Os olhos dela estavam na altura do peito dele, como se Savanna estivesse pensando em antes, quando ele estava sem camisa. Ou, caramba, talvez agora ela estivesse pensando nos homens gregos que tentaram ir atrás dela. *Uhm.*

— Você está bem?

— Você tem família na Grécia?

Sim, a segunda opção.

Griffin preferia voltar para a conversa sexualmente carregada sobre biscoitos, mesmo que fosse perigoso, do que deixá-la nervosa ou com medo. Ele não deixaria nada lhe acontecer e esperava que ela soubesse disso.

Seus ombros caíram. *Por que ela saberia disso? Ela realmente não me conhece.*

— Não, não tenho — ele finalmente respondeu. — Mas tenho dois primos no Brasil.

Ela voltou sua atenção para os biscoitos.

— Você fala português?

— Quase nada. — Ele voltou para perto dela e colocou as mãos limpas no balcão. — Como é o seu espanhol?

— Sou fluente. — Ela pigarreou sutilmente antes de acrescentar: — Os pais de Marcus eram mexicanos, o que eu acho que você sabe, mas sempre gostei da ideia de que seríamos capazes de criar nossos filhos bilíngues. Sentia que, se eles soubessem espanhol, de alguma forma manteriam viva a memória da minha avó.

Ele engoliu o nó na garganta e resistiu ao impulso ridículo de começar a falar espanhol com aquela mulher, uma das quatro línguas em que era fluente.

— Acho que terminamos. — Ela girou para o lado, quase esbarrando nele. A expressão nos olhos dela fez seu peito doer.

Memórias de seu falecido marido e de sua avó competiam por sua atenção, e Griffin podia ver a dor proeminente no desenho de suas sobrancelhas e nas linhas em sua testa.

— Então, como foi sua primeira vez?

Ele a encarou e passou a mão pelo queixo — a barba de semanas estava naquela fase irritante de coceira.

— Acho que não posso responder a isso até provar. — Ele não pretendia que seu tom voltasse ao sexual, mas sim, aconteceu.

Ela engoliu em seco visivelmente, porém, antes que tivesse a chance de dizer qualquer coisa, o telefone dele começou a tocar. E a tensão sexual que havia aumentado entre os dois desapareceu quando Griffin viu que era Carter ligando.

— Sim? — Griffin respondeu um instante depois, enquanto saía da cozinha. — Alguma novidade? Eles falaram?

— Ainda estou trabalhando nisso. Eles são leais ao chefe, seja ele quem for. — Carter fez uma pausa. — Mas eu preciso que você pergunte algo a Savanna. Preciso que descubra a verdade. Acho que ela não está falando tudo que sabe.

Griffin se virou lentamente para olhar para a mulher que, em sua mente, não tinha um pingo de desonestidade em seu corpo.

— Por quê?

Ela estava secando as mãos com uma toalha quando entrou na sala.

— Nick Vasquez esteve na casa dela há quatro dias — Carter deu a notícia a ele. — E eu gostaria de saber por que ela não nos contou e o que diabos ele estava realmente fazendo lá.

CAPÍTULO 10

Savanna cruzou os braços sobre o peito enquanto Griffin se deixava cair no sofá de couro em frente à lareira, com uma carranca no rosto. Seu humor mudou abruptamente depois do telefonema com Carter. Uma ligação onde Griffin ouvia enquanto Carter falava, então Savanna não sabia nem mesmo do assunto.

— O que foi? — Ela se aproximou, mas ele evitou olhá-la nos olhos e bateu lentamente o telefone no joelho. O que é que ele não queria contar a ela?

— Nick Vasquez esteve na sua casa há quatro dias — Griffin disse finalmente, dirigindo suas palavras para a lareira.

Savanna vacilou um passo não só com a revelação, mas também com o tom acusatório em sua voz. Ela sabia que ele estava insinuando que mentiu e omitiu essa informação, mas ainda estava preocupada com a notícia de que o irmão de Marcus esteve na casa dela. Tinha que ser um erro.

— Como você sabe? Tem certeza? — Os braços dela caíram frouxamente ao lado do corpo enquanto ele voltava sua atenção para Savanna e colocava o telefone no sofá.

— Então você não falou com ele? Não chegou a vê-lo?

E aí estava... Ela não o culpava, claro. Eles eram estranhos, então por que ele não a questionaria? Mas isso não fez com que doesse menos.

— Não, eu teria começado com essa informação ontem à noite, quando mostrei o dinheiro a vocês.

Griffin se levantou, mas não se aproximou.

— Você não acredita em mim? — Ela inclinou a cabeça e o estudou, enquanto ele a observava em silêncio, sentindo como se ela estivesse do outro lado de uma luneta. Ele se jogaria e confiaria nela?

— Eu acredito em você — garantiu, suavemente, não a fazendo esperar muito, graças a Deus.

Savanna contornou a mesa de centro, mas deixou algum espaço entre eles.

— Mas Carter acha que eu menti.

— Ele não confia em ninguém.

Ela arqueou uma sobrancelha e se moveu para ficar ao alcance de seu braço.

— E os problemas de confiança dele se estendem a você? — Quando Griffin não respondeu, ela disse: — Foi o que imaginei. — O olhar dela se moveu lentamente para o telefone. — Como você sabe que Nick esteve na minha casa? Não tenho câmeras de segurança.

— Não, mas as pessoas do outro lado da rua têm uma câmera de campainha e nossos homens invadiram o circuito interno de segurança. Há quatro dias, às nove da noite, houve uma batida entre dois carros em frente à casa deles. Nick estava na sua porta e olhou para trás quando o incidente aconteceu, e seu rosto foi capturado pela câmera. Felizmente, a luz da sua varanda estava acesa. Carter me enviou uma foto criptografada dele. — Griffin pegou o telefone do sofá e ela fez o possível para processar a informação enquanto ele abria.

— Às nove da noite eu estava fechando a cafeteria.

— Bem, ele entrou na sua casa. Quanto tempo ficou lá dentro, não sabemos. O vídeo do acidente foi tudo o que conseguimos. — Griffin lhe entregou o telefone, e ela olhou para a tela enquanto seu aplicativo trabalhava em qualquer coisa de descriptografia que estivesse fazendo. Quando a foto passou de completamente pixelizada para mostrar um homem que se parecia com Marcus, ela fechou os olhos. Olhar para Nick era como olhar para Marcus. Eles eram praticamente gêmeos, exceto pela diferença de idade de alguns anos.

— É ele. Quer dizer, só o encontrei uma vez, mas com base na foto, é definitivamente Nick. — Savanna devolveu o telefone e caiu no sofá. — Presumo que ele tenha arrombado a fechadura, mas não tenho ideia de por que invadiu minha casa — ela compartilhou seus pensamentos em voz alta. Seu coração batia furiosamente no peito enquanto ela tentava encontrar uma razão que fizesse sentido.

— Gray está verificando as imagens de segurança de Birmingham e arredores para tentar descobrir onde mais ele pode ter ido. Não temos nenhum registro dele em nenhum voo. Tenho certeza de que, se ele viajou por avião, usou outro nome. Mas, se conseguirmos pegar a imagem dele de uma câmera de segurança do aeroporto, como a irmã de Gray fez com o homem que Jesse matou, nós o faremos — Griffin explicou, com calma. O tom tenso em sua voz desapareceu, o que a fez acreditar que ele realmente acreditava que ela estava dizendo a verdade.

Agora Savanna precisava dele para convencer Carter. Certamente Jesse também iria defendê-la. A menos, é claro, que ele não confiasse mais nela, visto que ela manteve a mala com dinheiro em segredo durante anos.

— Se alguém está procurando por Nick, é possível que tenham conseguido rastreá-lo até o Alabama e...

— E para minha casa. Alguém definitivamente está atrás dele, não de mim. — Ela se levantou, sem saber se isso era uma boa ou uma má notícia. Um pouco dos dois?

— Meu palpite é que eles querem questionar você para ver se sabe onde ele está. Dado o número de homens que reuniram e a rapidez que foram enviados para a casa de Jesse ontem, alguém também o quer muito. Alguma ideia do que Nick poderia querer da sua casa?

— Não — ela respondeu, rapidamente, porque não havia literalmente nada que ele pudesse querer dela. A menos que fosse o dinheiro, e nesse caso, como ele saberia que ela não o gastou ou colocou no banco? Ou que estava escondido debaixo da sua cama?

— Ok, bem, se você se lembrar de algo, me avise.

Seus olhos se fecharam quando um nó desconfortável se formou em seu estômago.

Ao sentir a mão de Griffin sob seu queixo, guiando-a para olhar para cima, ela abriu os olhos. Os profundos orbes castanhos de Griffin a atraíram e acalmaram momentaneamente seus nervos.

— Nós vamos descobrir tudo o que está acontecendo. Descobriremos quem está atrás dele e por quê — tranquilizou-a. — É o que fazemos.

Savanna apertou as mãos, a preocupação fluindo através dela como um maremoto.

— Eu sei que Nick é um criminoso e Marcus não queria nada com ele, mas você pode... salvá-lo também?

— Não tenho certeza se ele precisa ser salvo, mas farei o meu melhor. — Griffin a soltou e deu um passo para trás antes de lhe oferecer seu telefone novamente. — Por que não liga para Jesse? Tenho certeza de que você gostaria de falar com ele tanto quanto ele quer falar com você. Ele tem um celular descartável agora e salvei o número no meu telefone para você.

Ela envolveu o telefone com a mão e assentiu com a cabeça em agradecimento.

— O que você vai fazer?

— Estarei na garagem. Quando voltarmos, pegaremos a caminhonete em vez da minivan. Provavelmente precisa de uma troca de óleo. — Ele olhou para ela por um momento, as sobrancelhas unidas em uma carranca que ele rapidamente substituiu por um pequeno sorriso. — É a minha forma de terapia, uma distração enquanto esperamos notícias.

Ah, bem, isso ela podia entender. E, ah, droga, eles ainda não tinham comido. Ela precisava colocar os biscoitos no forno.

— Avisarei você quando o café da manhã estiver pronto.

Ele assentiu e dirigiu-se para a garagem.

— Ei, Griffin? — Savanna chamou, e ele olhou para ela. — Você deveria contar a Carter sobre nossa conversa?

— Tenho outro telefone — ele respondeu. — Vou ligar da garagem.

— Ela só esperava que Carter acreditasse em sua inocência em tudo isso e que estivesse dizendo a verdade.

— Ok, não fique muito sujo antes de comer. — *Ai, meu Deus, Savanna, ele não é uma criança de cinco anos que sai para brincar.*

Dessa vez, quando ele se virou para encará-la, um canto da boca se ergueu em um sorriso divertido.

— É meio difícil não se sujar na hora de trocar o óleo, mas por você farei o meu melhor.

Assim que ele se afastou, ela revirou os olhos e colocou as mãos no rosto. Aparentemente, estava determinada a fazer o homem pensar que era maluca. Suspirou, foi até a cozinha, ligou o forno e ligou para Jesse.

— Savanna. — Ele atendeu no terceiro toque, então devia estar esperando a ligação dela e do número de Griffin. — Tenho estado preocupado. Você está bem?

— Estou segura, mas estou pirando porque Nick esteve na minha casa. É loucura, certo?

— *Eu disse a Carter que você não sabia disso* — ele disse, rapidamente. Pelo que parecia, Jesse nunca duvidou dela e, por isso, Savanna estava grata.

— Ele está te tratando bem? — Ouviu Shep gritar ao fundo.

— Diga a ele que estou totalmente bem e Griffin é... — Um cavalheiro? Essa não parecia a palavra certa para descrever o homem. Ela também não poderia escolher "macho alfa sexy, forte e tal". Nem Shep nem Jesse precisavam saber que ela queria pular em cima dele.

A notícia sobre Nick quase a fez esquecer a tensão sexual entre ela e Griffin que poderia ter provocado um incêndio na cozinha durante a aula de culinária, mas isso estava no centro de seus pensamentos agora.

Savanna realmente disse a ele, sem realmente dizer, que estava se masturbando porque não havia mais ninguém para fazer o trabalho? As palavras também saíram de seus lábios com muita facilidade.

— Ei, você está aí? — Jesse perguntou.

Apenas sonhando acordada com Griffin me prendendo contra o balcão da cozinha e me comendo até desmaiar.

Savanna o imaginou ordenando que ela colocasse as palmas das mãos no balcão da cozinha, pressionando o peito duro contra suas costas e sussurrando "boa menina" em seu ouvido antes de puxar com força a calça jeans até os tornozelos. Então ele passaria a mão pelas costas dela, empurrando seus seios doloridos contra a bancada antes...

Ela roeu a unha curta enquanto considerava a infinidade de possibilidades.

Me bater? Mergulhar um dedo grosso dentro de mim para me preparar para o seu pau duro?

— Savanna? — *Jesse*. Merda, ele ainda estava esperando ela falar. E agora sua calcinha estava encharcada pela fantasia inadequada.

Griffin estava certo. Sexo era definitivamente mais terapêutico e uma distração muito melhor do que cozinhar. Ou trocar o óleo, aliás. Só de pensar em sexo com Griffin a fez perder momentaneamente todas as suas preocupações.

— Desculpe. Estou bem. Ele é legal. De verdade. Compramos comida esta manhã. Fizemos biscoitos assados — ela divagou.

— Biscoitos assados? Juntos? — Essa era uma pergunta carregada de significados, se é que ela já tinha ouvido algo do tipo. Savanna não perdeu a entonação, então mudou rapidamente de assunto.

— Como você está? Griffin disse que ninguém se machucou ontem à noite, ou eu obviamente teria falado com você antes. Sinto muito por ter te colocado nessa posição.

— Você não fez isso, querida. Pelo que parece, seu ex-cunhado é o culpado.

Em sua mente, Marcus sempre seria seu marido, o que significava que não havia nada de "ex" em Nick. Seus ombros caíram com esse pensamento. Ela nunca seria capaz de se apaixonar por outro homem, não é?

Talvez ela pudesse simplesmente ter um casinho de uma noite. *Alguns casos de uma noite.* Aquilo era... triste. Mas que escolha ela tinha?

— Odeio não estar aí com você — Jesse disse, seguido por Shep repetindo a mesma coisa ao fundo. — Podemos não conhecer o cara, mas antes de A.J. ir, ele falou que Griffin era bom. Disse que trabalharam juntos no verão passado e que ele é um atirador de elite.

Atirador de elite? Então, ela estava certa.

— Estou em boas mãos, então.

Mãos que ela lutava para não olhar. Mãos que ela queria sentir tocá-la... em todos os lugares. A aspereza de suas palmas deslizando sobre sua pele, acariciando seus seios, seus dedos grossos beliscando seus mamilos.

Ai. Meu. Deus. E de volta ao tesão. A adrenalina dos últimos dias deve ter afetado sua libido.

— Os federais estão aí? — sussurrou, em meio ao estranho aperto em sua garganta.

Savanna olhou para a bagunça na cozinha. Ela nem tinha preparado os biscoitos para o forno, o que significava que estava com certeza ficando louca.

— Estiveram, mas, graças aos contatos de Gray no governo, bem como aos amigos da esposa de A.J. no FBI, eles não dificultaram nosso lado. Fizeram algumas perguntas e depois ensacaram os corpos. Acho que foram instruídos a não nos incomodar, mas Gray guardou fotos e impressões digitais para que possamos continuar.

— *Nos* incomodar? Você ainda está ajudando? Esta não é sua responsabilidade. Não quero que corra mais perigo.

— Agora que a filha de Beckett e Ella estão fortemente protegidas, graças aos reforços adicionais de Carter, eu gostaria de trabalhar no caso. Ajudar.

Trabalhar no caso? Ela piscou, confusa.

— Sei que parece pessoal para você, mas não precisa fazer isso.

— Eu quero — ele falou, enfaticamente. — Não me leve a mal, porque eu nunca gostaria que você estivesse em uma confusão como essa, mas sinto falta de fazer um trabalho que parece, bem, importante.

Ah, o coração dela... Savanna entendia esse sentimento e também sabia que esse era um dos motivos pelos quais tinha certeza de que Marcus teria servido ao país até o dia em que...

Ele morreu, Savanna.

— Você é importante, independentemente do seu trabalho. Espero que saiba disso.

— Ele sente falta do perigo! — Shep gritou em voz alta.

— E correr para prédios em chamas é seguro? — Jesse respondeu sarcasticamente a Shep.

Ela segurou o telefone no ouvido com o ombro enquanto preparava os biscoitos para o forno.

— Obrigada — Savanna disse, assim que terminaram com suas briguinhas tolas. — Só não se machuque. Eu não poderia lidar com isso.

— Entendido. Já recebi uma bronca de Rory. Ela está morrendo de vontade de falar com você, então vai comprar um telefone descartável e ligar em breve no telefone de Griffin.

A irmã de Jesse, Rory, era outra de suas melhores amigas. Elas se aproximaram ao longo dos anos, apesar do fato de que, até recentemente, Rory era uma viajante aventureira. Agora ela treinava K-9 militares.

— Eu adoraria falar com ela. — Talvez Rory pudesse entender os sentimentos insanos que sentia por um homem que mal conhecia.

— Ligaremos assim que soubermos mais — Jesse prometeu.

— Parece bom para mim — Savanna respondeu enquanto colocava os biscoitos no forno e encerrava a ligação.

Depois de limpar a cozinha, Savanna foi até a garagem para avisar Griffin que a comida estava quase pronta. Ela não estava preparada para ver o homem parado ali, sem camisa, com calça jeans preta e botas, cadarços desamarrados, com uma mancha de óleo na bochecha e no peito.

Me. Foda.

Não, tipo, literalmente.

Por favor.

Seus pensamentos explodiram no volume máximo em sua cabeça, tão alto que ela estava com medo de realmente tê-los dito em voz alta.

A visão dele parado ali com o peito nu, tatuagens à mostra, todo suado e sujo, segurando uma chave inglesa na mão ligada ao braço cheio de veias... Ela estava vivenciando o que as mocinhas de seus romances históricos chamavam de "calores". A sensação de que a qualquer momento ela poderá ser dominada pela pura masculinidade e intensidade sexual do mocinho. Savanna se apoiou no batente da porta como uma flor murcha, com as costas segurando a porta aberta atrás de si. Como diabos ela poderia fazer alguma coisa com ele parado ali a olhando daquele jeito?

— Você se sujou. — Sua voz falhou quando ela forçou as palavras a saírem de sua garganta seca.

Griffin olhou para seu peito antes que seus olhos viajassem de volta para encontrar os dela.

— Pelo que parece, você também. — Ele inclinou o queixo em direção ao ombro dela.

— O quê? — Savanna direcionou sua atenção para onde um pano de prato estava pendurado em seu ombro, esquecido. Ela limpou o rosto com ele, presumindo que havia farinha em suas bochechas. — Talvez precise de outro banho. — *Por vários motivos.*

— Um banho, hein? — Ele largou a chave inglesa, ou o que quer que fosse, e começou a ir em sua direção, o que fez seu coração bater mais forte.

Ele subiu os poucos degraus e apoiou a palma da mão na parede ao lado de onde ela estava parada na porta como um Bambi assustado.

— Sim, eu, uhm, me sinto suja. — Por que todas as conversas que eles tiveram de alguma forma voltavam para um tom sexual lido nas entrelinhas? Ele a fazia se sentir como uma boa garota que se tornava travessa sempre que apontava aqueles olhos castanho-escuros para ela. Mas pensar em ser travessa com esse homem era incrível.

— Você se sente assim, hein?

Ela manteve a toalha bem apertada com as duas mãos, as costas ainda sustentando a porta aberta atrás de si, mas pelo menos Savanna conseguiu ficar de pé sem apoio. Ela poderia não ser mais uma flor murcha, mas o bíceps protuberante de Griffin flexionado próximo ao seu rosto não estava ajudando em nada.

O que ela queria fazer agora era reencenar a fantasia que havia acontecido em sua cabeça antes e fingir que Griffin era um dos personagens de seus romances, o que significava que ele seria fictício e ela não se machucaria no final.

Mas ele é real. Esse é o problema. Muito, muito real.

E duro.

Em todos os lugares. Tão duro.

— Você está bem, Doçura? — Ele estava testando seus limites. Talvez os dele também. A maneira como Griffin se inclinou perto de sua orelha, sua respiração flutuando no ar para enviar sensações de formigamento ao longo de seu pescoço. — Você parece estranha.

— Eu deveria dizer que estou estranha, com tudo que está acontecendo. — Savanna inclinou o queixo e fechou os olhos quando ele pairou com a boca tão perto de sua pele que ela pensou que ele poderia roubar um gostinho.

— Você tem se saído melhor do que a maioria faria em sua posição.

Savanna sentiu o calor de Griffin desaparecer e, quando abriu os olhos, ele se afastou, levando consigo o toque de seus lábios.

Mas, ah, ele estava lutando para se conter. Sua mandíbula estava cerrada como se estivesse se segurando por um fio.

Nunca em sua vida ela havia experimentado uma atração sexual tão crua por alguém. Doía admitir, mas isso não era algo que Savanna tivesse tido com Marcus, e se ela se agarrasse a esse pensamento por muito mais tempo, mergulharia em uma piscina de culpa e se afogaria nela.

Mas agora, ela só queria estar neste momento, com este homem. Um homem que a fazia sentir como se fosse um namorado literário que ganhou vida. E que "felizes para sempre" era possível fora dos livros.

Não fazia nem vinte e quatro horas e ela queria que ele tirasse sua roupa com os dentes e a fizesse gozar. Isso tinha que significar alguma coisa. Estaria de alguma forma a Lei da Gravitação Universal de Newton entrando em ação? Griffin era uma força que a atraía para ele, e ela não conseguia impedir a atração. Afinal, como combater a gravidade a menos que você tenha sido projetado para voar alto?

— Savanna?

— Sim? — ela suspirou, notando a flexão de seus bíceps.

— Juro que não sou material para romances — murmurou sombriamente, como se estivesse lendo seus pensamentos e sentindo a necessidade de enviar-lhe um aviso; um claro "se você cruzar a linha comigo, vou te machucar" no tom de sua voz. — Na melhor das hipóteses, eu só poderia ser um personagem secundário. Nunca o principal.

— Personagem secundário? — Savanna sussurrou, seu coração apertando. Ela poderia se identificar com isso. — Você realmente acha isso? — Como esse homem poderia ser algo secundário? E de jeito nenhum ele seria o vilão. Ele era um mocinho, e os mocinhos mereciam amor.

— É verdade. — Suas sobrancelhas se franziram e ele empurrou a parede com a palma da mão e deu um passo para trás.

— Como você sabe? — Ela se afastou da porta e se aproximou dele, tão perto que teve que levantar a cabeça para vê-lo.

Seu pomo de Adão se moveu enquanto ele a estudava com um olhar contemplativo.

— Porque é tudo que eu quero.

— E se isso for tudo que eu quero também? Ser uma personagem secundária? — *Estou mentindo, não estou?* — Ou tudo o que sou capaz depois... — Por alguma razão insana, Savanna passou o polegar pela mancha de óleo no peito dele.

Griffin rapidamente capturou seu pulso e levantou a mão entre eles, e ela engoliu em seco ao olhar para um par de olhos sombrios.

— Não. — Ele inclinou a cabeça para o lado e franziu o cenho. — Você, entre todas as pessoas, merece um "felizes para sempre".

— Achei que você não acreditasse nisso.

Sua mão calejada estava quente enquanto ele segurava seu pulso com delicadeza e cuidado.

— Não para a minha história, mas espero que seja verdade para a sua. — Griffin soltou o pulso dela, virou-se e desceu os degraus.

— Eu não vou ter uma segunda chance de amor — ela começou a balbuciar, e o corpo dele ficou imóvel.

Este homem foi designado para mantê-la segura e era um estranho, mas ela sentia uma conexão profunda e inexplicável com ele. Se isso fosse um filme, Griffin teria recebido um dos órgãos de Marcus ou algo assim em uma estranha reviravolta do destino após a morte de seu marido, e isso explicaria sua atração por ele. Mas o corpo de Marcus nunca foi encontrado. *Portanto, isso não era plausível.* E ela realmente precisava se concentrar na realidade.

Mas, ainda assim, tinha que haver uma explicação para o porquê de ela sentir tanto por um homem que mal conhecia. Não valia a pena explorar? Mesmo que fosse apenas entre os lençóis?

— Então, uhm. — Ela não podia acreditar que ia dizer isso ou que teve coragem de fazê-lo... — Se você quiser tentar algo diferente para uma distração terapêutica — Savanna murmurou, engolindo em seco, seu estômago doendo com a necessidade de ser tocada por ele —, você sabe onde me encontrar.

CAPÍTULO 11

Griffin colocou as mãos em cada lado do batente da porta e baixou a cabeça. Então tentou se recompor e descobrir seus próximos passos antes de entrar na casa e foder aquela mulher até deixá-la fora do ar, como ele tinha quase certeza de que ela o havia convidado a fazer vinte minutos atrás.

Esqueça o fato de que era altamente pouco profissional e que provavelmente havia regras contra isso — bem, *haveria*, se a empresa algum dia se tornasse oficial com um departamento de RH. Savanna estava vulnerável. Em perigo. E era uma viúva. Cruzar essa linha não era apenas inapropriado, mas também perigoso. Ele deveria estar protegendo a vida dela, não estragando tudo. E apesar do que Savanna disse, ele sabia que ela queria se apaixonar novamente. Uma fã de romances que não queria romance em sua própria vida? Ele duvidava disso.

Savanna definitivamente não estava destinada a ser uma personagem secundária. Ela era a protagonista o tempo todo. Não tinha nada a ver com quão linda ela era por fora, porque ele tinha visto seu coração. Ela o usava em praticamente tudo o que fazia. Sua preocupação com os amigos, até mesmo com o cunhado, era altruísta. E era óbvio que ela colocava seu coração na culinária e também na cafeteria.

Mas também havia uma luz ao redor dela, e Griffin jurou que viu...

Quando ele era um Ranger no Iraque, antes de ingressar na unidade, uma bomba matou um dos caras de sua equipe. Na época, Griffin tinha certeza de que estava tendo alucinações quando uma luz apareceu sobre o corpo sem vida de seu amigo, como se o céu estivesse levando sua alma bem diante dos olhos de Griffin.

O calor do deserto. O luto por seu amigo. A tragédia de tudo isso. Foi assim que ele explicou o que testemunhou como sendo apenas uma alucinação.

Mas, às vezes, quando ele olhava para Savanna, mesmo naquele primeiro momento em que seus olhos se encontraram pela janela da cozinha de Jesse, nada menos, ele viu um brilhante orbe de luz, ou talvez era chamado de aura, ao redor dela. Griffin nem sempre via isso, mas sabia que estava lá.

E se fosse Marcus cercando-a como um escudo protetor?

Estou perdendo a cabeça de novo. Era muito cedo para beber, e de qualquer maneira, ele não beberia no trabalho, mas precisava aliviar a pressão crescente em seu corpo antes de ignorar todos os avisos em sua cabeça e se render aos seus desejos.

Griffin tirou as botas e entrou para procurá-la, olhá-la nos olhos e dizer abertamente que nada aconteceria entre eles. Há muito tempo, ele jurou nunca partir o coração de uma mulher, e estaria condenado se quebrasse esse voto com esta mulher em particular.

Ele foi até a cozinha e descobriu que Savanna havia colocado os biscoitos no balcão para esfriar, mas ela mesma não estava à vista. Ele com certeza esperava que ela não tivesse voltado ao escritório de seu pai para pegar um dos livros de romance na estante. Por que seu pai se torturou mantendo aqueles livros expostos?

Quando subiu, Griffin caminhou pelo corredor até o quarto de hóspedes, preparado para bater na porta, mas se conteve quando ouviu um barulho lá dentro.

Um pequeno grito ou gemido o fez se inclinar e ouvir. *Santo inferno.* Ele respirou fundo antes de levantar ambas as mãos, agora cerradas em punhos, para gentilmente colocá-las contra a porta. Todo o seu corpo estava agora duro como uma pedra, incluindo seu pau. Savanna estava se tocando, não estava?

— Griffin! — exclamou. — Mais forte. — As palavras foram tensas, como se ela estivesse à beira de um orgasmo, mas foram rapidamente seguidas por um suave *"sim"* que ele mal conseguiu entender.

Ela está pensando em mim.

Não em Marcus.

Em mim.

Ele silenciosamente se afastou da porta e passou a mão pela virilha da calça jeans enquanto seu pau se forçava contra o material.

Como ele deveria olhar essa mulher nos olhos e dizer a ela que eles tinham que manter as mãos longe um do outro depois de ouvir isso? Como ele poderia encará-la sem revelar o desejo mal controlado que fervia em suas veias com todas as coisas que queria fazer com ela? *Mais forte?* Sim, ele poderia dar a ela do jeito que ela quisesse e mais um pouco.

Griffin caminhou pelo corredor até seu quarto, trancou a porta e rapidamente tirou a calça jeans e a cueca. Depois foi direto para o banheiro, entrou no chuveiro e girou a torneira. Ele nem se importou que a água começasse gelada, porque, se não liberasse esse desejo reprimido rapidamente, faria algo perigoso. Ou estúpido. Provavelmente ambos.

Ele segurou seu pau, imaginando que era a mão de Savanna que o envolvia, roçando o polegar através do líquido de sua excitação em sua coroa, punindo-o com golpes lentos e suaves antes de cair de joelhos e tomá-lo entre seus lábios exuberantes. Sua língua quente e úmida circulando seu eixo duro enquanto ela olhava para ele com aqueles olhos castanhos... pura perfeição.

Griffin. Mais forte. Sim. As palavras dela se desdobraram em sua mente mais uma vez enquanto se acariciava, imaginando Savanna tomando-o profundamente enquanto ele empurrava naquela boca sensual dela. Enquanto fodia com ela. Mas quem ele estava enganando? Amava aquele atrevimento e iria querer isso de volta.

Apoiou uma das mãos na parede de azulejos dentro da pequena banheira onde estava, a água escorrendo sobre ele, e mordeu os lábios enquanto se tocava e gozava com força. O alívio diminuiu a dor em seu peito — muito mais terapêutico do que assar biscoitos ou trocar óleo.

Mas queria esse alívio com Savanna. Com a mulher que disse a si mesmo que não poderia ter.

Ele balançou a cabeça, irritado por razões que nem tinha certeza se entendia, mas a tensão já estava crescendo dentro dele pelo fato de que quanto mais tempo ficassem juntos, mais difícil seria se comportar. Mais difícil seria não a procurar, como ela quase pediu a ele, para que não tivesse mais que "fazer as coisas sozinha", como revelou que fazia há muito tempo.

O banho terminou, Griffin parou na pia e limpou o vapor do espelho para encontrar seus olhos.

— Não — ordenou a si mesmo. — Não faça isso. — *Ela ainda está casada em seu coração.* De alguma forma, teria que continuar se lembrando disso.

Vestiu uma camisa branca limpa e uma calça jeans nova antes de começar a subir as escadas, esperando que ela ainda estivesse em seu quarto, para que ele não tivesse que encará-la ainda, mas a porta dela estava aberta quando passou, e ele sentiu o cheiro de café fresco.

Savanna o observou no momento em que ele virou no corredor da cozinha, e um rubor imediatamente subiu por sua pele dourada.

— Você tomou banho. — Sua atenção deslizou sobre o corpo dele por um momento, e ela estava se lembrando de como se tocou enquanto pensava nele não muito tempo atrás?

Porque agora ele estava, droga.

— Eu estava sujo, lembra? — *E precisei me aliviar depois que ouvi você gemer meu nome.*

— Certo. — Ela pegou um biscoito da travessa, um dos favoritos de sua mãe, pelo que ele lembrava, e foi em direção a ele. — Aqui. Prove. — Savanna fechou os olhos e torceu o nariz. — Quero dizer, experimente o seu trabalho. Você fez um bom trabalho.

Quando seus impressionantes olhos castanhos focaram em Griffin, ele testemunhou sua expiração trêmula enquanto Savanna estendia o que parecia ser uma oferta de paz.

Em vez de pegar dela, ele se inclinou e deu uma mordida. Seus olhares se encontraram quando ela colocou a outra mão sob sua boca para pegar os farelos que caíam. O biscoito amanteigado quase se dissolveu e, caramba, estava bom.

— Uhmmm. — Ele sorriu e se afastou. Se continuasse olhando em seus lindos olhos, talvez não conseguisse se controlar.

— Te disse. — Ela lhe entregou o resto do biscoito antes de voltar para a cozinha.

Griffin se afastou dela, precisando, você sabe, *respirar.*

As cortinas estavam abertas, mostrando que nuvens escuras haviam se reunido no céu.

— Vai chover.

— Sim, veio do nada. — Ela se juntou a Griffin onde ele agora estava perto da janela.

— Vou fazer outra checagem de segurança antes que a tempestade chegue. Verificar todos os sensores e câmeras que estão pela propriedade — ele disse depois de terminar o resto do biscoito. — Devemos ouvir algumas notícias em breve. Quando falei com Carter, ele acreditou que estava prestes a conseguir informações dos homens.

— Pelo que ouvi sobre Carter, estou surpresa que esteja demorando tanto. — Um sorrisinho tocou sua boca por um breve momento.

— A culpa é do irmão do seu amigo, Beckett. Ele e Gray são carolas que controlam as técnicas de interrogatório de Carter. Eles continuam verificando se os dois homens ainda têm todos os dedos e dentes. — Ele estava falando sobre tortura e sorrindo. *O que há de errado comigo?*

— Então você é travesso como Carter ou carola como Gray? — A sobrancelha de Savanna arqueou como se este fosse outro desafio.

— Estou tentando ser bom — quase sibilou, sabendo muito bem que ela acabara de lhe lançar mais insinuações sexuais. Griffin nunca teve tanto problema em se manter na linha antes. Era... estranho. — Então, eu provavelmente deveria ir fazer a ronda lá fora.

Savanna mordeu os lábios, sua atenção permanecendo na boca de Griffin por um momento.

— A irmã de Jesse vai ligar em breve. Você se importa se eu ficar com seu telefone um pouco mais?

— Tudo bem. — Sorriu. — Não tenho nada a esconder. — Ele pigarreou e passou por ela, que o seguiu.

— Carter acredita em mim? — Savanna perguntou, quando ele abriu a porta da frente ao som do céu começando a roncar. Ainda era de manhã, mas as nuvens escuras que cobriam um céu furioso faziam parecer que era início da noite.

— Sim. Mas se você puder pensar em algo que possa ajudar, ele agradeceria. Todos nós agradeceríamos.

Ela se aproximou dele, com os braços cruzados sobre o peito, e ele fez o possível para não baixar o foco para o decote agora em exibição.

— Acabei de ter uma ideia. Em vez de procurar algo na minha casa, e se Nick estivesse *escondendo* alguma coisa?

Voltando para dentro, Griffin deixou a porta fechar.

— Se você é a única família dele, então sim, talvez. Se Nick tem pessoas atrás dele, e tinha algo que não queria que caísse em mãos erradas se fosse capturado... — Griffin deixou seus pensamentos se dispersarem enquanto processava a ideia. — Isso é mais provável do que ele procurar por algo que você teria, suponho. — Sua mandíbula tensionou. — Mas ele colocou você em risco ao fazer isso.

— Talvez ele não tivesse escolha. — Savanna deu um passo hesitante para mais perto. A esperança em seus olhos de que o irmão de Marcus, a única família viva que seu falecido marido tinha, pudesse ter, como diria Savanna, virado uma página. Infelizmente, visto que Nick entrou e saiu da prisão mais de uma vez e que seu próprio irmão se recusou a perdoá-lo por seu estilo de vida, Griffin duvidava muito disso.

Nick colocou em risco a segurança de Savanna ao aparecer na casa dela e, no que dizia respeito a Griffin, não havia como voltar atrás. Marcus concordaria.

— Nick é um ladrão. — Seus olhos se ergueram para o teto como se estivesse trabalhando em seus pensamentos. — E se ele roubou algo que fez com que esses homens o caçassem?

— É possível. — Griffin pegou o braço dela e apertou suavemente. — Mas, Savanna, Nick não é o seu marido. Ele não é um herói. — Ela sempre seria casada com Marcus, não seria? Griffin a soltou e recuou um passo, sentindo como se tivesse cruzado a linha com uma mulher casada, algo que nunca faria. — Aos meus olhos, Nick é o vilão.

CAPÍTULO 12

O céu se abriu enquanto Griffin caminhava pela trilha de cascalho que levava à frente da casa, mas ele diminuiu o ritmo ao ver Savanna em uma das duas cadeiras de balanço sob a cobertura da varanda.

Ele parou de andar completamente e fechou os olhos enquanto lembranças de sua adolescência vinham à mente. Sua mãe costumava sentar-se naquela cadeira enquanto esperava seu pai voltar da caça. Ela poderia ficar sentada lá o dia todo também. Um livro em uma das mãos, café ou vinho na outra.

Dizer que sua mãe adorava livros era um eufemismo. E Griffin teve a impressão de que Savanna era praticamente a mesma coisa.

— Tudo certo? — O timbre suave da voz de Savanna o fez abrir os olhos e piscar para afastar as gotas de chuva que grudavam em seus cílios. Agora ela estava parada no topo da escada, esperando por ele.

— Enquanto você estava ao telefone com Rory, um dos sensores disparou.

— Sensores? Que tipo de sensor? — Ela se inclinou em uma das grandes colunas ao seu lado com os braços cruzados.

— É basicamente como uma mina terrestre, mas, em vez de explodir quando uma pessoa ou animal pisa nela, aciona um alarme silencioso no aplicativo de segurança do meu telefone — explicou, ainda parado na chuva por algum motivo.

Fazia apenas uma hora que ele destruíra suas esperanças em relação a Nick Vasquez, mas ele se recusava a acreditar que haveria qualquer redenção para aquele homem só porque ele era irmão de seu marido.

— Por que você não me contou? — Ela se afastou da coluna, permitindo que seus braços caíssem ao lado do corpo.

— Porque verifiquei as câmeras do aplicativo e era apenas um cervo. Eu reiniciei o sensor quando fiz a ronda — respondeu, casualmente. — É por isso que não coloquei você no quarto de segurança.

— Você quer dizer o quarto do pânico?

— Eu pareço alguém que entra em pânico? — Ele lhe deu um rápido sorriso enquanto descia a escada. — O quarto é para manter você segura, não é para entrar em pânico.

— Aham, claro. — Ela fechou um olho como se discordasse da semântica. — Quanto tempo você vai ficar aí se molhando?

— Acho que estou tomando meu terceiro banho do dia — comentou, resistindo a uma piscadinha brincalhona. Savanna não precisava saber por que ele tomou aquele segundo banho ou o fato de ele a ter ouvido gemer seu nome.

Griffin passou os dedos pela abertura da camisa encharcada, liberando os botões um por um enquanto subia lentamente os degraus. Uma vez abaixo da cobertura, ele tirou a camisa e começou a torcer a água no chão da varanda.

— Não se esqueça de fazer isso também com sua calça jeans. — Havia humor em seu tom misturado com…

Misturado com? Mas que diabos, Griff? Esta mulher o fez viver nas páginas de um de seus romances. *Droga, o que ela está fazendo comigo?*

— Acho que vou continuar com ela — respondeu, sorrindo, embora a voz de seu pai tivesse acabado de invadir sua cabeça e o repreendido para não sujar o piso de sua mãe.

Mas aquele não era mais o piso dela, era?

Griffin colocou a camisa sobre o ombro antes de se agachar para desamarrar as botas enlameadas e esperou que Gray ou Carter ligassem logo e dissessem que precisavam ir embora. Ele não sobreviveria mais vinte e quatro horas com esta mulher doce e sexy. A tensão sexual entre eles era muito forte. Tinha sido forte desde o momento em que ela colocou a mão em seu peito na cozinha de Jesse, e só aumentou desde então. Ele não conseguia explicar por que, mas sentia-se atraído por ela como nenhuma mulher que já conhecera.

E isso o aterrorizou. Griffin não tinha medo de muita coisa, mas aquela beldade sulista de um metro e sessenta e uma covinha que aparecia na bochecha direita quando ela sorria o deixava prestes a cruzar a linha que ele mesmo impôs.

Mulheres casadas estavam fora dos limites, e Marcus não precisava estar vivo para que isso fosse verdade. Griffin sentiu a presença do homem como se Savanna compartilhasse os batimentos cardíacos com ele.

Griffin se levantou e tirou as botas, notando a atenção de Savanna voltada para o céu enquanto observava a tempestade.

— Prefiro que você esteja dentro de casa. Você está a uma distância segura de qualquer atirador, mas isso me deixa desconfortável. — *Tudo em você me deixa desconfortável.* Ele jogou a camisa na cadeira de balanço antes de abrir a porta para ela.

— Ok — ela sussurrou e o encarou. — Carter ou Gray ligaram para o seu outro telefone enquanto eu estava conversando com Rory?

— Ainda não — respondeu, assim que entraram, e ficou grato por sua calça jeans não estar tão encharcada quanto sua camisa, para que ele não pingasse água no chão de madeira. O lugar foi reformado há cerca de uma década, mas a propriedade foi um presente para seu pai há quase trinta anos.

Ele trancou a porta e, quando se virou, encontrou Savanna tamborilando os dedos nas laterais das coxas da própria calça jeans. Seu lábio inferior preso entre os dentes e os olhos voltados para o chão.

— O que te deixou tão nervosa? — Parecia um pouco estranho, considerando que ela havia mostrado a coragem e a tenacidade de uma mamãe ursa até agora, então ele não pôde deixar de perguntar.

— Eu só quero deixar as coisas às claras.

Cruzando os braços sobre o peito, Griffin observou divertido enquanto o foco dela permanecia em sua calça úmida por um momento, depois deslizou para cima e parou em seu tanquinho. E havia aquela covinha adorável. Ele apostaria que Savanna estava completamente inconsciente do sorriso em seu rosto.

— O que foi, Doçura?

Quando seus lindos olhos castanhos encontraram os dele, ela disse suavemente:

— Eu queria me desculpar pelo que disse antes. Foi inapropriado e completamente fora do meu normal. Não sei o que deu em mim.

Seus lábios se contraíram enquanto ele resistia a um sorriso. Griffin não deveria se fazer de bobo ou incitá-la a repetir o convite impetuoso que ela havia feito antes. Ele se lembrava de tudo muito claramente. E levaria muito tempo, se é que algum dia, antes que ele esquecesse o som dela exclamando seu nome enquanto se tocava até o orgasmo.

— Ainda podemos ser amigos? Quer dizer, sei que acabamos de nos conhecer, mas gostaria que fôssemos amigos. Você parece agradável. E nós dois temos um toque de irlandês, então temos isso em comum. Embora, com base no seu nome, aposto que seu pai é um pouco mais do que isso e...

A CAÇADA

— Savanna — Griffin interrompeu sua divagação nervosa porque, por um lado, era muito fofo para ele lidar, porém, o mais importante, ele precisava acabar com essa ideia de amizade o mais rápido possível.

Ela engoliu em seco quando ele relaxou os braços ao lado do corpo e deu alguns passos para trás.

— Eu não posso ser seu amigo. Desculpe.

Ela franziu a testa e então seus olhos se estreitaram como se lembrasse da conversa deles na van ontem.

— Porque você não acha que homens e mulheres podem ser amigos sem querer...

— Porque um dia você vai se casar novamente — admitiu, devagar, seu pulso acelerando. Seu coração batia furiosamente em seu peito, como se ele estivesse traindo o órgão que lhe dava vida ao rejeitá-la. — E não posso ser solteiro e amigo de uma mulher casada.

— Não vou me casar novamente — garantiu rapidamente, antes de acrescentar: — E você não confia em si mesmo?

O que ele poderia dizer sobre isso?

— Nunca... não com uma mulher casada — foi tudo o que ele conseguiu fazer seus lábios falarem.

— Então, qual é o problema? — Suas mãos pousaram nos quadris e olhou para ele de uma forma que só uma mulher sulista parecia saber fazer.

Griffin inclinou a cabeça e se aproximou dela, o que provavelmente foi um erro.

— Porque isso não me impediria de querer. — Ele precisava adicionar aquele espaço entre eles antes que estragasse tudo.

— Preciso lembrá-lo que tenho amigos homens e nada aconteceu com eles? — Ela ergueu a mão e começou a contar nos dedos. — Jesse. Beckett. O outro irmão de A.J., Caleb. E...

— Shep — Griffin terminou por ela.

Ele a surpreendeu e a deixou em silêncio. Sua boca se curvou de surpresa, então se fechou antes que a culpa tomasse conta de seu rosto.

Griffin estava certo. Ela dormiu com Shep, e por que isso o enfureceu? Um sentimento desconhecido floresceu em seu peito. *Ciúmes?*

— Bem, eu gostaria que fôssemos amigos, mas não vou pressioná-lo. — Seus ombros caíram e ela se virou.

— Savanna, acabamos de nos conhecer. Você não me conhece — Griffin a lembrou. — E eu não conheço você.

— E ainda assim, há algo. Algo que não consigo identificar. — Ela se virou apenas o suficiente para que ele visse seu perfil. — Talvez esteja tudo na minha cabeça. Eu li muitos romances. — A tristeza em seu tom iria destruí-lo.

Porque ele também sentiu aquilo. E Griffin, assim como Savanna, também não sabia o que era. Mas não faria nenhum bem a nenhum deles se ele admitisse isso.

— Estou confundindo minha situação com o enredo de algum livro de suspense romântico. Sabe, onde o cara resgata a mocinha, e eles...

Se apaixonam? Transam? Ele não aguentaria isso.

— Acabam transando — ela disse. — Você sabe, o *trope* de "só tem uma cama". Ou o casal de mentira dividindo um quarto de hotel. Ou o tipo de situação de ficar preso em uma cabana romântica na floresta.

— Cabana, hein? — ele se viu dizendo baixinho.

— Desculpe. Há muito tempo que vivo dentro das páginas dos livros. — Ela o encarou, e a tristeza em sua voz agora também se refletia em seus olhos. — Quero dizer, não há nada de errado com os livros. Eles são minha fuga. Às vezes, são as únicas coisas que me ajudam a superar os dias difíceis, quando o mundo real parece incrivelmente difícil.

Ele inclinou a cabeça ligeiramente para o lado enquanto a observava e lutou contra a vontade de abraçá-la e ser o único a ajudá-la a escapar de sua dor.

— O que aconteceria na cabana? No livro, quero dizer. O que aconteceria quando eles estivessem sozinhos? — Ele oficialmente perdeu a cabeça, mas não conseguiu evitar que as perguntas saíssem de sua boca.

Savanna olhou em seus olhos, as sobrancelhas franzidas, os punhos cerrados ao lado do corpo, como se estivesse canalizando a contenção da mesma forma que ele.

— Uhm. Eles discutiriam algumas vezes para aumentar a tensão. Fariam algumas piadas sexualmente carregadas. — Seguiu-se um forte engolir em seco e ela molhou os lábios. — Então ele perderia o controle. Ele a prenderia — Savanna olhou para a esquerda, para a parede perto da porta — naquela parede, e a tocaria. Passaria a mão por baixo da blusa dela e seguraria seu seio. Tomaria seus lábios e a morderia suavemente. — Ela estava ficando sem fôlego enquanto falava, e ele permaneceu congelado no lugar e preso a cada palavra dela. — Ele a beijaria. Talvez colocaria as mãos sobre a cabeça. Uniria os pulsos dela com uma das mãos enquanto ele toca sua boce...

A CAÇADA

Savanna parou de falar como se sua garganta estivesse seca e ela tivesse perdido a capacidade de terminar.

— Savanna? — chamou, com calma.

— Sim? — ela murmurou, seus seios subindo e descendo com uma respiração profunda.

— Você está molhada? — sua voz saiu rouca.

Os olhos dela se arregalaram um pouco, então Savanna apertou os lábios um contra o outro e assentiu.

— Que bom. — Griffin diminuiu o espaço entre eles e a apoiou contra a mesma parede que ela havia olhado, então capturou ambos os pulsos dela em um movimento rápido, exatamente como ela descreveu, e os colocou sobre sua cabeça. — Mas preciso de provas — completou, a segurando com firmeza, os olhos fixos nos dela. Um desejo intenso ardia fortemente entre eles, e nada, nesta vida ou na próxima, poderia impedi-lo de fazer o que planejou em sua cabeça.

Ele se inclinou, capturou seu lábio e chupou, sua mão livre viajando por baixo de sua camiseta, puxando para baixo o bojo de seu sutiã e espalmando seu seio perfeito. Ela choramingou quando ele beliscou seu mamilo antes de soltar seu lábio para inclinar sua boca sobre a dela.

Era Griffin quem gemia agora enquanto suas respirações se misturavam e sua língua encontrava a dela. Ele perdeu o controle dos pulsos de Savanna, descobrindo que estava se perdendo. Com apenas um beijo.

Meu Deus, estou tão fodido.

A sensação das unhas dela cravadas em suas costas enquanto ela o agarrava com mais força arrancou um gemido do fundo de seu peito. Savanna tinha alguma ideia do que estava fazendo com ele? Derretendo-se ao seu toque e esfregando sua boceta contra o pau dele duro como pedra? Griffin soltou o seio dela, precisando ver o quão molhada Savanna estava por ele.

Griffin rapidamente desabotoou o botão da calça jeans dela e puxou o zíper, deslizando a mão contra a calcinha simples de algodão que ele escolheu na noite anterior e agarrando seu quadril de forma possessiva.

— Por que você escolheu roupas íntimas chatas? — ela perguntou, entre beijos.

— Acho que você sabe.

— Mesmo ontem à noite, você sabia que me queria?

Ele inclinou o rosto para encontrar os olhos dela por um momento, afastando suas bocas no processo.

— Mesmo ontem à noite — admitiu, antes de procurar sua língua novamente. Ele nunca desejou tanto alguém em sua vida.

— Me toque — implorou. — Por favor.

E isso era tudo o que ele precisava ouvir para cumprir a ordem. Griffin mergulhou a mão sob a última camada de tecido e sobre o V liso entre as coxas dela, e...

— Você está tão molhada — falou contra sua boca, seu pau ficando dolorosamente duro com o quão escorregadios seus dois dedos ficaram ao tocá-la.

— Griffin — ela gemeu, e ouvir seu próprio nome foi toda a munição que ele precisava para continuar, para fazê-la gozar e vê-la se levar pelo orgasmo em seus braços enquanto o segurava como uma tábua de salvação.

Savanna se balançou contra a palma de sua mão, desejando que ele lhe desse o prazer que ela tanto desejava. Somente quando seus suspiros e gemidos se transformaram em gemidos de frustração ele afundou dois dedos profundamente dentro dela, trabalhando-os em conjunto com a ponta do polegar em seu clitóris.

— Não pare — ela sibilou, antes de segurar sua nuca e afundar os dentes em seus lábios enquanto gozava para ele. E caramba, essa mulher gozou, apertando os dedos dele como se fosse um maldito torno. Ela soltou o lábio dele e inclinou a cabeça contra a parede, seu gemido ofegante e libertador dançando pela pele de Griffin. — Ah, meu Deus — ela disse quando seu corpo relaxou. E então ele sentiu a mão dela deslizar pela pele excessivamente aquecida até a braguilha da calça jeans, e agora era ele contendo um gemido quando ela levou os lábios ao ouvido dele e disse:

— Eu...

Mas antes que ela pudesse terminar seu pensamento, um relâmpago seguido pelo estrondo de um trovão a fez estremecer e abandonar suas palavras.

Uma mensagem de Deus? Griffin franziu a testa. De Marcus?

Provavelmente ambos por causa do quanto eu errei.

O telefone em seu bolso começou a vibrar, fazendo-a pular novamente.

— Eles estão ligando. — Sua voz saiu rouca e irritada. Zangado consigo mesmo, não com Savanna, e ainda assim ele não conseguia tirar os olhos de seus lábios inchados. Meu Deus, ele queria separá-los com a língua e saboreá-la novamente. *Merda.*

— Talvez eles saibam de alguma coisa. — As palavras de Savanna o despertaram do torpor em que havia caído. Ele estava trabalhando. E ela era o trabalho, não era?

A CAÇADA

Griffin deu um passo para trás e pegou seu telefone, castigando-se mentalmente mais uma vez enquanto se concentrava um pouco demais na pele exposta de Savanna enquanto ela arrumava as roupas.

— Sim? — disse, depois de colocar Gray no viva-voz.

— Os homens se recusam a revelar o nome do chefe, mas confirmaram que Nick trabalhava em sua equipe antes de traí-los. E eles estão atrás de algo que Nick tem e que deveria entregar. Mas sem cruzar a linha e torturá-los, não acho que conseguiremos fazê-los dizer mais — Gray compartilhou. — Ainda estamos trabalhando em suas identidades verdadeiras, mas presumo que também sejam gregos.

E por alguma razão, Savanna, com seu grande coração, parecia ter comido algo azedo e estremeceu. Ela ainda estava tendo dificuldade em acreditar que um criminoso se associaria... bem, a criminosos.

— Eles disseram que acreditam que Savanna é o caminho para chegar até Nick — Gray acrescentou.

— Então, eles não estavam na casa dela para ver se Nick escondeu algo lá? — Griffin perguntou.

— Eles não disseram, mas duvido, ou teriam enviado mais homens de volta à casa dela para revirar o lugar, e em vez disso foram buscá-la na casa de Jesse. Mas...

Droga, Griffin odiava essa palavra. Raramente levava a algo bom.

— Eles disseram que não são os únicos atrás de Nick, o que significa que mais pessoas virão atrás de Savanna — Gray concluiu.

Mais pessoas atrás dessa mulher?

Savanna cobriu a boca com a mão enquanto seu peito subia e descia com respirações nervosas. Como eles passaram de um orgasmo poucos minutos atrás para isso?

— Tenho certeza de que Nick foi à minha casa por um motivo, e também tenho certeza de que não foi para colocar um alvo na minha cabeça.

— E ainda assim, a câmera da campainha do seu vizinho o registrou entrando pela porta da frente — Gray afirmou, como se talvez Nick tivesse envolvido Savanna de propósito.

— Você ainda não o encontrou em nenhuma filmagem das câmeras de segurança locais da cidade, certo? É possível que ele não tenha previsto a câmera do outro lado da rua, nem teria levado em consideração algo tão aleatório como o acidente que aconteceu naquele momento — Griffin sugeriu. — Ele pode não saber que foi identificado, o que significa que Savanna está certa, e ele arriscou muito para aparecer.

Savanna olhou para ele e murmurou um agradecimento como se estivesse defendendo Nick, mas claro que não. Ele estava apenas colocando os fatos na mesa. Independentemente dos motivos de Nick, ele colocou Savanna em perigo. Havia um alvo na cabeça dela por causa dele.

— Ok, vou morder a isca — Gray começou. — Se Nick usou sua casa para esconder alguma coisa, onde ele poderia...

— O Mustang — Savanna o interrompeu, balançando a cabeça como se estivesse chateada por o pensamento não ter ocorrido antes. — A única vez que Nick apareceu em nossa casa, ele queria comprar o Mustang de Marcus. Foi um presente para os dois quando eram adolescentes, mas Marcus assumiu o controle quando Nick foi para a prisão. Ouvi Nick dizendo que queria um pedaço do passado de volta, que achava que talvez, de alguma forma, o carro o ajudasse a voltar ao caminho certo na vida. — Ela fechou os olhos com força, como se revivesse a lembrança dolorosa. — Marcus disse que um carro não iria mudá-lo e então o expulsou. Nunca mais vi Nick depois disso. — Ela lentamente abriu os olhos. — Dê uma olhada no carro. É o único lugar que consigo pensar onde ele esconderia alguma coisa. Bem, *se* ele escondeu alguma coisa.

— Farei isso — Gray respondeu e emitiu uma ordem para alguém na sala ir para a casa de Savanna.

— Precisamos tirá-la do Alabama — Griffin declarou veementemente, no momento em que as luzes piscaram no alto.

— Isso foi a tempestade? — Savanna perguntou, com os olhos arregalados.

Griffin ergueu a mão para que ela permanecesse em silêncio enquanto levantava o queixo e fechava os olhos, ouvindo atentamente e esperando que sua mente estivesse apenas pregando peças nele. Que o som que ele ouvia era um trovão e não o que ele temia.

— Temos companhia — ele disse a ela e a Gray, quando confirmou as hélices de um helicóptero cortando o ar sobre sua casa.

— Eu não entendo. Achei que este lugar era seguro — comentou, apressada.

— Via terrestre, sim. Eu não esperava que alguém entrasse na propriedade pelo ar. — Ele agarrou o braço dela e apontou para o corredor que levava ao quarto principal. — Mova-se — instruiu.

— Não sei como eles encontraram vocês — Gray disse. — Mas...

— Não vou deixar nada acontecer com ela. Mantenha contato. —

Griffin guardou o telefone e a levou até a suíte principal, depois empurrou a cômoda alta para o lado, digitou o código e a porta imediatamente se abriu para revelar um quarto escondido.

— Espera, o quê? Vou me esconder aqui? Ai, meu Deus. Você tem que ficar aqui comigo. Não pode ir lá. — Savanna puxou seu braço.

— Eu tenho que lidar com isso. Não saia daqui a menos que eu diga. Entendeu? — Ele se virou para a parede de armas atrás dele naquele quarto de seis por seis e pegou um rifle, uma 9 mm, depois amarrou um colete a prova e balas e encheu-o de carregadores.

— Não sabemos quantos deles estão vindo. Por favor, não vá — Savanna estava implorando agora.

— Eu preciso. — Griffin a evitou para acessar as câmeras de segurança e ligou as telas. Um momento depois, ouviu vidros quebrando e avistou pelo menos três homens armados entrando na sala. Rostos com máscaras. Armados até os dentes. E ele tinha que presumir que mais viriam da parte de trás da casa.

Com uma calma que estava longe de sentir no momento, Griffin agarrou Savanna gentilmente pelos braços e olhou-a nos olhos. Queria muito beijá-la, mas ela não era dele para dar um beijo de despedida. Então, falhar não era uma opção. Falhar significava que eles a pegariam.

— Avisarei quando você puder sair. Se eu não conseguir lidar com isso, há um botão de emergência para chamar a polícia. Ninguém poderá entrar aqui. Você estará segura.

— Então fique comigo. Chamaremos a polícia e esperaremos que eles apareçam. Por favor — ela implorou. — Podemos ligar agora. Por que esperar?

— Eu preciso de respostas. Preciso descobrir o que diabos está acontecendo. Desculpe. — Griffin olhou nos olhos aterrorizados de Savanna por um último momento antes de fechar a porta e interromper seus protestos.

Ele empurrou a cômoda de volta para o lugar e depois ficou de costas para a porta fechada do quarto, ouvindo o som de botas esmagando os vidros quebrados na sala de estar.

Se você realmente está aqui, cara, implorou silenciosamente a Marcus, erguendo os olhos para o teto, preparando-se para sair para a batalha, *mantenha sua esposa segura enquanto eu estiver lá fora*.

CAPÍTULO 13

Savanna olhava para as telas, com o coração batendo forte no peito enquanto contava três homens fortemente armados dentro da sala de estar e mais dois em outra tela indo em direção ao centro da cabana como agentes bem treinados. *Marcus, você está na minha cabeça? Porque eu meio que preciso de você agora.* Savanna tinha certeza de que ele estava cuidando dela na outra noite, caso contrário, teria caminhado sozinha para casa normalmente e... ela não queria nem adivinhar o que aqueles homens teriam feito com ela.

Mas, ao contrário dos homens em sua casa, ou do cara que Griffin matou bem diante de seus olhos enquanto escapavam da casa de Jesse na noite passada, esses estavam vestidos com uniformes de combate totalmente pretos. Sem óculos de visão noturna, mas seus rostos estavam escondidos por balaclavas. E aquele piscar rápido das luzes assim que eles chegaram provavelmente significava que tentaram desligar a energia, mas o sistema de segurança do pai de Griffin anulou essa tentativa. O verdadeiro problema era Griffin enfrentar sozinho cinco homens armados. E se houvesse mais pessoas esperando lá fora?

Abuela, se você está aí cuidando de mim, não deixe nada acontecer com ele. Por favor. Savanna fez a oração silenciosa para sua avó, que era a mais espiritual de sua família.

— E Marcus? — Ela falou em voz alta desta vez, perguntando-se se o raio que a afastou de Griffin não muito tempo atrás tinha sido enviado pela Mãe Natureza ou por seu falecido marido. — Precisamos de ajuda — sussurrou, seus olhos indo para as armas na parede, uma das quais ela estava particularmente familiarizada.

Um olhar para as quatro telas montadas na parede oposta a fez respirar fundo para se acalmar. Onde estava o botão de emergência para chamar a polícia? Assim que ela percebeu, em vez de enviar imediatamente o alarme, sua mão pairou sobre o botão. Ela deveria esperar como ele pediu ou prosseguir e pressionar?

Savanna optou por atender ao pedido de Griffin, depois voltou sua atenção para o painel de segurança e descobriu que as câmeras estavam equipadas com áudio, mas estavam no mudo. No momento em que ligou o som, avistou Griffin no segundo nível que dava para o andar de baixo. Ele se posicionou de bruços, o rifle apontado para a sala de estar enquanto olhava para o grupo de homens que agora convergiam para lá.

Ela não tinha ideia de como ele conseguiu subir já que a escada dava para a sala, mas agora ele tinha uma vantagem estratégica, certo? Como Marcus tinha chamado aquilo? *Vigilância?*

— Apareça, Griff. Eu sei que você está aqui. Nos observando. Não quero atirar em você, então, por favor, não me obrigue. — Um homem se separou do resto do grupo e ergueu o rosto para olhar para o segundo andar, como se soubesse que Griffin estava lá. — Precisamos da garota. Desista dela e todos sairemos ilesos disso.

Griff? Como diabos ele sabia que Griffin estava lá com ela, mesmo que o lugar pertencesse ao pai dele? Quem eram esses homens? Definitivamente não eram os gregos. Pelo menos ela achava que não. Esses homens invadiram a propriedade como Marcus e A.J. teriam feito durante uma de suas operações clandestinas naquela época.

Griffin permaneceu em silêncio e firme, apesar de o homem ter acabado de chamar seu nome, e Savanna esperou que Griffin fizesse um movimento. Ele obviamente foi localizado e estava claramente em menor número. Mesmo se disparasse, ele não teria cobertura suficiente para se proteger.

O homem lá embaixo, provavelmente o líder, deu outro passo cuidadoso e ergueu a balaclava.

— Sou eu. Você não vai atirar em mim. Eu te conheço.

Desta vez, Griffin reagiu. Ela não conseguia ver seu rosto, mas ele se levantou lentamente enquanto segurava o rifle.

— Joe? — Griffin parecia surpreso e confuso. — O que diabos você está fazendo aqui?

Joe? Outro nome com J. Perfeito. E uau, o que há de errado com meu cérebro para pensar sobre isso agora?

Sem esperar a resposta desse Joe, Griffin se aproximou do topo da escada. Deve ter acreditado que Joe não atiraria nele.

— Diga aos seus homens para largarem as armas — Griffin ordenou, todos os sinais de confusão e surpresa desapareceram enquanto ele descia lentamente as escadas. Isso deu a ela um pouco de esperança. — *Vou derrubar o maior número possível de seus homens se eles não largarem as* armas, e você sabe disso. — Sua voz profunda soou com intenção clara. De volta à escada e girando a cabeça, ele examinou a sala, acompanhando todos os seus alvos.

Joe baixou seu próprio rifle e depois sinalizou para seus homens fazerem o mesmo. Savanna sentiu um alívio no peito, mas ainda não havia acabado.

Apesar da confusão que esses homens causaram, Griffin e Joe se conheciam, então isso era promissor. Tinha que ser um erro, certo? Mas as próximas palavras da boca de Joe causaram arrepios na pele de Savanna.

— Não sei por que você está abrigando uma inimiga, uma ameaça à segurança nacional. Mas você precisa desistir da garota — Joe exigiu, com gelo em seu tom.

Griffin focou sua atenção diretamente no homem e, embora Savanna só tivesse uma visão de perfil, sua linguagem corporal não conseguia esconder seu choque e raiva.

Inimiga? Ameaça à segurança nacional? Do que diabos ele estava falando?

— Você salvou minha pele em Fallujah, então ficaremos quites quando eu deixar você viver esta noite. — Joe colocou a máscara de volta no lugar.

Iraque? Este homem esteve no Iraque com Griffin? Ele era militar? Não, isso não fazia sentido. Embora a maneira como se movia e falava indicasse um militar, talvez fosse isso. Mas por que uma equipe das forças especiais entraria na propriedade e invadiria a cabana? Por que eles achavam que ela era uma criminosa? *No que você me envolveu, Nick?*

— Bem, não estamos em Fallujah. Você está em uma propriedade privada e ela não vai a lugar nenhum. Você terá que passar por mim para chegar até ela. — Griffin manteve o rifle apontado para o peito de Joe.

— *Eu não vou atirar em você, Griff. Você sabe que não posso fazer isso* — Joe disse, alguns segundos depois, parecendo estar contemplando suas opções enquanto olhava para os outros homens que estavam parados como se esperassem ordens. — Mas nós lutaremos com você. E eu o conheço bem o suficiente para acreditar que você não usará uma arma para uma briga. — Joe estendeu o braço e apontou aleatoriamente para seus homens. — Fuzileiros Navais, Rangers do Exército, SEALs... Todos veteranos. Você vai atirar em um bando de veteranos?

O olhar de Griffin nunca se desviou de Joe.

— Não vou deixar você levá-la. Não importa o que aconteça.

Não, não, não. Ela não podia deixar Griffin fazer isso por ela. Se ele matasse um colega militar, nunca seria capaz de viver consigo mesmo.

Savanna não precisava conhecê-lo bem para ter certeza de que esse tipo de morte o assombraria para sempre. Ele não seria capaz de desumanizar seu inimigo esta noite do jeito que fez na casa de Jesse.

— Não! — exclamou, com as mãos tremendo e a mente acelerada, tentando pensar em um plano.

— Ele não vai atirar. — Joe fez sinal para que dois de seus homens se aproximassem de Griffin.

Savanna respirou fundo quando Griffin hesitou. Algo que ele nunca teria feito se fossem civis. Joe estava certo. Griffin não poderia atirar em um companheiro de armas.

Ele baixou o rifle quando os dois homens se aproximaram, com os punhos erguidos, preparados para abrir caminho através dele para chegar até ela. *Por que sou tão importante?*

— Ela não sabe onde Nick está — Griffin contou, desabotoando o colete de munição para revelar seu peito nu. Ele usava uma calça jeans e nada mais, nem mesmo botas para dar mais força ao chutar. — Se é por isso que vocês estão aqui.

Joe não respondeu. Ele não acreditou em Griffin?

— Tudo o que você pensa que sabe sobre ela... está errado. Ela não é uma criminosa — foi tudo o que Griffin conseguiu dizer antes que o homem à sua esquerda o atacasse.

Griffin o atingiu no estômago, fazendo com que as pernas do cara dobrassem levemente, mas ele ainda estava no jogo.

Quando o segundo homem atacou Griffin por trás, ele puxou seu primeiro alvo para algum tipo de movimento e chutou o cara que estava atacando por trás.

Luta corpo a corpo. Esse é um movimento de Muay Thai. Griffin dá conta. Ele está na posição dominante. Ela jurou que Marcus estava mais uma vez em sua cabeça. Calafrios percorreram seus braços e ela os cruzou sobre o peito.

E enquanto Griffin manobrava os três para o que era basicamente uma formação triangular, ela sabia que ele seria capaz de lidar com os dois homens. Talvez até um terceiro, como Jesse fizera em sua casa.

Nesse momento, Joe ordenou que os outros dois homens se aproximassem.

— Quatro contra um? — Ela engasgou quando os outros dois caras agarraram cada um dos braços dele.

Griffin tentou resistir e, embora Savanna não tivesse exatamente uma visão em alta definição da cena, ela tinha certeza de que as veias dele estavam saltando no pescoço e nos braços enquanto ele tentava se libertar.

O homem que atacou Griffin por trás saltou e ajudou a segurar seus braços. Três homens agora o seguraram no lugar enquanto um homem desferia soco após soco no abdômen de Griffin e depois com os cotovelos em sua mandíbula.

Ela virou o rosto ao ver o sangue escorrendo de sua boca e nariz, horrorizada com o que aqueles homens estavam fazendo com alguém que serviu e se sacrificou por seu país, assim como eles. Esses caras deveriam estar do mesmo lado se fossem militares. Ela tinha que fazer alguma coisa.

O botão de emergência. Ficou em vermelho quando ela o pressionou, então presumiu que tivesse enviado o alarme, mas a que distância estava a polícia? A cabana ficava no meio do nada. A cidade mais próxima ficava a mais de vinte quilômetros de distância.

— Quando soube que você era o nosso alvo, me ofereci. — A voz de Joe fez com que Savanna voltasse o foco para a tela. Ele fez sinal para que o homem que estava socando Griffin se afastasse. — Se tivesse sido qualquer outra pessoa enviada para buscá-la, você teria matado pelo menos três antes de finalmente ser derrotado. Mas eu te conheço, Griff. Você não puxaria o gatilho contra um irmão. Mas me escute quando digo que esta é uma luta que você não pode vencer.

Griffin ergueu o queixo, respirando com dificuldade ao encarar Joe. O sangue deslizava por seu corpo como a chuva havia feito antes durante a tempestade. Ela estava enjoada.

— Você está se perguntando como encontramos vocês? — Savanna ouviu o sorriso presunçoso na voz de Joe, embora não pudesse ver seu rosto, agora que estava coberto pela balaclava novamente. — Onde ela está? — ele perguntou em vez de responder à questão que ele mesmo havia levantado. — Você, de todas as pessoas... ajudando uma criminosa. É assim que os poderosos caem.

— Houve um mal-entendido — Griffin disse asperamente, sua voz quase inaudível, antes de virar a cabeça e cuspir sangue no chão. — Ela é inocente.

— Ela é gostosa. Eu vi a foto, então acho que ela te manipulou para acreditar que é inocente. Foi isso que aconteceu, certo?

Talvez Joe realmente acreditasse que fazia parte do time dos bons garotos, mas onde diabos ele conseguiu essas informações? Não do governo dos Estados Unidos, isso era certo.

Savanna tinha que fazer alguma coisa até a polícia chegar. Seu olhar voltou para a espingarda.

— Calibre vinte, certo? — Seus dedos deslizaram sobre as caixas de munição organizadas sobre uma mesa antes que ela tirasse a sorte grande e localizasse o que esperava serem as munições certas.

Os homens ainda conversavam, mas ela se concentrou nas lembranças por um momento, tentando lembrar como carregar a arma. Não havia cadeira para sentar, o que teria facilitado as coisas, então ela prendeu a coronha debaixo do braço e virou a arma de lado.

"Insira a cápsula e, quando ouvir um clique, você saberá que passou pela captura magnética", Marcus explicou. Eles estavam no campo de tiro naquele dia. *"Carregue seis. E, mulher, quem sabe não aponte a arma para mim"*. Ele sorriu e usou o dedo para redirecionar o cano para longe de si mesmo.

Ela amaldiçoou a lágrima que caiu em seu rosto, enxugou-a e carregou a arma. Então destrancou a porta do quarto de segurança e usou todo o seu esforço para mover a cômoda. Com a arma de volta na mão, ela se moveu com passos rápidos, mas nervosos, até a porta fechada do quarto principal.

Foi na ponta dos pés até o corredor e, pelo que parecia, Griffin continuou a se recusar a revelar sua localização. Joe deve ter presumido que ele a havia escondido em algum lugar que não fosse apenas um quarto, ou eles já teriam começado a vasculhar o local.

— Soltem ele! — gritou, com sua voz mais "corajosa", ao entrar na sala de estar. — Eu vou atirar. — Sua coragem diminuiu quando fez sua ameaça, e ficou com medo de que todos ouvissem.

Griffin estava de joelhos, ainda sendo segurado por três homens, mas, quando ele ergueu o olhar e seus olhos se conectaram — sua energia pareceu recarregar, e sua mandíbula se apertou de raiva ao vê-la, ao fato de que ela estava agora na linha de fogo.

— A polícia está a caminho. — Savanna manteve a espingarda apontada para seu alvo, que era Joe, mas suas mãos tremiam muito. — Se não quiserem estar aqui quando a polícia chegar, sugiro que voltem ao helicóptero e vazem.

— Vazem? — Joe tirou a máscara e seus lábios se contraíram como se se divertisse com a escolha das palavras dela. — Bem, ela é mais gostosa do que na foto. — Ele começou a caminhar, e Griffin entrou no modo besta novamente, encontrando forças para tentar lutar contra os homens que o seguravam. — Abaixe isso antes que você se machuque — Joe acrescentou, em um tom calmo, e quando ele se aproximou, ela se viu encostada na parede do corredor.

— Eu não posso fazer isso. Não sei o que você quer comigo, mas, por favor, não o machuquem mais. Eu não sou uma criminosa.

— Não toque nela! — Griffin gritou, liberando um braço e girando para acertar o cara à sua direita, em seguida, deu um chute no homem que estava socando-o. — Você tem alguma ideia de quem ela é? — indagou, asperamente, quando dois dos homens posicionaram armas em Griffin e também em Savanna. — Essa é a esposa de Marcus Vasquez! — Griffin berrou.

Joe parou de andar como se a notícia fosse de alguma forma significativa para ele, depois balançou a cabeça.

— Ela é cunhada de Nick Vasquez. Um criminoso e...

— E Nick é irmão de Marcus Vasquez. Você não fez sua lição de casa? — Griffin rebateu, sua voz severa e alerta, apesar da batalha que acabara de travar contra quatro homens. — Você realmente vai sequestrar a esposa de Marcus?

As palavras de Griffin pareceram estabilizar Joe. Ele deu dois passos para longe de Savanna como se ela fosse uma chama, onde não queria se queimar.

— Eu não entendo. — Ele olhou para as janelas que seus homens haviam quebrado quando entraram na casa.

— A polícia estará aqui em breve — Savanna o lembrou, quando Joe se concentrou novamente nela.

— Para quem você trabalha? — Griffin perguntou. — Alguém está mentindo para você, Joe. Estou protegendo-a de criminosos. Ela não faz parte disso. — Seu tom estava um pouco mais calmo agora que Joe estava se afastando dela. — E se tentarem levá-la, vocês se tornarão os caçados. Eu vou encontrar vocês e matar cada um por tocá-la — ele fervia, e essa era uma ameaça em que ela acreditava. Griffin não atiraria em militares desarmados, mas, se eles a machucassem, o jogo mudaria.

Joe a surpreendeu girando um dedo no ar, um sinal que ela tinha visto Marcus fazer. Vão para o helicóptero. Vamos voar.

— Outra equipe será enviada para buscá-la. E eles não vão parar de vir. — Joe se virou e foi em direção à porta, fazendo sinal para que seus homens o seguissem, e Griffin foi direto para Savanna.

Ela colocou a espingarda nos pés logo antes de Griffin aconchegá-la ao seu lado, mas ele manteve os olhos posicionados nos homens enquanto eles saíam da casa.

Joe era o último que restava e os enfrentou novamente.

— Ele não vai parar até conseguir o que quer, e agora — ele disse, com os olhos em Savanna — é você.

— Quem a quer? — Griffin tropeçou para frente, quase perdendo o equilíbrio, quase derrubando Savanna com ele, mas se conteve antes que ambos caíssem de joelhos.

— Neste momento... todo mundo — Joe respondeu, baixinho.

— O quê? — Griffin ficou tenso ao seu lado. — Se você realmente está do lado certo da lei, que é onde estamos, então me dê algo. Por favor. — Foi a primeira vez que ela ouviu a voz dele falhar desde que os homens chegaram.

Joe olhou para o chão por um segundo antes de voltar sua atenção para eles.

— Tudo o que posso lhe dar é *Elysium* — e então ele acrescentou, voltando o olhar para ela: — Sinto muito pela sua perda. Marcus era o melhor de nós. — E com isso foi embora.

Elysium? Savanna se virou para Griffin, assustada e confusa, mas agora que estavam sozinhos, ela o abraçou. Ele a segurou com força contra o peito, apoiando o queixo no topo de sua cabeça. Ele estava sangrando e sua respiração era superficial e irregular, mas Griffin não a soltou. Abraçou-a com tanta força que ela teve vontade de chorar, mas tentou permanecer forte.

— A polícia estará aqui em breve — ela disse em seu peito.

Ele lentamente a soltou e deu um passo para trás.

— Não quero estar aqui quando eles chegarem. Nós precisamos ir.

— Ah, tudo bem — ela gaguejou.

— Eu deveria ter atirado neles. — Sua voz era baixa e áspera, mas suas grandes mãos foram gentis quando ele estendeu uma e segurou seu rosto. — Sinto muito por ter te colocado em perigo.

— Tudo bem, eu entendo. Estou feliz que você não matou ninguém. — E ela estava. De verdade. — Quem era aquele cara? — Savanna perguntou quando Griffin soltou seu rosto e procurou sua mão, incitando-a a se mover, mesmo que ele estivesse lutando para fazê-lo.

— Ele estava na equipe de Marcus na Marinha — Griffin anunciou lentamente enquanto se dirigiam para o quarto principal. — Precisamos pegar as armas antes de irmos, caso eles mudem de ideia e voltem.

— Espera, o quê? Ele trabalhou com Marcus? Joe é um cara da equipe?

— Sim, e Joe também era meu amigo. Trabalhamos juntos em algumas missões no Iraque.

Mas amigos não batiam uns nos outros.

— Levei um tiro por causa daquele homem. — E em um tom assustador, ele acrescentou: — Mas, se tentar vir atrás de você novamente, ele vai levar uma bala minha.

CAPÍTULO 14

— Posso dirigir — Griffin protestou quando ela caiu em outro buraco na estrada secundária. Savanna olhou para o banco do passageiro, onde ele lentamente puxou uma camiseta pela cabeça. Griffin só teve tempo de passar um pano úmido no rosto e no corpo antes de saírem correndo da cabana, três minutos atrás.

De acordo com o aplicativo de segurança do telefone de Griffin, a polícia chegou poucos minutos depois de sua fuga.

— Você acabou de ser atacado. Ainda está sangrando. — Ela apontou para o lábio dele, e Griffin levantou a camisa e a usou para limpar o sangue da boca. — Então, sim, eu vou dirigir. — Ela negou com a cabeça e voltou a olhar para a estrada, irritada por Nick tê-los colocado naquela situação. — E as suas costelas? — Pisou no acelerador com mais força, precisando aumentar alguma distância entre eles e a polícia, mas a tempestade havia recomeçado e a chuva batia no para-brisa, dificultando a visão.

— Minhas costelas não estão quebradas. — Ele amaldiçoou baixinho quando se mexeu no assento e pegou o telefone do bolso da calça jeans. — Eu nunca deveria ter largado minha arma. Não estava pensando.

— E aqui vamos nós de novo. Você está se sentindo totalmente culpado. Foi pego de surpresa pelo fato de um Navy SEAL ter invadido a casa do seu pai para me sequestrar. Eu não culpo você. Ninguém o culparia.

— Eu não me importo se o próprio Papa entrou na cabana de rapel, nunca se deve largar sua arma. Nunca.

— Ele era seu amigo. — Ela tinha que fazê-lo ver a razão antes que ele enlouquecesse repassando os detalhes das últimas horas em sua cabeça. Savanna sentiu a escuridão da tristeza e da culpa rastejando para dominá-lo. E essa era a última coisa que ela queria. — Não é tão fácil atirar em um amigo, um homem com quem você serviu. Um homem que usava a bandeira do país no braço para proteger as nossas liberdades. — *Um homem que trabalhou com meu marido. Um homem que ordenou que outros quatro homens batessem em você para chegar até mim.* — Além disso, e se ele for um cara legal e apenas tiver sido mal-informado? Ele acha que sou má e que trabalho com Nick.

Savanna olhou para Griffin enquanto ele balançava a cabeça e desbloqueava o telefone para ligar para Carter — bem, ela presumiu que esse era o plano dele.

— Eles partiram sem mim. Isso significa alguma coisa, certo?

Griffin se virou e encontrou o olhar dela, e caramba, ela sairia da estrada estreita se não parasse de girar a cabeça em sua direção a cada poucos segundos. Essas estradas secundárias eram complicadas.

— Marcus estava cuidando de você de novo, não estava? Se algum outro líder de equipe tivesse sido enviado esta noite...

Ela engoliu em seco com suas palavras, então piscou seu foco de volta para a estrada.

— Sim, eu pude senti-lo ali — ela confessou suavemente.

— Eu também — Griffin admitiu, sua voz rouca carregando uma pitada de angústia.

Um tanto assustada, mas realmente não tão surpresa com as palavras de Griffin, Savanna agarrou o volante e disse a si mesma para ser grata porque a conexão de Marcus com aquele tal de Joe basicamente os salvou esta noite. Infelizmente, ela também podia sentir Griffin se afastando dela por causa disso. O momento íntimo que compartilharam na cabana provavelmente seria o único que aconteceria entre eles. Não que ela devesse estar pensando nisso agora.

— Oi, sou eu. Estamos bem — Griffin disse, pelo viva-voz, assim que a ligação foi atendida.

— O que diabos aconteceu? — Era Gray.

— Joseph Harding, um ex-SEAL, junto com outros quatro veteranos invadiram a cabana esta noite. Não sei para quem trabalham, mas têm a impressão de que Savanna está aliada a Nick e é uma ameaça à segurança nacional.

— Você está brincando com a gente? — uma voz que ela reconheceu vagamente preencheu a linha. Era Jack?

— Não, ele está falando sério — respondeu, antes que Griffin tivesse chance. — Mas Joe trabalhou com meu, uhm, marido na Marinha.

— Joe parecia tão confuso quanto nós por ter sido enviado atrás da, uhm, esposa de Marcus. — Por que ambos estavam usando "uhm" quando se referiam a Marcus como se tivessem um segredo a esconder?

A vibração que ela estava recebendo de Griffin a fez sentir como se eles fossem culpados por terem um caso. Claro, eles se beijaram, e ele beliscou seu mamilo e tocou-a, mas isso era considerado um caso? *Espera, sou solteira.*

— Assim que Joe percebeu quem era Savanna e que a polícia estava a caminho, eles foram embora. Suponho que chegaram num Black Hawk modificado. Quantos caras conhecemos com acesso a helicópteros furtivos como esse? — Griffin gemeu e agarrou as costelas um momento depois, quando ela passou por outro buraco.

Não estava com as costelas quebradas, hein? Bem, talvez não. Mas eles o espancaram como se ele fosse uma piñata, então, pelo menos, ele estava realmente machucado.

E foi culpa dela. Griffin poderia ter morrido esta noite por causa dela.

— Vou fazer uma pesquisa sobre ele. Ver para quem está trabalhando — Gray falou, um momento depois.

— Ele também deu a entender que há várias pessoas vindo atrás de Savanna, o que coincide com o que os caras que você está prendendo disseram a Carter antes. Estou pensando que "várias" significa mais do que apenas aqueles gregos e os homens de Joe — Griffin disse a ele. — Eu fiz com que ele me desse um nome. Mas não sei se representa uma pessoa, um lugar ou qualquer outra merda — acrescentou com raiva. — Elysium.

O silêncio preencheu a linha por um segundo.

— O que diabos é Elysium? — Gray perguntou, tão confuso quanto todos estavam, pelo que parecia.

— Se minha memória estiver correta, Elysium é uma palavra grega. Céu, eu acho — Griffin explicou.

— *E como você sabe disso?* — Um toque de humor encheu o tom de Gray.

— Minha mãe gostava de mitologia grega. A mãe dela era grega — ele respondeu, um pouco devagar, como se odiasse o fato de Savanna estar sendo caçada por alguém do país de sua avó. — Precisamos conseguir mais informações desses caras. Alguma sorte?

— Não, a menos que comecemos a arrancar umas unhas deles — Jack disse, juntando-se à conversa novamente. — E com Beckett respirando em nossos pescoços, nossas mãos estão atadas.

Os homens discutiram rapidamente sobre como interrogar os dois supostos gregos sem cruzar uma linha que irritasse o xerife.

— E o Mustang? — Savanna perguntou, quando terminaram.

— Oliver está desmontando ele agora. Se Nick escondeu alguma coisa lá, ele encontrará. — Jack fez uma pausa. — Desculpe, eu sei que o Mustang era de Marcus, mas não temos muita escolha.

Ela diminuiu a velocidade da caminhonete por um momento enquanto visualizava o que seria "desmontar tudo" e o quanto isso destruiria Marcus. Mas, no final das contas, Marcus iria querer que ela estivesse segura, não importando o custo, e isso incluía o Mustang.

— Para onde devemos ir agora? — ela sussurrou, com medo de que sua voz falhasse, permitindo que a gama de emoções que estava sentindo se espalhasse.

Apesar de quão trêmula estava antes de entrar na caminhonete, uma calma estranha tomou conta dela quando Savanna estava ao volante. Mas isso não significava que ela estava levando tudo isso com calma. Como esposa de um ex-oficial da Marinha, ela aprendeu a superar situações dolorosamente difíceis e chegar ao outro lado — às vezes sentindo-se mais ferida do que outras.

— O fato de eles rastrearem você até a casa do pai de Griffin e descobrirem que estamos ajudando, significa que nossa localização também foi comprometida — Gray anunciou. — Estamos lidando com pessoas que têm acesso a alguma tecnologia de alto nível.

— É possível que a pessoa para quem Joe trabalha também esteja de olho nos gregos. Eles podem até ter visto o que aconteceu na casa de Jesse e nos seguiram até a cabana depois de montarem uma equipe, depois de descobrirem contra quem iriam enfrentar — Griffin apontou. — Caras com Black Hawks também têm drones. Pode ser como eles nos rastrearam sem serem detectados. — Ele estava chateado e rosnando novamente. Sem dúvida porque baixou o rifle, permitindo que aqueles homens o usassem como saco de pancadas.

— Acho que precisamos pegar o jato de Carter e deixar o Alabama esta noite. Teremos que levar esses dois idiotas conosco — Gray decidiu. — Vão para o hangar. Vou falar com Carter e atualizá-lo. E espero que Oliver encontre algo quando vocês chegarem.

— Mas para onde iremos? — Savanna perguntou, agarrando o volante com força novamente. — Você ainda não tem ideia de onde Nick esteve ultimamente além da minha casa.

— Grécia — Griffin murmurou, como se fosse o último lugar no mundo para onde ele queria ir. — Precisamos rastrear quem enviou esses filhos da puta em primeiro lugar. Descobrir o que ou quem é Elysium. É possível que estejamos do mesmo lado que Joe e seus homens, mas cada um de nós tem peças diferentes do quebra-cabeça.

— Não temos nenhuma porra de peça no momento — Jack retornou. — Além do cunhado ladrão de Savanna jogá-la na tempestade de merda que ele criou.

— Joe disse que Savanna era uma ameaça à segurança nacional, uma criminosa. Essas foram as palavras dele — Griffin afirmou. — E se Nick roubou algo relacionado à segurança nacional?

— Espere enquanto vejo se consigo descobrir para quem Joe trabalha — Gray disse. — Me dê um segundo.

A cabine da caminhonete estava silenciosa, exceto pelos sons de Gray digitando ao fundo. Savanna desviou o olhar para Griffin, o corpo tenso ao seu lado no banco do passageiro, a cabeça inclinada para trás e os olhos focados no teto.

A digitação parou quando Gray anunciou:

— Ele trabalha para o Grupo Archer.

— Você está falando sério? — Isso chamou a atenção de Griffin.

— Lembre-me quem eles são — ela disse, o nome soando familiar.

— O Grupo Archer é uma empresa de desenvolvimento e defesa. Eles conseguiram vários contratos no exterior para o desenvolvimento de energia e infraestruturas no Oriente Médio, mas também têm outro setor, que é responsável por fabricar de tudo, desde motores de jatos a armas e drones para o governo dos Estados Unidos — Gray anunciou.

— Bem, isso explica como Joe e seus homens nos rastrearam e nos surpreenderam com o helicóptero — Griffin soltou. — Eles têm toda a tecnologia. Mas o que exatamente Joe faz pela empresa?

— Ele é o chefe de uma das equipes de segurança — Gray respondeu. — Parece que ele e seus homens foram designados para proteger projetos no exterior contra potenciais ameaças. Requer autorização de segurança de alto nível para esse trabalho. Basicamente, eles são militares do setor privado.

— Por que militares do setor privado seriam enviados atrás de mim? Sou dona de uma pequena cafeteria em Birmingham, no Alabama. — Ela deixou seus pensamentos descarrilarem, ficando cada vez mais abalada pelos acontecimentos que ocorreram naquela tarde tempestuosa. *Que dia é hoje? Sábado?* — Gray, você não aceitou empregos como esse no passado para o Tio Sam? — ela perguntou, quando ninguém havia respondido à sua pergunta. Savanna cruzou o caminho de Gray algumas vezes no passado recente e lembrou-se desse detalhe. — Marcus meio que... uhm...

— Merda, ela não podia revelar o tipo de trabalho que ele fazia porque A.J.

e os outros ainda faziam. E também, ela estava presa sob contrato de confidencialidade a nunca compartilhar o fato de que a Scott & Scott Segurança era uma fachada para as equipes que dirigiam as operações não oficiais do presidente dos Estados Unidos.

Savanna podia sentir os olhos de Griffin sobre ela com a menção de Marcus e o "uhm" que ela soltou novamente. Mas a chuva não parava, então ela manteve os olhos na estrada. Além disso, não tinha certeza se queria olhar para ele agora. Estranhamente, Savanna não sentia nenhuma culpa pelo que aconteceu entre eles na sala de estar, mas sabia que da próxima vez que olhasse nos olhos de Griffin, o dele estaria repleto desse sentimento.

— Minha única pergunta é… por que o governo parece não saber disso? — Gray perguntou. — Há muitas pessoas em quem confiamos que estão cientes de que Savanna está em perigo e que está ligada a Nick. Se este Grupo Archer souber sobre Nick…

— Isso significa que eles não notificaram o Departamento de Defesa — Griffin concluiu por ele.

— Isso é uma bandeira vermelha? — Savanna sussurrou.

— Eu diria que sim — Gray sibilou. — Aposto que a equipe de Joe foi enviada para lidar com esta situação porque a empresa não quer que o Tio Sam, ou a mídia e o público, saibam que foram comprometidos.

— Certo — Griffin murmurou baixinho.

— Vou pesquisar mais sobre Archer e ver se consigo encontrar alguma coisa sobre a palavra Elysium — Gray disse.

— Você está me levando para a Grécia, certo? — Savanna deu uma rápida olhada no homem à sua direita, e ele olhou em sua direção. — Tenho um alvo na cabeça e, se estiver perto de alguém em Walkins Glen, essa pessoa pode se machucar por minha causa.

— Por mais que eu odeie levar você conosco para o exterior, não podemos deixá-la para trás. Não com um número desconhecido de ameaças por aí — Gray respondeu.

Savanna olhou para Griffin para ver sua mão se fechar em punho na coxa da calça jeans. Não gostou da ideia de ela viajar, não é? Mas ele não rebateu, porque sabia que ela também não poderia ficar para trás. Se aqueles homens a encontrassem em sua cabana, talvez pudessem rastreá-la em qualquer lugar.

— Você tem passaporte? — Griffin perguntou a ela, provavelmente lembrando que lhe dissera que nunca tinha viajado para fora do país.

— Sim. Está simplesmente em branco. Sabe, nunca foi usado. Mas ainda não deve ter expirado. — Marcus fez com que ela o tirasse em 2014, um ano antes de ele ser morto. Eles tinham planos de viajar, e então... — Está no arquivo do meu escritório em casa. Terceira gaveta, escondido embaixo de, uhm, álbuns de fotos. — Abaixo de mais das minhas memórias.

— Não sou fã de Savanna usar seu nome verdadeiro e passaporte na alfândega, mas não temos tempo para inventar um — Gray resmungou. — Vou pedir para Oliver pegá-lo enquanto estiver por lá. Falaremos mais sobre tudo no jato. Espero que, quando vocês chegarem ao hangar, Oliver tenha encontrado algo no Mustang e eu também terei novidades para compartilhar. — E com isso, ele encerrou a ligação e Griffin colocou o telefone de volta no bolso. Ocorreu a Savanna que ele nunca havia tirado aquela calça molhada depois que voltou da checagem dos sensores de segurança no momento em que a tempestade começou. E isso pareceu uma eternidade e um dia atrás.

— Você está bem? — ela perguntou, depois de permitir algum silêncio entre eles. — Precisa que eu pare e faça algo por você? Não sei, como enfaixar suas costelas? Vi um kit de primeiros socorros lá atrás.

Agora que estavam a uma distância segura da cabana, Savanna não se preocupou em esperar pela resposta dele. Ela diminuiu a velocidade, parou com cuidado e estacionou a caminhonete no acostamento da estrada. Virou-se no banco para olhar o homem que levou uma surra por ela.

— Estou bem. — Mas ele não parecia ou soava bem. Griffin estava no momento limpando mais sangue do rosto, desta vez debaixo do nariz. E suas palavras saíram ásperas, como se a pergunta o tivesse irritado.

O Sr. Ranzinza estava de volta, e depois do inferno que ele suportou hoje, ela não o culpava por estar todo irritado. Mas por que sentiu que ele estava chateado com ela?

No entanto, suas próximas palavras foram um soco no estômago.

— Eu nunca deveria ter cruzado aquela linha com você mais cedo. Isso foi culpa minha. Desculpe. — Eram palavras que ela previra, até sentira que chegariam, mas não queria ouvi-las.

— Você não cruzou nenhuma linha. Não há linhas entre nós. — *Acho que não, pelo menos.*

Ele se mexeu no banco, e os olhos dela foram atraídos para a definição de seus músculos do abdômen antes que ele soltasse a camisa.

A chuva continuava a castigar o veículo e o barulho que provocava —

bem como a visibilidade limitada — parecia isolar o resto do mundo, fazendo-os sentir como se estivessem rodeados por uma mortalha protetora.

As sobrancelhas de Griffin se inclinaram enquanto ele a estudava, os lábios formando uma linha tensa.

— Há muitos motivos pelos quais eu nunca deveria ter colocado a mão em você. Há muitas linhas entre nós. — Ele fez uma pausa. — Cruzar essa linha me distraiu. Eu deveria ter visto aqueles homens chegando. Eu deveria saber.

— Como você poderia saber que um grupo de ex-militares chegaria durante uma tempestade e que desceriam de rapel de um helicóptero? — Savanna desafiou, sabendo muito bem que eles precisavam voltar à estrada e se concentrar no problema principal, mas permaneceu imóvel. Sentada ali e olhando para um homem que a fazia sentir tantas coisas, mas arrependimento não era uma delas.

Sua boca se abriu como se fosse protestar, mas então seu olhar caiu para o peito dela.

— Tem sangue em você.

Ela seguiu a linha de visão dele até as manchas vermelhas em sua camisa.

— É seu. — Savanna lentamente voltou sua atenção para encontrá-lo virando o torso para pegar a bolsa que Griffin agarrou às pressas antes de sair da cabana. O homem teimoso não pediu ajuda nem mesmo enquanto soltava um silvo de dor.

— A última coisa minha que quero ver você usando é sangue — ele disse, lhe entregando uma camisa, que por acaso era uma das suas. As coisas dela provavelmente estavam enterradas no fundo da mala compartilhada.

Savanna desafivelou o cinto de segurança e sustentou os olhos dele enquanto alcançava a bainha da camiseta. Ela esperava que ele desviasse o olhar. Para se comportar e não ultrapassar mais nenhuma daquelas linhas que estava tão determinado a manter, mas permaneceu imóvel e focado nela.

Eles perderam contato visual quando ela puxou a camiseta pela cabeça, mas Savanna tinha certeza de que ele estava observando cada movimento seu. Aquela sensação de frio na barriga assim que ela tirou a camisa e viu que, sim, ele a estava observando. Seu olhar aquecido vagou da camisa em suas mãos para seus seios, escondidos sob um dos sutiãs chatos que ele havia embalado para ela. Savanna estremeceu com a lembrança dele segurando seu seio mais cedo. Aquela palma áspera deslizou sobre sua pele, e ele beliscou seu mamilo, girando-o entre a ponta do polegar e o indicador.

A CAÇADA

Ela usou a camisa para limpar qualquer mancha de sangue do decote, depois jogou-a na parte de trás da caminhonete antes de finalmente aceitar a camisa que ele segurava.

— Savanna — a voz dele estava rouca e ela duvidava que fosse de dor. Foi um apelo para que ela o ajudasse a manter o autocontrole. O autocontrole que ele permitiu vacilar quando a prendeu contra a parede mais cedo. Apesar de tudo o que aconteceu hoje, Griffin ainda a queria, ela tinha certeza disso.

Mesmo que fosse apenas para trepar com ela até fazê-la perder os sentidos, o que ela achava que queria também, mas…

— Talvez um dos outros caras devesse ser designado para ficar de olho em você? — Sua sugestão fez seu estômago apertar.

Savanna não queria que mais ninguém ficasse na sua retaguarda, como Marcus teria dito. Algo dentro dela — sua *abuela* lhe dizendo para ouvir seu coração — insistia que fosse aquele homem, e somente aquele homem. Aquele que atualmente estava olhando para ela como se estivesse dividido entre devorá-la, pular da caminhonete e socar alguma coisa.

— E se eu não quiser isso? — ela contrapôs, sua voz baixa e rouca, até provocativa. E totalmente diferente dela.

— Se eu estiver perto de você — Griffin respondeu, virando-se para frente no banco, como se fosse incapaz de olhar para ela por mais tempo —, não serei capaz de me impedir de cruzar esses limites novamente.

— E você não quer cruzá-los? — Era uma pergunta idiota, mas ela queria que ele explicasse. Griffin era como Marcus, que só via o certo e o errado? Preto e branco? Recusava-se a acreditar que havia alguma área cinzenta na vida, especialmente quando se tratava de seu próprio companheiro de armas?

Agora, porém, Savanna nadaria em um mar cinza se isso significasse que Griffin a tocasse novamente.

Quando ele voltou o olhar para ela, negava com a cabeça e a encarava com um olhar duro.

— Não. — Ele acariciou o queixo, sua atenção mudando momentaneamente para os seios dela antes de retornar ao seu rosto. — Porque eu vou quebrar a porra do seu coração antes que você tenha a chance de quebrar o meu — ele murmurou, sombrio. — E machucar você é a última coisa que eu gostaria de fazer.

CAPÍTULO 15

Griffin permaneceu dentro do hangar privado e observou Jesse envolver Savanna em um abraço de urso, seguido por Shep tirando-a das mãos de Jesse para seu próprio abraço. E quando Shep a levantou do chão e apertou ainda mais, Griffin teve que recuar um passo e desviar o olhar para não liberar sua raiva em um homem inocente.

Depois do dia que teve, ele não confiava em si mesmo. E ainda não eram nem cinco horas.

Ele estava irritado por uma série de razões, mas o ciúme ardente por Shep ter tocado em Savanna não deveria estar nessa maldita lista.

E, no entanto, quando olhou para eles, os braços de Shep permanecendo nos quadris de Savanna enquanto ele a segurava perto, o ciúme agora estava no topo, em negrito e letras vermelhas.

Shep dormiu com Savanna e Griffin não culpou A.J. por socar seu irmão por esse lapso de julgamento. Inferno, Griffin queria acertar o punho na mandíbula do homem também. Como Shep poderia ter pensado em dormir com a esposa de seu amigo?

Esposa. Ele algum dia seria capaz de pensar nela como solteira e não casada? Provavelmente não. Então, novamente, ele permitiu que esse detalhe escapasse de sua mente mais cedo, quando enfiou a língua em sua boca, deslizou os dedos em seu calor úmido e a fez gozar.

E Griffin estava preocupado que, da próxima vez que eles estivessem sozinhos, e Savanna o encarasse com aqueles olhos castanhos e implorasse para que ele a tocasse, ele não fosse capaz de evitar mergulhar seu pau profundamente dentro dela.

Estava começando a pensar que a mulher era tão louca quanto ele. Na caminhonete, quando ela estava trocando a camisa suja por uma das suas, ela o queria. A maneira como Savanna olhou para ele não deixou dúvidas em sua mente. E Griffin estava a segundos de mandar a dor em seu corpo machucado para o inferno, e o fato de a polícia estar na cabana de seu pai, e todas as outras razões. Ele teria esmagado sua boca na dela, arrancado o sutiã e enterrado o rosto naqueles malditos seios deliciosos, depois aberto o zíper da calça jeans para mostrar a ela quão duro ela o deixava.

Mas um súbito estrondo de trovão e relâmpago se materializaram perto o suficiente para sacudir levemente a caminhonete. Outro aviso de Marcus de que ela estava fora dos limites?

Mas isso era uma loucura.

Marcus morreu há anos e certamente não gostaria que ela ficasse solteira para sempre. Savanna tinha apenas trinta e quatro anos, cinco anos mais nova que Griffin.

— Como você está? — Gray perguntou, ao se aproximar, colocando um boné preto. — Parece que eles te deram uma boa sova.

Griffin forçou seu olhar a permanecer em Gray em vez de vagar para onde queria olhar.

— Vou ficar bem — respondeu, passando a mão pela mandíbula dolorida.

A tempestade havia cessado há alguns minutos, mas eles estavam esperando Oliver, Carter e Jack chegarem antes que pudessem decolar. A.J. provavelmente perderia a cabeça quando descobrisse que estavam levando Savanna para a Grécia, mas eles estavam sem opções. Além de uma equipe de segurança privada financiada por uma empresa multibilionária, havia um número desconhecido de outras ameaças por aí.

E infelizmente, a última notícia que Griffin teve, foi de que Oliver estava de mãos vazias, e eles estavam perdendo a esperança de que Nick tivesse escondido alguma coisa no Mustang. Um potencial beco sem saída quando eles realmente precisavam de uma pausa.

— Sei que você se sente um merda por baixar seu rifle, mas eu teria feito o mesmo se estivesse cara a cara com um homem por quem levei um tiro no Iraque. Não se culpe — Gray disse, seu tom áspero insinuando pensamentos e memórias mais sombrias.

Provavelmente memórias do tempo de Gray na guerra. A queda do helicóptero. A amputação parcial de sua perna. O longo caminho para a recuperação. A batalha física e psicológica que o homem deve ter travado consigo mesmo, preocupado em nunca mais trabalhar com o que gostava.

E aqui está você agora. Um lutador. Griffin tinha um respeito absurdo por Gray.

— Sim, suponho que já levei surra suficiente esta noite — Griffin meio que brincou. — Mas, uhm, Carter contou como eu conheço Joe?

Gray assentiu.

— Você acha que cruzou o caminho de Marcus no Iraque, então? Se Joe e Marcus fizeram parte da mesma equipe, você não o teria conhecido?

Griffin apertou a ponte do nariz, fechou os olhos e tentou recordar aquelas memórias específicas de tanto tempo atrás. Tentou se lembrar dos outros homens da equipe de Joe quando ele próprio era apenas um jovem Ranger na época.

— Joe e seus homens foram imobilizados pelo inimigo e minha equipe estava na área, então fomos enviados para ajudar — lembrou. — A única razão pela qual Joe e eu nos tornamos amigos foi porque ele me visitou no hospital depois que levei um tiro. Depois que levei um tiro por ele. Mantivemos contato até que ele se tornou civil.

Mas Marcus também devia estar lá naquele dia.

A possibilidade de terem servido lado a lado no Iraque durante aquele tiroteio era um pouco demais para Griffin lidar naquele momento.

— Há uma chance de Marcus ter me ajudado a subir em um helicóptero e sair da Zona Vermelha em segurança. Não posso ter certeza porque estava desmaiado naquele momento. — Griffin abriu os olhos e se perguntou como Savanna se sentiria com esse fato. A conexão que ele tinha com o marido dela, uma conexão que ele mesmo não havia considerado ou sequer lembrado até ficar cara a cara com Joe hoje cedo. — Acha que poderia descobrir? Você tem contatos. Talvez possa dar uma olhada no relatório pós-missão.

Gray colocou a mão em seu ombro.

— Verei o que posso fazer.

— Obrigado. — Por alguma razão, ele precisava ter certeza. Griffin tinha que saber se ele e Marcus realmente haviam se cruzado e agora... bem, agora isso. — Joe me disse que pediu para ser designado para a operação, presumindo que poderia usar nosso passado a seu favor, mas o tiro saiu pela culatra para ele.

— Sorte a nossa — Gray disse, tirando a mão do ombro de Griffin.

Sorte? Ou foi Marcus de novo?

Griffin ergueu o braço dolorido e passou a palma da mão sobre a leve protuberância em seu rosto.

— Descobriu alguma coisa nova? — Ele precisava realinhar seu foco para onde era necessário.

— Não consegui encontrar nada muito específico sobre o Grupo Archer.

Dados os seus contratos militares, quase toda a informação pública é inútil para nós e todo o resto é confidencial. Pena que minha irmã não está disponível. Precisamos de alguém de dentro.

Griffin assentiu.

— Carter estava com a CIA, e não, ele não tem mais nenhuma relação por lá, mas acho que tenha algumas pessoas com as quais ainda pode entrar em contato e que não tentarão prendê-lo por...

— Desertar? — Gray terminou por ele. — Tenho certeza de que ele fará o que puder e, durante o voo, tentarei me aprofundar no que quer que seja Elysium, para ter certeza de que estamos no caminho certo.

— Contou a Jesse sobre o que descobrimos esta noite? — Griffin olhou para ele, aliviado por Shep não estar mais tocando Savanna.

— Ainda não. Não tenho certeza do quanto dizer a ele, já que o cara não faz parte tecnicamente da equipe. Acho que vou deixar isso para Carter.

— Ele vai querer vir conosco para a Grécia. Eu não o vejo deixando aquele avião decolar sem estar dentro dele — Griffin comentou, focado em Shep, que agora estava esfregando pequenos círculos com a mão nas costas de Savanna, logo acima de sua bunda.

Sim, ele iria implodir. Seu corpo ficou quente e, como se ele não tivesse brigado o suficiente hoje, suas mãos se fecharam em punhos ao lado do corpo e ele cerrou os dentes.

— Você está bem? — Gray se moveu para ficar na frente de Griffin, bloqueando efetivamente sua visão de Savanna e Shep. — Aconteceu alguma coisa naquela cabana? — As sobrancelhas de Gray se uniram, com suspeita em seu tom. — Savanna não está vestindo a própria camisa.

Sua camiseta parecia sexy pra caramba nela, embora a engolisse.

— Nada aconteceu além do fato de que levei uma surra e ela trocou de camisa porque tinha meu sangue nela — Griffin sibilou. Ele olhou para a esquerda e viu um banheiro unissex não muito longe. — Vou me limpar.

— E pegou sua bolsa que estava aos seus pés.

Gray não pressionou por uma resposta, graças a Deus. E Griffin fez o possível para evitar olhar para onde Savanna estava com um homem que ela provavelmente conhecia há muito tempo. *E há quanto tempo eu a conheço?* Ele consultou o relógio. Vinte e quatro horas desde que limpou farinha da bochecha dela.

Então, por que o estranho sentimento possessivo que tinha por ela? Ele queria marchar até lá e reivindicar a mulher como sua, o que era uma loucura.

Empurrando a porta do banheiro com muita força, ele soltou a bolsa, então se apoiou no balcão da pia e abaixou a cabeça, imediatamente se deparando com a imagem de Savanna parada na sala da cabana, a espingarda balançando em sua mão enquanto enfrentava um bando de homens armados. Ela contrariou as ordens dele e saiu do quarto seguro. Para resgatá-lo. Seu batimento cardíaco ficou selvagem, um medo como nunca sentiu, nem mesmo em combate, percorrendo-o.

Griffin respirou fundo, ficou de pé e levou a mão ao peito. Seu coração batia forte sob a palma da mão com a ideia de que ela estava disposta a se sacrificar por ele, por um estranho.

— Posso entrar? — Savanna perguntou suavemente, mas ela já havia aberto a porta.

Ele lentamente se virou para encará-la, sem saber se conseguiria olhá-la nos olhos sem revelar sua ansiedade. Ou, inferno, o ciúme.

— Eu gostaria de avaliar os danos. Posso? — Savanna apontou para o peito dele ao caminhar em sua direção. Sem esperar que Griffin concordasse, seus dedos contornaram a bainha da camisa dele.

Seus olhos castanhos o mantiveram prisioneiro enquanto sustentavam o dele e ela levantava o tecido. Sua respiração ficou presa na garganta quando ela olhou para ele pelo que pareceram anos antes de inclinar a cabeça para estudar seu abdômen e peito.

Então, com o lábio inferior preso entre os dentes, Savanna passou os dedos pelos seus músculos, deslizando o toque e passando pelos hematomas que apareciam em seu torso. Seu corpo inteiro se tensionou com o toque terno, e com dor ou não, ele não poderia lidar com isso. Griffin empurrou a camisa para baixo, gesticulou para que ela recuasse, então gentilmente segurou seu braço, um apelo silencioso em seus olhos para que fosse embora. Agora Savanna só precisava entender a mensagem.

— Sinto muito que isso tenha acontecido com você por minha causa. — Ela olhou para a mão dele em seu braço, mas permaneceu no lugar. Nada de recuar ou um "entendido" atrevido vindo dela.

— Isso não é culpa sua. Estou bem. — Ele olhou para cima ao ouvir o som da porta do banheiro se abrindo novamente e viu Shep parado ali.

— O que está acontecendo? — O tom rosnado de Shep deveria ter feito Griffin soltar Savanna como uma granada, mas lembrar das mãos daquele homem acariciando seus quadris e suas costas chamou seu possessivo homem das cavernas e *quase* o fez reagir.

Mas Griffin se comportou, lutando contra a fera dentro de si, que queria puxá-la para suas costas e protegê-la de todos os homens, até mesmo de um "amigo". Inferno, *especialmente* um amigo.

— Savanna? — Shep entrou e deixou a porta se fechar atrás de si.

Savanna se virou, o que significava que Griffin não teve escolha senão soltá-la.

— Eu estava dando uma olhada em Griffin — justificou. Então, como se percebesse como isso soava, Savanna bateu as palmas das mãos no rosto e balançou a cabeça. — Quero dizer, dando uma olhada para ver os danos. Os, uhm, machucados.

Griffin ficou ao seu lado enquanto ela tropeçava nas palavras, sem saber o que fazer com tudo isso. Ele não tinha ideia se ela tinha lido ou não livros de romance sobre uma mulher dividida entre dois homens, mas esse não era um lugar que ele se queria encontrar.

— Eu vou... — *Embora?* Griffin não conseguiu terminar a frase ou realmente sair.

— Você está bem? — O olhar duro de Shep estava fixo em Griffin, mas ele sabia que a pergunta era dirigida a Savanna. Shep queria saber se Griffin havia ultrapassado algum limite e, com base no franzido de suas sobrancelhas, Shep estava pronto para acabar com ele.

Só amigos, né?

Antes que alguém tivesse a chance de dizer ou fazer alguma coisa, a porta se abriu novamente.

E Jack apareceu.

Perfeito.

Agora o banheiro realmente estava lotado.

— Oliver ligou. Ele está a caminho e acha que encontrou alguma coisa — Jack contou, antes de perceber a tensão dentro do pequeno banheiro. — O que foi? — perguntou, seus olhos saltando entre Griffin, Savanna e Shep, enquanto apoiava a porta aberta com as costas.

— Nada — Savanna respondeu, rapidamente. — Mas Oliver disse o que encontrou? — Ela deu um passo à frente, mas Shep permaneceu firmemente no lugar, como se ainda estivesse com vontade de enfrentar Griffin. Mas por mais que ele quisesse dar um soco na cara de Shep por dormir com Savanna, o que era absolutamente ridículo... eles precisavam protegê-la. Não brigar por ela.

Jack lentamente mudou sua atenção de Savanna para Griffin, estreitando os olhos.

— Você simplesmente não consegue evitar quando se trata de mulheres casadas, não é? — E com isso, Jack deixou a porta se fechar, esquivou-se de Savanna e Shep e foi até Griffin, pegando-o de surpresa e empurrando-o contra a parede.

— Qual é o seu problema? — Griffin sibilou, erguendo as palmas das mãos. Lutar contra Jack não estava em sua maldita lista de tarefas hoje.

Jack manteve as mãos no peito de Griffin e sibilou:

— Vou cuidar de Savanna de agora em diante.

— O cacete que você vai — Griffin retrucou, ainda sem saber o que diabos havia engatilhado Jack.

— Você poderia, por favor, se afastar dele? — Savanna implorou, e Griffin a viu puxando o braço de Jack. — Ele já levou surra suficiente por hoje e não merece levar outra de seu próprio colega de equipe, se é isso que você está planejando fazer.

Os olhos de Griffin se conectaram brevemente com os dela, observando esta mulher lutar por ele novamente como havia tentado fazer na cabana mais cedo. Ela era durona.

Griffin afastou com força as mãos de Jack e empurrou-o uns bons dois passos.

— Você encanou comigo desde o primeiro dia. Apenas me diga o que está fazendo, droga.

Jack desviou o olhar de Savanna para encontrar os olhos de Griffin.

— Você fodeu minha esposa. Esse é meu problema.

CAPÍTULO 16

Griffin estava tentando entender a acusação de Jack, que não apenas o pegou de surpresa, mas soou como pura insanidade quando avistou Savanna soltando rapidamente o braço de Jack, com uma expressão de choque no rosto.

— Você fez o quê? — Shep juntou-se a eles, seu tom era uma mistura de horror e desgosto. Ele estendeu a mão para Savanna, puxou-a contra seu peito de uma forma protetora, então deslizou as mãos pelos lados de seus braços possessivamente.

Assistir Shep segurá-la como se Jack tivesse acabado de alertar o mundo sobre a notícia de que Griffin era um *serial killer* fez seu sangue ferver.

A dor nas costelas e todos os outros pensamentos em sua mente desapareceram naquele momento.

Griffin se aproximou do rosto de Jack.

— Eu. Não. Durmo. Com. Mulheres. Casadas. — Ele pronunciou lentamente cada palavra para que o idiota, que deveria ser um colega de equipe, o entendesse. — Entendeu? Mais um homem mal-informado. Parece ser o tema do dia — acrescentou, pensando em Joe e em sua confusão com Savanna.

— O que, em nome de Deus, está acontecendo? — A voz de Gray ecoou nas paredes.

Mais um convidado da festa improvisada. Eles deveriam distribuir bebidas e brindar por toda a merda insana que aconteceu nas últimas vinte e quatro horas.

— Eu lhe disse semanas atrás para não tocar no assunto. Ponto final — Gray disse, um momento depois, obviamente ouvindo o fim da acusação. — Isso foi uma ordem. — Gray apontou o polegar em direção ao hangar de onde estava na porta do banheiro. — Todos vocês, para fora agora.

Jack recuou lentamente e Griffin o contornou, captando o olhar de Savanna enquanto passava por onde ela permanecia congelada contra Shep. Ele não teve a chance de lê-la, mas esperava que acreditasse nele; que ele não dormiu com a ex-mulher de Jack quando ainda eram casados.

— Carter está aqui — Gray acrescentou em voz baixa, apontando para onde Carter estava do lado de fora do hangar conversando com Jesse. Eles estavam a mais de trinta metros de distância, o que explicava por que Carter não tinha invadido a festa no banheiro; ele não tinha ouvido a comoção. — Lide com essa merda rapidamente ou em outro momento — Gray avisou, antes de ir em direção a Carter.

Griffin parou de andar e colocou as mãos nos quadris, com uma expressão dura nos olhos.

— Vamos cuidar disso agora, ou não seremos capazes de trabalhar juntos. — Dirigindo-se a Jack, Griffin perguntou: — Quem é sua esposa? Sua ex, quero dizer?

— Jill London.

O nome não foi registrado, mas ele resistiu a encolher os ombros, presumindo que apenas irritaria Jack.

— Você tem uma foto?

Savanna puxou a manga da camisa de Shep e inclinou a cabeça, indicando que deveriam se afastar para dar alguma privacidade aos dois homens.

— Não, não vá. Você precisa ouvir isso. Todos vocês — Griffin deixou escapar. Iria incomodá-lo muito se ela pensasse, bem... se alguém alguma vez pensou que ele era como sua mãe.

Seu estômago, já embrulhado por causa da surra, apertou ainda mais com a lembrança de sua mãe contando a seu pai que ela o havia traído. Griffin tinha dezesseis anos quando ouviu a confissão dela e parte da dolorosa conversa que se seguiu entre seus pais. Sentindo-se tão traído quanto imaginava que seu pai se sentia, a julgar pela dor em sua voz, Griffin correu para a garagem e deu um soco em uma ou duas paredes, com lágrimas escorrendo pelo rosto. Lágrimas que ele não conseguiu evitar, apesar do quanto tentou impedi-las.

Sua mãe tinha sido absolutamente tudo para seu pai. Sua razão de viver. Sua razão para fazer o melhor para voltar para casa em segurança dia após dia. Ele adorava o chão em que ela pisava e ela o traiu.

Griffin não percebeu que havia feito a Savanna um apelo para que ela ficasse e testemunhasse sua inocência, mas, quando Jack ergueu o telefone para lhe mostrar uma foto de Jill, levou um minuto para lembrar o rosto. Uma memória quase imperceptível.

— Você a conhece — Jack disse, vendo o reconhecimento no rosto de Griffin. A raiva que ele aparentemente manteve reprimida durante as últimas duas semanas pela diretriz de Gray se libertou, e ele o atacou.

Griffin ergueu a palma da mão e bloqueou o soco com um movimento fluido. Apertando a mandíbula contra a dor causada pelo esforço, Griffin o segurou.

— Se eu tivesse dormido com sua esposa, deixaria você me bater dez vezes. E diria ao Shep para se juntar a você. Mas eu não fiz isso. — Griffin parou por um momento. — Mas ela queria — jogou a merda no ventilador. — Eu disse não. Estávamos em um bar em Virginia Beach e notei uma linha bronzeada em seu dedo anelar.

O braço de Jack relaxou um pouco antes de ele se afastar lentamente, a crença começando a ser registrada em seus olhos.

— Não tenho ideia se ela saiu com outra pessoa porque, quando percebi que ela era casada, recuei. Não sei por que ela lhe deu meu nome. Minha rejeição a irritou, talvez? Não sei — Griffin explicou, seu corpo tenso começando a relaxar.

A atenção de Jack foi para o chão.

— Ela me disse isso quando pedi o divórcio. Me deu seu nome. Então, sim, talvez ela estivesse tentando me machucar. — Ele olhou para cima. — Pensei em encontrar você anos atrás, mas decidi que não valia a pena.

Griffin respirou fundo e olhou para Savanna, cujos olhos estavam fixos nele.

— Sinto muito, cara. Mas pode acreditar em mim quando digo que não sou esse cara. Eu nunca seria esse tipo de cara.

E era também por isso que não poderia estar com Savanna, porque, em sua mente, ela ainda era casada com Marcus, e ele achava que nunca seria capaz de ver além disso. Seu próprio passado complicado o impediria de perceber a situação dela de maneira diferente. E ele sabia disso.

Com os ombros caindo levemente e a derrota na voz, Jack disse:

— Me desculpe.

Isso não deve ter sido fácil para Jack dizer, e talvez, se Griffin estivesse no lugar do homem, teria reagido da mesma forma, embora tivesse agredido Jack no primeiro dia, independentemente da ordem de Gray.

Inferno, a simples visão das mãos de Shep em Savanna, uma mulher que ele conhecia há apenas vinte e quatro horas, o deixava louco. Então, se descobrisse que outro homem havia dormido com sua esposa, ele provavelmente mataria o cara e se livraria do corpo, ao contrário de seu pai, que tentou fazer as coisas funcionarem com sua mãe, apenas para que tudo desse errado.

Griffin fez uma oferta de paz por meio de um aperto de mão. Os ombros de Jack caíram, mas ele aceitou.

— Vocês dois estão bem agora? — Gray chamou, descendo os degraus do jato. — Porque Oliver está aqui e precisa da ajuda de Savanna.

Com essa notícia, Savanna passou por Griffin, mas ele não pôde evitar quando estendeu a mão e capturou seu braço.

— Posso ter um segundo?

Ele esperou que Shep e Jack os deixassem sozinhos antes de soltar o braço dela. Savanna inclinou a cabeça para fitá-lo com olhos cautelosos.

— Você está bem? — ela perguntou, com uma voz suave. — Isso foi intenso.

— Acho que precisava acontecer. Deixar as coisas em pratos limpos para que possamos nos concentrar no que é importante. — Ele enfiou as mãos nos bolsos da calça jeans. — Tirando essa conversa, porém, me preocupa que Shep tente vir conosco naquele jato. Jesse também. E não acho que seja uma boa ideia. Não creio que nenhum dos dois seja capaz de ver claramente quando se trata de você, principalmente Shep.

Ela o estudou com uma carranca em seu lindo rosto.

— Shep tem sentimentos por você — apontou, devagar. — E se ele for, posso ver que isso criará alguma tensão — Griffin admitiu — e posso perder o foco.

Sua boca se abriu, preparada para protestar — ele não tinha certeza sobre qual parte —, mas então ela apertou os lábios.

— Eles também são civis — Griffin comentou. Ele sabia que era uma desculpa fraca. Mesmo enquanto tentava se convencer de que não tinha nada a ver com o ciúme ridículo que sentia do relacionamento de Shep com ela e mais a ver com sua preocupação de que o cara reagiria da mesma forma que Jack reagiu se suspeitasse que Griffin havia ultrapassado os limites com Savanna na cabana.

— Você é um civil, lembra? — Ela arqueou uma sobrancelha.

— Talvez eu não tenha mais a bandeira do país no braço, mas...

— Você a usa em seu coração — ela terminou por ele.

Ele sorriu.

— Duvido que algum dia me considere um civil novamente.

Savanna olhou por cima do ombro para Oliver, que carregava uma das caixas de Marcus nas mãos.

— Eu concordo, eles não deveriam vir. — Quando Savanna se virou novamente, parecia ter acabado de receber a pior notícia de sua vida. E ele tinha que acreditar que foi a caixa na mão de Oliver que produziu esse efeito. — Além disso, prefiro que eles fiquem aqui e protejam Ella e os outros.

Ella, certo. Ella era a garota de Jesse. *A garota de Jesse?* Não tinha uma música chamada assim? Griffin tirou as mãos dos bolsos e quase deu um tapa na nuca com o pensamento perturbador.

— Savanna — Oliver falou, chamando a atenção de Griffin e dela. Ele virou a cabeça para o lado, fazendo sinal para que se juntassem a ele onde havia colocado a caixa.

Quando o resto da equipe se reuniu em torno de Oliver, Griffin presumiu que os dois gregos estavam amarrados e amordaçados dentro do jato.

Griffin colocou a mão nas costas de Savanna, mas isso o lembrou de que a mão de Shep estava lá antes, então ele rapidamente se afastou. Talvez ela não fosse apenas a garota de Marcus... Talvez ela também pertencesse a Shep.

— Me diga que isso não é seu e que você não fez o seu melhor para garantir que nunca fosse encontrado dentro do Mustang — Oliver brincou, com um sorriso, segurando o que parecia ser uma chave cilíndrica de latão com algum tipo de design complexo no topo.

Savanna estendeu a mão e pegou a chave, virou-a para um lado e para outro, olhando atentamente, mas permaneceu quieta.

— Não é seu? — Griffin perguntou, todos os olhos voltados para ela.

— Eu nunca vi isso antes — Savanna respondeu, então olhou para Oliver agachado e vasculhando a caixa. — O que você está fazendo?

— Tenho uma memória muito boa e, quando vi a chave, o símbolo no topo parecia familiar. Lembrei-me de ter visto isso outro dia enquanto vasculhava essas caixas. — Oliver se levantou e entregou-lhe uma foto.

Ela trocou a chave pela foto e Griffin olhou por cima do ombro para vê-la.

Savanna passou o dedo pelo rosto de um dos garotos, provavelmente Marcus quando era adolescente. Griffin presumiu que fosse Nick e o pai deles na foto.

— Eu me lembro disso.

— Esse símbolo na chave está gravado no prédio atrás deles. Não sei onde a foto foi tirada, mas podemos fazer uma busca pelo símbolo para tentar encontrar algo — Oliver explicou. — Por acaso você sabe alguma coisa sobre esta foto ou por que Nick escondeu uma chave com aquele símbolo no Mustang?

Savanna olhou para Griffin por um momento antes de voltar seus olhos castanhos para a foto do homem que ela havia perdido.

— Marcus tinha dezesseis anos nesta foto. Foi tirada na Grécia — contou-lhes. — Só me lembro dos detalhes porque ele me contou que passou aquele verão com o pai em Santorini. Seu pai havia sido contratado para projetar um cofre de segurança especial, que abrigava cofres individuais em seu interior. O lugar é semelhante a um banco, mas não creio que tenha dinheiro guardado lá. — Ela piscou algumas vezes, saindo de suas memórias. — Desculpe, não me lembro dos detalhes. Mas Marcus também me contou sobre aquele verão, porque foi quando ele perdeu a virgindade com uma garota grega.

— Ele disse que perdeu a virgindade lá? — Oliver continuou, como se estivesse mais chocado com essa parte da explicação dela do que com o fato de alguma chave misteriosa estar ligada à Grécia.

Savanna assentiu e olhou diretamente para Griffin.

— Ele era um livro aberto comigo.

Um livro aberto? Inferno, ela também tinha uma boa memória. Na primeira hora depois de conhecê-la, ele fez um comentário sarcástico sobre não ser um livro aberto. Chamou-a de Doçura também. Meu Deus, ele era um idiota.

Carter cruzou os braços e conduziu a conversa para onde ela precisava ir.

— O que mais você lembra?

Savanna olhou novamente para a foto e depois fechou os olhos como se tentasse atrair mais informações para sua mente.

— Ada... alguma coisa. Uhm. Adámas — ela disse, estalando os dedos da mão livre. — Acho que foi assim que Marcus chamou. Ele estava muito orgulhoso do pai.

Griffin abriu o telefone e procurou a palavra.

— Diamante. Invencível.

— Explica por que há um diamante cercado pelo que parecem ser letras gregas no símbolo — Oliver observou.

— Também significa — Griffin acrescentou — inquebrável.

Os olhos de Savanna se abriram como se ele tivesse libertado outra memória com a palavra.

— Sim, é isso. O cofre foi apelidado de *adámas* porque foi considerado inquebrável. O pai de Marcus ajudou a projetá-lo para garantir que o cofre não pudesse ser invadido. Isso foi há anos, então não sei se ainda é assim, mas...

— Então, estou apenas pensando em voz alta aqui, mas será que estamos presumindo, com base nesta imagem que corresponde à do prédio daquela foto, que Nick abriu uma conta num cofre que seu pai projetou e ajudou a construir naquele mesmo prédio em Santorini? — Gray começou, seus pensamentos apontando para onde os de Griffin estavam agora. — E o cofre é onde ele escondeu tudo o que roubou? Obviamente, deve ter usado outro nome. E como uma apólice de seguro extra no caso de ser capturado, escondeu a chave no Mustang de Marcus para que quem o pegasse primeiro precisasse mantê-lo vivo para rastrear a chave.

— Eles provavelmente precisariam do próprio Nick para acessar o cofre, mesmo que conseguissem a chave. Aposto que, uma vez dentro do prédio, você também precisará de identificação junto com uma impressão digital ou digitalização de retina para acessar o cofre — Griffin acrescentou.

— Então, você está dizendo que Nick escolheu aquele cofre na Grécia porque, se ele for capturado e, uhm, torturado para dizer o local, mas se recusar a entregar a chave, os bandidos não podem simplesmente forçar Nick a fazer o que ele faz de melhor... invadir o cofre para chegar à caixa e recuperar o que guardou lá? — Savanna acrescentou e acertou na opinião de Griffin.

— Talvez. Porque é provavelmente um dos poucos lugares onde ele próprio não consegue se infiltrar. Porém, muito provavelmente, escolheu aquele local por causa do seu significado para ele. Suas memórias com Marcus e seu pai. E ele acreditava que era o lugar mais seguro para esconder tudo o que tinha.

Savanna olhou para a foto e depois para Griffin.

— Eles não conseguiriam que Nick entregasse a chave? Ele tem que saber que o matariam se não o fizesse. Mas suponho que tudo isso foi feito para ganhar tempo até... bem, para o que quer que ele tenha planejado. E ele espera nunca ser capturado.

Griffin ficou tenso com o que tinha a dizer a seguir.

— Ou eles encontrariam alguém com quem acreditavam que Nick se importava e a ameaçariam. Possivelmente usariam você para forçá-lo a sair do esconderijo. — Ele fez uma pausa pensando no que isso também poderia significar. — O Grupo Archer pode pensar que você trabalhou com Nick, e é por isso que também estão atrás de você.

— Ou Joe mentiu sobre isso, e eles querem Savanna pelas mesmas razões que os outros, para atrair Nick — Gray disse com uma careta porque ninguém queria que um colega de equipe fosse seu inimigo.

— Não acho que Joe concordaria em usar uma mulher inocente para atrair um criminoso — Griffin o defendeu rapidamente, apesar de Joe ter ordenado a surra de mais cedo e suas costelas ainda doerem. — E ele realmente parecia acreditar que Savanna era perigosa. Uma ameaça.

— Múltiplos motivos possíveis. Várias pessoas a caçando. Isso é uma bagunça — Carter disse.

Savanna levantou a foto e tocou o rosto de Marcus novamente, e isso fez seu estômago apertar com a dor que ela devia estar sentindo.

— Simplesmente não acredito que um homem que conheci uma vez desistiria de algo que fosse importante o suficiente para ele arriscar sua vida... por mim.

— Talvez ele não arrisque — Griffin admitiu, porque Nick era um criminoso, no fim das contas. — Mas, se você é a única família viva que ele tem, é possível que esses gregos, e quem quer que o queira, estejam esperando que Nick se importe o suficiente para salvá-la, caso a tenham em sua posse. Mas acho que estávamos certos em presumir que ninguém sabia que Nick em algum momento escondeu alguma coisa na casa de Savanna. Eles estão atrás de você.

O hangar ficou em silêncio por um ou dois minutos, todos dando a Savanna algum espaço para absorver a notícia. E então Jack disse:

— Então acho que é seguro dizer que o cofre ainda é inviolável. Bem, pelo menos o cofre principal que contém os cofres individuais. — Ele provavelmente estava tentando aliviar o clima sombrio que se instalava dentro do hangar, apesar do fato de que agora tinham uma possível causa. Uma pista.

— Então... — Carter apontou para o jato. — Para nossa sorte, tenho uma nova casa segura em Santorini.

Claro que você tem.

Jack abriu um sorriso.

— É, você é péssimo com piadas, mas boa tentativa. — Ele deu um tapa nas costas de Carter e mais daquela tensão desapareceu. Graças a Deus.

Talvez Griffin se desse bem com Jack, afinal.

— Vamos. — Carter virou-se para Shep e Jesse. — Vocês dois vão ficar.

Jesse deu um passo à frente com as palmas das mãos para cima, preparando seu protesto.

— Você precisa ficar com Ella — Savanna falou, antes que Jesse pudesse dizer mais alguma coisa. — Por favor.

— Nem a pau você vai entrar naquele avião sem um de nós com você.

— Shep ficou na frente dela, e o resto dos homens, fora Griffin e Carter, foram para o jato. — A.J. não aprovaria que você a levasse. Ponto final.

— Ele faria isso se soubesse que uma equipe de operações especiais conseguiu rastreá-la até aquela cabana, apesar de tudo — Carter apontou.

Shep levou as mãos aos quadris e Jesse permaneceu ao lado dele em uma postura cautelosa.

— Mais uma razão para irmos com vocês — Shep interrompeu, seu olhar demorando-se em Savanna.

Sim, o homem se importava com ela, mas será que ele queria mais do que amizade? Griffin apostaria dinheiro nisso.

— E o que impede esses caras que foram mandados para a cabana de seguir você até a Grécia? Se eles encontraram você lá, não acha que estão de olho em nós agora? — Jesse ficou na questão importante, a preocupação sobre a qual ninguém queria falar na frente de Savanna. Porque sim, eles provavelmente os rastreariam até a Grécia. E era por isso que deixariam Savanna usar seu nome verdadeiro e passaporte para esta viagem. Não adiantava esconder o fato de que ela estava deixando o país.

— Sim, mas estaremos em um local seguro em Oia, a parte norte da ilha — Carter começou. — Então, a menos que esses caras tentem nos destruir com um ataque de drone, eles não entrarão na propriedade. Tenho uma equipe preparando o local neste momento.

— Ataque de drone? — Os olhos de Shep se arregalaram. — Essa é uma possibilidade?

— Se fosse, você acha que eu levaria Savanna para lá? — Griffin olhou diretamente para Shep. — Eles a querem viva para interrogatório ou como isca para atrair Nick. Não arriscarão um ataque aéreo que pode possivelmente matá-la.

— Mas somos alvos fáceis aqui — Carter disse. — Lá não seremos. Você tem minha palavra.

— E quem diabos é você? — Shep arqueou uma sobrancelha. — Sério.

Carter apenas piscou, o que foi tão forçado quanto a piada que ele tentou alguns minutos atrás.

— Eu ainda quero ir — Jesse insistiu.

Savanna entregou a foto para Carter, depois colocou a mão de Jesse entre as dela.

— Ella deve estar pirando. Por favor, fique com ela. Eu me sentirei melhor sabendo que não apenas mais homens de Carter estão aqui, mas que ela também tem você. — Savanna olhou para Shep. — E você.

— Eu não posso fazer isso. Não posso ver você entrar naquele avião.
— Shep quis acrescentar "com ele", não foi? Porque sua atenção estava voltada para Griffin quando falou. Ele também estava com ciúmes.

— Receio que você não tenha escolha. Não posso forçar Savanna a ir conosco, mas esta é minha equipe, minha missão, e você não vem. — E, com isso, Carter partiu para o avião, informando que a discussão havia terminado.

Bem, Griffin com certeza forçaria Savanna a ir com eles. Ele tinha que mantê-la segura, e a melhor maneira de fazer isso era com sua equipe.

Savanna virou-se para o lado e fixou os olhos em Griffin.

— Me dê um minuto a sós com eles, ok? Estarei no avião em seguida.

Ele não queria se afastar dela, mas assentiu levemente. Griffin lembrou que havia deixado a bolsa com roupas no banheiro, então começou por ali e disse a si mesmo para não olhar para ela. Ele estava preocupado em ver Shep abraçando-a. Tocando-a. E, por mais irracional que fosse, ele perderia o controle novamente.

Griffin amaldiçoou baixinho e empurrou a porta do banheiro.

Eu estou muito fodido.

CAPÍTULO 17

— Estou em boas mãos. Juro. Mas tenho que salvar Nick e...

— Espera, o quê? Não se trata de salvar Nick. Trata-se de salvar você. — Jesse agarrou levemente o braço de Savanna como se ela tivesse perdido a cabeça.

— Eu preciso fazer isso — ela sussurrou, contornando o nó apertado em sua garganta. Como poderia explicar isso sem chorar? — Marcus morreu sem nunca perdoar seu irmão. E me dói pensar nisso. Se de alguma forma eu puder ajudar Nick a encontrar a redenção, sinto que...

— Marcus se foi, Savanna. Você não pode reparar esse relacionamento tentando mudar os hábitos de Nick — Shep falou, com uma voz concisa. Rugas de preocupação se formaram em sua testa com a ideia de que ela estava mais focada em ajudar Nick do que em proteger sua própria vida.

— Não espero que você entenda. Eu mesma mal entendo isso. Mas deve haver algo de bom nele. Nick tem me enviado dinheiro para me ajudar todos os meses desde que seu irmão morreu. Ele se importa, talvez não o suficiente para trocar sua vida pela minha. Ele pode ser um criminoso, mas...

— Não há "mas". Isso é simplesmente preto e branco — Jesse disse. — Se Marcus se recusou a perdoá-lo, tinha um bom motivo. Ele mataria o próprio irmão pelo que fez ao colocar você em perigo. Acredite em mim quando digo isso. — Ele baixou a cabeça como se odiasse a escolha de palavras e a soltou.

— Vou ficar bem. Griffin não vai deixar nada acontecer comigo. — Ela olhou na direção do homem, que saiu do banheiro segurando a bolsa, e seu peito apertou ao vê-lo.

Tanta coisa aconteceu hoje.

Coisas. Demais.

Eles começaram o dia com uma aula de culinária e terminaram correndo para salvar suas vidas, de novo, após serem rastreados por um grupo de ex-militares que pensavam que ela era uma traidora. Adicione Jack acusando Griffin de dormir com sua esposa e as notícias sobre Nick esconder uma chave no Mustang de Marcus que possivelmente abria um misterioso cofre na Grécia, e ela estava pronta para encerrar a noite.

Essa era a definição de um longo dia.

— Confie em mim quando digo que você quer que eu vá junto — Jesse disse, com uma voz profunda. — Há coisas que você não sabe sobre mim. Habilidades que tenho e...

— Sim, eu percebi. Você vai me contar o que está escondendo de nós? — Ela cruzou os braços e voltou sua atenção para Jesse assim que Griffin estava fora de vista e dentro do jato.

— Vamos nos concentrar em um problema de cada vez — Jesse respondeu.

Problema? Que tipo de problema Jesse teve? Isso foi o que ele deu a entender, certo?

— Eu preciso que você fique com Ella. — Savanna olhou entre Jesse e Shep, mas ela sabia que Shep não iria se juntar a ela nisso. — Pense sobre isso. Essas pessoas estão dispostas a passar por mim para chegar até Nick. É apenas uma questão de tempo até que decidam atacar alguém de quem gosto para chegar até mim, a fim de chegar até Nick. Não posso permitir que nada aconteça com Ella ou com a filha de Beckett por minha causa.

Jesse franziu a testa, mas ela percebeu que ele estava cedendo ao seu pedido pela maneira como seus ombros caíram.

— Carter tem alguns de seus homens vigiando aqui, mas eu vi você em ação, Jesse. Em quem você acha que eu confiaria para proteger nossos amigos e familiares? — Ela descruzou os braços e estendeu a mão para Jesse e Shep, colocando a palma da mão em cada um dos antebraços. — Por favor.

— Ok. Mas eu quero atualizações. Tipo, a cada hora — Jesse resmungou. Ele a puxou para um abraço rápido e depois subiu as escadas para entrar no avião. Provavelmente para fazer ameaças aos homens sobre protegê-la com suas vidas.

— Não gosto de você sozinha com ele — Shep falou, colocando gentilmente as mãos nos ombros dela.

— Não estarei completamente sozinha — ela o lembrou, sabendo muito bem a *quem* ele estava se referindo. Mas de onde vinha esse ciúme? Savanna estava bastante confiante de que era exatamente isso. Mas Shep admitiu que seu momento bêbado foi um grande erro. Disse que nunca poderiam ser mais do que amigos, não só por causa de Marcus, mas porque ele se autoproclamava um idiota. Estava mais para um playboy.

— Savanna, talvez eu... — Os olhos de Shep se estreitaram e suas palavras pareceram ficar presas na garganta.

— Talvez, o quê? — Pensando melhor, ela ergueu a mão, tendo decidido que agora não era o melhor momento para declarações de qualquer tipo. — Me diga quando eu estiver em casa, ok?

Ele a puxou para seu corpo musculoso em um abraço, e quando Savanna se soltou de seu abraço, viu Griffin parado nos degraus do jato esperando por ela, com os olhos focados no teto em vez deles.

— Vejo você em breve. — Deu um tapinha no peito de Shep antes de se virar para seguir aquela atração magnética inexplicável que a guiava até um homem que mal conhecia. Um homem sobre quem, por razões que ainda não sabia, ela queria saber tudo. — Oi — suspirou.

Agora que estavam cara a cara e prestes a embarcar em um jato particular para uma exótica ilha grega, ela quase conseguia se convencer de que estava vivendo um de seus romances com Griffin como o mocinho. Ele certamente desempenhou o papel quando a prendeu contra a parede da cabana e representou a cena sexy que ela recitou a seu pedido. Foi um momento que reviveria pelo resto da vida.

Savanna confiava que a vida seria longa, e Marcus parecia determinado a cuidar dela para garantir isso.

— Você está pronta para ir? — Griffin perguntou.

Savanna seguiu seu olhar para Shep, que lhes deu espaço enquanto esperava Jesse sair do avião. Shep era um homem gentil e atencioso, um bom amigo, e ela se importava profundamente com ele, mas era apenas isso o que sentia. E tinha certeza de que ele sentia o mesmo por ela. Sua pressa talvez tenha sido uma reação impulsiva a Griffin.

Griffin, por outro lado, fez com que ela ganhasse vida de uma forma que não sabia que ainda era possível. E ele estaria mentindo descaradamente se negasse a poderosa conexão que fluía entre os dois. Suas respostas a ela foram mais reveladoras do que queria admitir. Aquela bobagem que lhe contou sobre não se permitir se apaixonar por ela porque quebraria seu coração *antes* que ela pudesse quebrar o dele a fez se perguntar se o homem estava mais familiarizado com livros de romances do que deixava transparecer.

— Sim, acho que estou mais preparada do que nunca — ela disse suavemente. Trocou um último olhar com Shep e outro abraço com Jesse, que tinha acabado de descer as escadas com uma carranca rabugenta, e embarcou no jato.

O avião era espaçoso e, pelo que parecia, tinha até um quarto nos fundos. Ela não sabia de que tipo era ou quaisquer detalhes específicos, mas devia ter custado uma fortuna.

Savanna se acomodou em uma das cadeiras de couro reclináveis e afivelou o cinto de segurança. Griffin se sentou à sua frente, em vez de ao lado dela, deixando a cadeira da janela à sua direita vazia.

— Não acredito que esta é a primeira vez que saio do país.

— Por que você não viajou?

Savanna olhou para onde Gray e Jack estavam sentados, mais perto da cabine. Oliver e Carter estavam conversando, sentados não muito longe deles. Ela não tinha ideia de por que escolheu sentar-se na extremidade do avião, perto das portas que davam para o quarto, mas, com base no humor estranho de Griffin, ela não esperava que ele *quisesse* se sentar perto dela.

— Porque eu, uhm, fiz meu passaporte em 2014. E então simplesmente não parecia certo usá-lo depois, uhm...

Tantos "uhm". Tantas pausas desconfortáveis sempre que ela falava de seu falecido marido perto de Griffin, preocupada que qualquer menção a Marcus lhe daria mais munição para evitá-la, o que ela tinha certeza de que não queria que acontecesse.

— Ah — foi tudo o que ele disse, depois permaneceu quieto até que estivessem voando. — Estou feliz que Marcus tenha conseguido ser um livro aberto com você. Isso não é fácil de encontrar, especialmente em um militar.

Savanna levou um minuto para absorver suas palavras inesperadas.

— Ele costumava me dizer que cada capítulo de sua vida o aproximava uma página de seu epílogo. — Seus olhos se encheram de lágrimas repentinas com aquela lembrança, com o quão poético Marcus às vezes era. — Ele disse que eu era seu epílogo. Seu final feliz. — Savanna fungou e passou a mão sob o olho ao perceber que estava chorando. — E então eu... eu costumava dizer... — sua voz falhou enquanto falava, e ela soluçou, a emoção crescendo em seu peito vindo do nada. — Eu costumava dizer a ele que ele era meu prólogo. Ele foi apenas o meu começo. Que minha vida começou quando nos conhecemos.

Griffin rapidamente desafivelou o cinto de segurança e deslizou seu grande corpo no assento ao lado dela.

Com os olhos lacrimejantes, ela olhou para ele, sabendo muito bem que provavelmente estava fechando a porta para qualquer coisa que acontecesse entre eles. O anel não precisava estar no dedo dela para esse homem, porque ele ainda o via como se brilhasse na luz.

Griffin olhou para a frente da cabine como se estivesse verificando a localização do resto da equipe, então colocou a mão em cima da dela, que estava no apoio de braço entre eles, e apertou suavemente.

— Se ele foi seu prólogo — Griffin começou, com a voz ainda rouca —, então você ainda tem muita história pela frente. — Suas sobrancelhas franziram enquanto ele sustentava o olhar dela. — Muitos capítulos por vir. E acredito que ele gostaria que você vivesse a melhor história possível.

Mais lágrimas caíram pelo rosto de Savanna, desta vez mais rápido.

— Eu me senti presa na mesma página por muito tempo — ela sussurrou, preocupada com a possibilidade de sua voz falhar novamente. E talvez suas constantes referências a livros fossem um pouco exageradas, mas, por alguma razão, Griffin parecia entendê-la e sua conexão com a leitura mais do que esperava que a maioria dos homens entendesse. — E então um estranho entrou na minha vida e me chamou de Doçura. — Ela fechou os olhos. — E a página virou.

CAPÍTULO 18

Oia, Santorini, Grécia...

— Quando você disse que tinha uma casa segura, bem, tenho que admitir que não era isso que eu esperava — Savanna falou, enquanto ela e Carter passeavam pela propriedade.

— Isso costumava ser um hotel. Quinze quartos, então há muito espaço. — Enquanto caminhavam, Carter enfiou as mãos nos bolsos da calça preta que vestiu no voo. Savanna passou metade do trajeto de mais de doze horas dormindo e a outra metade alternando entre procurar informações sobre Santorini e ler um livro que baixou no telefone extra de Griffin. — Prefiro não me destacar, então é melhor pegar um lugar que combine, sabe?

Ela considerou perguntar a Carter como ele conseguia pagar aquela "casa segura" que mais parecia um hotel em uma ilha grega que, de acordo com o que ela tinha lido, era considerada um dos destinos mais bonitos e românticos do mundo, mas Savanna mordeu a língua. Ele obviamente não tinha problemas de fluxo de caixa, o que apenas a lembrava de quantos problemas ela estava enfrentando financeiramente. Mas essa não era sua principal prioridade no momento, então ela fez o possível para deixar esse problema de lado por enquanto.

Suas mãos foram para a parede de pedra caiada da varanda enquanto ela olhava para a esquerda, para as casas brancas imaculadas que pareciam cubos de açúcar com detalhes em azul, esculpidas nos penhascos ao longe.

— Este lugar é como um sonho — ela murmurou, desejando estar ali para férias românticas e não porque Nick tivesse colocado um alvo em sua cabeça.

Já passava das cinco da tarde na Grécia, então eles estavam oito horas à frente do Alabama. O céu estava claro e a temperatura era amena, em torno de vinte graus. Perfeito.

— É muito bom — Carter disse casualmente, agora de pé ao lado dela.

Savanna não tinha certeza para onde Griffin e os outros tinham ido depois de sair da caminhonete após a chegada, mas Carter lhe ofereceu um tour pessoal pela propriedade. Ela quase ficou surpresa que Griffin saiu do seu lado, mas ele mal disse uma palavra desde que ela abriu seu coração para ele no jato. Claro, ontem, a caminho do hangar, ele lhe disse que seria melhor se outra pessoa ficasse de olho nela.

Mas quando Jack se ofereceu para fazer isso, Griffin rejeitou a ideia. O homem era confuso.

Ela não pôde deixar de se perguntar o que aconteceu no passado de Griffin que o deixou tão certo de que ela quebraria seu coração.

— Por que a Grécia? — Ela olhou para a interminável água azul do cintilante Mar Egeu e depois para Carter.

Ele sorriu e abriu as palmas das mãos.

— Gosto de estar perto da água. Minha casa na Riviera Francesa estava comprometida, então me mudei.

— Um heliponto que tenho certeza de que tem um Black Hawk estacionado nele. Vários carros esportivos na garagem. Contei dez guardas armados em nosso passeio pela propriedade. Você também tem algum tipo de sistema de defesa aérea para interceptar um foguete? — ela perguntou, com um sorriso, e Carter apenas encolheu os ombros. — E se homens tentarem descer de um helicóptero como ontem na cabana de Griffin, o que acontecerá com eles?

Os olhos escuros de Carter se fixaram nela enquanto ele inclinava levemente a cabeça, estudando-a. O que se passava na mente dele? O que esse homem misterioso estava pensando?

A brisa do mar de repente chicoteou seu cabelo em seu rosto, e ela o colocou atrás das orelhas antes de se afastar dele e ir em direção às vistas dignas de admiração. *Paraíso. Estou no paraíso.*

— Será que seus homens conseguirão fazer aqueles dois gregos falarem? — Savanna perguntou, quando ele permaneceu quieto.

— Se eu não consegui fazer com que eles falassem, provavelmente não. E Gray não me deixará torturá-los — ele disse, com um suspiro, como se fosse uma terrível inconveniência não ser capaz de infligir dor aos homens.

— Acho que Gray tem uma bússola moral. Você perdeu a sua? — Ela não pretendia expressar seus pensamentos em voz alta, especialmente para um homem que estava passando por todos esses problemas para salvá-la, mas Savanna nem sempre era boa em manter a boca fechada.

— Perdi a minha no dia em que minha esposa foi morta brutalmente — Carter contou, em tom solene, e arrepios percorreram a pele de Savanna com suas palavras.

— Sinto muito — foi tudo o que ela conseguiu dizer. — Eu não sabia que você era viúvo. Lamento que tenhamos isso em comum.

Carter apoiou as mãos na parede de pedra, que parecia ser feita de rocha vulcânica encontrada na ilha. Sua mandíbula estava tensa enquanto ele olhava para a água, e ela sentiu que ele estava revivendo o horror de seu passado, como ela havia feito inúmeras vezes. A memória da execução de seu marido foi transmitida on-line para o mundo ver.

E, como sempre, quando essa imagem lhe veio à mente, seu estômago revirou e ela colocou a mão no abdômen.

— Estamos prontos para ir! — alguém gritou atrás deles, mas ela levou um momento para se recompor antes de seguir a voz até Jack.

Uhm. Outro J. Será que ele também era um destruidor de corações? Talvez ela precisasse esquecer aquele vídeo do TikTok de uma vez por todas.

Griffin estava ao lado de Jack. Oliver também. Mas Gray não estava à vista.

— Para onde estamos indo? — Savanna fixou os olhos no homem que a fez sentir tanto em tão pouco tempo, mas seu olhar estava escondido por óculos escuros.

Griffin também havia trocado de roupa durante o voo. Calça jeans e uma camisa polo branca. Ele havia lavado o cabelo e estava um pouco espetado e puxado para o lado. Bonito pra caramba.

— Você não vai a lugar nenhum — Jack falou, se aproximando, mas Griffin permaneceu parado a uns bons três metros de distância.

— Vocês trabalharam durante a maior parte do voo. Mas, se descobriram alguma coisa, por que não me contou? — Eles a estavam mantendo no escuro? Estavam preocupados que ela não pudesse lidar com tudo isso? *Eu tenho uma cafeteria. Asso biscoitos e faço café expresso. Não sou militar*, ela lembrou a si mesma. Mas, ainda assim, depois de tudo que eles passaram juntos, ela queria ser mantida informada, especialmente porque envolvia o irmão de Marcus.

— Estamos reduzindo as possibilidades sobre o que este Elysium poderia ser. Embora tenhamos eliminado a possibilidade de ser uma pessoa — Oliver falou. Dos três homens que estavam na varanda com ela, ele parecia menos cauteloso do que os outros. Não era muito descontraído, apenas mais de boa. — Mas encontramos o local que correspondia ao símbolo da imagem. Você estava certa, o lugar é como um banco, mas não é para dinheiro. Antiguidades, pertences raros e objetos pessoais de valor que as pessoas desejam manter em segurança são mantidos em uma parte de seu cofre de última geração. A outra parte é destinada aos cofres individuais.

Marcamos uma hora para dar uma olhada, já que eles não têm site ou registros públicos on-line para manter a discrição.

— Ah, tudo bem. — Savanna cruzou os braços quando outra rajada de ar a atingiu. Ela vestiu uma calça jeans e uma blusa rosa de botão depois de tomar banho no avião. Mas com, as mangas enroladas até os cotovelos, arrepios eram evidentes em seus antebraços.

— Gray vai ficar para trabalhar em mais algumas pistas. Estamos fazendo o possível para descobrir para quem Nick trabalhou, tentando rastrear alguns dos movimentos anteriores desses gregos, mas meu palpite é que o chefe deles é muito bom em encobrir seus rastros para que não encontremos nada — Carter acrescentou e então olhou para Griffin. — Presumo que você vai ficar com Savanna? Meus homens estão aqui, mas...

— Eu vou ficar — Griffin anunciou, com uma voz profunda que não admitia discussões. Savanna ficou aliviada. Ela não queria ficar sem aquele homem. Sentia-se segura com Griffin e, mesmo que ele acreditasse que havia falhado com ela na cabana ontem, ela discordava.

— Achei que fosse dizer isso. — Carter inclinou a cabeça como se quisesse sinalizar para Jack e Oliver saírem. — Não devemos demorar mais do que algumas horas.

Assim que ficaram sozinhos, Griffin disse:

— Posso mostrar seu quarto. Tem um pátio com a mesma vista se quiser sentar lá fora e ler para passar o tempo.

— Você sabe como fazer uma garota feliz — ela brincou levemente. — É seguro sentar do lado de fora?

— Eu não deixaria você fazer isso se achasse que haveria um atirador naquele veleiro esperando o tiro perfeito — falou, apontando para a água.

Ela olhou para o veleiro balançando na água ao longe enquanto Griffin se aproximava.

— Obrigada por tirar esse pensamento da minha cabeça. Talvez eu apenas leia na cama.

— Esta é a sua primeira vez no exterior. Sente-se ao sol. — Sua voz estava mais suave agora. E, quando ele ergueu a mão e gentilmente puxou para trás o cabelo dela, que havia caído em seu rosto novamente, Savanna ficou imóvel.

Lentamente voltou sua atenção para o rosto dele, desejando poder ver seus olhos para poder lê-lo. Por que ela estava tão desesperada para beijá-lo novamente? Ter sua língua emaranhada com a dela em uma dança lenta e sedutora? Griffin beijava muito bem.

Por alguma razão maluca, quando pensou que Griffin tinha dormido com a ex-mulher de Jack, seu estômago deu uma cambalhota nauseante. Savanna não sentia ciúmes desde os vinte e poucos anos, quando as "Marias Militares" — mulheres cujo objetivo era fisgar um SEAL — costumavam flertar descaradamente com Marcus quando eles iam aos bares em Virginia Beach. Marcus nunca lhes dava atenção, e seu instinto lhe dizia que Griffin era igual.

Mas nunca vou descobrir.

— Ok, leve-me para o meu quarto. — *E então me foda até perder os sentidos contra a parede. Em cima da cama. Na sacada. No banho. Me foda até que eu não consiga mais andar.*

Ela se repreendeu enquanto caminhavam em silêncio e fez o possível para manter a boca fechada e não expressar esses pensamentos.

— Não foi como imaginei minha primeira viagem para fora dos Estados Unidos, mas não posso reclamar da localização. — *Conversa fiada, Savanna. Basta conversar um pouco*, orientou a si mesma enquanto entravam no prédio de pedra caiada que ficava na encosta do penhasco.

Mas seus pensamentos voltaram a ser sexuais no momento em que ela deu uma olhada no queixo esculpido do homem andando ao seu lado usando óculos estilo *Top Gun*, nem um indício de que ele tivesse sido espancado ontem. *Meu Deus, ele era tão sexy.*

— Você está corando.

Savanna parou abruptamente e colocou as mãos nas bochechas para descobrir que estavam em chamas. Ela era muito jovem para ter ondas de calor, certo? Seus olhos foram dos óculos agora presos à gola da camisa até os olhos sombrios.

Ela não precisava dizer a ele que em segundos saltou direto para uma fantasia que estava acontecendo em sua mente. Ele sabia. *Ela* era um livro aberto, ao contrário dele.

Seus lábios permaneceram em uma linha tensa enquanto ele apontava para a porta a alguns passos de distância.

— Seu quarto. — Duas linhas distintas formavam em sua testa enquanto ele a estudava e ela lentamente abaixava as mãos do rosto que devia estar mais vermelho que um rubi, um contraste com sua pele normalmente oliva.

Os olhos de Griffin fixaram nos dela enquanto ele respirava fundo, exalava lentamente e engolia em seco. Então, enfiando a mão no bolso de trás, tirou um cartão-chave como se realmente estivessem em um hotel e abriu a porta.

Pelo que parecia, ele estava tendo seus próprios pensamentos sexuais, mas estava fazendo um trabalho melhor em mantê-los sob controle.

— Carter providenciou para que alguém fizesse compras para você. A cômoda deve estar cheia. Conhecendo Carter, ele instruiu o *personal shopper* a incluir tudo o que você poderia precisar, incluindo roupas íntimas que devem ser mais bonitas do que as que peguei para você.

Ai, meu Deus. Roupa íntima bonita? E agora suas bochechas estavam em chamas novamente.

— Ele realmente é um bom anfitrião. — Savanna forçou um sorriso e passou por ele para verificar seu quarto.

Era simples, mas elegante. Uma cama king-size com cabeceira branca estilo antigo e uma colcha da cor do Mar Egeu que a lembrava das pequenas casas caiadas de branco e dos telhados azuis em forma de cúpula que pontilhavam os penhascos. Além do abajur na mesa de cabeceira ao lado da cama e da cômoda branca estilo antigo combinando, não havia outros móveis.

— É incrível. Presumo que você estará no quarto ao lado? Estou segura sozinha? — *Talvez você devesse dormir comigo. Na minha cama.*

— Essa porta dá acesso ao meu quarto — explicou, apontando para o que ela presumiu ser um armário ao lado da cama. — Eu preferiria que você a mantivesse destrancada para que eu possa entrar se necessário, mas sim, você estará segura.

Porta de acesso, hein? E ela estava a dois segundos de criar uma nova fantasia.

Griffin atravessou o quarto e abriu as cortinas do chão ao teto para revelar a varanda e a vista deslumbrante que havia lhe prometido. Depois de uma longa pausa durante a qual Savanna imaginou que ele estava observando a vista, lentamente se virou para ela, com a mão na nuca. Seus olhos a perfuraram com aquele olhar intenso e taciturno com o qual Savanna rapidamente se familiarizou. O humor do homem parecia mudar com a mesma frequência que o vento. Brincalhão e doce em um minuto, sombrio no seguinte. Houve um motivo para essa mudança de humor, e não foi bom, não é?

— O que mais você descobriu no voo? — ela desafiou. — Olha, eu sei que faço biscoitos e café para viver, mas, como é a minha vida que está em risco, gostaria de ser mantida informada. — Além disso, Marcus a educou ao longo dos anos. Ela sabia uma ou duas coisas sobre operações especiais.

Quando Griffin permaneceu quieto, Savanna decidiu que poderia esperar mais alguns minutos para descobrir o que era aquela expressão sombria em seus olhos, então foi verificar as roupas novas na cômoda.

Griffin estava certo sobre Carter ser um anfitrião por completo. A gaveta de cima estava cheia de lingerie de renda vermelha, preta e nude. Ela tirou um conjunto da gaveta, esquecendo que tinha plateia enquanto admirava o sutiã e a calcinha vermelhos combinando, mas se assustou quando Griffin colocou a mão em seu antebraço, como se a incitasse a guardá-los.

Savanna olhou para ele por cima do ombro para encontrar sua cabeça inclinada, os olhos no sutiã como se a imaginasse nele.

— Nada que Carter já não tenha dito lá fora. O chefe de Nick provavelmente fez com que ele roubasse algo do Grupo Archer que estava dentro de um cofre, e é por isso que a equipe de Joe está atrás dele. E não conseguimos rastrear o paradeiro antes de Nick ir à sua casa. E também nada sobre os gregos que tenha alguma utilidade.

— Você não acha um pouco estranho Nick arriscar a vida traindo seu chefe? — ela expressou o pensamento que estava fermentando em sua mente o dia todo.

— O dinheiro coloca as pessoas para fazerem coisas malucas. Presumo que ele decidiu vender tudo o que seu chefe queria que ele roubasse e ficar com o dinheiro para si.

Seus ombros afundaram.

— Não sei. Acho que ele não percebeu a tempestade de merda que provocou quando traiu seu chefe, mas algo me diz que há mais em tudo isso.

— Sei que você quer acreditar que é possível fazer Nick se redimir, mas não quero ver seu coração partido.

— Esse parece ser o tema para você — Savanna sussurrou, então finalmente se virou para a cômoda, que o fez soltá-la.

Ela guardou a lingerie e fechou a gaveta.

— Alguma outra notícia?

Quando se virou para ele, quase colidindo com seu corpo grande e musculoso, a inclinação de suas sobrancelhas para dentro confirmou seus pensamentos.

Mas o que ele não queria compartilhar?

Savanna se recostou na cômoda e, em uma tentativa de arrancar a resposta dele, cruzou os braços e firmou o olhar, esperando que seu truque mental Jedi extraísse a informação.

Griffin passou a palma da mão sobre o queixo e a sombra do que rapidamente se tornaria uma barba se ele não se barbeasse logo.

Sua expressão endureceu da mesma forma que Marcus costumava fazer antes de compartilhar a notícia de que havia perdido alguém em combate.

E se a cômoda não a estivesse sustentando, ela teria tropeçado para trás ao ver o olhar sério de Griffin.

— O que foi? — exclamou, lágrimas brotando em seus olhos. Savanna sabia que o que Griffin estava prestes a lhe dizer doeria. E ela estava cansada do que chamava de "dor". A dor que a cortava como um facão sempre que a escuridão do que acontecia com Marcus invadia seus pensamentos.

— Pedi a Gray que procurasse algo para mim — começou, com uma voz firme.

— Joe — ela disse, a consciência se instalando. — Você levou um tiro por ele quando sua equipe foi enviada para ajudar a de Joe no Iraque. Isso significa que você trabalhou com... — *Marcus*. Suas mãos deslizaram para o abdômen, onde a dor sempre atingia primeiro.

— Eu não conseguia me lembrar dele, o que não fazia sentido. Então, quis ler o relatório oficial, saber o que aconteceu depois que levei um tiro naquele dia. Ver como Marcus se encaixa, uhm, na história. — Griffin deu um passo mais perto e passou a ponta do polegar pela bochecha dela, como se mais uma vez limpasse a farinha. Quando sua respiração arfou com seu toque, sua expressão dura suavizou-se ligeiramente. — Depois que perdi a consciência, Marcus matou o cara que atirou em mim e depois ajudou a me carregar por mais de um quilômetro até um local de extração e me levou de helicóptero para um lugar seguro.

— Você está dizendo que Marcus salvou você depois que você salvou Joe? — Savanna sussurrou, incrédula com a notícia de que havia uma conexão entre seu marido e o homem que estava diante dela. E isso deveria significar alguma coisa? Ou era apenas uma reviravolta do destino? Dois militares especiais que se cruzaram há muito tempo.

— Marcus não queria nenhum crédito. Com base em suas palavras no relatório, ele se culpou pelo fato de alguém de outra unidade ter levado um tiro por um de seus colegas de equipe. Ele pediu que seu nome não fosse compartilhado comigo. Não acreditava que merecia um agradecimento.

A cara do Marcus.

— E-eu preciso me sentar.

Griffin baixou o braço e virou-se para o lado, como se lhe oferecesse ajuda para fugir.

No entanto, suas pernas não pareciam querer funcionar.

Ela não conseguia se mover.

Reconhecendo que Savanna estava claramente à beira de um colapso emocional, Griffin deu um passo à frente, passou os braços em volta dela e puxou-a contra seu corpo.

Ele a abraçou com força, uma palma quente acariciando suas costas enquanto a outra embalava a cabeça dela sob seu queixo, dando-lhe exatamente o que ela precisava naquele momento. Conforto.

Savanna permaneceu em seus braços enquanto as lágrimas escorriam por suas bochechas e pelos lábios, descendo pelo queixo. Ela se perdeu em sua tristeza, mas, finalmente, com uma respiração trêmula, recuou e olhou para Griffin.

Ele colocou as mãos nos quadris dela por um momento antes de deslizá-las para cima e sobre os braços dela, depois para o seu rosto, e o segurou entre as palmas das mãos.

— Eu sobrevivi naquele dia por causa do seu marido. E farei tudo o que estiver ao meu alcance para manter a esposa dele segura. Eu faria isso de qualquer maneira, mas sabendo disso... — Seus olhos castanho-escuros desapareceram de vista quando ele fechou bem as pálpebras.

Esposa. Griffin nunca se esqueceria dessa palavra. Ele nunca seria capaz de vê-la como nada além do que a esposa de Marcus, e ela não o culpava. Savanna tinha certeza de que isso cimentava oficialmente a barreira entre eles aos olhos de Griffin.

E isso partiu seu coração.

Porque agora ela estava convencida de que Marcus colocou este homem em seu caminho por uma razão. Ele enviou Griffin para ela.

— Vou dar uma olhada em Gray — avisou, um momento depois, com os olhos abertos. — E então malhar para desestressar — acrescentou, após soltar o rosto dela e recuar.

— Você não está com dor? — foi tudo o que Savanna conseguiu dizer, seu coração e sua mente em conflito. Os pedaços já esfarrapados de seu coração pareciam prestes a serem levados para o mar e perdidos para sempre se ela deixasse escapar o único homem que a fazia sentir alguma coisa desde Marcus.

— Eu sou duro na queda. Não se preocupe. — Um pequeno sorriso se formou em seus lábios. — Mas posso dar umas braçadas na piscina coberta que vi durante meu treino. — Ele enfiou a mão no bolso e entregou-lhe o telefone. — Aqui — ofereceu. — Caso você queira ler.

Ela aceitou o telefone dele e sorriu.

— Obrigada por baixar o aplicativo do Kindle para mim no avião. Mas talvez eu me junte a você para nadar daqui a pouco. Não tenho certeza se quero ficar sozinha aqui — Savanna admitiu.

— Eu nunca a deixaria sozinha se não acreditasse que você está segura aqui. — Griffin agarrou gentilmente os braços dela. — Confie em mim quando digo que as casas seguras de Carter são realmente seguras.

— Não, quero dizer que — começou, com uma expiração trêmula — eu não quero ficar sozinha.

Ele tirou os óculos escuros da camisa antes de dar outro passo para trás, como se não confiasse em si mesmo para estar tão perto dela. Griffin também estava preparado para proteger os olhos da visão de Savanna mesmo dentro de casa, não estava?

Ela duvidava que os homens da equipe Delta tivessem medo de muita coisa, mas este parecia ter medo dela.

CAPÍTULO 19

Uma hora se passou desde que Griffin revelou que seu falecido marido havia salvado sua vida. Com a permissão dele, ela telefonou para o novo celular descartável de Jesse para avisar que estava bem, depois decidiu sentar-se na varanda e tentar ler. A temperatura caiu alguns graus à medida que a noite chegava, e realmente estava frio demais para usar o biquíni que ela estava usando.

Considerando toda a lingerie sexy e biquínis entre as roupas compradas para ela, Savanna tinha uma leve suspeita de que um homem tinha feito as compras. Uma mulher teria optado pelo conforto, especialmente sabendo que Savanna não estava lá de férias. Mas, de novo, talvez essa tenha sido a história de fachada que Carter deu à pessoa.

Savanna colocou o telefone de Griffin na cômoda e olhou seu reflexo no espelho acima dele. Seus seios estavam perigosamente perto de sair dos triângulos azuis brilhantes da parte superior do biquíni, mas a minúscula parte de baixo preta amarrada precariamente em seus quadris era meio sexy. Ela deu uma pequena volta e notou que sua bunda ficava muito bem naquela coisa.

— Estou enlouquecendo — murmurou baixinho. — Não estou de férias. — Mas ela precisava se distrair do caos e não focar no passado nem se perder no medo do desconhecido. Eram tantas incógnitas. Particularmente as possíveis ramificações das ações de Nick.

Savanna considerou ler novamente; deslizar para a cama e voltar para um mundo fictício onde ela estaria segura. Também era um mundo mafioso e sexy. Mas, enquanto estava lendo na varanda, foi difícil se concentrar no homem fictício que vivia nas páginas, porque ela ansiava pelo homem de carne e osso que estava literalmente em algum lugar nesta casa segura chique, seminu e molhado.

— Dane-se. — Talvez ela não pudesse ter Griffin, mas poderia imaginar, certo?

Depois de tirar a parte de baixo do biquíni, puxou a colcha azul da cama e deslizou entre os lençóis frios, depois puxou o lençol de cima até os quadris. Fechou os olhos e permitiu que sua mão vagasse lentamente por cima do top do biquíni, descendo pela pele lisa de sua barriga e, finalmente, entre suas pernas. Parecia que ela havia se tornado uma mulher louca por sexo no momento em que Griffin entrou em sua vida, nem dois dias atrás.

Muita coisa aconteceu nesses dois dias, e a menos importante delas foi a conexão indescritível com ele, que ia além do desejo. Mas o homem parecia estar ligado à honra por sua história, por mais breve que fosse, com Marcus. E ele estava fazendo o possível para negar essa conexão e evitar ceder ao desejo que ela sabia que ele sentia. Então, por enquanto, seu único recurso, em vez de se atirar nele, era se tocar como havia feito na cabana.

Só que agora ela conseguia evocar a memória de sua boca devorando a dela, sua língua deslizando entre seus lábios e seus dedos beliscando seu mamilo. Mas o melhor de tudo — a maneira como ele a levou a um orgasmo devastador.

Savanna deslizou os dedos sobre o clitóris, descobrindo que seu sexo já estava encharcado com o pensamento de que era a mão de Griffin.

Seus mamilos se contraíram contra os pequenos triângulos tentando conter seus seios, e ela mordeu o lábio para abafar um gemido enquanto imaginava Griffin tomando-a sobre os joelhos e espancando-a por se tocar em vez de esperar que ele fizesse isso.

Savanna não tinha certeza por que aquela fantasia surgiu em sua cabeça, porque ela nem gostava disso... ou gostava? Porque a ideia de Griffin bater em sua bunda, exigindo que ela aceitasse seu castigo, a deixou ainda mais molhada.

Suas grandes palmas depois esfregariam círculos suaves sobre sua bunda dolorida, dizendo-lhe o quão bem ela se saiu, em seguida, jogando-a na cama e apoiando-se sobre seu corpo nu.

Trazendo os lábios diretamente contra sua orelha e sibilando *"você pertence a mim, e somente a mim"*, enquanto ele colocaria a cabeça de seu pau entre as coxas dela e a penetraria em um movimento chocantemente rápido que faria suas costas arquearem para fora da cama.

Droga, ela estava perto de gozar só de pensar em Griffin dominando-a daquele jeito. Dando prazer a ela. Possuindo o que Savanna queria que fosse dele.

Ela se tocou com mais força e mais rápido, sua respiração acelerou, mas então...

Ela parou à beira de seu orgasmo, um que estava morrendo de vontade de ter, e amaldiçoou baixinho.

— Eu quero você — Savanna sussurrou. — Quero que seja você me tocando. — Ela engoliu em seco e abriu os olhos. *Conversando comigo mesma. Ótimo.* Mas Savanna precisava sentir as mãos de um homem sobre ela. O toque de um homem. O toque de *Griffin*.

Savanna tirou a mão de seu sexo hipersensível e saiu da cama, lavou as mãos e vestiu a parte de baixo do biquíni.

Ela apertou o cinto de um roupão curto de seda que encontrou pendurado no armário do banheiro — e uau, eles realmente pensaram em tudo — e então abriu a porta do quarto para procurar Griffin.

Um dos homens de Carter ficou em posição de sentido do outro lado do corredor. *É claro que Griffin não me deixaria sozinha.*

— Sabe onde Griffin está? — ela perguntou, sorrindo.

O olhar do homem pairou rapidamente do rosto dela até os pés descalços e depois voltou para o seu rosto.

— Acredito que ele esteja na piscina. Vou acompanhá-la até lá.

— Obrigada. Há quanto tempo você trabalha com Carter? — questionou no caminho, curiosa para saber se ele seria caladão ou disposto a dar alguma luz sobre o misterioso Carter Dominick.

— Dois anos, senhora.

— Militar? — Savanna perguntou, notando o tom educado, mas sério em sua voz e sua deferência para com ela.

— Força Aérea — respondeu, olhando rapidamente para ela antes de voltar sua atenção para a porta de vidro fosco ao se aproximar. O horário de funcionamento ainda estava impresso na porta de quando o local era um hotel.

Ele deu um passo para o lado e segurou-a aberta para ela.

— Obrigada. E obrigada pelo seu serviço — Savanna acrescentou, e ele assentiu antes de se virar para lhe dar privacidade com Griffin.

Ele suspeitava que havia algo acontecendo entre eles? Como?

E há algo entre nós? Ela deixou de lado seus pensamentos quando avistou Griffin nadando em uma das raias, sozinho dentro da sala com uma piscina de tamanho decente e uma banheira de hidromassagem à direita.

Soltou um suspiro nervoso ao abrir o roupão, depois o jogou sobre uma cadeira. Quando olhou de volta para a piscina, Griffin estava no meio, afastando o cabelo molhado para trás com as duas mãos e olhando como se estivesse surpreso ao vê-la ali.

A CAÇADA

A água escorria por seu peito machucado e seus ombros largos arqueavam para trás quando ele colocava as palmas das mãos na superfície da água. Ela ainda não tivera a oportunidade de realmente estudar a tatuagem que ia do ombro ao cotovelo, mas seus dedos coçavam para tocá-lo ali.

— Importa-se se eu me juntar a você?

— Essa coisa vai cair na água se você fizer isso? — Ele inclinou a cabeça, as sobrancelhas escuras unidas enquanto fixava o olhar nos seios dela.

— A culpa é de quem foi fazer compras para mim. Carter claramente não sabia o tamanho dos meus seios.

Griffin fez uma careta e abriu a boca como se estivesse prestes a dizer: *é melhor que não saiba mesmo*, mas então fechou os lábios em uma linha dura.

— Você é um homem de bundas ou seios? Qual é a sua fraqueza? — ela deixou escapar, observando os olhos dele focados em seus seios. — Aposto nos seios. — Ela lhe deu um sorriso brincalhão, na esperança de encobrir o momento *"em que diabos eu estava pensando"*.

Ele inclinou a cabeça para o lado e baixou o foco, como se estivesse tentando verificar a bunda de Savanna.

— De onde estou, ambos. — A maneira sedutora como ele falou enviou uma onda de calor através de seu corpo e desceu até os dedos dos pés.

— Desculpe — Griffin pediu, negando com a cabeça. — Eu não deveria ter dito isso.

— Eu que comecei — Savanna o lembrou em um tom suave.

— Easton viu você nisso? — Ele foi em direção a ela, revelando mais de seu corpo magnífico enquanto se movia para a água rasa.

— O cara da Força Aérea? — Ela se virou em direção à porta como se esperasse vê-lo montando guarda ali, mas estava fechada e, quando ela se mexeu, as palmas das mãos de Griffin estavam espalmadas no concreto da borda da piscina.

— Ele viu? — Griffin repetiu, com sua voz rouca, a mesma que usava sempre que mencionava Shep. *Ciúmes?*

— Só de roupão. — Ela deu um passo mais perto da beirada da piscina e olhou nos olhos dele, os cílios escuros parecendo mais grossos agora que estavam molhados. Savanna estava a dois segundos de se perder naquelas íris marrons quando ele saiu da água com um movimento rápido, pegando-a de surpresa.

— Eu também não gosto dessa opção — Griffin declarou, asperamente, antes de passar os braços ao redor do corpo dela e cair de costas na piscina, levando-a consigo. Outro choque.

— Você vai se machucar — Savanna repreendeu, depois de tirar o cabelo molhado do rosto. Os olhos dela pousaram em seu torso machucado, mas ele não parecia estar sentindo nenhuma dor no momento. Seu olhar estava focado exclusivamente em seu corpo. — Além disso, você tem sorte de a água não estar fria.

— Sim, e por que isso? — brincou, sua voz cheia de desejo.

Ela olhou para as mãos grandes de Griffin batendo na superfície da água ao seu lado, espirrando um pouco de água em sua direção. Mas ficou presa na visão da veia do antebraço que subia pelo bíceps. *Tão sexy.*

E agora, ela não pôde deixar de pensar naquela mão batendo em sua bunda. Ela poderia gozar ali mesmo na água com ele a centímetros de distância, com seus músculos molhados e cabelo sexy.

Savanna tocou suas próprias mechas molhadas e passou a língua sobre o lábio inferior, fazendo o possível para não estender a mão e passar os dedos sobre a parede dura de músculos brilhando diante dela.

— Sabe, eu ouvi você. Quando estava se tocando.

Bem, caramba, isso não era o que ela esperava.

E também…

O quê?!

— Como? Você já estava na piscina e…

— Doçura, você estava se tocando antes de vir aqui? — Griffin perguntou, com uma voz baixa e sexy.

— Eu… Achei que era disso que você estava falando — ela gaguejou.

— Espera… você me ouviu na cabana? — Quando ele assentiu lentamente, o olhar diabólico em seus olhos reforçou sua coragem. — O que você fez depois? — ela sussurrou.

Diga-me que você acariciou seu pau enquanto me imaginava me tocando, e eu vou te chupar agora mesmo.

— Você sabe o que eu fiz — murmurou, depois virou a mão com a palma para cima na água, convidando-a a pegá-la.

E quando ela o fez, ele juntou as mãos e a puxou para mais perto. Sua mão livre pousou em seu peito enquanto a dele deslizou para a parte inferior de suas costas.

Griffin colocou as palmas das mãos unidas sob a água enquanto ela contava silenciosamente os batimentos cardíacos acelerados sob seus dedos. Mas Savanna queria sentir seus mamilos pressionados contra ele.

Aparentemente, ele também queria isso, porque sua mão subiu pelas costas dela e desatou o nó da parte de cima do biquíni, depois subiu até o pescoço e fez o mesmo, permitindo que os pequenos triângulos caíssem livres de seus seios e flutuassem na água entre eles.

— Parece que só tenho uma fraqueza, Doçura — afirmou, passando os dedos em volta do pulso dela e guiando sua mão para longe de seu peito. — E é você.

Griffin deixou a mão dela flutuar sob a água, depois segurou firmemente sua bunda com as duas mãos. Com os olhos escuros presos aos dela, ele deu um pequeno impulso e guiou as pernas dela para envolver seus quadris, sem quebrar o contato visual. A maneira como ele estava olhando para ela a deixou um pouco sem palavras. Como se ele finalmente a estivesse vendo como uma mulher e não apenas como a viúva de Marcus.

Savanna prendeu os pulsos atrás do pescoço dele enquanto Griffin se movia para a parte mais profunda da piscina, mantendo-a de costas para a porta, provavelmente preocupado que alguém pudesse encontrá-los. O homem não gostava de compartilhar — isso era óbvio. E muito excitante.

Quando os seios dela mergulharam abaixo da superfície da água, ele se inclinou e deslizou a língua ao longo dos lábios dela, exigindo que Savanna se abrisse para ele. Uma exigência que ela estava mais do que disposta a cumprir. Savanna sentiu um frio na barriga quando um gemido profundo vibrou no peito de Griffin e suas línguas se encontraram; ele estendeu a mão para acariciar seu seio.

Ela gemeu contra sua boca e contorceu a pélvis para mais perto dele, sentindo a protuberância em seu calção de banho lutando contra o material.

— Eu preciso te foder — murmurou, entre beijos, o que ele estava basicamente fazendo, só que com a língua. Dentro e fora. Rude e com intensidade, seguido de uma dança lenta. Se os beijos dele fossem alguma indicação do resto de suas habilidades, bem, que Deus a ajudasse, Savanna provavelmente acionaria o sistema de segurança com seus gemidos. — Eu tenho que estar dentro de você — acrescentou, com a voz baixa e rouca, como se o mundo dependesse disso. Como se as paredes fossem desmoronar ao redor deles se não a tomasse ali mesmo.

Griffin segurou sua nuca enquanto continuava mantendo suas bocas próximas e a torturava agora com movimentos lentos e abrangentes de sua língua. Lambendo seus lábios como se ele estivesse separando as dobras de sua boceta.

— Você não tem ideia do quanto eu te quero — ela confessou, então percebeu que talvez ele tivesse uma pista baseada na dureza de seu pau contra a qual ela não pôde deixar de se balançar.

— Aqui não — sibilou. — Não posso permitir que alguém veja você nua enquanto eu te fodo...

— Não, não pare. Continue. Diga-me o que você quer fazer comigo. — Seu mamilo doeu quando ele o beliscou, mas o melhor tipo de dor, que foi direto para seu clitóris.

Griffin mordeu seu lábio inferior e puxou-a para trás com força por seu pescoço, depois afastou suas bocas para olhar em seus olhos.

Ele soltou o seio dela e deslizou a mão por baixo do tecido da parte de baixo do biquíni. Eles estavam na água, mas Savanna sabia que Griffin seria capaz de perceber a diferença entre isso e a suavidade entre suas pernas. Ela estava além de pronta para ele.

— Eu deitaria você de costas e abriria bem suas pernas antes de beijar seu corpo até que minha língua encontrasse as paredes apertadas de sua boceta — Griffin disse, respirando com dificuldade, seu peito subindo e descendo contra o corpo dela. — Eu comeria você como se fosse a sobremesa mais doce do mundo. Até que você vibrasse ao meu redor e me implorasse para te foder. Só então eu deslizaria meu pau entre os lábios de sua boceta, apenas a cabeça, só por um momento antes de estocar em você de uma vez...

— Mas que diabos?

Griffin abandonou suas palavras ao ouvir a voz surgindo atrás dela, e Savanna teve vontade de chorar. Não porque eles foram pegos. Mas caramba, porque agora Griffin não terminaria o que começou. E ela precisava ouvir mais. Precisava que ele seguisse suas palavras e desse a ela o que ela queria desesperadamente. *Ele*.

Savanna soltou as pernas dos quadris dele e encontrou o chão da piscina, mas Griffin manteve seu corpo preso ao dele para protegê-la da quase nudez.

Ela não conseguia acreditar que o irmão de Natasha os pegou abraçados na piscina. Griffin seria demitido?

— Tenho novidades — Gray avisou, um momento depois, quando nem ela nem Griffin conseguiram formular qualquer tipo de explicação sobre por que eles estavam juntos na piscina, e ela estava sem a parte de cima do biquíni. Ah, sim, e ela estava prestes a montar na mão dele para gozar. — Estou esperando no saguão em cinco minutos.

Savanna esperou a porta se fechar antes de seus ombros caírem e procurou pela parte de cima do biquíni flutuante na água.

— Nós fomos... ele vai...?

— Me demitir? — Griffin terminou para ela, enquanto segurava sua parte do biquíni, mas ainda sem devolver. — Não, eu vou ficar bem.

Ela estendeu a mão para o top do biquíni, mas ele balançou a cabeça.

— Levará apenas alguns segundos para secar. Um minuto para caminhar até lá. — Ele jogou o biquíni na direção dos degraus da piscina. — Mas gosto de chegar na hora, então isso nos deixa com um pouco mais de três minutos para fazer você gozar. E adivinhando o quão molhada você está, vou precisar de menos de dois.

Meu Deus. Não era o que ela esperava. Mas caramba, era o que queria.

Griffin a puxou de volta para seus braços e a ergueu, seus braços fortes segurando-a enquanto ele caminhava pela água. Colocou-a na borda da piscina, saltou por um segundo, pegou uma toalha e colocou-a no chão antes de guiá-la para se deitar.

— E se outra pessoa entrar?

— Ninguém vai entrar. — E o homem parecia confiante porque não deixaria alguém vê-lo em cima dela.

Savanna observou silenciosamente enquanto ele cumpria sua promessa, assumindo o controle do jeito que ela queria que fizesse.

Griffin tirou a parte de baixo do biquíni, parando por um momento para olhar para sua boceta suave e dolorida, então jogou a parte de baixo por cima do ombro. Ela se apoiou nos cotovelos, precisando observar o rosto daquele homem mergulhando entre suas pernas, uma imagem que ela nunca esqueceria enquanto vivesse.

Sua barba brincava com a parte interna das coxas enquanto ele colocava a boca em seu sexo, levantando os olhos por um momento para pegá-la olhando para ele antes de voltar o foco para o centro dela. E quando Griffin passou a língua contra seu clitóris, Savanna não pôde deixar de gemer seu nome.

Ela queria desesperadamente passar a mão pelo cabelo dele e guiar seus movimentos, mas não conseguia parar de ver aquele homem devorá-la. Porque uau. *Uau, uau, uau.*

Sua língua acariciava para cima e para baixo em movimentos suaves e fluidos. Foi lento, doce e dolorosamente provocador. E justamente quando Savanna estava prestes a implorar por mais, ele enfiou dois dedos dentro dela e os girou, acariciando aquele feixe de nervos enquanto chupava seu nó inchado.

Dois minutos com a boca dele nela? Savanna queria uma vida inteira. Mas hoje ela teria sorte se durasse um minuto.

Ela capturou o lábio inferior entre os dentes para resistir a gritar o nome dele — ou clamar por Deus — e sua cabeça inclinou para trás, seus braços relaxando quando o orgasmo começou a atingir o pico. Savanna caiu de costas, tomando cuidado para não bater a cabeça no cimento ao deixar o êxtase assumir o controle.

Seu corpo tremia e ela apertou as coxas, incapaz de segurá-lo entre as pernas. O prazer era quase demais para aguentar. Ela nunca... aquilo foi... inacreditável. E novo. E ela não tinha certeza de como desvendar o que isso significava, então optou por não fazê-lo.

— Você está bem? — Griffin perguntou, se ajoelhando um momento depois, e ela se apoiou sobre os cotovelos, seu foco caindo em seu short de banho, e percebeu que seria ele quem sofreria agora.

— Estaria melhor se você pudesse deslizar dentro de mim e me foder como você queria.

Griffin se inclinou e colocou os lábios em seu umbigo antes de beijar sua boca.

— Esta noite, Doçura — declarou, depois de se afastar um pouco e imobilizá-la com um olhar cheio de desejo.

— Você promete? — Savanna estava com medo de que ele se lembrasse daquelas falas que ele insistia que estavam lá e mudasse de ideia. Agora que Griffin estava com a boca nela e sabia que era capaz de apagar qualquer pensamento, preocupação ou problema apenas com um beijo, como ela poderia não querer mais?

Ele lhe deu um sorriso diabólico.

— A única pessoa capaz de me impedir de te tomar esta noite — ele começou, colocando a boca contra a orelha dela — seria você.

CAPÍTULO 20

Quando Griffin e Savanna chegaram ao que antes era o saguão do antigo hotel, Gray prontamente os mandou de volta para seus quartos. Tratando-os como crianças malcomportadas, ordenou que trocassem de roupa. Mas Griffin estava de boa com isso. Ele aproveitaria todo tempo a sós com Savanna quanto possível.

Depois de vestir uma calça jeans e uma camiseta preta, ele bateu na porta que ligava o seu quarto ao de Savanna.

— Você está decente? — chamou. Não que isso importasse muito, já que ele acabara de vê-la completamente nua. *Enquanto eu chupava seu clitóris e a lambia até gozar.*

— Entre! — ela gritou de volta.

Ele não estava preparado para seu coração bater acelerado quando abriu a porta e viu seu lindo sorriso direcionado diretamente para ele enquanto Savanna caminhava lentamente em sua direção, vestindo calça jeans de cintura alta com uma camisa branca enfiada nela. Seu cabelo cor de mel, que parecia mais escuro por estar molhado, caía sobre os ombros e umedecia a camisa.

Ele deixou a porta se fechar atrás de si e caminhou ao seu encontro, imediatamente pegando seu cabelo e afastando-o para as costas. Os olhos castanhos de Savanna tremularam quando ele segurou seu seio para descobrir que o sutiã não tinha enchimento.

— Garota má — Griffin repreendeu baixinho, sua ereção ainda dolorida e implorando para ser liberada de dentro de sua calça jeans. — Essa camisa branca e esse sutiã fino são bastante tentadores, mas o cabelo molhado significa que os caras vão dar uma espiada no que é meu. — Ele a soltou, sabendo que estava a um segundo de desabotoar sua camisa e esquecer Gray.

— Uhm. E você vai me punir mais tarde? — A voz sensual de Savanna foi direto para seu pau, e o súbito rubor em suas bochechas era adorável pra caramba.

Ela girou para ficar de costas para ele.

— Não acredito que disse isso — ela gemeu.

Ah, o jogo começou. Ela não poderia recuar diante daquele comentário sacana. Não mesmo.

Griffin soltou uma risada baixa e deu um tapa na sua bunda. Ela pulou e arfou antes de lhe dar um olhar atrevido por cima do ombro. Seus dentes deslizaram sobre o lábio inferior antes que ela sorrisse.

— Devíamos ir lá antes que ele fique mal-humorado. — Griffin se ajustou em sua calça, mas, quando Savanna começou a caminhar em direção à porta, a visão de sua bunda em sua própria calça jeans o fez passar a mão pelo cume de seu pau sobre o tecido rígido.

Nunca quis tanto uma mulher em toda a sua vida. Também nunca esteve disposto a abrir mão de suas próprias regras por uma mulher.

Quando chegaram ao saguão, Griffin fez o possível para afastar seus pensamentos e acalmar sua ereção. A segurança de Savanna era a prioridade, não quantas maneiras poderia fazê-la gozar.

O saguão era um espaço aberto e arejado, decorado em estilo casual, semelhante aos quartos. Carter e os outros haviam retornado e estavam reunidos em torno dos três sofás de couro que cercavam uma grande mesinha de centro branca no meio da sala.

Griffin sentou-se ao lado de Savanna no sofá que tinha vista para a porta da frente, o que ofereceria uma bela vista do mar se o sol não tivesse se posto recentemente.

— Quem quer falar primeiro? — Griffin perguntou e, pela expressão nos rostos de seus líderes de equipe, tanto Gray quanto Carter tinham novidades.

Gray colocou seu laptop na mesa enquanto Jack se sentava ao lado dele, e Carter e Oliver ocupavam o terceiro sofá.

— O que você descobriu sobre o cofre? — perguntou a Carter.

— Chegamos lá pouco antes de fechar, mas eles fizeram algumas melhorias nos mais de vinte anos desde que o pai de Nick projetou o cofre principal — Carter começou. — Mencionei a eles que tinha alguns objetos de valor que gostaria de guardar em um de seus cofres. E eles falaram que seu cofre é completamente seguro e nunca foi violado.

— Uma vez dentro, você precisa de mais do que apenas a chave para acessar seu cofre particular — Jack acrescentou. — Escaneamento de retina. Confirmação de identidade. E uma senha.

— Então, estávamos certos. Se Nick for capturado, não há como ele ser forçado a arrombar o cofre, já que é o único cofre que ele não pode violar. E mesmo que esteja fortemente armado lá dentro durante o horário comercial, sentirão falta da última peça para acessar o cofre: a chave — Jack observou.

— Estamos trabalhando para invadir as imagens das câmeras do circuito interno do local, bem como conseguir todas as imagens de câmeras de segurança dentro e ao redor da área, mas duvido que consigamos pegar Nick nas imagens — Carter explicou, embora não parecesse muito decepcionado. Pelo que parecia, eles não precisavam de mais nenhuma confirmação de que Nick havia conseguido um cofre em Santorini. A chave correspondia às usadas no cofre, e a foto que o ligava lá anos atrás provava que ele sabia tudo sobre o lugar.

Griffin lutou contra o desejo de estender a mão e colocá-la na coxa de Savanna ou segurar sua mão, sabendo que toda essa maldita bagunça não poderia ser fácil para ela. Gray agora sabia que Griffin havia ultrapassado os limites com ela, mas, felizmente, ele não havia compartilhado esse erro com os outros.

Erro?

Merda. Ele não queria acreditar que era um erro. Estar com Savanna na piscina não parecia um erro, e o que isso significava?

— Bem, se nossa teoria estiver correta e Nick roubou algo do Grupo Archer que era de importância para a segurança nacional, meu palpite é que foi de uma de suas localizações não muito longe de Santorini — Gray falou, chamando a atenção de Griffin. — Fiz umas pesquisas e o escritório mais próximo do Grupo Archer fica na Sicília.

— O que faz sentido, visto que a Estação Aérea Naval Sigonella também está lá. — Jack recostou-se no sofá e cruzou o tornozelo sobre o joelho. Seus olhos pousaram em Griffin por um segundo, e a animosidade que demonstrou a Griffin nas últimas duas semanas pareceu finalmente ter desaparecido. — Mas o que Nick teria roubado de Archer na Sicília? Não é tudo feito eletronicamente hoje em dia? Alguém não contrataria um hacker, em vez de um arrombador de cofres?

— Então Nick roubou algo tangível. Talvez plantas de um ou mais projetos que estavam armazenados lá? — Savanna sugeriu, e Griffin mais uma vez quis segurar sua mão delicada.

Em vez disso, colocou a palma da mão no pequeno espaço de couro entre eles e, quando Savanna deixou a sua lá também, empurrando o dedo mindinho contra o dele, Griffin mordeu os dentes de trás para evitar deslizar a mão sobre a dela.

— A maioria das empresas tem cópias físicas armazenadas em um local seguro como backup no caso de um ataque cibernético — Carter observou, e tendo sido da CIA em algum momento, ele provavelmente tinha o maior conhecimento entre eles sobre o funcionamento interno ultrassecreto das coisas do governo. — Talvez o trabalho de Nick fosse se infiltrar no escritório de Archer na Sicília, tirar fotos e depois sair antes que alguém percebesse. Na verdade, não levar nada do local.

— Mas, claramente, alguém percebeu. E agora, parece que muita gente sabe disso — Griffin afirmou o óbvio. Cada vez que ele pensava em várias pessoas ou grupos vindo atrás de Savanna, sua pressão arterial disparava. — Parece que o Grupo Archer não quer que o Tio Sam saiba que eles foram comprometidos, o que me deixa curioso para saber o que Nick tem em mãos.

— Nossa teoria original ainda pode estar correta, de que o Grupo Archer está tentando lidar com isso sozinho porque não quer que a mídia descubra que houve um comprometimento. Ou correr o risco de perder futuros contratos governamentais — Oliver destacou.

— Talvez. Mas, pela minha experiência, empresas como a Archer, que têm contratos governamentais, são obrigadas pelo Departamento de Defesa a guardar tudo relacionado a esses projetos em cofres de armazenamento específicos aprovados pelo governo — Carter explicou. — E não é surpresa que esses locais não apareçam nas pesquisas do Google. Então, isso significa…

— Poderia ter alguém de dentro do Grupo Archer, e foi assim que Nick conseguiu acessar o local. — Griffin ficou de pé, ansioso com a notícia e ainda não confiando em si mesmo para manter as mãos longe de Savanna. A atração magnética entre eles estava além de tudo que já havia sentido antes. Ele circulou o sofá para ficar atrás dela e colocou as palmas das mãos no couro. — Essa pode ser a verdadeira razão pela qual o Departamento de Defesa não foi notificado de um comprometimento. O infiltrado esperava que o chefe de Nick mandasse alguém. Mas então Nick traiu todo mundo ao fugir com a mercadoria. E agora eles não estão apenas caçando-o, mas alguém na Archer está tentando se proteger antes que a notícia se espalhe e antes que tudo o que foi roubado caia em mãos indesejadas.

— É lógico que apenas o escalão mais alto do Grupo Archer teria acesso a esses cofres — Carter continuou. — Isso, aliado ao fato de que um local quase tão seguro quanto o Pentágono foi invadido...

— Não será difícil identificar o traidor — Savanna interrompeu, com uma voz suave, girando para trás para encontrar seus olhos, seus cílios longos e escuros tremulando por um momento, e seu estômago revirou com a ideia de algo acontecendo com ela.

— O homem de dentro está tentando controlar os danos e usando Joe e seus homens para esse propósito. — Carter fez uma pausa como se estivesse refletindo sobre outro pensamento. *Ele estava se perguntando se Joe também era um traidor?* — E os outros que perseguem Nick estão morrendo de vontade de colocar as mãos em tudo o que Nick tem agora. — Carter balançou a cabeça e se virou para Gray. — Onde estamos quanto à Elysium?

Griffin fez o possível para manter sua atenção em Gray, e não na mulher que tinha seu coração batendo duas vezes mais que o normal.

— Não encontrei nenhuma conversa relacionada a Elysium — Gray começou —, mas, como a palavra significa "paraíso" em grego, e se fosse o nome de um projeto em que o Grupo Archer trabalhou relacionado a algo como defesa aérea? Satélites, talvez?

— Odeio dizer isso, mas Joe forneceu esse nome. E se ele estivesse tentando nos despistar? — Jack levantou a questão que Griffin não queria ouvir.

— *Ou* confirma que Elysium é algo que apenas alguém em Archer saberia — Griffin lançou sua própria ideia esperançosa, precisando se apegar à crença de que não havia levado um tiro por um homem que agora era um traidor.

— Precisamos ir ao escritório deles na Sicília para dar uma olhada. — Carter levantou-se do sofá. — Ver o que podemos descobrir. Discutiremos sobre isso no voo, mas acho que é hora de falarmos com seu pai, Gray.

— Ele pode ser seu pai, mas, como Secretário de Defesa, ele realmente nos ajudará? — Griffin perguntou, olhando para Gray. — Ou ele vai querer assumir o controle da missão quando descobrir por que precisamos ter acesso ao Grupo Archer?

Gray se levantou e andou ao redor da mesa, como se precisasse ficar de pé para organizar seus pensamentos.

— Com a conexão do Grupo Archer com o Departamento de Defesa, meu pai pode ser uma das poucas pessoas em quem podemos confiar para nos ajudar a descobrir o que diabos foi roubado. Assim que fizermos isso, poderemos restringir uma lista de possíveis suspeitos para identificar o infiltrado. Não pode haver tantas pessoas sabendo onde a informação ultrassecreta está armazenada.

Bom ponto.

— Ele pode querer designar uma equipe diferente para investigar isso, mas farei o meu melhor para convencê-lo de que estamos na melhor posição para lidar com a situação — Gray acrescentou.

— Vou tentar novamente conversar com esses caras que pegamos na casa de Jesse enquanto você liga para seu pai — Carter declarou, sua voz rouca, exasperação rastejando em seu tom. — Conseguimos rastrear a última localização dos oito homens em Roma antes de irem ao Alabama, o que foi uma surpresa, já que os três primeiros vieram de Atenas. Mas confirmamos que são cidadãos gregos.

— Então, é possível que o chefe deles esteja em Roma agora? — Savanna perguntou, se levantando.

— Tudo é possível neste momento, mas meu instinto me diz que o chefe de Nick pode ser um intermediário, e ele planejava proteger a informação quando Nick a entregasse — Carter respondeu. — Acho que há apenas um pequeno número de pessoas na Europa capazes de negociar esse tipo de informação sem que a CIA fique sabendo da transação.

— Acho que sei quem pode nos ajudar a restringir essa lista e rapidamente, especialmente se essa pessoa for italiana ou grega — Griffin observou, e Carter assentiu como se soubessem.

— Quem? — Jack e Savanna perguntaram ao mesmo tempo.

— Emilia Calibrisi — Carter respondeu, antes que Griffin tivesse a chance. — Ela é uma bilionária italiana. Agora mora na Irlanda, mas tem controle sobre qualquer atividade criminosa naquela região, bem como quem seria capaz de vender algo tão valioso sem ser notado.

— Na verdade, foi através de Emilia que conhecemos A.J. e sua equipe. — Griffin não sabia por que havia fornecido essa informação. Ou por que acrescentou: — Quando sequestramos a irmã de Jesse. — Mas Jesse não estava lá, então...

— Você quer dizer quando resgatamos Rory. — Carter voltou seu foco para Savanna, cuja boca estava aberta, com uma expressão de surpresa no rosto. — Havia piratas envolvidos e bem... — Ele estava tropeçando nas palavras, o que era incomum para aquele homem.

— Acho que Jesse não sabe disso — Savanna disse, com um toque de sorriso nos lábios. Pelo menos ela não parecia brava com Griffin por omitir esse detalhe não tão pequeno.

— Resgatamos a irmã de Jesse basicamente sequestrando-a. — Griffin tinha acabado de começar a trabalhar com Carter na época e foi uma grande *recepção* à equipe. Eles salvaram Rory e alguns outros membros da equipe de A.J. de piratas, apenas para descobrir que Rory estava à caça de uma operação de tráfico de animais. Griffin estava preocupado que seu retorno à vida civil fosse um ajuste chato, mas aquela primeira operação com a equipe de Carter provou o contrário.

— Talvez você devesse ter mencionado isso para mim. Tipo, antes de irmos para a casa de Jesse, em primeiro lugar — Gray disse, com um grunhido no final de suas palavras.

— Era sigiloso. — Carter olhou para Griffin com um olhar penetrante.

— Posso ver por que você não falou sobre isso com Jesse — Savanna surpreendeu Griffin ao dizer. — Ele provavelmente...

— Iria dar uma de John Wick pra cima de mim? — perguntou, com um sorriso. *Por que estou sorrindo como um maldito adolescente agora, especialmente por causa dessa conversa?*

Savanna assentiu e depois piscou para ele para que soubesse que ela estava na mesma página. Mesmo parágrafo. E até a mesma palavra na linha que ele estava.

Não importava sobre o que estavam falando, a conexão que compartilhavam parecia ficar cada vez mais forte. Isso era um pouco... assustador, não era? *Mas, caramba, eu não fico com medo, fico?*

— Ok — Savanna disse, um momento depois, piscando algumas vezes como se tentasse concentrar seus pensamentos. — Então, você está falando em pedir a Emilia para encontrar alguém que venda itens em um mercado clandestino on-line? Como um leilão?

Griffin contornou o sofá para encará-la, colocando a cabeça onde ela precisava estar. *No trabalho.*

— Normalmente eu diria que sim. Mas, neste caso, haveria uma pegada digital para essa venda. E aposto que quem quer que esteja atrás dessas informações não gostaria de correr esse risco. O vendedor provavelmente vai fazer isso à moda antiga. Cara a cara.

— O que devo fazer enquanto vocês estão trabalhando? Como posso ajudar? — ela perguntou, suavemente, torcendo as mãos de nervosismo. — Estão com fome? Tem um chef aqui? Deixe-me fazer alguma coisa.

— Sim, temos um cara que cozinha, mas ele está dando uma de preguiçoso no momento. Então, se você não se importa, seria ótimo. Obrigado. A cozinha fica naquele corredor — Carter disse, apontando. — Vire à esquerda e será a segunda porta. Somos muitos. Tem certeza que não se importa?

Ela sorriu, sua covinha aparecendo.

— Sem problemas. Preciso manter minhas mãos e, bem, meus pensamentos ocupados. — Seu olhar se voltou para Griffin quando todos, exceto Gray, deixaram o saguão para perseguir pistas. — O que você vai fazer?

— Na verdade, preciso conversar com Griffin — Gray interrompeu, e Griffin teve uma boa ideia do que essa "conversa" poderia ser.

— Vou até você em breve. — Griffin apertou levemente o ombro dela e inclinou a cabeça em direção ao corredor que levava à cozinha como sua forma de dizer que tudo ficaria bem.

— O que foi? — ele perguntou a Gray quando ficaram sozinhos.

— Não durma com ela. Isso é uma ordem.

Direto ao ponto. Até esperado, mas isso o irritou.

— Você está falando como meu novo líder de equipe, um oficial ou apenas um idiota? — Griffin não pretendia expressar seus pensamentos, mas pelo que parecia, o hábito nervoso de Savanna de deixar escapar seus pensamentos havia passado para ele. Não que Griffin estivesse nervoso. Mas estava tenso com tantas teorias não confirmadas circulando e Savanna no meio de tudo isso.

Ele estava acostumado a fatos concretos e a um plano de ação, e não tanto a fazer parte do processo de coleta de informações. Diga para Griffin a quem salvar ou para onde apontar seu rifle, e considere feito. Mas acrescente uma mulher linda que também era viúva... uma que ele tinha deslizado a língua pela sua boceta há vinte minutos, e bem, porra. Isso era um novo território.

— Todas as opções — Gray resmungou. — E sim, se isso faz de mim um idiota, que assim seja. É melhor eu ficar irritado com você do que com A.J. Acredite em mim quando digo isso. Ou, inferno, com Jesse. — Ele balançou sua cabeça. — Além disso, você realmente quer partir o coração daquela mulher? Eu conheço sua reputação. Ela já passou por muita coisa.

E Griffin sabia disso. Ele entendia. Mas sempre que Savanna estava ao alcance de um beijo, ele parecia perder a cabeça e o controle.

— Preciso de sua confirmação de que me entende antes de poder voltar ao trabalho. — Gray o imobilizou com um olhar duro. — Ela é uma missão. Não é uma mulher que você conheceu no bar.

— Diz o cara apelidado de Romeu. — E lá se ia sua boca novamente. — Não tenho intenção de magoá-la. — Essa é a última coisa que ele gostaria de fazer.

— Então preciso que você me dê sua palavra.

— Então, minha palavra é boa o suficiente para você? — Griffin perguntou, ainda tentando entender seu novo chefe. O cara tinha uma coragem maior do que Griffin pensava inicialmente quando Carter os apresentou.

— É melhor que seja. — O que era tão bom quanto Gray dizer: *já que um dia posso levar um tiro por você, é melhor que você não seja um filho da puta mentiroso.*

Griffin pensou na piscina e nos braços de Savanna sobre seus ombros. Em seus doces beijos. A maneira como ela se movia contra ele na água, e entregava seu corpo completamente, sem nenhuma timidez, enquanto ele caía sobre ela. E a promessa desta noite...

— Entendido — ele finalmente sibilou, odiando-se por sua resposta.

Gray exigiu que ele dissesse a verdade, então isso significava que suas palavras para Savanna à beira da piscina eram agora uma mentira. Griffin disse a Savanna que ela seria a única pessoa capaz de impedi-lo de tomá-la nos braços esta noite.

Verdade seja dita, ele estava um tanto aliviado por Savanna ter sido declarada fora dos limites.

Porque ele sabia que a escolheria. Griffin parecia incapaz de *não* a escolher.

E então, de alguma forma, provavelmente os dois se machucariam.

CAPÍTULO 21

Griffin fez uma pausa quando avistou Savanna pela porta aberta que dava para a cozinha industrial, que provavelmente era do tamanho de uma que você encontraria em um hotel cinco estrelas. Ela usava um avental preto de chef e seu cabelo agora estava preso em um coque bagunçado com algumas mechas emoldurando seu rosto. Savanna era absolutamente deslumbrante, mesmo fazendo algo tão mundano como cortar uma cebola.

Ele repetiu o aviso de Gray em sua cabeça e desejou que não fosse verdade. Ele só conhecia Savanna há alguns dias e, ainda assim, a quem estava enganando? Acabaria magoando-a exatamente como Gray previu. E ele não precisou trabalhar ao seu lado por muito tempo para reconhecer os problemas quando os encontrou na área da piscina.

Griffin duvidava que fosse capaz de mudar seus hábitos e não arriscaria que Savanna se tornasse um dano colateral por causa de seus próprios demônios.

Savanna largou a faca e enfiou a mão no bolso de trás, ainda inconsciente da presença dele. Pegando o telefone um momento depois, ela colocou uma música, mas se assustou quando levantou o olhar e o viu parado ali.

— Espero que você não se importe. Adoro música e, obviamente, ainda estou com o seu telefone. — Ela ergueu o aparelho dele e o trocou por uma taça de vinho que estava perto do balcão.

— Eu não me importo nem um pouco — respondeu, finalmente passando pela porta e circulando o balcão onde ela trabalhava. Já havia uma panela enorme com água no fogão, mas ainda não havia começado a ferver. — Vejo que você encontrou o vinho.

Ela o encarou e ergueu a taça.

— Não pude evitar. Presumo que você não pode beber? Existe um manual de regras que você deve seguir durante o trabalho? — Manchas douradas e verdes brilhavam em seus olhos castanhos enquanto ela sorria e lhe oferecia a taça.

— Regras. — Ele aceitou a bebida mesmo assim. — Tenho quebrado muitas delas ultimamente. — *Mas tenho que me comportar agora. De alguma maneira.*

— Um gole não fará mal. — Savanna encolheu os ombros, seu olhar pairou na boca de Griffin como se estivesse planejando vê-lo provar a bebida.

Ele preferiria ter outro gosto da mulher mais doce que já encontrou, e queria muito mais, porém...

Soltando uma respiração profunda, ele levou a borda da taça à boca.

— Chianti — ela disse, enquanto ele experimentava. — Mistura toscana.

— É bom. — Griffin devolveu a taça depois de um pequeno gole, sabendo que não havia nenhuma maneira de ele poder beber e manter as mãos afastadas dela. Já era bastante difícil se controlar quando estava sóbrio. — O que é esse sorriso? — Ele não pôde deixar de perguntar, quando ela tomou um gole de Chianti e depois enxugou uma gota que escorria por seu queixo.

Ela largou a taça, pegou a faca e voltou a picar cebolas. Ele deveria oferecer ajuda, mas, enquanto a estudava de onde se posicionara, recostando-se no balcão ao lado dela, teve a sensação de que perderia o foco e cortaria um dedo. Isso seria muito bom para um cara da Delta.

— Cada vez que bebo Chianti, me lembro de um dos meus filmes favoritos. Duvido que você já tenha ouvido falar. *Sob o sol da Toscana,* com Diane Lane. É baseado no livro de mesmo nome. Além disso, um dos meus favoritos. — Ela inclinou a cabeça para o lado, como se estivesse oferecendo o pescoço, e deslizou o olhar em sua direção. Droga, ele queria percorrer aquela suave pele com seus lábios.

Griffin se virou para ficar de frente para o balcão, preocupado que ela notasse a protuberância se formando em sua calça jeans antes que pudesse resolver esse problema crescente.

Colocando as palmas das mãos sobre o balcão e olhando para a pilha de cebolas, em vez da mulher sexy que estava ao seu lado, Griffin disse:

— Conte-me sobre isso. — Por que sua simples pergunta soava como se ele tivesse acabado de pedir que descrevesse em detalhes como ela se tocou antes, quando ele estava nadando?

E merda, agora ele não podia deixar de lembrar que Easton estava parado do lado de fora do quarto dela. Ele a ouviu?

— No filme, Diane Lane interpreta uma romancista americana que foge para a Itália para começar de novo depois de saber que seu marido a traiu. Ela ficou arrasada com a traição dele, mas perder o homem que amava a devastou totalmente. E na Itália ela traz de volta à vida uma vila em ruínas, ao mesmo tempo que encontra o amor novamente. — Savanna fez uma pausa. — Você já sabe da minha obsessão por livros, então, naturalmente, quando um dos meus livros favoritos se transforma em um filme maravilhoso... Já assisti muitas vezes e nunca deixa de tocar meu coração.

Ele não tinha certeza de como responder a isso, então permaneceu quieto, perfeitamente feliz em ouvi-la falar.

— A ideia de uma escritora na Toscana sentada atrás de uma máquina de escrever antiga também me faz sorrir — ela continuou, radiante.

— Muito Hemingway.

— Exatamente. — Savanna lhe deu um sorriso rápido e adorável, depois piscou rapidamente e enxugou algumas lágrimas com os nós dos dedos. — Cebolas — justificou, deixando Griffin adivinhando se eram as cebolas ou o enredo do filme que estava causando as lágrimas.

— Por que você não escreve? Acho que você seria capaz.

Ela balançou a cabeça antes de pousar a faca e encará-lo, então ele ergueu as palmas das mãos do balcão para lhe dar atenção, esperando que sua calça jeans não estivesse mais tão armada.

— Não, eu sou péssima em escrever. Estou totalmente feliz em ser uma leitora. — Ela encolheu os ombros. — Além disso, acho que já sofri bastante na vida. Duvido que eu seja capaz de lidar com críticos de livros me avaliando com uma estrela como se eu fosse o alvo daquele antigo arremesso de facas — acrescentou, simulando o lançamento de uma. — Estou divagando.

— E é adorável — declarou, deixando as palavras escaparem e observando as bochechas dela corarem. — Então, presumo que vamos comer comida italiana esta noite?

— Não sei de cor nenhuma receita grega e, com um grupo tão grande, achei que macarrão seria melhor. Rigatoni com molho de vodca e salada caprese. — Ela apontou para a mussarela em outra tábua próxima. — Vai ser bom, prometo.

— Eu não tenho dúvidas. — Ele levantou as palmas das mãos. — Como posso ajudar?

— Acho que não preciso de nada além de música tocando e uma boa companhia. — Ela olhou para ele e acrescentou: — Então, se você quiser chamar Oliver ou um dos caras para vir aqui, seria ótimo.

A espertinha piscou para ele, e Griffin estava prestes a dar um tapa naquela bunda maravilhosa novamente.

— Mas, sério — prosseguiu, usando a faca para colocar as cebolas em uma frigideira grande com manteiga fervendo. — Esta é uma receita fácil. É preciso deixar o alho, o manjericão e a cebola dourarem um pouco. Nada demais.

Griffin cruzou os braços sobre o peito e encostou-se novamente no balcão, observando o perfil de Savanna enquanto ela bebia o vinho e mexia as cebolas com uma espátula.

Para uma mulher que passou por tantas dificuldades nos últimos dias, ela estava lidando com isso muito bem. Savanna era resiliente. E ele sabia que isso deixaria Marcus orgulhoso. Também sabia que, por causa disso, Savanna provavelmente se apaixonaria novamente um dia, e ela merecia.

Só não comigo.

Mas Griffin também sabia que eles nunca poderiam ser amigos, e a ideia de não passar mais tempo com ela depois da missão lhe causava um nó no estômago, e era uma sensação pior do que a surra do dia anterior.

No entanto, ele levaria mais um milhão de socos para proteger Savanna. E, honestamente, seu corpo aguentaria. Não que ele quisesse, mas foi treinado para lidar com muita coisa ao longo dos anos.

— Sabe — ela começou, com uma voz suave, e pousou a taça de vinho para encará-lo completamente. — Eu realmente não sei muito sobre você, além do fato de seu pai estar no Exército e você ter nascido em Kentucky. Cresceu lá?

Falar sobre seu passado era normalmente um limite rígido para Griffin, mas ele também não queria ser um idiota novamente, especialmente depois que ela proclamou que Marcus era um livro aberto. Claro, não queria enganá-la, então teria que andar na corda bamba aqui. Ser atencioso sem dar muito de si. *Posso fazer isso, eu acho.*

— Passei talvez oito anos lá antes de sermos transferidos para a Geórgia e depois para a Carolina do Norte. Mas também estivemos no exterior, na Alemanha, por dois anos, quando eu tinha doze anos.

— Seu sotaque parece ir e voltar. Não tão sulista quanto o de Jesse. Acho que é mais parecido com A.J., porque vocês dois serviram no exterior por muito tempo.

— Provavelmente. Tenho tendência de soar mais assim quando estou perto de pessoas que falam com o sotaque de vocês — ele brincou, referindo-se a ela. — Mas o seu sotaque não é exatamente do Alabama. Ou Tampa. Ou... — Ele pensou no perfil dela que havia lido. — Ou Geórgia.

Savanna riu.

— Sim, adoro ser um mistério — ela brincou. — Mas pode ter a ver com a influência da minha avó cubana. Ela desempenhou um grande papel em me criar.

Certo. Savanna disse a ele que ela e Marcus queriam criar os filhos bilíngues. Droga, ele só queria abraçá-la e tirar todas as lembranças tristes.

— Eu sinto muita falta dela. — Savanna pegou a taça como se precisasse beber para afastar qualquer pensamento triste que tivesse surgido em sua mente. — Mas você sabe tudo sobre mim, já que leu o relatório. E a sua mãe? Como ela é? Ela trabalha ou...?

Griffin voltou seu foco para o piso de concreto inacabado ao ouvir a menção de sua mãe. Ele a amava, claro. Mas não sabia se algum dia conseguiria perdoá-la. Até considerou usar seu primeiro nome novamente quando completou dezoito anos e estava sozinho, só para irritá-la, já que foi ela quem o chamou de Griffin durante toda a sua vida. Mas, a essa altura, o nome James estava reservado para seu pai.

— Ontem, na caminhonete, você disse que sua mãe gostava de mitologia grega — Savanna continuou, quando ele permaneceu quieto, lutando para encontrar uma resposta que não o deixasse de mau humor.

— Prefiro não falar sobre meus pais. — Era a única resposta com a qual ele se sentia confortável, mas a queda nos ombros dela e a expressão desapontada em seu rosto quando seus olhares se encontraram fizeram seu peito doer. — Eles são divorciados — disse baixinho, depois beliscou a ponte do nariz. — Foi uma bagunça. Eles tentaram fazer dar certo, mas, quando eu tinha dezoito anos, se divorciaram e eu entrei para o Exército.

— Ah.

Ele deixou cair a mão no balcão.

— O divórcio é algo comum. Não se desculpe. Eu posso sentir que você vai falar isso e não é necessário.

— Sim, infelizmente, é mais comum hoje em dia, mas isso não diminui a dor. — Ela pousou a taça novamente e deu um pequeno passo em sua direção. *Ah, inferno, ela iria tentar confortá-lo por causa de algo que aconteceu há mais de vinte anos?*

— De qualquer forma... — Ele precisava levar essa conversa para uma direção diferente. — Me tornei um Ranger e depois fui selecionado para a equipe. Você sabe, Força Delta. Vinte anos depois de estar no Exército, Carter me ofereceu esse trabalho.

Enquanto Savanna o estudava em silêncio, Griffin se perguntou se ela insistiria para saber mais sobre seu passado ou se o deixaria seguir em frente.

— E você trabalha com Carter há cerca de um ano?

Graças a Deus. Próximo assunto. Seu peito soltou de alívio.

— Sim.

— E você já esteve em um relacionamento sério?

E voltando ao assunto sério.

Merda.

— Desculpe, não é da minha conta. — Ela começou a se virar, mas ele se surpreendeu ao pegar seu braço, puxando-a gentilmente para encará-lo. Griffin sabia que precisava soltá-la, mas não estava com vontade de fazer isso.

— Não... — foi tudo o que conseguiu dizer. Mas ela devia reconhecer que ele seria perigoso para seu lindo coração amante de livros.

— Uhm. — Ela mordeu o lábio e, quando percebeu que estava fazendo isso, parou e olhou para o fogão. — Preciso adicionar o molho agora. Infelizmente, é de conserva, mas é melhor que nada.

Ele a soltou para que ela pudesse colocar dois potes de molho na panela. Ela mexeu um pouco e, quando a água começou a ferver, jogou algumas caixas de rigatoni na água.

Os poucos minutos de silêncio o deixaram desconfortável, mas também curioso sobre o que ela estava pensando.

— Então, o que você gosta de fazer para se divertir? — Savanna perguntou depois de cobrir o molho e pular para outra música no telefone dele.

— Conversa fiada? É isso o que estamos fazendo? — Ele não queria dizer isso, mas ela iria perguntar qual era a sua cor favorita? Griffin duvidava que Savanna gostasse de conversa fiada, assim como ele. E a última coisa que queria era uma conversa forçada.

Ela encolheu os ombros.

— Só quero conhecer você.

— Ainda? — Ele deu um passo mais perto. — Depois do que eu disse?

As sobrancelhas de Savanna se uniram.

— Sim, mesmo depois do que você realmente *não* disse. — Mas havia dúvida em sua voz, e ele também leu isso em seus olhos castanhos, então recuou um passo novamente. — Qual é o seu time favorito da NFL?

Savanna não se importava com isso, e ele sabia.

— Tenho outra fraqueza fatal — admitiu. — Eu odeio futebol americano, o que é um pecado no Sul.

Mas suas palavras a fizeram sorrir e sua covinha aparecer. E seu coração doeu com a visão.

— Provavelmente passei muito tempo no exterior e aprendi a gostar da versão europeia do futebol.

— Futebol, hein? — Ela afrouxou o nó que estava na frente do avental, mas o manteve no lugar.

— Bem, você pode me fazer um favor? Quando estiver no Alabama, finja que gosta de futebol americano e talvez torça pelo Bama? Eles são muito protetores com o time da faculdade, e as coisas podem ficar perigosas se você torcer por Auburn ou Tennessee.

— Entendido. Eu não gostaria de correr nenhum tipo de perigo.

Savanna sorriu.

— Eles realmente levam o futebol americano universitário a sério por lá.

— Parece que sim. — E aquele passo extra que ele colocou entre eles desapareceu novamente.

— Você gosta de música? — Savanna fez uma careta abruptamente. — Desculpe, isso é conversa fiada, certo?

— Tudo bem — Griffin falou. Contanto que ela não insistisse sobre sua vida pessoal e sua falta de relacionamentos, ele poderia lidar com isso, supôs. — Gosto de todos os tipos.

— Dança? — Uma sobrancelha castanha arqueou-se como se esta fosse uma questão importante.

— Raramente.

— E se eu te convidasse para dançar comigo?

Ele apontou para o chão.

— Tipo, agora? Aqui?

Ela passou a mão pela nuca antes de colocá-la por cima da camisa e do avental.

— Talvez.

Ele parou um momento para ouvir a música desconhecida que estava tocando. Era uma triste, pelo que parecia.

— Não é realmente música para dançar.

Ela olhou para o telefone.

— É Kygo. Meu cantor favorito, na verdade. E essa música, "Love Me Now", é...

— ...de partir o coração — Griffin terminou por ela. Porque a letra o fez querer diminuir completamente o espaço entre eles e abraçá-la. Para sempre.

Mas antes que pudesse abortar a missão e se afastar *ou* puxar Savanna para seus braços, Carter entrou na cozinha.

Griffin se afastou da mulher que confundia seus pensamentos e o fazia querer ignorar a ordem de Gray, bem como seus próprios medos.

— E aí? Gray conversou com o pai dele?

Carter circulou pelo grande balcão para se juntar a eles e cheirou o ar aromatizado com alho.

— Sim, e temos o ok. O escritório do Grupo Archer na Sicília não sabe por que vamos fazer uma visita. O Secretário Chandler disse a eles que realizaremos uma checagem de segurança aleatória, visto que eles guardam registros de projetos do Departamento de Defesa.

— Uau. Então, o Secretário Chandler vai realmente nos deixar cuidar disso? — Griffin ficou chocado, para ser honesto.

— Só porque A.J. e toda a sua equipe estão no exterior cuidando de outra missão, e presumo que, de outra forma, eles seriam sua referência para uma situação como esta — Carter explicou, falando com franqueza, provavelmente porque Savanna deveria saber que seu marido tinha trabalhado em operações não oficiais para o presidente.

Griffin e Carter não foram comunicados diretamente dessa informação, mas depois de trabalhar em duas missões com A.J. e os outros, não era exatamente uma coisa difícil somar dois mais dois. Além disso, Carter contou a Griffin que, antes de deixar a CIA, ouviu dizer que havia dez homens próximos do presidente que cuidavam do "incontrolável" para ele.

A julgar pela falta de expressão no rosto de Savanna, isso não era novidade para ela, então a suposição de Griffin sobre A.J. e os outros provavelmente estava correta. E agora Savanna sabia que *eles* sabiam.

Savanna deu um passo hesitante à frente, colocando-a mais perto de Griffin.

— O Secretário Chandler está elaborando uma lista de todos no Grupo Archer que sabem que os registros ligados aos contratos do Departamento de Defesa estão armazenados em seu cofre na Sicília — Carter contou.

— E o Projeto Elysium, se é assim que se chama? — Savanna perguntou.

— Chandler disse que o Grupo Archer usa um sistema de nomenclatura para seus projetos internos, então é possível que eles se referissem a um projeto como Elysium até que fosse concluído e entregue ao Departamento de Defesa, que então o renomeou — falou, em um tom sombrio. — Ele está vendo o que pode descobrir, mas o nome Elysium não foi registrado no banco de dados do governo.

— Então não podemos confirmar ou descartar que algo chamado Elysium esteja ou tenha sido armazenado lá. — Griffin apoiou as palmas das mãos no balcão e baixou a cabeça.

— Exato. Mas assim que você e Gray aparecerem no escritório deles amanhã, garanto que a notícia chegará a quem forneceu informações ao chefe de Nick para permitir que ele entrasse naquele local na Sicília. — Carter havia casualmente exposto o fato de que seria Griffin quem assumiria o cargo.

— *Griffin* parte amanhã para a Itália? — Savanna perguntou, e Griffin levantou a cabeça para olhar para ela.

— Gray e Griffin são os únicos da equipe que ainda possuem autorização de segurança governamental de alto nível, já que também são prestadores de serviços militares tecnicamente privados. Eles simplesmente não costumam fazer shows para o Tio Sam hoje em dia. Mas, com esse status, eles conseguem entrar em uma propriedade ligada ao Departamento de Defesa — Carter respondeu. — E, de qualquer maneira, não é como se eu pudesse aparecer por lá. A CIA ainda está me procurando.

Griffin reprimiu um sorriso ao ver o olhar estranhamente tímido no rosto de Carter ao admitir para Savanna sobre seu status de "desonrado" na CIA.

— Mas se Griffin for bisbilhotar, a pessoa que enviou Joe e seus homens atrás de mim, não... não vão usar Griffin para tentar chegar até mim quando ele estiver longe de vocês e mais exposto?

— Não vamos deixar isso acontecer, Savanna. Mas tenho certeza de que a equipe de Joe está trabalhando para o homem de dentro — Carter respondeu.

— Ainda é possível que Joe não saiba que quem o enviou atrás de Savanna é um traidor. Ele pode ter apenas informações necessárias e foi instruído a manter a situação sob controle. — Griffin se viu defendendo Joe.

Carter permaneceu quieto e Griffin captou a mensagem em alto e bom som. Carter acreditava que Joe era capaz de trair seu país. Griffin pode ter levado um tiro por Joe, mas Carter não iria dar desculpas para o homem, embora Griffin nutrisse esperança de que Joe tivesse de alguma forma sido enganado.

— Talvez — ele finalmente disse.

— Mas quando esse homem lá dentro souber que vocês estão atrás deles, o que farão? — Savanna pegou o braço de Griffin, mas quando o olhar de Carter caiu em sua mão, ela imediatamente o soltou. — Se vocês não acham que eles irão atrás de Griffin ou Gray, então o quê?

— Nós vamos descobrir quem é o homem de dentro, não se preocupe — foi tudo o que Carter disse, sua atenção se voltando para os olhos de Savanna. — E Griffin estará de volta amanhã antes de escurecer — acrescentou, como se sentisse a preocupação de Savanna com Griffin a deixando. — Vou reunir o pessoal para jantar. Tenho certeza de que estão morrendo de fome. Devemos receber aquela lista de suspeitos do Secretário Chandler ainda hoje à noite.

— Ah, tudo bem. — Savanna manteve os olhos em Carter até que ele saiu da cozinha, então olhou para Griffin.

Ele odiava deixá-la. Mais do que odiava. Mas não tinha escolha no assunto.

— Carter irá mantê-la segura enquanto eu estiver fora, prometo.

— Mas a salvo de quem? Ainda não temos certeza de quantas pessoas estão tentando vir atrás de mim para chegar até Nick. — Ela vacilou um pouco enquanto se dirigia para o fogão. Griffin estendeu a mão e a colocou em seu quadril, odiando que ela estivesse com medo.

— Você sabe que eu ficaria com você se pudesse — ele disse a ela, pois não estava pronto para tirar a mão, para soltá-la.

Quando Savanna largou a colher e se aproximou, ele emoldurou seus quadris com as duas mãos enquanto estudava seus olhos preocupados.

— No entanto, você estará aqui esta noite.

Ele fechou os olhos, odiando o que estava prestes a dizer.

— Gray lhe deu ordens, não foi? — ela sussurrou, e os ombros dele caíram. — Ele disse para você ficar longe de mim. — Griffin lentamente abriu os olhos enquanto ela acrescentava: — Mas a questão é: você vai fazer isso?

CAPÍTULO 22

— Acha que teremos notícias do pai de Gray esta noite? — Savanna perguntou, quando se fecharam no quarto dela. Ela puxou o elástico de cabelo, seus cachos caindo em ondas sobre os ombros. — Temos sorte de você ter um contato governamental de tão alto nível — acrescentou, quando Griffin ainda não tinha falado. Ela jogou o elástico de cabelo na cômoda e se virou para ver por que ele ainda estava em silêncio.

Depois de jantarem com o resto da equipe, todos saíram da sala de jantar e voltaram ao trabalho, deixando Savanna e Griffin sozinhos. Cada vez que ela olhava furtivamente para Gray durante a refeição, os olhos dele iam entre ela e Griffin. A julgar pela força com que a mandíbula do homem ficava travada sempre que seus olhos se encontravam, ele estava claramente preocupado que Griffin não cumprisse sua ordem.

Meu Deus, ela esperava que Griffin desobedecesse.

— No que você está pensando? — ela perguntou suavemente, indo até onde ele estava na janela.

Griffin tinha a palma da mão apoiada no vidro, os olhos fixos na vista da água, não que ela fosse tão visível na escuridão. Carter diminuiu a iluminação ao redor do antigo hotel — e por um bom motivo.

Quando ela colocou a mão no meio de suas costas, Griffin baixou a cabeça e suspirou, fazendo com que a culpa aparecesse em Savanna.

— Tudo bem. Eu nunca iria querer que você fizesse algo do qual se arrependesse.

Um som baixo e resmungo saiu de sua boca. Foram essas palavras?

— Eu não me arrependeria... Não é isso.

— Você tem medo de me machucar? — Ela passou a mão para cima e para baixo nas costas duras e tensas dele, na esperança de aliviar um pouco a tensão. — Ou de *se* machucar? — sussurrou, ao se lembrar das palavras dele outro dia na caminhonete no Alabama.

A outra mão dele foi até a porta francesa e ela espiou por cima do ombro dele, para ver suas mãos tensas.

— Tenho dois preservativos na carteira neste momento. Eu sempre tenho dois. Porque eu pego mulheres em bares. Eu faço sexo casual e sem sentimentos. — Seu tom áspero e baixo, e bem, suas palavras a fizeram abaixar a mão e tropeçar para trás. — E então eu vou embora quando elas adormecem. — A voz dele ficou ainda mais profunda, o que ela não achava possível. — Eu sou um idiota, mas nunca quis dar a ninguém a ideia errada e deixá-las pensar que eu era o tipo de cara que ainda estaria lá quando o sol nascesse.

Savanna jurou que seu coração pulou algumas batidas naquele momento. Ele estava enviando uma mensagem para ela. Deixando-a saber que, se fossem transar, depois ele iria embora imediatamente. Griffin não seria como Marcus, que levou o café da manhã para ela na cama. Que lhe enviou mensagens adoráveis depois da primeira vez juntos. Nada de mensagens de "bom dia, linda".

Mesmo que Savanna insistisse que não se importava, que o que ele era capaz de oferecer era suficiente, ele saberia que ela estava mentindo. Porque era uma grande mentira. Não importava o quanto ela tentasse se convencer do contrário. Não era apenas o toque de Griffin que ela desejava. Em termos de tempo, eles mal se conheciam, mas Savanna realmente acreditava que havia uma conexão profunda entre os dois. *Talvez seja tudo coisa da minha cabeça? Eu imaginei. Queria acreditar que há esperança para mim. Que não vou morrer sozinha.*

Griffin permaneceu imóvel, exceto pela flexão de seus bíceps, enquanto suas mãos se fechavam em punhos contra o vidro.

— A ideia de deixar você sozinha naquela cama depois que eu a tiver... não parece possível — ele murmurou. — Então, para responder às suas perguntas anteriores — Griffin começou, baixando lentamente os punhos e se virando para encará-la, uma expressão sombria e predatória em seu olhar —, é óbvio que nunca estive em um relacionamento sério, e não foi o divórcio dos meus pais que ferrou comigo, foi a traição da minha mãe.

O coração de Savanna apertou ao ver a tristeza em seus olhos competindo com o desejo.

— E também — continuou, acabando com o espaço entre eles, colocando a mão na curva do quadril dela e a puxando para perto. — Não, não vou ouvir Gray. Porque eu quero você. — Griffin ergueu o queixo de Savanna e fixou os olhos nos dela. — Eu quebraria ordens por você. Parece que eu faria qualquer coisa por você. Provavelmente queimarei a porra do mundo inteiro só para ter você em meus braços. — Seus lábios colaram nos dela no momento seguinte, assumindo o controle.

Aquele beijo superou os que ela leu em romances e a fez ficar com as pernas bambas. A fez esquecer como usar palavras reais no momento em que os lábios dele colidiram com os dela e tomaram posse de sua boca como se ele realmente a possuísse. Se Griffin não a estivesse segurando contra seu corpo poderoso, ela teria caído no chão.

Savanna estava bêbada de emoção. Tonta e oprimida por tantos sentimentos que seu peito parecia prestes a explodir. E enquanto os beijos continuavam, arrepios se espalhavam por sua pele cada vez que Griffin mordia suavemente seu lábio inferior antes de separar sua boca para deslizar a língua para dentro.

Suas mãos percorreram a silhueta de seu corpo antes de emoldurar suas bochechas com as palmas das mãos e recuar para se fixar em seus olhos. Ele queria dizer alguma coisa. Avisá-la, talvez? Dizer que ele ainda poderia partir seu coração depois disso, mas ela não queria ouvir. E quando Griffin cerrou os dentes, tensionando a mandíbula, Savanna teve certeza de que ele também não queria dizer isso.

Ela alcançou entre eles e agarrou o tecido de sua camiseta preta em uma tentativa de implorar para que ele se afastasse de seus pensamentos sombrios e ficasse com ela. Que apagasse a repentina expressão assombrada em seus olhos.

— James Griffin — ela sussurrou suavemente, sem saber por que usou seu nome completo, mas simplesmente escapou de sua boca —, por favor, faça amor comigo. — *Amor*. Não as fantasias sexuais que ela vinha tendo desde que ele entrou em sua vida há alguns dias. Não, ela queria amor. Precisava disso. A parte safada pode vir depois. *Por favor, deixe que haja um depois.*

— Diga isso de novo — pediu, em um tom rouco, uma das mãos indo da bochecha dela até a nuca. Entre seu olhar de comando e seu aperto, ela estava literalmente com os joelhos fracos.

— Qual parte?

Griffin fechou os olhos por um segundo.

— Ninguém nunca me pediu isso antes.

Griffin nunca tinha feito amor. Casos de uma noite eram sobre sexo, não sobre amor. Ela seria a primeira dele, não seria? A ideia de compartilhar uma experiência tão íntima com ele fez seu coração disparar como se ela estivesse correndo uma maratona. Este homem merecia saber como era fazer amor, o quanto o sexo poderia ser diferente quando era mais do que apenas uma liberação física.

— James Griffin — ela disse, em um tom abafado, mal conseguindo fazer sua voz sair —, faça amor comigo.

Aqueles olhos sombrios se fixaram nela, e a intensidade deles a fez agarrar seus braços musculosos, preocupada em perder o equilíbrio.

Griffin passou a mão de sua bochecha até sua bunda e apertou-a em sua calça jeans. Ele manteve a mão na sua nuca e guiou seu rosto até o dele. Chupou o lábio de Savanna antes que algo parecesse se romper.

Seu autocontrole.

Um grunhido baixo retumbou profundamente em seu peito, e ele se afastou dela, tirando a camisa pela cabeça e jogando-a no chão, revelando o peito bronzeado dourado ainda marcado por hematomas da outra noite.

E então ele veio até ela com movimentos rápidos, como um gato selvagem atacando sua presa, o que a fez andar para trás e esbarrar na cômoda. Seus dedos trabalharam apressados nos botões da camisa e no fecho do sutiã, livrando-os de seu corpo em tempo recorde.

— Agora, tire o resto — ordenou, seu tom causando arrepios pelo corpo dela. Savanna ficou mais do que feliz em obedecer, observando avidamente enquanto ele fazia o mesmo. E quando seu olhar deslizou para o pau dele, ela percebeu que nenhuma quantidade de preliminares a deixaria totalmente pronta para ele, mas, caramba, o pensamento daquela pontada de dor misturada com prazer a deixaria louca.

Griffin se tocou, seu olhar viajando dos seios até os dedos dos pés.

— Perfeita pra caralho — afirmou, baixinho, acariciando seu comprimento duro da base até a ponta. Vendo o efeito que ela tinha sobre ele, fez com que Savanna desse um passo à frente e se ajoelhasse onde ele estava, depois deslizando as mãos pelas coxas dele.

— Você não precisa...

— Eu quero — Savanna sussurrou, seus olhos se encontraram enquanto ela afastava a mão dele para poder senti-lo por si mesma.

— Porra — Griffin sibilou ao segurar seu cabelo quando ela passou a mão em torno dele e lambeu a cabeça.

Ela tomou tanto dele quanto pôde em sua boca, engolindo quando ele atingiu o fundo de sua garganta. Griffin soltou uma série de palavras ininteligíveis, entrando e saindo de sua boca, indo mais fundo a cada impulso. A sensação dele enchendo-a assim era tão erótica que ela não pôde deixar de deslizar a mão até o clitóris para tentar aliviar seu desejo por ele.

— Tire as mãos daí. Não se toque — ele grunhiu, o que só a excitou ainda mais, então Savanna levou a mão à base de seu pau e o chupou com mais força. — Não posso... sua boca é boa demais. Você tem que parar — ele rosnou um minuto depois, então colocou as mãos sob os braços dela para ordenar que se levantasse. — Outra hora. Mas agora, eu tenho que estar dentro de você, Doçura.

Ela sentiu o músculo da coxa dele se contrair sob a outra mão, e sim, Griffin estava definitivamente prestes a se perder e gozar em sua boca.

— Por favor — pediu, rouco, colocando a mão na cabeça dela novamente, bagunçando seu cabelo como se ela o estivesse torturando. Uma boa tortura, ela esperava.

Savanna forçou a boca para longe para encontrá-lo olhando para ela com seus olhos escuros, e havia algo primitivo na maneira como ele a estudava.

Griffin a guiou para ficar de pé apenas para pegá-la em seus braços e carregá-la para a cama desfeita. Colocou a cabeça dela no travesseiro, pegou um preservativo na ponta da cama — que deve ter jogado lá enquanto ela olhava para o pau dele e se perguntava como iria andar direito amanhã —, desenrolou-o pela ereção ainda molhada pela boca de Savanna e subiu em cima dela.

Ele inclinou a cabeça e olhou seu centro encharcado. O abajur perto da cômoda era a única luz do quarto. Não muito brilhante, mas apenas o suficiente para ver todas as expressões. Cada expressão passando em seus olhos. E cada detalhe esculpido da estrutura musculosa e poderosa deste homem.

Ele tinha uma coxa musculosa em cada lado de suas pernas enquanto manuseava seu clitóris em movimentos suaves, seus olhos não se afastando de sua carne inchada como se estivesse resistindo ao desejo de saboreá-la como tinha feito antes na piscina.

— Outra hora — ela prometeu, repetindo o que ele havia lhe dito. — Se eu não sentir você dentro de mim logo... — Ele a interrompeu quando deslizou três dedos para dentro de suas paredes apertadas, como se estivesse tentando prepará-la para o que estava por vir. Três dedos não a preparariam para a circunferência de seu pau. — Por favor, Griffin! — exclamou, enquanto ele aumentava a velocidade, apenas para gritar quando o sentiu sair dela.

Ele se apoiou nos antebraços, deitando-se por cima de modo que os seios de Savanna tocassem seu peito, e a beijou com uma intensidade febril. Ela alcançou entre seus corpos e fechou a mão em torno dele. Ela não podia mais esperar.

— Vai doer, Doçura — avisou, levantando a cabeça para olhar nos olhos dela.

— Mas apenas por um momento. — Savanna posicionou a cabeça em seu sexo, levantando os quadris apenas o suficiente para que a ponta deslizasse dentro de si.

Os olhos de Griffin se estreitaram, mas sua respiração estava um pouco arfante, como se a simples ideia de finalmente tê-la o tivesse deixado sem fôlego. O mesmo aconteceu com ela.

Savanna se inclinou e deu um beijo em seus lábios, e isso foi o suficiente para ele penetrá-la completamente, preenchendo-a profundamente, e como ela havia previsto, a pontada de dor veio com o mais incrível prazer.

— Griffin — ela gemeu, fazendo o possível para não perder o contato visual com ele.

— Você está bem? — Ele passou uma mão pelo lado do rosto dela e acariciou sua bochecha, mas, com base na expressão intensa em seus olhos, eles estavam na mesma página.

A sensação dos seus corpos juntos assim...

Seus olhos começaram a lacrimejar devido à intrusão, e as suas pálpebras se fecharam, mas, quando ele começou a se mover lentamente, seu pau escorregadio com a sua excitação, seu corpo começou a relaxar.

Ela sentiu o calor inconfundível da língua dele contra sua bochecha, lambendo as lágrimas antes de trazer os lábios dele aos dela, o sabor salgado se espalhando por sua boca enquanto ele continuava a se mover em um ritmo constante.

— Mais forte — ela implorou, abrindo os olhos e colocando as pernas em volta das dele para incentivá-lo a ir mais rápido.

Griffin afastou a boca da dela.

— Se eu for mais forte, isso vai virar uma foda. E então nós dois gozaremos cedo demais.

Certo. Savanna fez o possível para evitar que seus olhos revirassem enquanto ele mantinha o mesmo ritmo, e ela poderia dizer pela tensão de sua mandíbula e em seu pescoço que ele estava lutando contra o desejo de fodê-la até perder os sentidos.

Mas ela sabia que ele também estava adorando aquela dança lenta e rítmica de fazer amor. Algo que talvez Griffin realmente nunca tivesse feito antes.

Ela saboreou cada momento. Cada batimento cardíaco. Cada expressão em seus olhos.

Savanna passou as palmas das mãos ao longo do delineado duro de seus tríceps, e as pontas dos dedos apertaram o músculo quando ele começou a acelerar um pouco o ritmo. Apoiando seu peso com um braço, ele alcançou entre suas coxas e roçou seu clitóris com os nós dos dedos.

Sua visão ficou turva e ela se aproximou do clímax quando ele começou a esfregar seu sexo com a ponta do polegar em pequenos movimentos circulares.

Enjaulada sob este homem forte, Savanna nunca se sentiu mais segura.

— Goze para mim, Doçura. Porque estou lutando pra caramba para esperar até você gozar — ele disse com uma voz sombria.

Seu pedido a levou ao limite, e ela se apertou ao redor dele enquanto gozava com o orgasmo mais intenso de sua vida. Savanna gemeu e gritou o nome de Griffin, fazendo o possível para não falar muito alto, caso alguém estivesse do lado de fora do quarto, mas aquilo era... incrível.

Ao sentir que ela estava gozando, ele finalmente a soltou, seus quadris rebolando com mais algumas estocadas enquanto perseguia seu próprio orgasmo.

Quando Griffin parou de se mover em cima dela, se apoiou nas palmas das mãos e olhou para a alma da mulher.

— Isso foi... — Ele fechou os olhos e ela observou o movimento de sua garganta enquanto ele engolia em seco.

— Tudo bem — respondeu, com uma voz suave, e estendeu a mão para sua bochecha, e suas pálpebras se abriram. — Eu também não tenho palavras.

CAPÍTULO 23

Griffin deitou de costas no meio do emaranhado de lençóis na cama de Savanna, incapaz de tirar os olhos da visão de seu corpo nu montado nele, seus lábios carnudos formando um beicinho sexy enquanto ela lentamente arrastava suas unhas curtas por seu peito. Eles fizeram amor há menos de trinta minutos, mas ela estava pronta para a segunda rodada.

— Eu quero a versão safada agora — solicitou, sua voz rouca fazendo seu pau se contorcer, especialmente com sua bunda nua tão perto de sua ereção. — Lento e doce foi incrível, mas eu quero... — Aquele rubor fofo subiu por seu pescoço e bochechas. — Não se contenha comigo, Griffin. Quero que você perca o controle total e apenas...

— Apenas, o quê, Savanna? — Ele queria ouvir as palavras sujas vindo de sua doce boca.

Segurando a parte de trás de sua cabeça, ele a atraiu para um beijo ardente até que ela se afastou e se sentou ereta, seus seios perfeitos à mostra, implorando por seu toque. Griffin estendeu a mão para eles, brincando com os polegares sobre os mamilos, da mesma cor rosada escura dos lábios. Ele queria provar ambos. Para sempre, porra.

O que isso significa?

Ele afastou os pensamentos do amanhã, preferindo deixar o futuro fora do aqui e agora.

Neste momento, seus colegas de equipe estavam trabalhando no caso dela, como ele deveria estar, mas nada nem ninguém poderia afastá-lo dessa mulher incrível dançando em seu pau e encarando-o como se ele fosse seu mundo inteiro.

Ele. O mundo de alguém. Griffin nunca pensou que isso fosse possível.

Savanna empurrou as mãos dele para baixo e as colocou em seus quadris, então lentamente deslizou as palmas das mãos pelo torso para segurar seus seios e beliscar os mamilos. Ele iria perder a cabeça vendo-a se tocar.

— Eu quero que você... — Sua fofura não tinha limites.

Seus quadríceps flexionaram enquanto ele lutava contra a vontade de virá-la, passar um braço sob sua barriga e puxá-la para ficar de quatro. Adorar aquela bunda linda antes de enfiar seu pau em sua boceta molhada e apertada, segurando-a contra o colchão com uma das mãos e puxando seu cabelo para trás com a outra. Ela queria a versão safada? Griffin poderia muito bem dar isso a ela. Ele daria a Savanna tudo o que ela quisesse.

Cravou os dedos na pele macia de seus quadris quando ela finalmente soltou as palavras:

— Me bata.

Puta. Merda.

Griffin teve que engolir o nó na garganta antes de poder falar. Doce e tão, tão safada para ele. Exatamente como ele queria sua mulher.

Minha mulher?

Ela colocou as mãos no peito dele e girou lentamente os quadris em círculos.

— Eu nunca... e apenas me perguntei...

— É isso mesmo? Você nunca levou uns tapinhas nessa sua bunda linda por ser uma garota má e travessa? — Só o pensamento de ver as marcas de suas mãos florescendo em sua pele sedosa e intocada deixou suas bolas instantaneamente tensas e prontas para explodir. Ele iria gozar nela a qualquer momento.

— E então eu quero sua boca na minha...

— Boceta? — Griffin ergueu uma sobrancelha enquanto ela pegava o lábio entre os dentes brancos.

— Nunca gostei dessa palavra, mas quando você a diz, eu gosto. — Savanna pegou a mão dele e a colocou contra sua boceta.

— Você está encharcada, Doçura. — E caramba, ela sempre estava. Ele adorava que o corpo dela respondesse assim, completamente em sintonia com o dele.

— É tudo por sua causa. Você me excita, e eu simplesmente nunca... — Savanna parou no meio da frase.

Esse "nunca" permaneceria tácito. Griffin tinha certeza de que ela quase revelou como o sexo com ele a fazia ter sentimentos que nunca havia experimentado antes. E isso equivaleria a trair Marcus.

Embora este momento não tivesse matado sua ereção, agora parecia que havia uma terceira pessoa no quarto. Mas estava tudo na cabeça dele ou era Marcus?

— Griffin. — Uma batida forte na porta assustou os dois e Savanna imediatamente saiu de cima dele em busca das cobertas. — Seu quarto está vazio — Carter anunciou, do outro lado da porta.

Pelo menos foi Carter e não Gray, o fiscal de sexo.

— Um segundo! — Griffin gritou, ficando de pé e cobrindo sua ereção com as duas mãos, na esperança de acalmar rapidamente seu pau. *Boa sorte com isso, amigo.* Sua mente ainda estava nebulosa com a imagem de Savanna nua sentada sobre ele segundos atrás, dizendo que queria que ele lhe desse uns tapinhas e depois comesse sua boceta; então sim, ele precisaria de pelo menos um minuto.

Griffin se acalmou o melhor que pôde e vestiu apenas a calça jeans. Olhou por cima do ombro para ver as bochechas de Savanna vermelhas, mas seu corpo estava coberto pelo edredom, pelo menos isso.

Griffin abriu a porta para não permitir que ninguém visse sua mulher na cama.

— Você tem notícias?

— Recebemos a lista de possíveis suspeitos do pai de Gray. Vamos conversar sobre isso no saguão, se você quiser participar. — Carter fez sinal para Griffin ir para o corredor, e o homem saiu do quarto o mais cuidadosamente possível, mas manteve a porta entreaberta para que não trancasse na hora.

Ele não tinha a chave e preferia que Savanna não tivesse que abrir para ele e arriscar que alguém pudesse vê-la.

— Tem mais uma coisa — Carter disse. — Não tenho certeza se você deseja compartilhar isso com Savanna, mas consegui extrair um pouco mais de informações de um dos caras.

Extrair um pouco mais de informações, hein? Como os dentes dele?

— O que foi? — E por que ele não iria querer que Savanna soubesse?

— Aparentemente, três outros homens acompanharam Nick no trabalho. Ele disse que Nick não apenas fugiu com o que eles foram enviados para pegar, palavras deles, mas Nick matou os outros três antes de fazer isso.

— Tem certeza de que ele não mentiu para você?

— Você me conhece bem. Eu não te contaria isso se não acreditasse.

Griffin baixou a cabeça e fechou os olhos, sabendo que Savanna não seria capaz de ouvir isso. Roubo já era ruim o suficiente. Mas assassinato, mesmo que fosse de criminosos, era um nível totalmente diferente.

— Não conte a ela. Diga à equipe que não quero que ela saiba.

Carter assentiu assim que Griffin voltou a se concentrar.

— Você está bem? Além do que acabei de contar, quero dizer?

Depois de uma rápida olhada para ambos os lados do corredor para garantir que estavam sozinhos, Griffin respondeu como se Carter não o tivesse literalmente pego com a calça arriada.

— Se eu estou bem? Por que eu não estaria? — *Que resposta ridícula.*

— Gray não precisava me contar o que disse a você, li a situação na mesa de jantar. Ele ordenou que você se afastasse, certo?

Griffin baixou a cabeça, tentando descobrir que direção seguir naquela conversa que de repente parecia um estranho jogo de Verdade ou Consequência. *Diga a verdade ou atreva-se a mentir a um homem cujo trabalho na CIA consistia em interrogar o pior dos piores. Como ele fez hoje cedo.*

Além disso, Griffin estava sem camisa e vestindo apenas uma calça jeans. Seria meio difícil blefar para sair dessa.

— Então, você desobedeceu a uma ordem do seu novo líder de equipe? — Carter perguntou, quando ainda não havia resposta.

— Sim — ele disse baixinho.

— Ela é uma missão — Carter afirmou, em um tom abafado, provavelmente para que Savanna não ouvisse. — Eu não sou fã de você estragar uma missão. Gray tem a mesma opinião. — A pausa que se seguiu deu a Griffin esperança de que seu chefe, que poderia ser um filho da puta implacável quando justificado, estivesse prestes a lançar um "mas". — Mas, se o seu pau a impede de entrar em pânico, que assim seja. — Ele recuou e olhou para o corredor. — Nos encontrem em cinco minutos. Dez, se precisar de mais tempo.

Griffin ficou indeciso sobre como responder. Embora ocupasse um posto mais alto ao deixar o Exército do que Carter, que não esteve lá há tanto tempo, o homem agora era seu superior. Parte dele queria dar um soco no patrão por insinuar que Savanna era apenas uma trepada rápida pelo bem do trabalho. A outra parte, porém, queria agradecê-lo por não perder a cabeça, bem como a oferta de mais tempo com a mulher.

— Estaremos lá em dez minutos — Griffin respondeu, sua voz soando entrecortada agora que estava tenso e nervoso. Se Savanna deixasse, ele gostaria de... bater nela? *Ela não era uma mulher de uma noite*, lembrou a si mesmo. Isso pareceu impedir a fera dentro dele de exigir que agarrasse seus quadris e a penetrasse profundamente enquanto ela gritava seu nome.

Quando entrou no quarto e a viu segurando o edredom contra o peito, com o cabelo em uma linda bagunça sobre os ombros, ele se perguntou se estava fazendo a coisa certa ao omitir a informação que Carter acabara de revelar sobre Nick. Savanna estava tão determinada a salvar o homem... Ela não deveria saber que ele era um assassino a sangue frio? E se ele não contasse e ela descobrisse que ele sabia, Griffin sobreviveria às consequências?

— Tudo certo? — ela perguntou, com uma expressão preocupada no rosto.

Não, Nick é um assassino.

Mas em vez de falar as palavras, ele escolheu se perder pensando nela, imaginando como Savanna seria quando fosse morena, o que ele presumiu ser sua cor natural. Embora os diferentes tons de loiro que ela tinha também fossem sensuais pra caramba. O que ele estava pensando? Ela ficaria linda, não importava que cor de cabelo tivesse.

Griffin se livrou da calça jeans em um movimento rápido, seu pau ganhando vida com a ideia de fodê-la rápido e forte, quase ao ponto da dor. E, com base em sua confissão, parecia que ela queria um pouco de dor entre quatro paredes.

Sexo. Ele estava escolhendo o sexo em vez de machucá-la com a verdade sobre Nick, dizendo a si mesmo que ela perderia a cabeça se soubesse. Além disso, ele faria qualquer coisa para tê-la em seus braços novamente. Griffin não conseguia ter o suficiente de Savanna.

— Temos dez minutos. — Ele acariciou seu pau enquanto ela soltava o edredom. — Como você me quer?

Ela sorriu, um brilho travesso em seus olhos quando soltou o edredom e ficou de joelhos, apresentando-lhe aquela porra de bunda maravilhosa dela.

— Você é única, sabe disso, certo? — Ele vestiu a outra camisinha em seu comprimento e se juntou a ela na cama.

Griffin pressionou seus ombros, a ação inclinando seus quadris um pouco mais para cima. *Perfeito.* Um arrepio percorreu seu corpo, e ele se deleitou ao saber que esta era a primeira vez para ela. *Tantas novidades esta noite.*

Sem perder mais um segundo, ele abriu sua bunda e mergulhou a língua na sua boceta, depois arrastou-a de volta para cima e sobre o seu pequeno buraco apertado, o que lhe arrancou um gemido assustado.

— Hoje não — avisou, deslizando seu pau entre sua bunda. — Mas serei dono de cada parte de você, isso eu posso prometer.

Ela olhou para ele por cima do ombro.

— Você sabe o que eu quero, Griffin. Pare de me fazer esperar e...

Tapa.

Então ele a golpeou novamente.

E mais uma vez.

Savanna arqueou as costas e afundou nas sensações, sua boceta brilhando ainda mais, o que lhe disse que estava no caminho certo. Ele passou a palma da mão sobre a marca que havia colocado ali, ficando incrivelmente duro com a visão.

— Por favor! — ela gritou, implorando por mais.

— Doçura, se eu fizer isso, mais tarde você pode ter problemas para sentar — ele murmurou.

— Me dê o que eu quero — ordenou, em um tom baixo, quase rouco, que fez suas bolas apertarem ainda mais.

Ele bateu nela com mais força desta vez, sua bunda exibindo uma impressão vermelha brilhante da palma dele. Griffin precisava estar de volta dentro dela, então ele a penetrou com um único impulso, tão apertada quanto antes, praticamente sufocando seu pau, mas porra, era fantástico.

Savanna se moveu com ele e apertou as paredes de sua boceta, o que seria, sem dúvidas, a causa da morte dele um dia, mas ele morreria como um homem feliz.

— Você primeiro. Sempre — ele disse, estendendo a mão e deslizando dois dedos pelas dobras dela para circundar seu clitóris. Os gemidos suplicantes de Savanna só serviram para estimulá-lo, chegando ao fundo dela com cada impulso irregular.

Nem um minuto depois, Savanna mordeu o edredom para abafar o gemido quando gozou, e ele encontrou sua libertação no segundo que ela o fez, desabando contra suas costas, a pele escorregadia de suor.

Percebendo que não lhes restava muito tempo antes de Carter voltar e arrombar a porta, Griffin saiu dela e tirou a camisinha, amarrando e jogando-a na lata de lixo do quarto.

Ele voltou e descobriu que Savanna havia virado de costas, com os olhos fechados e uma expressão de serenidade no rosto, e podia sentir que estava perdendo um pouco mais de seu coração para aquela mulher. Ele se inclinou, deu um beijo casto em seus lábios e sentou na beirada da cama, passando a mão sobre seu cabelo rebelde, desejando poder voltar para a cama com ela.

Suas pálpebras se abriram, os lábios se curvando em um sorriso tão genuíno, tão feliz, que ele não pôde evitar retribuir da mesma forma.

— Por mais que eu fosse adorar ficar aqui e continuar explorando seu corpo, precisamos nos vestir e descer.

— O quê? Você está me dizendo que não estou apresentável do jeito que estou? — ela brincou. — Acho que deveria encontrar algo um pouco menos revelador desta vez, não gostaria de causar um ataque cardíaco em Easton.

— Sei que você está brincando, mas sou filho único e nunca aprendi a compartilhar. Já estou pensando em quão rápido poderemos voltar aqui para que eu possa ter você de novo, talvez pelo resto da noite antes de eu ir para Sicília — admitiu, odiando ter que ir embora de manhã, e deixá-la para trás.

Isso estava fora de seu controle, mas esconder de Savanna a verdade sobre Nick foi escolha dele e, com esse pensamento, o bom humor de Griffin despencou.

— Então, você vai ficar a noite toda no meu quarto?

Ele não tinha mais preservativos e precisava encontrar uma maneira de corrigir esse problema logo, mas havia muitas outras coisas que poderiam fazer. Ele adoraria vê-la de joelhos novamente e, desta vez, deixar aquela linda boca terminar o que havia começado.

Griffin repassou as palavras dela em sua cabeça, percebendo que ainda havia uma pitada de preocupação ali de que ele a deixaria antes do sol nascer.

— Com certeza — sussurrou, antes de se inclinar para beijar a única mulher com quem já havia compartilhado a verdade sobre sua mãe, e... em algum momento, ele deveria contar a ela o resto da história. Mas, por enquanto, ele só queria deixar seus demônios no passado e viver o momento.

E talvez nunca lhe dizer que Nick era um assassino.

CAPÍTULO 24

Os homens estavam todos situados ao redor do saguão, focados em seus laptops e tablets, mas foi Gray quem olhou primeiro quando Griffin e Savanna se juntaram a eles.

Os olhos de Gray encontraram os de Griffin por um momento antes de sua atenção se voltar para Savanna e examiná-la como se ele fosse o maldito Sherlock Holmes procurando por pistas. O que aconteceu não era da conta de Gray, e Savanna merecia um pouco de felicidade, e foi por isso que ele escolheu não contar a ela as novas informações sobre Nick.

Mas dane-se a culpa que sentia por esconder a verdade dela, especialmente depois de ainda escolher fazer um sexo ridiculamente absurdo.

— Você está bem? — Gray perguntou a Savanna.

— Estou — respondeu, com um sorriso.

Carter inclinou a cabeça, olhando para Griffin como se o informasse que o "segredo de Nick" permaneceria em segredo, e Griffin assentiu levemente antes de perguntar:

— O que sabemos?

Gray voltou seu foco para Griffin por um momento enquanto eles se sentavam no único sofá vazio à sua frente.

— Meu pai disse que, além de alguns funcionários do governo, incluindo ele mesmo, há apenas cinco pessoas no Grupo Archer que teriam conhecimento dos registros guardados naquele escritório, bem como acesso ao cofre onde estão armazenados.

— Ele confirmou todos os funcionários do governo? — Griffin perguntou. — Ou estamos incluindo todos, exceto o seu pai, em nossa lista de suspeitos?

— Ele não quer descartar ninguém, mas disse que deveríamos cuidar da lista de nomes de Archer, e cuidará dos nomes do seu lado — Gray respondeu, parecendo mais calmo do que Griffin esperava que estivesse.

Talvez Carter não tenha mencionado que encontrou Griffin no quarto de Savanna? Outro segredo que ele optou por guardar.

Mas então Gray o espetou com um olhar de aço enquanto mentalmente quebrava seu pescoço como um lutador de MMA... enfiando a palma da mão sob o queixo e girando a cabeça até o pescoço estalar. Griffin balançou a cabeça. *Não, ele sabe, e está irritado por eu ter desconsiderado sua ordem.*

Militares. Às vezes, eles podiam ser um pé no saco. Mas havia uma razão pela qual Carter insistiu que trabalhassem com Gray, Jack e seus homens. Eles eram o yin do yang de Carter, proporcionando uma vibração mais moderada ao lado mais selvagem que era Carter e sua equipe. Além disso, os contatos de Gray eram atualmente uma vantagem óbvia.

— Temos que fazer isso rápido, porque meu pai precisa que voemos hoje à noite, em vez de amanhã de manhã. O diretor de segurança do local solicitou que chegássemos às sete horas, antes que os funcionários chegassem às oito. Iremos nos reunir com a equipe de segurança. — Gray deu a notícia inesperada.

Agora ele não passaria a noite na cama com Savanna como esperava.

— Meu programa está quase terminando de descriptografar o e-mail que contém os nomes que precisamos do Grupo Archer — Gray falou, alguns segundos depois. — Enquanto o download termina, tenho mais alguns detalhes que meu pai compartilhou comigo. — Ele apoiou o laptop na coxa e olhou ao redor do saguão para todos ali reunidos, seus olhos pousando em Griffin por último.

Ele realmente esperava que Gray não guardasse rancor. Não era a melhor maneira de iniciar a relação de trabalho. Nem sair no soco com Jack. Foi um começo difícil até agora, isso era certo.

— O Grupo Archer apresentou pelo menos dez projetos diferentes ao governo dos Estados Unidos nos últimos três anos, todos eles mantidos no escritório na Sicília — Gray começou, seus olhos se movendo para o laptop. — O Departamento de Defesa concedeu sete dos projetos para Archer, mas os outros três foram para empresas rivais que apresentaram propostas semelhantes, mas com orçamentos mais baixos.

— Semelhantes, hein? — Griffin sentou-se mais ereto quando uma teoria lhe ocorreu e, com base na linha dura dos lábios de Gray, ele estava na mesma sintonia. — Quão semelhantes? É possível que esta não seja a primeira vez que o cofre foi violado? E se o nosso infiltrado estiver vendendo segredos a um concorrente? Para ganho pessoal, ou talvez ele esteja sendo chantageado.

Griffin olhou para Savanna, que perguntou:

— Mas se todos os planos mantidos naquele local já foram lançados, então isso não exclui a possibilidade de uma empresa rival estar atrás dos planos para, vamos supor, este Projeto Elysium?

— Provavelmente. A menos que eles tenham um novo projeto em andamento que meu pai desconhece — Gray observou. — Ou estou totalmente enganado sobre a existência de um homem infiltrado e, caramba, sobre tudo isso. E a equipe de Joe está apenas tentando localizar o ladrão e evitar consequências na mídia.

— Seus palpites nunca estiveram errados antes — Jack falou.

— E se estivermos olhando para isso da maneira errada? — Griffin se levantou e cruzou os braços, precisando focar em seus pensamentos enquanto se movia. — E se o Projeto Elysium já estiver fechado e atualmente em andamento pelo nosso governo? E se for um país e não uma empresa que esteja atrás do Projeto Elysium? Possivelmente para descobrir um sistema de defesa para duplicá-lo ou tentar sabotar...

— Essa é a única possibilidade que eu realmente espero que não seja o caso — Gray comentou, em um tom sombrio, como se já tivesse considerado a ideia e quisesse rejeitá-la, mas será que poderiam? Ainda não. — Tudo bem. Tenho nossa lista de suspeitos. — Gray digitou algumas teclas. — O proprietário e CEO da Archer. O Diretor Financeiro. O engenheiro-chefe. Presidente. E, por último, a ligação deles com o Departamento de Defesa. — Ele leu os nomes correspondentes e depois se aproximou da tela balançando a cabeça.

— O que foi? — Griffin parou ao lado de Gray para ver o que o fazia hesitar.

Uma foto de uma mulher loira vestida com traje de negócios era exibida ao lado de sua biografia.

— Sydney Archer? Ela é a ligação?

— E a filha do proprietário — Gray acrescentou, mas Griffin sentiu que havia algo mais incomodando Gray além do fato de que seu homem infiltrado poderia ser uma mulher. Era duvidoso que o proprietário ou sua filha traíssem a própria empresa, mas também não era impossível. — Eu a conheço. — Gray empurrou seu laptop para Griffin e ficou de pé, claramente abalado.

Bem, ok. Griffin levantou e ofereceu o laptop à mão agora estendida de Carter.

— Se importaria em explicar? — pediu.

Gray olhou para o chão e passou as duas mãos pelo cabelo, depois olhou para a sala.

— Fomos juntos para West Point — explicou, sorrindo de repente, como se uma lembrança lhe ocorresse. — Só que eu a conhecia como Sydney Bowman. Pelo menos esse foi o nome que ela me deu. Não é como se eu tivesse hackeado os registros da faculdade para verificar a história dela. Ela provavelmente pediu aos professores que não usassem seu sobrenome verdadeiro, preferindo não ser conhecida como filha de um multibilionário. — Pela expressão propositalmente vazia no rosto de Gray, havia mais na história do que os dois serem apenas colegas de classe em West Point. — Ela era caloura enquanto eu estava no último ano.

— O que sabemos sobre ela? — Griffin perguntou.

— Quatro anos no Exército depois de West Point. Ela tem trinta e sete anos agora. Se casou aos vinte e sete, mas divorciou aos trinta e três e voltou a usar o nome de solteira. O filho dela tem treze anos e parece que ela e o ex têm guarda conjunta, mas o filho frequenta a escola onde o pai mora, provavelmente porque ela está sempre viajando a trabalho. — Carter leu na tela como se estivesse lendo uma lista de compras, e Griffin teve que presumir que a informação não estava na biografia da empresa. — E o ex-marido trabalha no Departamento de Defesa. Está sediado no Pentágono. O pai e o filho têm uma casa em Arlington. Parece que ela tem um apartamento em Washington. Ele não é o pai biológico, mas o adotou legalmente quando se casaram e o filho dela era pequeno. Então, ele o criou.

— Ele não é seu, certo? — Jack brincou, provavelmente o único que poderia se safar, já que era amigo de Gray desde crianças no Texas, pelo que Griffin havia ficado sabendo. — Vocês dois transaram em algum momento?

— Engraçado. Muito engraçado — Gray resmungou. — Não, que eu saiba, não tenho filhos no mundo, e antes que você pergunte se ainda assim é possível... Não a vejo há quinze anos.

— Uhm. Por motivo algum você sabe esse número específico de cabeça, hein? — Oliver arqueou uma sobrancelha, surpreso.

— Bem, pelo que o pai de Gray enviou, Sydney está atualmente no escritório da Sicília em Catania. Então, parece que vocês terão um reencontro amanhã de manhã — Carter anunciou. — Mas, um fato interessante, a equipe de Joe se reportaria a ela como contato e chefe de operações de segurança.

Não era exatamente um prego em seu caixão, mas com certeza não ajudava.

— Sim, isso é... bom. — O que Griffin poderia dizer?

— Ela não é o inimigo. Eu não acredito nisso — Gray anunciou abruptamente com uma voz áspera, como se todos estivessem prontos para declará-la como traidora.

— Pessoas mudam. Quinze anos, lembra? — Jack emitiu o lembrete como se se baseasse em sua própria experiência. Seu divórcio o ferrou? Griffin não o culparia, considerando que ele mesmo ainda se sentia desiludido com o amor por causa da infidelidade de sua mãe.

— Ela continua na lista de suspeitos — Carter anunciou, declarando o assunto encerrado para discussão, como era apropriado. Gray precisava permanecer objetivo e não permitir que seus sentimentos por Sydney, positivos ou negativos, atrapalhassem seu julgamento.

E a principal razão pela qual Gray não queria que Griffin se envolvesse com Savanna — ela era a missão. Mas ele sabia com certeza que já a havia colocado acima da missão de recuperar o que quer que estivesse dentro daquele cofre. Como ele não poderia fazer isso?

Griffin afastou seus pensamentos rebeldes para se concentrar.

— Onde estamos com o chefe de Nick? Teve notícias de Emilia? — Ele olhou para Savanna para obter uma leitura rápida, mas agora ela estava de pé, de volta à sala, com os olhos focados na janela que dava para o Egeu.

Pensar na Grécia e no Mar Egeu o lembrou de sua infância, quando sua mãe lia para ele as maiores obras de Homero antes de dormir. A história do cavalo de Tróia sempre foi a sua favorita. Provavelmente porque era basicamente uma tática de guerra antiga, e ele já havia sido preparado pelo pai para entrar no Exército antes mesmo de aprender a andar de bicicleta.

A mãe dele adorava o serviço militar, mas tinha outras aspirações para Griffin. Ela queria que ele fosse um estudioso ou algo assim. É, essa não era a ideia dele de diversão.

Savanna moveu o cabelo ondulado para trás apenas para torcê-lo nos dedos e prendê-lo em um coque bagunçado no topo da cabeça, suspirando como se estivesse cansada. E então ela fez isso de novo.

Savanna estava definitivamente nervosa, e ele desejou poder envolvê-la em seus braços e consolá-la.

— Emilia terá uma lista amanhã. Também enviei a ela fotos dos dois homens que temos conosco, caso ela tenha mais sorte em vinculá-los ao chefe deles também — Carter falou, antes de verificar o relógio. — Vocês dois deveriam ir para o jato — acrescentou, olhando para Griffin e depois para Gray.

Griffin não tinha a menor ideia de que horas eram. Os últimos dias tinham sido confusos desde que pisou pela primeira vez na casa de Jesse e ficou cara a cara com Savanna.

— Pegue uma mala para passar a noite — Gray disse a ele, como se reconhecesse que seus pensamentos estavam em outro lugar, mas, pelo que parecia, os pensamentos de seu novo chefe agora também giravam em torno de uma mulher em particular. E eles a enfrentariam amanhã.

— Ok. — Quando Griffin se virou, encontrou os olhos de Savanna sobre ele e inclinou a cabeça para o lado para fazer sinal para que ela o seguisse até seu quarto.

Ela foi esperta e esperou um ou dois minutos antes de se juntar a ele, não que Gray não soubesse que ela iria se despedir.

Griffin estava colocando uma muda de roupa em uma bolsa quando olhou para cima e a viu entrar em seu quarto pela porta adjacente.

— Ei.

— Oi — ela sussurrou, quando a porta se fechou atrás de si.

— Você vai ficar bem, eu prometo. — Ele fechou o zíper da bolsa e pendurou a alça no ombro antes de encontrá-la no meio do caminho. Griffin colocou as mãos nos quadris dela e a puxou para seus braços, apoiando o queixo no topo de sua cabeça.

— Por favor, não morra — ela murmurou em seu peito.

Ele enrijeceu com as palavras dela. Meu Deus, mais uma razão para ele não considerar um futuro com Savanna. Inferno, eles nem tinham saído ainda. Seu trabalho era arriscado e, bem, ele *poderia* morrer. O que isso faria com ela? Como Savanna lidaria com a perda de outra pessoa?

No entanto, Griffin não queria pensar nisso agora. Não podia fazer promessas sobre nada. Então, se afastou e fez o possível para silenciar as preocupações dela da única maneira que realmente sabia.

Com um beijo.

CAPÍTULO 25

— Bom dia. — Savanna ofereceu uma xícara de café a Oliver quando ele se juntou a ela no saguão. A próxima xícara foi para Jack. Os dois homens se aglomeraram ao redor da mesa de comida que ela preparou, agindo como se não tivessem comido há dias, apesar dos dois pratos de macarrão que cada um deles ingeriu na noite anterior. Os dois homens colocaram montes de ovos mexidos em seus pratos junto com os biscoitos caseiros de Savanna. — O café não é exatamente especial, mas deve funcionar.

Jack ergueu os olhos no meio da mordida.

— Café é café para mim — falou, com a boca cheia de biscoito amanteigado, pegando as migalhas que caíam com o prato. Savanna riu. Ele nem terminou de encher o prato antes de começar a devorar a comida.

Garotos. Bem, homens. Mas muitas vezes a mesma coisa.

Ela colocou a mão sobre o coração.

— Sinto-me profundamente ofendida com esse comentário. — E seus pensamentos imediatamente voltaram para seus problemas financeiros e o medo de perder sua cafeteria. *Isso não é importante agora*, disse a si mesma.

— Algum de vocês dormiu ontem à noite? — Ela olhou para o relógio na parede. Eram apenas seis da manhã e apenas três horas atrás ela tinha desligado o telefone de uma ligação com Griffin, ordenando-lhe que dormisse um pouco.

Assim que ele se registrou em seu quarto de hotel na noite passada, ligou para ela no celular descartável que lhe deu antes de sair. Fazia três ou quatro horas desde a ligação?

Savanna tinha certeza de que foi ela quem falou a maior parte do tempo. Bem, divagou. Mas ele parecia gostar apenas de ouvir. De vez em quando, conseguia arrancar dele algumas informações sobre sua vida. Mas não queria insistir no assunto da mãe dele e se era ou não por isso que Griffin evitou relacionamentos sérios ao longo dos anos. Mas tinha que ser parte da causa, certo?

De alguma forma, a conversa deles parecia quase tão íntima como quando fizeram amor ontem. E então, é claro, Griffin começou a falar sacanagens com ela em algum momento, e eles fizeram sexo por telefone.

Calafrios percorreram seus braços quando se lembrou da maneira sedutora como ele havia falado com ela. As coisas eróticas que lhe disse. Suas bochechas esquentaram com a lembrança das frases travessas que também saíram de seus lábios. Tão diferente do seu feitio. Mas aquele homem a fez se sentir má, no bom sentido.

Savanna fechou os olhos por um momento, esperando que a familiar pontada de melancolia aparecesse em seu estômago. Com o passar dos anos, sempre que considerava a possibilidade de se apaixonar novamente, afundava-se num abismo de desespero. Mas até agora, ela não teve nenhuma dessas reações.

Abriu os olhos e os ergueu, quase esperando ver Marcus. *Está tudo bem?* A presença dele era tão real que ela sentiu necessidade de pedir sua permissão. Talvez, se ela abrisse uma das portas francesas, um "sim" fosse levado pelo vento.

Estou ficando louca. Savanna pegou o telefone no bolso do cardigã, que colocou sobre uma regata branca, já que era uma manhã ventosa, o sol não tão acordado assim como todos os outros ali.

— Onde está Carter? — ela perguntou enquanto Oliver e Jack se sentavam no sofá.

— Ele estará aqui em alguns minutos — Oliver disse. — Está no telefone com Emilia.

Certo. A bilionária. Por curiosidade, Savanna pesquisou Emilia no Google enquanto esperava a ligação de Griffin na noite passada. A mulher não era apenas deslumbrante, mas também era casada com outro bilionário. Um irlandês bonito que, ao que parecia, também vinha de uma família rica.

Ela também ligou para Ella, Jesse e até mesmo para Rory na noite passada. Jesse ainda estava fervendo pelo fato de não estar ali para ajudar. Ella e Rory, por outro lado, estavam mais focadas em extrair detalhes sobre Griffin. Savanna estava relutante em falar, preocupada com a possibilidade de azarar as coisas, mas precisava contar a alguém. Além disso, talvez conseguir a bênção e a aprovação de que realmente estava "tudo bem" sentir algo por outro homem.

O estômago de Savanna deu um pequeno salto quando chegou uma mensagem de Griffin, e ela não pôde deixar de sorrir ao ler suas palavras simples, mas perfeitas.

> Griffin: Bom dia, linda.

Meu Deus, ela nunca pensou que receberia esse tipo de mensagem novamente em sua vida.

Uma foto apareceu em seguida. Uma vista à beira-mar com falésias ao longe, semelhante onde ela estava agora.

> Savanna: Bom dia, lindo. Essa vista parece incrível.

> Griffin: Seria melhor se você estivesse em meus braços apreciando a vista.

Sua honestidade doce e desenfreada parecia boa demais para ser verdade depois dos avisos dos últimos dias, mas ela não queria se autossabotar, então bloqueou seus pensamentos o melhor que pôde.

> Savanna: Eu queria. :) Como está Gray? Ainda mal-humorado?

> Griffin: Estamos no carro a caminho do local agora. Ele não mencionou sobre nós. Acho que devemos agradecer a Sydney Archer por isso. Ele está distraído desde que o nome dela foi incluído na equação.

> Savanna: Eles têm história?

> Griffin: Estou achando que sim, mas não vou perguntar.

Savanna ergueu o rosto e viu Jack deixando seu laptop de lado e indo se servir de uma segunda porção. Ela pode não ser uma militar como esses homens, mas pelo menos conseguiu lhes alimentar com uma comida deliciosa.

> Savanna: Sabe, Rory se lembra de você do ano passado.

> Griffin: Falando de mim, hein? ;)

> Savanna: Talvez um pouco.

> Griffin: Bem, eu sou inesquecível mesmo.

> Savanna: Eu diria que sim. E por que não tem um emoji mordendo os lábios?

Griffin enviou a ela um emoji fofo com a língua de fora e depois *apenas* o emoji da língua.

> Griffin: Chegamos. Ligo depois.

> Savanna: Tenha cuidado.

Ela contemplou um emoji. O certo ou o errado pode ser um sucesso ou fracasso total, certo? *Basta ir com um beijo,* disse a si mesma, depois enviou-o rapidamente, e ele visualizou.

Fazia tanto tempo desde que ela teve namorado, que não sabia como entender todas as emoções que inundavam seu sistema agora. Savanna estava acelerada. Também tinha certeza de que, se tentasse nadar no "mar da solteirice", nunca conseguiria flutuar.

— Você está bem? — Jack estava se aproximando, com outro biscoito na mão.

Savanna colocou o telefone de volta no bolso.

— Estou bem. Apenas nervosa.

— Compreensível. — Ele ficou quieto por alguns segundos, concentrando sua atenção no chão, depois olhou para cima e disse sombriamente: — Eu queria me desculpar por, bem, pelo que aconteceu no hangar no Alabama.

— Ah. Uhm. Você não me deve desculpas. — Era Griffin quem merecia as desculpas de Jack, e ele já tinha feito isso.

— Bem, passei do ponto. Eu não deveria ter surtado. Não foi profissional.

— Você também estava cuidando de mim — ela disse, relembrando a cena que se desenrolou no banheiro. — E eu agradeço. — Mas, em sua mente, isso também serviu para lembrá-la da política autoimposta de Griffin de não se aproximar de mulheres casadas. E, apesar de tudo o que aconteceu entre eles nos últimos dias, ele ainda a via como casada? Será que a amizade ou "algo mais" estaria fora de questão quando voltassem ao mundo real e não estivessem mais no meio do perigo?

— Sim, mas eu também estava chateado e agi como um idiota. — Jack sorriu.

— Bem — ela falou, arrastando um pouco a palavra e tentando se reagrupar e se concentrar —, todos cometemos erros e você estava mal-informado. — Savanna deu um passo à frente e um tapinha no ombro dele. — Está tudo bem, de verdade — acrescentou, sentindo a culpa dele ainda pairando no ar.

Um momento depois, ela viu Carter servindo-se de café, mas evitando a comida.

Jack seguiu o olhar dela.

— Sim, não espere que ele coma. O cara é durão, mas se importa, e sei que está nervoso por não estar na Itália com os outros.

— Caramba. O que significa se Carter estiver nervoso? — Seu coração acelerou. — Eu deveria estar aterrorizada?

Desta vez foi Jack quem tocou seu ombro.

— Merda, não foi isso que eu quis dizer. Nós simplesmente odiamos ficar de fora. Isso nos deixa nervosos. Tensos.

Ela olhou nos olhos de Jack para ver se ele estava dizendo a verdade ou tentando minimizar as coisas apenas para acalmá-la. Era possível que fosse um pouco dos dois.

— Vou falar com ele — declarou, afastando-se de Jack, mas ainda ao alcance para ouvi-lo xingar baixinho, provavelmente porque ele a preocupara. — Bom dia — cumprimentou Carter, enquanto ele lia algo em seu telefone, segurando a xícara perto da boca sem realmente tomar um gole, seus olhos focados na tela.

Ele finalmente trouxe seu olhar sombrio em sua direção e bebeu seu café, abaixando o telefone.

— Obrigado pelo café da manhã. — Sorriu e, ainda assim, parecia forçado.

— De nada. Não vai comer?

— Eu geralmente não como nada no café da manhã.

Ela pensou em dar um sermão nele, mas seu instinto lhe dizia que estaria desperdiçando seu tempo com o homem.

— Já teve notícias de Emilia? — Savanna perguntou, em vez disso.

— Ela me prometeu novidades esta manhã, então deve entrar em contato em breve. — Ele guardou o telefone na calça social. Ela poderia dizer que ele estava usando as mesmas roupas de ontem com base na camisa branca amassada para fora da calça. Carter provavelmente não tinha dormido. E por que ele se vestia como um homem de negócios quando todos os outros caras usavam calça jeans, camisetas e, muitas vezes, bonés virados para trás?

Carter já havia trabalhado na CIA e agora precisava permanecer fora do radar, e ela adoraria saber os detalhes e o motivo. Carter também era obviamente rico se podia comprar uma casa segura tão luxuosa como esta e todos os brinquedos que a acompanhavam. Mas Jeff Bezos era um zilionário e você não o via andando por aí vestido com trajes de James Bond. Agora que ela pensou sobre isso, Carter daria um James Bond muito gostoso, sem o sotaque britânico.

— Bem, isso é bom. Esperamos que ela possa nos ajudar a descobrir quem está caçando Nick. — Mas o que mais a aterrorizava eram os outros; o "todo mundo" que Joe avisou que vinham atrás de Savanna. Eram pessoas que queriam desesperadamente o que Nick roubou? — E se for um terrorista? — falou seu próximo pensamento em voz alta.

— O chefe de Nick? — Ele inclinou a cabeça para o lado, como se estivesse surpreso por ela sugerir que Nick, mesmo sendo um criminoso, se aliaria a um terrorista. Especialmente depois que seu irmão foi morto por terroristas.

— Não. — Ela negou com a cabeça, precisando eliminar rapidamente essa possibilidade. — Eu quis dizer: e se o chefe de Nick fosse roubar o Projeto Elysium para um terrorista? Você disse que acredita que o chefe é um intermediário, e se o comprador for esse tipo de bandido?

Do tipo que matou meu marido. E ela fez o possível para não pensar no horror de ver seu marido morrer.

— Neste momento, estamos nadando num mar de suposições. Eu diria que é possível que o próprio chefe de Nick quisesse os projetos, mas como tanto os gregos quanto Joe falaram sobre muitas pessoas vindo atrás de você, é difícil acreditar que o chefe de Nick quisesse o Projeto Elysium para si mesmo. — Carter apontou o olhar para o chão e havia algo que ele não estava contando a ela, não era? Por que ele a estava deixando no escuro?

Ok. Eu não sou um deles.

— Me diga. Estou certa em estar preocupada com o fato de as pessoas que estão tentando roubar esses projetos os quererem por razões mais sinistras do que o lucro pessoal? Eles podem querer...

— Atacar os Estados Unidos — ele a interrompeu, confirmando seus temores. Carter soltou um suspiro como se estivesse prestes a compartilhar algo que não estava com vontade de revelar.

Suas sobrancelhas se transformaram em um franzir, seus lábios formando uma linha tensa, olhando para ela como se estivesse tentando resistir a uma sereia grega que queria lhe arrancar a verdade.

Quando a sua expressão relaxou um pouco, como se estivesse cedendo, ele disse:

— A CIA tem locais isolados em todo o mundo usados para interrogar terroristas. Durante anos, houve preocupações de que os locais tivessem vulnerabilidades. — Ele colocou uma das mãos no bolso. — Quando eu estava na CIA, eles tinham a ideia de criar algum tipo de sistema de defesa aérea para interceptar e destruir ameaças imediatas. Foguetes.

— Como o Domo de Ferro de Israel? — ela perguntou, tentando visualizar em sua cabeça o que ele estava dizendo.

E lá estava aquela pontada na boca do estômago, mas desta vez não tinha nada a ver com sua vida amorosa.

— Sim, algo assim. Não sei se o governo implementou o programa para esses locais, mas se o fez...

— Você acha que o Projeto Elysium poderia ser isso? — Savanna apertou a barriga, quase derramando o café.

— Outra suposição. E não mencionei isso a ninguém além de Gray, porque prefiro estar errado.

Mais uma razão pela qual Carter não dormiu ontem à noite e por que Gray provavelmente estava mal-humorado.

— Como descobrimos?

— Falei com Gray no meio da noite e pedi que ele perguntasse ao pai sobre isso. Ver se ele poderia confirmar se o Departamento de Defesa possui tal sistema operacional para os locais secretos da CIA. Esperamos que ele receba uma resposta de seu pai, apesar da diferença de fuso horário, assim que deixar o escritório do Grupo Archer esta manhã.

— Você está me contando isso, mas não contou aos outros?

— Não quero desviar o foco deles. Já parece que estamos perseguindo nossos próprios rabos, saltando de pista em pista. Por que adicionar mais até ter certeza?

Bem, do ponto de vista dela, Savanna não via dessa maneira. Ficou impressionada com a rapidez com que eles estavam descobrindo tudo. Que sorte que A.J. os trouxe.

— São apenas projetos para o Projeto Elysium, certo? Não é como se quem tivesse os esboços pudesse usá-los para localizar esses locais, certo?

— Não necessariamente. Algumas pessoas de alto nível na Archer precisariam conhecer detalhes de localização, especialmente o engenheiro-chefe, para elaborar os projetos. Então, sim, é possível que quem quisesse esses esboços os quisesse com o propósito de atacar esses locais secretos.

— Mas se apenas algumas pessoas souberem sobre esses projetos...

— Meu palpite é que provavelmente alguém da Archer entrou em contato com o chefe de Nick, e não o contrário.

— E queria que o chefe de Nick vendesse os projetos em nome dele ou dela?

— Sim. — Ele assentiu.

— Não deveríamos estar soando alguns alarmes importantes agora mesmo se houver alguma chance deste sistema de defesa sobre o qual você me falou estar em perigo?

Um sorriso rápido passou por seus lábios.

— Claro. Se o pai de Gray acreditar que há uma ameaça a esses locais, ele ativará quaisquer planos de contingência ou medidas de segurança que o governo tenha em vigor. Acredite em mim quando digo que sempre há muitas camadas de complexidade em qualquer operação governamental.

— Se eles seguirem esse protocolo para proteger esses locais, o Grupo Archer saberá?

— Não, isso seria vários níveis acima da autorização de segurança de alguém na Archer.

— Então, se esses locais podem ser mantidos seguros mesmo que esses projetos caiam em mãos erradas, por que você está com uma cara como se o seu cachorro tivesse morrido?

— Eu tenho um cachorro e estou sentindo falta dele agora. Ele sempre viaja comigo, mas decidi deixá-lo de fora dessa missão. — Então, ele tinha um outro lado. Bom saber. — Mas... — Carter começou, como se percebesse que havia perdido o foco. Provavelmente pela falta de sono. — Isso significa que mesmo que Joe esteja trabalhando involuntariamente com esse traidor, ele está ciente da violação de segurança e está escolhendo a lealdade à sua empresa em vez do país, sabendo muito bem o risco se o Departamento de Defesa não for informado sobre isso.

— Ah. — Teria Griffin pensado nisso também, mas ficou cego pela amizade com aquele homem? Ele só parecia estar furioso com Joe na cabana quando ela estava em risco.

— Então, se alguém quiser esses projetos para realizar um ataque aos nossos locais secretos, provavelmente estamos lidando com um terrorista como a principal ameaça à sua segurança.

Ela não queria estar certa nisso. *Uma célula terrorista está vindo atrás de mim por causa do Nick?*

Carter apoiou a xícara na barriga.

— Como eu disse, é por isso que sinto que estamos girando em círculos. Muitas possibilidades e muitas hipóteses para testar. Simplesmente não temos tempo para correr atrás de tantas suposições.

— Isso está tudo na minha cabeça — ela confessou. — Mas eu aprecio sua honestidade. Não direi nada a ninguém.

Suas sobrancelhas se ergueram como se ele não acreditasse que ela não contaria a Griffin.

— Não é segredo, mas prefiro ter mais fatos. E seria bom simplesmente descartar uma possibilidade se o pai de Gray disser que não existe uma defesa semelhante ao Domo de Ferro para esses locais secretos.

Savanna lentamente levou a xícara à boca, a mão tremendo um pouco porque, por algum motivo, tudo dentro dela gritava que as preocupações de Carter estavam certas.

— Há mais alguma coisa que você queira me contar? — perguntou, ao sentir que Carter ainda estava se contendo.

Ele a estudou calmamente, mas depois negou com a cabeça.

— Tudo bem. Acho que vou limpar a cozinha — ela balbuciou, seus nervos se tornando como um punho em volta de sua garganta. — Deixei tudo uma bagunça.

Savanna começou a se virar, mas Carter a pegou pelo braço.

— Sim, tem algo mais. — Ele soltou um suspiro profundo. — Eu queria te dizer isso, uhm. — Ele olhou ao redor do saguão por um segundo. — No jantar ontem à noite, uhm.

Ok, o que fez um homem como Carter ficar com a língua presa o suficiente para soltar dois "uhm"? O que poderia ser mais difícil para ele falar do que a possibilidade de terroristas virem atrás dela para chegar até Nick?

— O quê? — ela sussurrou.

— Conheço Griffin há doze anos — Carter começou, tirando a mão do braço dela.

Ah. Ele iria trazer *isso* à tona? Ele sabia que ela e Griffin dormiram juntos. Essa conversa era claramente mais difícil para ele falar do que o que acabara de contar sobre suas preocupações com o Projeto Elysium, né?

A CAÇADA

— Ele não é do tipo que se apaixona.

Eu sei. Meu Deus, ela sabia. Griffin deixou isso bem claro.

— Ele também nunca olhou para ninguém do jeito que o vi olhando para você ontem à noite durante o jantar. — Carter abaixou a cabeça e apertou as têmporas entre o polegar e o indicador.

Uau, ele realmente estava desconfortável com essa conversa.

— Você está prestes a me avisar para não o machucar? — Savanna perguntou quando ele soltou as têmporas para encontrar seus olhos.

— Se você for como eu, não tem planos de se casar novamente depois de ter seu cônjuge assassinado — ele finalmente admitiu, pegando-a de surpresa —, então sim, eu não quero ver meu melhor amigo finalmente conhecer alguém que faz ele querer mudar seus hábitos apenas para se machucar.

Ela piscou surpresa, mas também gostou da honestidade crua.

— Você não está preocupado que ele parta *meu* coração? — *Porque eu estou. Foi exatamente isso que ele me disse no Alabama.*

Seus olhos se estreitaram quando ele respondeu:

— Também não há garantias — e então ele se virou e foi embora.

Bem, inferno. Ela estava feliz por ele ter ido embora porque honestamente não sabia o que dizer. Seus pensamentos agora estavam uma bagunça.

Ela descartou a xícara assim que conseguiu mover os pés e foi limpar a cozinha. Com a música tocando, Savanna tentou se perder na tarefa mundana de limpeza e não pensar em Griffin. Ou em terroristas. Ou no Projeto Elysium. Ou nos homens que mataram o marido dela. Nada. Ela só queria um espaço em branco em sua cabeça.

Talvez trinta minutos depois Oliver se juntou a ela na cozinha com um anúncio abrupto.

— Gray e Griffin acabaram de sair do local. Eles estão prestes a ligar.

Ela largou o prato na pia e tirou as luvas amarelas com pressa, praticamente correndo para acompanhar Oliver para voltar ao saguão.

Carter estava com o telefone na mão quando ela se juntou a eles. Um toque depois, ele atendeu e colocou no viva-voz.

— O que sabemos?

— Pelo que parece — Griffin começou, e ela ficou um pouco surpresa por ele estar falando em vez de Gray, mas também aliviada ao ouvir sua voz — é uma *mulher*, não um homem.

CAPÍTULO 26

— Mas você está cético, não está? — Savanna levantou ligeiramente o tom, já que todos estavam no viva-voz. Assim que Gray e Griffin embarcaram no jato, Gray ligou para continuar a informá-los sobre sua visita ao Grupo Archer.

— Tenho dificuldade em acreditar que a filha do proprietário não só sabotaria a empresa, mas também colocaria em risco a segurança da nação. Um país pelo qual ela arriscou a vida em batalha — Gray respondeu, sem deliberar.

Sydney Archer serviu no Exército, assim como Griffin e Gray, mas...

— Existe outra possibilidade — Griffin sugeriu, como se tentasse aliviar o inferno em que Gray parecia estar com a ideia de uma velha amiga ser uma traidora. — Sydney foi levada.

Savanna levantou-se abruptamente do sofá do saguão.

— Acha que Nick a sequestrou? Roubo é uma coisa, mas sequestro?

O som de uma expiração profunda veio do outro lado da linha.

— Você é rápida em defender um homem que conheceu por cinco minutos, não é? Um assassino? — Griffin rosnou, seu tom rouco e...

Espera, o quê?

— Não consigo entender o fato de que você ainda acredita em um homem que... o seu... — Griffin acrescentou em voz baixa e áspera. — Que o seu marido nem perdoou, pode se redimir.

Marido.

Ali estava.

Ele estava colocando Marcus entre eles mais uma vez? Aconteceu alguma coisa que fez Griffin acreditar que ela estava fora dos limites novamente?

— Assassino — Savanna sussurrou, só agora percebendo o que ele havia dito. Ela se virou para Carter e viu uma expressão de surpresa no rosto dele. Não porque ele não tivesse ouvido essa informação. Não, ele ficou surpreso que Griffin tenha compartilhado isso com Savanna. — Todos vocês sabiam disso? — Ela olhou ao redor da sala para cada um, esperando que Griffin falasse novamente. Que explicasse.

— Sinto muito — Jack foi o único a se manifestar.

— Nick matou os três homens que trabalhavam com ele antes de fugir com o que roubou. — Carter finalmente explicou o que Griffin não queria contar a ela. Ele deixou a verdade escapar por raiva e agora provavelmente estava se arrependendo.

— Quando vocês descobriram? — *E se não for verdade?* Mas ela sabia que eles discutiriam com ela, então por que se preocupar? Ela mesma descobriria a verdade de alguma forma. Ladrões podiam se redimir, não podiam? Mas um assassino? Isso era imperdoável.

— Ontem, logo depois do jantar — Jack disse a ela. Então era isso que Carter queria dizer a Griffin quando eles saíram para o corredor. E Griffin voltou para o quarto e fez amor com ela... com esse segredo entre eles.

— Desculpe. — O pedido de desculpas de Griffin significava que ela estava certa. Savanna ficou magoada por ele ter faltado com a verdade e, ainda assim, entendeu que ele estava apenas tentando protegê-la. Griffin sabia como ela reagiria à notícia.

Aos olhos de Griffin, defender um criminoso era uma loucura, e talvez fosse. Afinal, seu único vínculo com Nick era Marcus, mas uma parte dela sentia que, se ela rompesse essa conexão, ela realmente perderia Marcus para sempre.

— Podemos conversar sobre isso mais tarde — Carter começou, e ela assentiu em compreensão. — Comecem do início — pediu a Griffin e Gray.

Havia muito ruído de fundo e ela presumiu que o piloto estava se preparando para a decolagem. Seria um voo de menos de duas horas e provavelmente mais rápido, já que eles não estavam em um voo comercial.

— Fomos levados para um tour pelo local pelo chefe da segurança, mas o homem disse que não tinha autorização para acessar o cofre principal, onde as cópias impressas de seus projetos estão armazenadas — Gray repetiu o que já havia explicado na primeira ligação, mas desta vez ele estava dando os detalhes um pouco mais devagar. — O cofre só pode ser aberto por certos funcionários do Departamento de Defesa ou por um dos nossos cinco suspeitos no Grupo Archer.

— E foi então que você perguntou a ele sobre Sydney? — Oliver falou, coçando o queixo, ficando perto de Carter, os olhos no telefone.

Savanna exalou, tentando encontrar uma maneira de superar isso e não sair chorando dali.

— Certo — Gray respondeu. — Ele disse que Sydney estava em

Catania, na Sicília, há apenas três semanas, mas na semana passada ela enviou um e-mail informando que tiraria férias. Não informou para onde ia. O homem disse que foi inesperado, principalmente porque ela não estava lá há muito tempo, mas ela é filha do proprietário, então ninguém pressionou. Seu e-mail de ausência não indicava data de retorno.

— Solicitamos as imagens de segurança do dia em que seu e-mail de ausência do escritório entrou em vigor — Griffin falou, seu tom ainda baixo. Zangado com Savanna por se preocupar com Nick? Ou preocupado que *ela* estivesse com raiva porque ele não lhe contou a verdade? Ela não tinha ideia.

Savanna se afastou do saguão e alisou as mãos para cima e para baixo nos braços, seus nervos a afetavam e o nó desconfortável em seu estômago se intensificou.

— Houve algum tipo de falha no feed de segurança entre às sete e oito horas na sexta-feira passada — Gray continuou. — Quando perguntamos por que isso não *foi* relatado ou não levantou nenhum sinal de alerta, o segurança disse que foi relatado. Bem, foi enviado por e-mail para Sydney.

— Sydney também esteve no escritório da Sicília outras duas vezes este ano. Pouco depois de cada uma dessas visitas, o Grupo Archer perdeu dois contratos importantes para seus rivais — Griffin rapidamente lançou a bomba. — Infelizmente não podemos confirmar se esses projetos foram armazenados na Sicília. O mesmo vale para o Projeto Elysium.

— Mas falei com o meu pai, que disse que o Grupo Archer recebeu um projeto para um sistema de defesa aérea concebido para os locais secretos da CIA. Isso foi há alguns anos, então está atualmente em execução. Provavelmente foi o Projeto Elysium.

— Merda — ela sussurrou baixinho, sabendo o que isso significava.

— Meu pai está ativando as medidas de segurança para proteger esses locais secretos, só por precaução. Esse é um grande problema que podemos considerar como sendo resolvido no momento — Gray acrescentou, enquanto Jack e Oliver focavam em Carter com olhares perplexos em seus rostos.

— Então, esse locais estarão seguros? Os militares e os oficiais da CIA que trabalham lá não estarão em risco agora? — Savanna verificou novamente e isso era alguma coisa.

Assassino ou não, Nick faria algo que colocasse em perigo a vida dos militares depois do que aconteceu com seu irmão? Isso seria ainda mais difícil para ela entender.

A CAÇADA

— Sim, a invasão iniciou protocolos de backup. E qualquer informação que o Grupo Archer possua sobre as posições orbitais dos satélites que revele a localização dos locais secretos será alterada. Naturalmente, o Archer não será notificado devido ao possível vazamento — Gray continuou com mais detalhes, e foram todas boas notícias até agora. Pelo menos isso.

Carter olhou para Jack e depois para Oliver, mas não havia nenhum pedido de desculpas em seus olhos ou em seu tom enquanto explicava sua hipótese sobre o Projeto Elysium que ele havia compartilhado anteriormente apenas com Savanna e Gray.

— Você contou a ela, mas para nós não? — Jack franziu o cenho. Mais de surpresa do que raiva.

— Acabou saindo — Carter disse, balançando a cabeça como se estivesse consternado por compartilhar essa informação com ela.

Ao contrário do segredo "Nick é um assassino".

— Portanto, tudo o que o chefe de Nick o fez roubar ainda pode ser usado para recriar nossos sistemas de defesa, o que não é o ideal — Griffin observou —, mas pelo menos nosso pessoal e locais estarão seguros.

— Ainda não acho que Sydney esteja por trás disso — Gray opinou, um momento depois. — Eu a conheço. Ela não faria isso. Ou está realmente de férias e a fonte aproveitou essa oportunidade ou está em perigo.

Carter ficou quieto por um momento, contemplativo.

— Não podemos descartar nenhuma possibilidade. Sydney poderia ser a ameaça, ou poderia ser a caçada.

— Espere, você acha... — Savanna piscou surpresa com suas palavras. Mas se Nick era capaz de cometer um assassinato, sequestro não seria um exagero.

— É possível que todos não estejam atrás apenas de Nick, mas de *quem* Nick pode estar procurando. A filha de um bilionário com conhecimento de toda uma coleção de projetos governamentais ultrassecretos parece uma opção de quem ir atrás depois de perseguirem Savanna com o propósito de chegar até Nick. E por meio de Nick, chegar em Sydney — Gray explicou o que ela presumia que Carter estava sugerindo.

— Talvez — foi tudo o que Carter disse.

Calafrios percorreram sua pele e ela fez o possível para não se perder em *suposições* perigosas.

— E Joe e sua equipe? — Savanna se pegou perguntando, seus pensamentos mudando rapidamente de direção como o clima durante o verão do sul. — A única maneira de Joe saber que o local na Sicília foi invadido e *quais* projetos foram comprometidos seria se a fonte lhe contasse. Porque a fonte sabia que Nick traiu todos eles e enviou a equipe de Joe para caçá-lo — Savanna falou, mas ainda tentando trabalhar seus próprios pensamentos para entender como Joe se encaixava em tudo isso.

— E Joe também pode estar procurando por Sydney — Gray respondeu.

— Ou recebendo ordens dela — Griffin retrucou.

— É por isso que não podemos descartar nenhum nome da nossa lista de suspeitos. E ainda pode ser alguém do Departamento de Defesa — Carter respondeu. — Gray, quando você estiver a caminho, pergunte ao seu pai se o ex de Sydney no governo tem acesso a algum dos projetos com o Grupo Archer. Veja se ele está na lista de suspeitos do seu pai.

Ai, meu Deus.

Que quebra-cabeça.

Milhares de peças.

Malditas peças.

— Conversaremos mais quando chegarmos — Gray disse. — Nosso jato está decolando. Temos que encerrar a ligação agora.

Ela odiava o adeus rápido e ainda estava chateada com Griffin por ele ter ocultado informações dela.

— Vejo vocês em algumas horas — Gray falou, e Griffin permaneceu quieto antes que a ligação fosse encerrada.

Seu estômago estava dando uma cambalhota, e não do jeito que ela gostava.

— Você está bem? — Jack perguntou a Savanna, e ela percebeu que agora eles estavam sozinhos no saguão. Oliver deve ter seguido Carter aonde quer que tivesse ido para telefonar para a bilionária italiana.

— Por quê? Não pareço bem? — Ela deu um sorrisinho.

— Você está pálida. — As sobrancelhas de Jack se uniram. — Mas tudo ficará bem.

— Tudo mesmo? — *Mesmo com Griffin?*, não pôde deixar de se perguntar se era egoísta por ainda se preocupar com isso em um momento como este.

Jack sorriu e assentiu.

— Tudo mesmo.

CAPÍTULO 27

Griffin encontrou a porta do quarto de Savanna aberta, então entrou sem bater. Ela estava parada em frente à porta francesa, olhando para o mar.

— Oi — saudou, como se sentisse que ele estava lá apesar de seus passos silenciosos, mas Savanna não se virou para ele. E isso foi quase tão devastador quanto o que Griffin sabia que aconteceria a seguir. Ele repassou a conversa em sua cabeça durante o voo e todos os resultados foram uma droga.

E, infelizmente, ele nem estava acrescentando o outro problema: depois de descobrir que Nick havia matado três homens, Griffin voltou para o quarto de Savanna e fez sexo com ela.

Griffin certamente pagaria por isso também.

— Oi. — Griffin deixou a porta fechar atrás de si e, quando ela finalmente se virou, ele ficou impressionado mais uma vez com quão bonita ela era. Savanna vestia uma calça jeans justa, botas curtas e uma regata branca com um cardigã. Seu cabelo estava um pouco ondulado e caía sobre os ombros. Mas seus olhos estavam abatidos.

Ele virou as costas para a porta e apoiou uma bota nela, descansando a cabeça contra a madeira enquanto a estudava. Ambos sabiam por que não dariam um abraço ou beijo de boas-vindas. E não era só por causa de Nick.

Ele tinha certeza de que Savanna sentiu a mudança em seu humor ao telefone, e o ar estalou com... algo...

Estalou? O que há de errado comigo?

Mas estava ali. A tensão. E não do tipo sexual. Preenchendo todos os espaços do quarto, sufocando-o.

Ele estava prestes a lhe contar notícias que ela não queria ouvir, mas provavelmente já previa. Mas o que eles discutiriam primeiro? Nick ou a outra coisa que pesa em seu coração?

— O que mudou? — Ela deu alguns passos em sua direção, hesitante em cada pequeno passo.

Opção dois, então. A conversa sobre Nick teria que esperar.

— Como é que passamos de você desejando que eu estivesse lá na Itália com você apreciando a vista para você parecendo preferir enfrentar o inimigo na praia com um bando de seus colegas de equipe?

Meu Deus, esta mulher e o visual que ela acabou de pintar quase o desviaram do curso e o levaram de volta para onde ele não deveria estar. Mas ele tinha que fazer o certo por ela, e era melhor magoá-la agora do que no futuro.

— Você disse que Gray não lhe deu um sermão, mas voltou a falar como o Sr. Ranzinza antes do voo de volta para cá. Mesmo que Gray tenha dito alguma coisa durante o voo, ainda assim não faz sentido. Vou dar um chute e dizer que não é só porque você está bravo consigo mesmo por saber sobre Nick e escolher me foder em vez de me dizer a verdade.

Ai, isso doeu.

Ele mereceu.

Mas ainda assim foi um golpe doloroso.

— Me desculpe por isso. De verdade. Achei que seria melhor se você não soubesse. Você tinha esperança para ele. — Griffin ficou quieto por um momento, deixando-a processar seu pedido de desculpas e decidir se o aceitaria. — E quanto à outra parte, eu me esforço para manter minhas mãos longe de você. Omiti a verdade sobre Nick para ficar com você. E sou um idiota por isso.

— Não tenho certeza se essa é uma descrição precisa — ela retrucou. — Mas posso perdoá-lo por isso — acrescentou, suavemente. — O que não consigo entender é o que acho que você vai dizer a seguir.

Parada a um ou dois passos de distância, Savanna cruzou os braços. E seus olhos castanhos brilharam ainda mais com a raiva que ela estava preparada para lançar em sua direção como um arremesso em uma final de campeonato de beisebol, com tudo dependendo da necessidade de um *home run*.

Griffin considerou se afastar da porta e diminuir a distância entre eles, mas não confiava em si mesmo. Savanna tinha um poder sobre ele que ele não entendia e precisava manter alguma distância. O engraçado é que nem era seu pau que pensava quando se tratava dessa mulher — era o seu coração. E Griffin estava com medo disso.

— Gray não me deu um sermão — justificou —, eu fiz isso comigo mesmo.

— Você deu um sermão em si mesmo sobre dormir comigo? Sobre o que quer que esteja sentindo por mim e que agora está tentando negar? — ela sussurrou, suas palavras vacilando um pouco enquanto a tenacidade daquela mamãe urso que ele tanto admirava diminuía com a dor crescendo dentro de si. Griffin podia ver isso escrito no rosto dela. Aqueles olhos expressivos falavam muito. Seus lábios carnudos, sem nenhuma maquiagem, poderiam fornecer uma trilha sonora completa. O vazio em suas bochechas enquanto seus lábios faziam beicinho em preparação para um sermão raivoso eram...

Griffin se livrou desses pensamentos, sentindo como se sua mãe tivesse de alguma forma entrado em seu cérebro e espalhado algum jargão literário nele. Sua mãe passou bastante tempo em sua cabeça e ele não a queria lá agora. Era um lembrete constante de por que ele duvidava que seria capaz de dar a Savanna o que ela queria e precisava.

— Nós mal nos conhecemos — começou, olhando para o chão porque ela o enfeitiçaria se continuasse encarando-a. — Eu sei que ontem também foi verdade. — Ele ergueu a palma da mão, pedindo mais tempo para reunir em seus pensamentos, presumindo que ela estaria jogando uma ou duas falas de sua autoria em algum momento, e ele duvidava que fosse capaz de resistir a Savanna ali parada falando com ele sem tomá-la nos braços. — Mas enquanto eu estava lá esta manhã, um pensamento me atingiu com força; um pensamento que venho afastando da cabeça por motivos egoístas, que é que meu trabalho poderia colocar você em perigo em algum momento. E há o fato óbvio que você mencionou ontem e que eu tentei me esquivar... este trabalho é perigoso e eu poderia morrer por causa disso.

Sua inspiração trêmula o fez desviar sua atenção para encontrar seu coração exposto na expressão abatida em seu rosto.

— Eu quero tanto ser quem você precisa, *tanto*, que me deixei acreditar que era possível ontem.

— Mas você percebeu esta manhã que não valho a pena?

Sua bota bateu no chão enquanto ele se preparava para ir até ela, mas porra, Griffin teve que se conter. Por ela. Ele teve que se conter por ela.

— Não é desse jeito.

— Nós mal nos conhecemos. Entendi. Mas você não sente que há algo entre nós? — Savanna gesticulou entre eles com aquele olhar desolado e desamparado.

— Você sabe que eu sinto. Também não sei explicar. Porém aconteceu tão rápido, que fui pego um pouco de surpresa e simplesmente...

— O quê?! — ela gritou, dando um passo em direção a ele.

— Não posso competir com Marcus — Griffin finalmente confessou. — Não posso competir com a memória dele.

Savanna olhou para o teto e negou com a cabeça.

— Ninguém está pedindo para você competir com ele.

— Mas *eu* sinto que estaria. Eu não conhecia o homem e não presumiria saber o que vocês tinham juntos. Mas sei que você acreditou que ele seria seu "para sempre". É difícil vir depois disso, Savanna. Talvez algum dia outro homem entre em sua vida... eu só... bem, não pode ser eu.

— Isso não é... — Ela deixou cair as palavras e balançou a cabeça novamente, os olhos voltando para o rosto dele. — Mais de vinte anos de serviço, e sou o que mais te assusta?

— Sim. — Ele não tinha dito isso nos últimos dias? Inferno, talvez não. Griffin mal conseguia somar dois mais dois para obter quatro desde que a conheceu, seus pensamentos e sentimentos indo em todas as direções desde que começaram a respirar o mesmo ar.

— Admito que isso mudou muito rápido. Há uma semana, nem nos conhecíamos. Estou tão confusa e assustada quanto você, mas é um bom tipo de medo. Um tipo de medo ansioso e animado que me deixou esperançosa, pela primeira vez em anos, de que seria possível...

— Por favor, Savanna — ele a interrompeu. — Não. Eu avisei que te machucaria. Quebrei minhas próprias regras e cruzei a linha. Eu errei ao deixar você acreditar que havia esperança de algo entre nós.

Ela o imobilizou com um olhar zangado.

— O que realmente aconteceu na Sicília que fez você dar uma de *O médico e o monstro* comigo? — ela disse com voz rouca.

Ele merecia tudo o que ela estava jogando nele por suas mentiras e desculpas. Griffin sabia disso e odiava. Mas isso tinha que acontecer. Um término rápido e, assim ele esperava, tranquilo. Retirar o band-aid de uma vez só e seguir em frente.

— Seu gatilho foi Nick. Por quê?

E caramba, ela acabou de lê-lo. Como. A. Porra. De. Um. Livro.

Bem, não era tanto sobre Nick, mas sim a crença dela de que o homem ainda podia se redimir.

Ele liberou seus pensamentos, sabendo que tinha que superar isso e rápido. Quanto mais demorasse, mais difícil seria para os dois.

— O que foi?

— Enquanto eu estava andando pelo Grupo Archer esta manhã, percebi que estava pensando em você o tempo todo, e não como parte da missão. E então todos os problemas concebíveis que poderiam surgir se você e eu tentássemos ser um casal me atacaram como se eu estivesse sendo crivado de balas.

Por alguma razão, seu corpo estava mais cansado e dolorido hoje do que ontem, apesar dos dias desde que ele levou uma surra. Ou talvez seu estômago estivesse doendo por causa do que ele estava fazendo com aquela mulher?

— A outra coisa que percebi é que sou parecido com meu pai em muitos aspectos — murmurou. — Eu não sabia disso até conhecer você. — Porque ninguém nunca o fez se sentir assim. — Eu sacrificaria o mundo para salvar aquela que eu...

Seu pai teria feito qualquer coisa por sua mãe. Griffin agora sabia que era capaz do mesmo. A raiva que ele sentiu só de pensar em um futuro com Savanna e, mais adiante, alguém atacando-a... como o que aconteceu com sua mãe, era dez vezes maior agora com o olhar de Savanna sobre ele.

— E isso foi antes de eu perceber que poderia me apai... — Meu Deus, ele não conseguiria passar por isso em frases completas. — A maneira como Shep tocou você naquele hangar foi o suficiente para me fazer querer estrangulá-lo — Griffin confessou a verdade sombria e feia. Ele nunca havia experimentado ciúmes antes porque nenhuma mulher havia arrancado esse sentimento dele. Mas, no fundo, sabia que se algum dia se deixasse apaixonar por uma mulher, ele lutaria contra aquilo.

Savanna tropeçou um passo para trás.

— Então, você não confiaria em mim perto de outros homens, especialmente se alguém tentasse cruzar a linha comigo?

— E-eu não sei — Griffin admitiu. — Eu gostaria. — Sua voz falhou desta vez. Tudo doía por dentro. — Eu, uhm, claramente tenho problemas de confiança. Problemas de confiança muito, muito graves.

— Shep. Jesse. Qualquer homem na minha vida, até mesmo um amigo... isso seria difícil para você? — Lágrimas brotaram de seus olhos como se ela agora compreendesse completamente quão realmente confuso Griffin estava e por que ele nunca deveria ter tocado nela em primeiro lugar.

— Sua mãe dormiu com um amigo dela?

Bingo.

— Não qualquer amigo. O homem que a encorajou a se tornar uma escritora. Ele era o melhor amigo dela antes de minha mãe conhecer meu pai. — Ele fechou os olhos, percebendo que ainda não havia revelado aquela informação para ela.

— Ah. — A tristeza naquela palavra foi de partir o coração, e sua voz falhou quando ela continuou: — Sua mãe é autora. Os livros nas prateleiras da cabana foram escritos por ela? É sua mãe. Seu pseudônimo. É por isso que você não queria que eu tocasse os livros.

Ele assentiu levemente, suas palavras presas na garganta.

— Por que seu pai ainda os tem? Quer dizer, eu não entendo. — Savanna estremeceu. — Desculpe, não é esse o ponto — garantiu, seus olhos castanhos brilhando com lágrimas.

Griffin levou um minuto para se acalmar e organizar seus pensamentos. Ela não merecia sua raiva. Ela merecia sol, cachorrinhos e um homem que pudesse amá-la sem reservas. Não um homem que seria consumido pela preocupação de que ela acabaria traindo, como sua mãe.

— Ele ainda está orgulhoso dela. Mesmo depois de tudo que eles passaram, depois de cada novo lançamento, ele ainda pede que ela lhe envie uma cópia autografada que ele possa colecionar.

Ela inclinou a cabeça, enxugando as lágrimas.

— Eles tentaram resolver as coisas depois do caso dela, mas minha mãe finalmente voltou para o amigo. Ela o escolheu, não meu pai. Ela se casou com ele depois que se divorciou do meu pai. E ela quebrou o homem mais forte que já conheci. É por isso que a casa dele é fortificada como uma construção militar, e não por causa do que aconteceu com ele no Vietnã. Meu pai explodiu depois de perdê-la. Ele sempre foi equilibrado antes disso. — Páginas de memórias de sua infância, de seus pais tão felizes juntos entre as missões de seu pai, surgiram em sua mente e fizeram suas mãos tremerem. — Ele teria levado cada bala ou uma surra mortal se isso significasse manter minha mãe segura. Ele trocaria cada pôr do sol pelo resto da vida para vê-la sorrir. — Griffin passou a mão pelo queixo. — Ele nunca mais será feliz. Nunca a superou.

Savanna fechou o espaço entre eles e colocou as palmas das mãos em seu rosto, e foi só então, quando ela o tocou, que ele percebeu que também havia lágrimas em seu rosto.

Aquilo não era... não.

— Então, veja bem, eu nunca pediria para você parar de ser amiga de

Shep e dos outros, mas também sei que não seria capaz de impedir que o medo se instalasse de que, em algum momento, um deles poderia tentar algo. E então eu teria que matá-lo — Griffin afirmou, o mais abruptamente possível. *Ser como Nick. Um assassino.*

Ele nunca matou um inocente e nunca pensou que o faria.

Mas Griffin mal conhecia Savanna como ela era, e ainda assim a enormidade de seus sentimentos era inexplicável, então o que aconteceria daqui a um mês? Um ano? Dez?

— Griffin, você não faria isso. Eu não acredito nisso. — Sua voz terna e suas mãos sobre ele eram facas em seu coração, porque ele queria dizer que poderia mudar, que aprenderia a deixar de lado seus problemas e descobriria uma maneira de confiar novamente. Qualquer coisa para ter uma chance com ela. Como Griffin poderia não tentar se nunca se sentiu assim em sua vida e em tão pouco tempo?

Mas o risco...

O risco era muito grande.

Não para ele, como Griffin havia pensado originalmente. Seu coração não importava mais.

Era por *ela*. E não havia nenhuma chance no mundo de ele colocar o coração de Savanna em risco, especialmente depois de tudo que ela passou.

Griffin colocou as mãos em cima das dela.

— Desculpe. Eu nunca deveria ter tocado em você. Beijado você. E sinto muito por não ter contado a verdade sobre Nick. — *E por me abrir com você.* — Mas eu preciso fazer meu trabalho. E isso é mantê-la segura. — Ele arriscou olhar nos olhos de Savanna, esperando encontrar a força necessária para agitar oficialmente a bandeira branca e recuar.

— Se não vale a pena lutar por mim, então você está certo — ela sussurrou, se afastando dele, um olhar assombrado em seu rosto enquanto lágrimas escorriam livremente. — Você não pode competir com Marcus. Porque ele teria coragem de nunca se render. De nunca recuar. Ele teria coragem de lutar por mim.

As mãos de Griffin ficaram tensas ao lado do corpo e ele baixou a cabeça.

— Eu sei. Como Joe disse — ele lembrou —, Marcus era o melhor de nós.

CAPÍTULO 28

Griffin socou o saco pesado na academia, ignorando suas costelas doloridas, esperando que isso esmagasse a dor em seu coração. Esqueça ajudar a equipe a perseguir novas pistas, ele seria inútil em seu estado atual.

Depois de trinta minutos batendo no saco como se fosse o homem com quem sua mãe havia se casado, a quem ele nunca consideraria um padrasto, por mais que sua mãe implorasse, ele estava suado e exausto. E a dor no peito não diminuiu. De jeito nenhum.

Ofegante e mal conseguindo respirar, caiu de joelhos, uma das mãos coberta pela luva no chão, e soltou um rugido profundo. E, assim como viu Savanna fazer, Griffin ergueu o queixo em busca do fantasma de Marcus. Seu espírito, ou algo assim, parecia seguir Savanna para protegê-la.

— Eu sei — rosnou. A única pessoa de quem ele estava com raiva era dele mesmo. — Eu sei, tudo bem. — Griffin baixou o olhar para o chão de concreto sob seu joelho. — Porra.

Falando com o ar. E o ar não respondeu.

Além disso, Marcus não iria pairar sobre ele. Ele estaria com a mulher que amava, a mulher que oficialmente fez Griffin enlouquecer e falar com o teto.

— Mano, você está bem? — Jack gritou.

— Somos manos agora? — Griffin respondeu, com um gemido de agonia, e se levantou do chão para encarar Jack.

— Eu esperava que tivéssemos estabelecido uma trégua.

Olhando para seu colega de equipe, Griffin lentamente começou a tirar as luvas de boxe.

— Você conheceu Marcus? — ele perguntou, em vez disso. Jack inclinou a cabeça e estreitou os olhos como se tentasse decifrar a natureza do mau humor de Griffin, embora a pergunta deixasse isso bem claro.

— Não, mas não muito depois da morte de Marcus, o homem que o substituiu ajudou a salvar a irmã de Gray e a mim — ele respondeu, com as sobrancelhas franzidas.

E agora Griffin também não podia deixar de se perguntar se Jack voltaria a confiar... Sua esposa o traiu, mas ele só soube depois do fato, então supôs que provavelmente doeu menos.

Savanna nunca me trairia, droga. Não preciso de um ano de namoro para saber disso. Mas será que esse sentimento irritante e angustiante o deixaria realmente aceitar isso? Ou ela se tornaria um dano colateral na história dele? No entanto, seus pais estavam casados há dezesseis anos. Dezesseis anos de amor entre eles, e seu pai também nunca teria acreditado que o amor de sua vida o trairia com seu melhor amigo.

Sua mãe cometeu um erro, o irmão da mãe dele disse em defesa dela anos depois do caso, quando Griffin ainda não conseguia perdoá-la. *Ela ainda é uma boa pessoa,* o tio dele garantiu, tomando cerveja uma noite, quando eles estavam acampando. *Mas dizem que se você é capaz de se apaixonar por outra pessoa, então talvez seu coração nunca tenha pertencido verdadeiramente à primeira.*

Bem, ela se casou com esse erro. E agora meu pai está tentando apagar a memória dela com bebida, e isso não está ajudando. Griffin ordenou que ele encerrasse a conversa depois disso.

Savanna era realmente capaz de se apaixonar pela segunda vez? Haveria espaço em seu coração para outro homem sem diminuir seus sentimentos por Marcus?

— Você gosta dela, hein? Isso foi rápido — Jack disse, afirmando o óbvio.

Griffin quase riu. Isso era como anunciar que o céu era azul e a grama era verde — bem, quando não estava morta, como se ele estava se sentindo por dentro agora com a ideia de se afastar da única mulher que o fez sentir alguma coisa. Até ciúme, porque sim, ele também sentia isso. E foi isso que o assustou. Porque ele sabia quão tóxico poderia ser.

Griffin vestiu a camiseta e estalou o pescoço, sua respiração começando a voltar ao ritmo normal.

— Entre você e Gray, ambos pirando por causa de mulheres, acho que é uma coisa boa que o resto de nós esteja aqui para trabalhar — ele comentou, quando Griffin não lhe respondeu.

— Engraçadinho — Griffin respondeu baixinho, mas sabia que Jack estava tentando aliviar a tensão, o que ele supôs que apreciava.

— Estranho que Gray pareça tão compelido a acreditar na inocência de Sydney quando ele não a vê há quinze anos. Ela deve ter deixado uma impressão incrível nele.

— Sim, tão louco quanto a insistência de Savanna de que um homem que ela não conhece não pode ser tão ruim assim. — Merda, ele estava falando sobre Nick ou sobre si mesmo?

Griffin teve a estranha vontade de olhar para o céu novamente, para ver se o homem que cuidava de Savanna lhe enviaria alguma orientação quando saíssem da academia, o que o fez sentir-se totalmente maluco. Mas, de acordo com a análise pós-missão, Marcus nunca saiu do lado de Griffin até levá-lo para um lugar seguro naquele dia, anos atrás. *Estou vivo por algum motivo?*

— Ei, temos novidades — Oliver anunciou, trotando pelo corredor em direção a eles e acrescentando o gesto de "rápido". Carter deve ter recebido notícias de Emilia.

Griffin parou por um segundo ao ver Savanna parada ao lado de Carter no saguão. Quando o olhar dela focou no rosto dele para ver que ele se juntou ao resto da equipe, ela imediatamente desviou o olhar.

Ele sentiu a adaga exatamente onde merecia depois do que disse a ela. Em seu coração.

— O que sabemos? — Griffin perguntou, finalmente conseguindo se mover novamente e contornar os sofás até onde Carter estava, equilibrando um laptop na mão.

— Emilia identificou o chefe de Nick — Carter anunciou, mas por que ele não parecia feliz com isso? — Ela tem cem por cento de certeza.

— Quem? — Savanna perguntou timidamente, como se estivesse se preparando para notícias perturbadoras.

— Stefanos Loukanis. Ele é basicamente uma Sotheby's italiana. Administra uma casa de leilões legítima em Atenas e Roma. Ele também vende itens não registrados que não podem ser vendidos legalmente, muitos dos quais sua própria equipe rouba. De Van Gogh a Ovos Fabergé. Seja o que for que um cliente queira, ele encontra uma maneira de conseguir — Carter explicou. — Está no radar de Emilia há algum tempo, mas estava fora dos limites por causa de algum acordo. Não sei. Ela não sabia explicar, mas disse que o acordo expirou e ele é todo nosso se o quisermos.

— Nick ajudou a roubar para ele — Savanna murmurou, como se finalmente aceitasse o que Marcus sabia muito antes de morrer. Seu irmão era irremediável.

— Emilia recorreu aos seus contatos na AISE, basicamente a CIA italiana, e conseguiu encontrar imagens que não apareceram para nós. — Carter olhou para Savanna. — Você pode não querer ver o que Emilia me enviou.

— Eu preciso saber. Chega de segredos — ela falou com um leve aceno de cabeça, e os ombros de Griffin desabaram ao testemunhar esta linda mulher fazendo tudo ao seu alcance para permanecer forte.

— Estas imagens são de ontem à noite. — Carter mostrou sua tela para todos reunidos ao seu redor.

Griffin ficou atrás de Carter e Savanna e fez o possível para não inalar seu doce perfume. Ou observar a curva de seu ombro bronzeado que não estava mais coberto pelo cardigã.

— Eles estão com Nick! — ela exclamou. Savanna pode ter estado mais perto de aceitar que Nick não era um dos mocinhos, mas isso não significava que ela queria vê-lo machucado.

Ela se afastou da tela, o que a fez esbarrar em Griffin, suas mãos encontrando seu peito como na primeira vez que se encontraram na cozinha de Jesse.

Ele reflexivamente agarrou seus ombros e ela lentamente ergueu os olhos para o rosto dele. Mais lágrimas. Mais preocupação com um homem que ela não conhecia, um assassino. Seu coração era quase grande demais para seu peito. Ele nunca conheceu uma pessoa tão carinhosa e misericordiosa em toda a sua vida.

Por que Griffin não poderia ser tão misericordioso, e então talvez, apenas talvez, porra, ele pudesse seguir em frente? Ser feliz.

— Desculpe — pediu baixinho, ao mesmo tempo que ela, e os dois tiraram as mãos um do outro.

Savanna deu um passo para longe dele, que cerrou os dentes em um esforço para não dizer ou fazer algo idiota. Como dizer a ela na frente de todos que ele foi um idiota por afastá-la. Que queria lutar por ela. Que colocaria fogo no mundo se fosse necessário, se isso significasse estar com ela mais uma vez.

— A filmagem é de fora de um hangar privado no Aeroporto Internacional de New Orleans. Emilia conseguiu rastrear o jato de Stefanos de volta aos EUA. Felizmente, a inteligência italiana monitora seus movimentos há alguns meses, preparando-se para capturá-lo em breve. Mas meu palpite é que Nick nunca saiu dos Estados Unidos depois de deixar a chave na casa de Savanna.

Carter entregou o laptop para Gray, que reproduziu a imagem de Nick com as mãos amarradas e o corpo claramente machucado enquanto os homens de Stefanos o empurravam em direção a uma limusine.

— Parece que eles fizeram um bate e volta entre Roma e Nova Orleans — Carter acrescentou.

— Só Nick? Nada de Sydney? — Gray perguntou, reproduzindo a filmagem mais uma vez como se tentasse localizar a loira que o deixou tremendo desde ontem.

— Só ele, e devo presumir que, se Nick tivesse levado Sydney, o pessoal de Stefanos a teria localizado também — Carter falou para Gray. — Mas isso não faz dela a vilã. — Ele ergueu a mão, tentando esmagar uma objeção iminente. — Ainda não.

— Presumo que podemos facilmente conseguir o endereço de Stefanos, então — Savanna disse. — Podemos encontrar Nick. Salvá-lo.

Salvar Nick? Esse era o objetivo da missão?

— Temos uma localização, mas, segundo Emilia, seus bens estão sendo monitorados pela inteligência italiana. Não podemos simplesmente entrar rapidamente sem que os bandidos *e* os mocinhos saibam disso — Carter comentou.

— Esses agentes da AISE podem salvar Nick para nós? Se contarmos a eles que ele está lá? — Savanna perguntou, e Carter negou com a cabeça.

— Aos olhos deles, Nick trabalha para Stefanos. Presumo que eles não vão arruinar qualquer operação de vigilância que estejam realizando para salvar um criminoso — Carter disse a ela em um tom gentil, o que Griffin ficou surpreso que o homem soubesse como fazer.

— Então, o que fazemos? Como chegamos a Nick? — Savanna cruzou os braços sobre o peito, examinando o grupo de homens, seus olhos pairando em Griffin por último. Ela desviou sua atenção com a mesma rapidez e fixou-se em Carter. — Vocês ainda precisam do que está naquele cofre. Tenho certeza de que o Departamento de Defesa preferiria recuperar o que Nick levou.

— Há uma maneira de se infiltrar na propriedade de Stefanos sem que ninguém saiba — Carter informou. — Ele vai organizar um evento amanhã à noite. Um leilão para caridade.

— Um disfarce para sua operação ilegal? — Jack perguntou.

— Isso é o que Emilia pensa. — Carter saiu da sala e olhou pelas portas duplas, a luz do sol invadindo o saguão.

Griffin escondeu as mãos nos bolsos do short de ginástica preto, fazendo o possível para se concentrar em Carter e não olhar para Savanna.

— A boa notícia é que é um baile de máscaras com tema renascentista. As máscaras são ideais para esconder os criminosos que estarão lá para licitar os itens não exibidos publicamente, presumo. Mas também é útil para nos fazer entrar. Emilia está trabalhando para garantir ingressos para nós. — Carter olhou para a sala novamente.

— Acha que a equipe de Joe sabe que Stefanos está com Nick e estará lá também? — Griffin perguntou.

— Imagino que o informante de Archer saiba, mas a questão é se eles abandonam ou não a perseguição a Nick e Savanna. Joe pode ter inicialmente acreditado que a segurança nacional estava em jogo, mas quem o enviou o fez com a intenção de Stefanos adquirir o Projeto Elysium. Agora que Stefanos tem Nick, o contato do Grupo Archer pode considerar que tudo está bem — Griffin ofereceu seus pensamentos sobre o assunto.

— E o quê? Mentiu para Joe? — Savanna respondeu, mas ela não olhou para ele. — Disse que a ameaça foi neutralizada?

— Possivelmente — Carter respondeu, antes que Griffin pudesse.

— Isso significa que voltamos a presumir que Sydney Archer está no topo da lista de suspeitos e não foi sequestrada? — Oliver jogou na mesa o que Griffin sabia que Gray não gostaria de ouvir.

— Ou quem quer que na Archer esteja trabalhando com Stefanos encorajou Sydney a tirar férias, não a querendo no escritório quando o pessoal de Stefanos apareceu — Gray apresentou uma nova ideia, agarrando-se a qualquer coisa.

— Vamos resolver um problema de cada vez. Cuidaremos de Stefanos e Nick por agora. Então descobriremos quem queria o Projeto Elysium em primeiro lugar. E o Grupo Archer depois disso — Carter disse, então olhou para Gray para ver se estava de acordo, e ele deu um aceno hesitante.

— Eu diria agora que Stefanos está com Nick, Savanna está segura, mas se Nick admitir que escondeu a chave na casa dela, voltaremos à estaca zero. Vamos esperar que ele consiga aguentar até amanhã à noite — Jack disse.

— Aguentar até amanhã? — Savanna gaguejou. — Ele está sendo torturado. — Agora ela estava em pânico, seus olhos selvagens enquanto olhava entre Griffin e Jack.

A mulher não aguentava mais perdas e estava preocupada que a única família viva de Marcus estivesse prestes a ser torturada até a morte por Stefanos. E, por mais que Griffin odiasse o cara, ele não queria que Savanna suportasse aquela dor. Inferno, ele era culpado por também causar dor a ela.

Griffin não tinha percebido que estava tão desesperado para sentir tudo o que ela havia desencadeado nele, e quase a marcou como um animal selvagem, trancando-a em um quarto e gritando *"Minha!"* para todos ouvirem. Até que ele recuperasse o juízo, sabendo que nunca seria capaz de superar seus problemas de confiança, nunca seria o suficiente para ela. Ele estava envergonhado da chicotada a que a sujeitou.

— De jeito nenhum você vai se oferecer a Stefanos amanhã, se é isso que você está prestes a sugerir. Quer se trocar por um ladrão e assassino? Sei que você se preocupa com esse homem porque ele é irmão de Marcus, mas a resposta ainda é não. Nos deixe lidar com isso. — Griffin pegou o braço dela, virando-a para encará-lo para que ela pudesse ver o "de jeito nenhum" em seus olhos.

— Você não poderá entrar armado na festa e sabe disso — ela disse, levantando uma questão válida, mas que também não vinha ao caso. — Eu posso ser a isca. Durante a festa, vou me revelar aos homens e eles podem me levar até o chefe deles.

— E se eles tiverem um software de reconhecimento facial instalado na entrada para verificar as identidades de seus convidados antes de usarem máscara? — Griffin perguntou.

Savanna olhou para a mão dele em seu braço e ele se forçou a soltá-la.

— Será que Emilia saberá disso? — ela perguntou a Carter. — Ela pode descobrir como foi a segurança nas festas anteriores?

Griffin olhou para Carter e negou com a cabeça, mas o homem soltou um suspiro rouco e disse:

— Vou perguntar.

— Não. — Griffin estava prestes a agarrar o braço de seu chefe. — Você não pode estar falando sério.

— Emilia diz que o patrimônio dele é enorme. Um extenso labirinto de túneis. Tenho certeza de que ela pode encontrar uma maneira de nos ajudar a colocar armas na festa, mas não pela porta da frente. Só que não conseguiremos encontrar a localização de Nick sem chamar a atenção dos homens de Stefanos. Porém, podemos seguir Savanna quando eles a levarem para Stefanos. — Carter encarou Griffin, cabeça inclinada, olhos estreitos em desafio ou pedido de desculpas, Griffin não tinha certeza.

No entanto, Griffin não se importava com isso. Ele não deixaria Savanna se oferecer como isca a Stefanos.

— Só por cima do meu cadáver ela irá àquela festa — Griffin sibilou, dando um passo à frente para confrontar seu chefe, fazendo o possível para manter as mãos ao lado do corpo porque estavam fechadas em punhos e prontas para ação.

Socar seu chefe e lutar contra qualquer um que esteja em seu caminho? Ele faria isso se fosse necessário.

O que também significava que, em seu íntimo, ele sabia que era o tipo de homem que queima o mundo para salvar sua mulher. E isso fazia dele um profissional horrível e um ser humano de merda que sacrificaria o mundo pelo benefício de uma pessoa. Mas essa mulher tinha feito ele...

— Lá fora. — Carter apontou a cabeça para as portas. — Agora.

CAPÍTULO 29

Roma, Itália. Vinte e quatro horas depois...

A cidade estava diante dela com detalhes tão perfeitos que quase parecia um sonho. Savanna tinha uma visão clara da Cidade do Vaticano e seus pensamentos vagaram para o Código Da Vinci, o romance de Dan Brown que ela adorara ler anos atrás. Aventura e emoção. As lendas e o segredo. Ela se apaixonou por Roma nas páginas daquele livro, e agora aqui estava ela, e seu mundo era tão perigoso quanto o da ficção.

Savanna se concentrou na cúpula da Basílica de São Pedro, esperando que seu rímel não borrasse enquanto as lágrimas enchiam seus olhos. Ela estava em uma cidade linda e nunca se sentiu tão sozinha. Nem mesmo o espírito de Marcus, que ela quase sempre sentia cercando-a como um escudo protetor, parecia estar ali.

— Onde você está? — sussurrou, olhando pela janela para a vista da cidade sagrada. Se alguma vez existisse um lugar para sentir Marcus, não seria este? Ambos eram católicos, e ele até mencionou trazê-la aqui um dia e explorar cada centímetro da cidade juntos, de mãos dadas.

Seus ombros caíram ainda mais quando seus pensamentos se voltaram para Griffin e como ele havia partido seu coração ontem. Ele a rejeitou pura e simplesmente. Deixou que seus medos e a traição de sua mãe o consumissem e se recusou a ver que eles tinham algo pelo qual valeria a pena lutar. E então fez o possível para impedi-la de tentar salvar o irmão de Marcus.

Quando Griffin e Carter saíram do hotel em Santorini e começaram a discutir, Savanna pensou que Griffin atacaria seu amigo. A certa altura, ele até empurrou Carter, que ficou ali parado e permitiu que ele liberasse sua raiva. Provavelmente esperando derrubá-lo a ponto de conseguir convencer Griffin de que Savanna era necessária para sua missão.

Missão? Sou parte de uma missão, uma que parece algo que Marcus teria participado.

Assim que Carter e Gray receberam a notícia de Emilia de que ela poderia levá-los para a festa sem expor suas identidades reais, eles ignoraram as objeções de Griffin, e os dois líderes da equipe prometeram que a manteriam segura. A chave, e o fato de que ela não a teria consigo, era uma garantia adicional para isso. Griffin não estava convencido, se a carranca em seu rosto era alguma indicação disso.

Ele também não havia falado uma palavra com ela desde então. Sem dúvida um castigo por insistir que a usassem para salvar Nick. Para um homem que não lutaria por seu coração, ele estava pronto para matar qualquer um que a colocasse em perigo. Isso não era uma contradição?

A batida na porta do hotel a fez passar as mãos trêmulas pelo vestido prateado que conseguiram encontrar no último minuto com uma ajudinha de Emilia. Apesar de estar petrificada, Savanna queria fazer isso. Por Nick, embora mais ainda por Marcus.

— Posso entrar? — aquela voz profunda e familiar era tudo que ela precisava agora.

— Jesse? — Savanna murmurou, em estado de choque, e se virou com pressa para chegar à porta.

Jesse estava parado no corredor, com as mãos nos bolsos da calça do smoking, parecendo seu cavaleiro de armadura brilhante. Ela ficou tão feliz em vê-lo que quase tropeçou em seus braços quando ele foi abraçá-la assim que entrou no quarto.

— O que você está fazendo aqui? — ela perguntou, enxugando uma lágrima.

— Carter me ligou ontem à noite. Dei a ele todos os motivos pelos quais eu precisava estar aqui para esta festa, e não lhe dei a escolha de me *deixar* ir.

— Eu deveria estar brava com você por deixar Ella, mas, meu Deus, eu só... — Ela iria chorar e estragar o rímel. — Eu realmente preciso de você.

— Merda, Savanna. O que foi? — Jesse a puxou de volta para seus braços e a segurou, apoiando o queixo em sua cabeça. — Além do óbvio.

Como ela diria a ele que, por mais louco que parecesse, tinha se apaixonado por alguém em questão de dias, quando ninguém despertou qualquer interesse dentro dela desde Marcus?

— Eu, uhm...

— Griffin, o Ranzinza? — Jesse a surpreendeu ao ler seus pensamentos. Ela se libertou de seu abraço e recostou-se, com as mãos em seus bíceps, olhando em seus olhos. Realmente não era o momento para essa conversa, porque ela precisava colocar a cabeça na missão, mas não tinha ninguém com quem conversar e sentia como se estivesse enlouquecendo.

— Como você sabia?

Ele arqueou uma sobrancelha e apontou para a porta que ligava o quarto dela ao onde a equipe estava se preparando para a missão da noite.

— Você não o ouviu através da parede, exigindo que eu colocasse algum bom senso em você e a mantivesse aqui? — Os lábios de Jesse se curvaram em um sorriso. — Griffin era o único no quarto cujas veias corriam o risco de estourar com a ideia de você ir para esse evento. Ele tinha o tipo de aparência que eu teria se...

— Ella fosse colocada em uma situação semelhante?

Seus ombros caíram com suas palavras e ele olhou para a janela que exibia uma vista deslumbrante de Roma.

— Você vai tentar me dissuadir disso?

Seus olhos azul-claros voltaram para os dela.

— Eu conheço você bem o suficiente para pedir para você mudar de ideia depois de decidida. Uma mulher sulista teimosa.

— Uhum. Culpada. — Mas também, Savanna ainda se recusava a acreditar que alguém que compartilhava o sangue de Marcus pudesse ser um assassino. E se ele fosse apenas um ladrão, então ela faria o que Marcus não foi capaz de fazer: perdoaria Nick.

A ideia de uma alma incapaz de seguir em frente por causa de assuntos inacabados neste mundo era provavelmente apenas uma noção falsa, mas por que ela sentia que Nick era o assunto inacabado de Marcus?

— Eu não vou deixar nada acontecer com você esta noite; prometo. — Ele alcançou o ombro dela e apertou. — E imagino que Griffin também não.

— E, uhm, o que significa para você estar trabalhando com os caras esta noite? É uma coisa única?

Ele afastou a mão e passou pelo cabelo loiro penteado.

— Não sei.

— Você disse que se sentia bem fazendo algo que tinha um propósito. Está pensando em trabalhar com eles *depois* desta noite? — *Fugindo de Ella de novo?*

— Vamos viver uma noite de cada vez. — Ele pigarreou e acrescentou: — Então, o que aconteceu com Griffin? Por que você parece tão chateada se claramente essa coisa de amor instantâneo está acontecendo com você? É assim que seus livros chamam, certo? — Ele girou um dedo antes de enfiar uma das mãos no bolso da calça.

— Amor instantâneo? Griffin não me ama. E uau, você realmente me escuta quando falo sobre meus livros?

Ele sorriu e encolheu os ombros.

— Talvez.

— Então você se lembra de que eu odeio histórias de amor instantâneas. Totalmente inacreditáveis. Ninguém se apaixona tão rápido.

— Não aconteceu isso com você e Marcus? Por que não com Griffin?

Não tão rápido com Marcus. Seu olhar caiu no chão e aquele sentimento de solidão que ela conhecia tão bem floresceu na boca do estômago com a menção de Marcus.

— Sempre senti a presença de Marcus comigo. *Sempre*. Mas ele não está aqui agora. — Ela examinou a vista lá fora como se ele pudesse estar lá e tivesse apenas feito uma pausa rápida.

— Talvez isso por si só signifique alguma coisa, Savanna — Jesse sugeriu, suavemente.

— O quê? — ela sussurrou, virando-se em sua direção.

— Talvez Marcus não esteja por aqui agora porque ele só esteve aqui até saber que você estava sendo cuidada, e agora você está. E se ele guiou Griffin até você?

— Me colocando em perigo? — Savanna estava à beira das lágrimas, que se dane o rímel. Isso tudo era demais para absorver.

— Talvez ele também quisesse salvar o irmão? — Jesse sugeriu.

— Desde quando você acredita em algo espiritual ou de outro mundo? — Savanna riu e soluçou.

— Querida, você acredita, e isso é tudo que importa. Você não precisa que eu lhe diga. Eu posso ver isso em seus olhos.

— Meu próprio Hemingway está diante de mim. Quem poderia imaginar que você tinha um lado doce?

— Não se atreva a contar a ninguém. — Jesse a puxou para um abraço quando a porta fez um clique e se abriu.

Savanna se libertou dos braços de Jesse e enxugou as lágrimas com as costas das mãos ao ver um Griffin de aparência taciturna na porta, com a chave do quarto dela na mão. Ele tinha visto os braços de Jesse em volta dela? Griffin estava tendo flashbacks de sua mãe?

— Temos novidades. — Os olhos escuros de Griffin a percorreram. Foi a primeira vez que ele a viu toda arrumada e, na verdade, a primeira vez que ela se maquiou desde que se conheceram. O olhar sombrio em seus olhos não parecia ser de raiva dirigida a Jesse, mas sim de luxúria dirigida em sua direção, e isso a fez recuar. — Posso conversar com ela primeiro? — ele perguntou a Jesse, que deu um tapinha nas costas dela como se dissesse "vai ficar tudo bem" antes de sair do quarto.

Griffin colocou o cartão-chave no bolso e continuou estudando-a em silêncio quando ficaram sozinhos. Assim como Jesse, ele usava um smoking preto e seu cabelo estava brilhante e penteado para o lado. Bonito como o diabo e capaz de seduzir qualquer mulher.

Mas não foi ele quem a seduziu. Savanna estava bastante certa de que o seduziu.

Seus olhos viajaram sobre ela mais uma vez. Savanna usava o cabelo em cachos soltos que emolduravam seu rosto, e seus olhos estavam maquiados para combinar com o vestido prata e sombra cinza. O vestido longo escondia seus lindos sapatos prateados e era feito de camadas de cetim e seda, com uma saia brilhante, um V profundo na frente e quase sem costas. Ela se sentia como a Cinderela, mas não encontraria seu príncipe neste baile.

— Você está... — Sua mandíbula apertou quando ele encontrou os olhos dela novamente. — Eu não tenho palavras.

— Bem, você quase não disse nenhuma palavra para mim desde ontem, então acho que isso não é surpreendente. — Savanna se virou, mas arfou quando ele pegou seu pulso e a girou em um movimento rápido.

Griffin estava respirando com dificuldade, olhando nos olhos dela como se estivesse prestes a esmagar sua boca sobre a dela e mandar tudo para o inferno.

Ela engoliu em seco, a sensação de solidão desapareceu com ele segurando-a e seu olhar escaldante aquecendo cada centímetro de sua pele exposta.

— Se alguma coisa acontecer com você esta noite... — foi tudo o que ele disse, os olhos escuros cortando-a diretamente com um olhar torturado. Griffin estava preocupado com esta noite, mas Savanna reconheceu o desejo doloroso e familiar que eles compartilhavam um pelo outro ali também.

Marcus enviou você para mim. De alguma forma, ela sabia quase desde o momento em que se conheceram.

— Eu tenho você para cuidar de mim — sussurrou, levantando um pouco o queixo, preocupada que suas pernas fraquejassem e perdesse o contato visual com ele em breve. — Você — ela repetiu, deixando-o entender que depositava sua confiança e fé nele.

Por mais que amasse Marcus, e sempre amaria, era hora de começar um novo capítulo. E ela precisava que esse homem frustrante acreditasse que poderia ser com ele.

Griffin inclinou a cabeça e encostou a testa na dela e, num tom áspero, disse:

— Não vou deixar nada acontecer com você. Eu prometo. — Ele se afastou abruptamente como se não confiasse em si mesmo para estar tão perto sem reivindicar sua boca. — Vamos. — Griffin estendeu a mão como se fosse pegar a dela, mas imediatamente recuou. Depois de piscar algumas vezes, aparentemente em conflito, ele se virou. — Descobrimos *outra pessoa* procurando por Nick. Muito inesperado e um problema potencial para esta noite.

Savanna parou com suas palavras.

— O quê? Quem?

— Nós lhe informaremos no outro quarto — ele disse, já em movimento, o que a forçou a fazer o mesmo.

Ao entrar no outro ambiente, Savanna esqueceu momentaneamente que havia novidades quando testemunhou Carter e cada um de seus homens vestidos de smoking, parecendo exatamente com James Bond. Então, quando Carter anunciou que o MI6 está atrás de Nick, seu coração quase parou.

— Espera, o quê? — As costas de Savanna bateram na parede perto da porta enquanto tentava absorver a notícia chocante. Essa era uma possibilidade que nunca surgiu em todas as suas teorias.

— Emilia soube que agentes do MI6 estarão na festa esta noite, tentando chegar até Nick também — Gray disse, explicando tudo para ela.

— Eles podem querer Nick pelo mesmo motivo... o Projeto Elysium — Jack acrescentou.

— Não temos ideia de por que estão atrás dele, mas pode ser um contratempo — Carter comentou. — Não queremos matar acidentalmente um agente do MI6.

— O que isto significa? — O olhar de Savanna pairou pelo quarto, saltando de homem em homem.

— Significa que teremos que alcançá-los. Diremos ao meu pai para avisar tanto a inteligência italiana quanto o MI6 de que os Estados Unidos também têm gente lá dentro.

Jack olhou para Savanna e sorriu.

— O que ele está dizendo é que Carter não parece ser muito bom em lidar bem com outras pessoas. E ele vai ter que fazer isso esta noite.

— Eu ainda sou a isca, certo? — ela perguntou e imediatamente sentiu o olhar de Griffin sobre ela ao usar uma palavra tão ofensiva.

— A menos que o MI6 ou os italianos se oponham, então sim, você será a única a nos levar até onde eles estão mantendo Nick — Carter afirmou, em voz baixa, seu foco variando entre Griffin e Savanna. — Vamos seguir com o plano. Você tira a máscara e se identifica quando dermos sinal verde.

Jesse pegou uma linda máscara prateada, que cobriria metade de seu rosto, com as laterais decoradas com penas brancas que pareciam quase asas de anjo.

— Aqui. Você vai precisar disso.

Respirando fundo e antecipando o que estava por vir, ela pegou a máscara.

Savanna atravessou o quarto e passou por Griffin, que enfiou as mãos nos bolsos como se evitasse alcançá-la no caminho até a janela.

Ela agarrou a máscara e olhou para a cidade, agora banhada em tons de laranja e dourado, enquanto o sol começava a se pôr, fazendo os prédios brilharem.

— Apenas respire — ela sussurrou, fechando os olhos.

CAPÍTULO 30

Griffin olhou para Savanna enquanto ela estava no bar, de costas para ele e com o cabelo penteado sobre um ombro, oferecendo uma visão de toda aquela inexplicável pele oliva exposta por seu vestido quase sem costas.

Durante o breve momento que passaram juntos no hotel, ele pensou em algemá-la à cama, não apenas para mantê-la segura e longe do leilão, mas para arrancar aquele vestido de seu corpo e reivindicá-la como sua.

De alguma forma ele tinha conseguido se controlar.

Mas seu controle foi diminuindo à medida que observava o idiota no bar conversando com ela. O cara não tinha ideia de quão perto estava de perder a mão que usava para tocar o antebraço de Savanna.

Griffin desviou seu foco do bar para se controlar, fingindo interesse na banda tocando do lado de fora em uma plataforma elevada para a festa extravagante na propriedade de Stefanos.

Estava frio lá fora, então aquecedores foram instalados ao redor da área aberta, onde as pessoas passeavam vendo os itens em vitrines de vidro para o leilão clandestino e alguns casais mascarados dançavam aqui e ali.

A extensa propriedade tinha mais de duzentos anos e, embora a equipe tivesse acessado a planta baixa, presumiram que Stefanos havia feito atualizações quando adquiriu a propriedade, há dois anos, que provavelmente não haviam sido realizadas pelos canais adequados. O que significava que eles estariam no escuro esta noite. Quem sabia quantos túneis ou passagens secretas existiam? Os malditos jardins que cercavam a festa eram um labirinto por si só.

A inteligência italiana estava de prontidão do lado de fora, mas não tinha autoridade legal para entrar. Eles ainda estavam sob ordens de "aguardar" por parte do governo até terem provas concretas de que Stefanos era mais do que um leiloeiro.

Stefanos ainda não tinha aparecido, mas eles tinham que presumir que ele estava ocupado conduzindo seus negócios ilegais em algum outro lugar da propriedade — e Nick também estava lá em algum canto.

Nenhum sinal de Joe e sua equipe, o que não era surpreendente. Se seu chefe fosse o informante, ele não seria mais necessário agora que Stefanos tinha Nick. Griffin ainda acreditava que Joe tinha a impressão de que a segurança nacional estava realmente em jogo.

Quanto ao MI6, eram semelhantes à CIA no sentido de que nem sempre se preocupavam com questões legais. No momento, havia dois agentes dentro do grupo, prontos para receber a autorização de Carter nas comunicações para se mexerem. Trabalhar com o MI6 foi inesperado, mas eles aceitariam qualquer ajuda que pudessem ter, já que tinham menos homens do que o ideal em relação ao número desconhecido de inimigos.

O MI6 só concordou em colaborar com a equipe de Carter se eles prometessem entregar Stefanos e também deixá-los falar com Nick.

Carter já tinham visto os dois agentes do MI6 que estavam lá com eles esta noite em uma ocasião anterior, e disse que eles eram tão "James Bond" quanto na vida real. Então, o melhor dos melhores foi enviado. Griffin desejou que isso fosse mais reconfortante, mas, no final das contas, Savanna estava na festa de um criminoso, e seu dedo no gatilho coçava como se estivesse em um dos filmes de faroeste antigos que seu pai adorava.

Griffin soltou o punho, fazendo o possível para permanecer firme como um militar da unidade.

O cara com quem Savanna estava conversando ofereceu-lhe a mão e fez sinal com a outra para a pista de dança. Ela espiou Griffin como se estivesse pedindo permissão, e ele cerrou os dentes, pronto para balançar a cabeça em um retumbante não quando a testemunhou procurar rapidamente o "ok" de Gray, como se percebesse que perguntar a Griffin era um erro.

Savanna deve ter recebido autorização porque agora estava se movendo em direção à área de dança de mãos dadas com o estranho.

O que realmente impressionou Griffin não foram as mãos do homem em seus quadris. Nem foram os braços dela pendurados sobre os ombros do cara.

Foi em cada curva que eles deram em que a atenção de Savanna se voltou diretamente para Griffin com um olhar ligeiramente assustado e nervoso. Um apelo para ser salva.

Talvez ele estivesse alucinando. Talvez ele só quisesse um motivo para cortar o pau do cara porque sua pélvis estava perigosamente perto de roçar em Savanna.

Griffin se mexeu desconfortavelmente, sua mandíbula travada

enquanto os observava. Enquanto dizia a si mesmo para não pegar a 9mm enfiada sob a jaqueta do smoking fornecida por Emilia na equipe de buffet e atirar na mão do cara que agora estava roçando a pele lisa e nua das costas de Savanna.

Mas ele não poderia atirar em um estranho por dançar com ela quando eles tinham uma missão a cumprir. Uma queima de fogos estava marcada para começar às duas e duraria quinze minutos. Essa era a janela deles para cuidar de tudo sem que ninguém de fora soubesse o que estava acontecendo dentro da mansão, onde a equipe imaginava que Stefanos e Nick estavam.

E embora ele não fosse capaz de matar todos os homens que a tocassem, não depois que *ele próprio* desistiu dela, isso não significava que tivesse que deixar a dança continuar.

Griffin deu um passo à frente, rendendo-se aos seus impulsos para separar o homem de Savanna. Gray surgiu em seu ouvido imediatamente, emitindo o comando para se afastar.

— Acho que não — Griffin murmurou, embora seu comunicador estivesse mudo.

Seus passos rápidos e raivosos o colocaram ao lado dela em dois segundos. Ele colocou a mão na coxa e a outra no ombro do homem, quase esperando que ele ignorasse a ordem:

— A dança acabou.

O covarde se afastou — inteligente —, então inclinou a cabeça em despedida para Savanna e recuou.

Eu não recuei ontem? Mas, quando colocou as mãos nos quadris de Savanna, e ela colocou os braços sobre seus ombros para dançar, ele afastou todos os pensamentos, exceto aquele momento.

— Achei que você fosse matar o cara — ela murmurou.

— Você não estava confortável — ele respondeu.

— Não — Savanna respondeu, suavemente. — Mas o que faz você pensar que estou mais confortável agora? — indagou, áspera, seus olhos castanhos tão grandes e ousados com a máscara cinza prateada emoldurando-os.

— Porque você pertence a mim — ele respondeu sem hesitação.

Seus olhos se estreitaram em confusão. Mas ela permaneceu movendo-se silenciosamente de um lado para o outro, deixando-o assumir a liderança, optando por não participar de mais uma rodada de discussões na noite da missão. Ao que parecia, Savanna tinha melhor controle do que ele.

O corpo dela parecia perfeito em seus braços, e eles se moviam juntos como se fossem parceiros de dança há anos. Às vezes, apenas estar perto dela era uma viagem mental. Como se eles tivessem sido reunidos por uma força sobrenatural, e Savanna fosse seu anjo da guarda enviado do céu para trazê-lo de volta à vida. Então, por que ele continuou lutando contra isso?

Deixe. Ela. Ir. Griffin pensou na voz que ouviu em sua cabeça na cabana de seu pai. Ele poderia ter interpretado mal o significado dessas palavras? Ele não tinha dúvidas de que era Marcus, mas será que Marcus estava ordenando a si mesmo, e não a Griffin, que deixasse Savanna ir?

— Savanna — ele sussurrou, sem nenhuma ideia de quais seriam suas próximas palavras, mas a voz de Carter em seu ouvido chamou sua atenção.

— *Está na hora* — Carter anunciou.

Quando Griffin soltou lentamente Savanna, ela respirou fundo e trêmula, o que o fez se inclinar e dizer:

— Vai ficar tudo bem.

Ela assentiu.

— Vamos. — Griffin ativou o som do comunicador e pegou a mão dela. A palma da sua mão parecia quente e delicada dentro da mão áspera enquanto caminhavam com passos rápidos em direção à mansão, passando pelos convidados da festa. — Banheiros? — perguntou a um dos guardas parados do lado de fora da entrada.

O homem olhou Savanna de cima a baixo antes de responder:

— Primeira porta à direita.

Griffin sabia que havia mais guardas na parte de dentro, visto que os convidados tinham acesso aos banheiros internos. E ele estava contando com isso.

— O que estamos fazendo? — Savanna sussurrou, enquanto ele a guiava até o corredor, agradecido por estarem sozinhos na porta do banheiro por enquanto. — Esse não é o plano.

Em um movimento rápido, Griffin a prendeu na parede dourada e colocou o joelho entre suas coxas. Ele estava desesperado para rasgar o tecido do vestido dela e deslizar a mão entre suas coxas para encontrar sua boceta. Mesmo agora, num momento como este, ele estava louco por ela.

Griffin segurou seu queixo e puxou sua boca para a dele. Com as máscaras, ele teve que inclinar a cabeça para alinhar suas bocas, e quando seus lábios tocaram os dela, Savanna ficou rígida de surpresa. Mas quando ele aprofundou o beijo, deslizando a língua dentro de sua boca, ela relaxou contra ele, agarrando seus bíceps antes de pegar nas lapelas do paletó do smoking, ambos perdidos no momento.

Na verdade, isso *fazia* parte do plano, ela só não tinha sido informada disso até agora. Mas como diabos ele iria permitir que qualquer outra pessoa da equipe ficasse com Savanna.

Movendo as mãos pelos lados do torso dela, ele acariciou suas costelas sobre o tecido sedoso do vestido antes de deslizar uma das mãos no decote e segurar seu seio. Ela gemeu em sua boca, um gemido febril que ele engoliu com um beijo, devorando-a a tal ponto que quase perdeu de vista por que eles estavam ali. Griffin queria tomá-la contra a parede. Fazê-la dele novamente. Mostrar a Savanna o quanto ela pertencia a ele de todas as maneiras possíveis.

Mas não aqui. Griffin teve que lembrar a si mesmo que eles estavam em uma missão, assim como em público, e nem por um decreto ele deixaria alguém ver mais um centímetro de sua pele ou ouvir o modo como ela gritava seu nome.

— O que estamos fazendo? — ela sussurrou freneticamente entre beijos. Seu peito pesava contra o dele enquanto pensamentos sobre todas as coisas eróticas que ele queria fazer com ela passavam por sua cabeça, sabendo muito bem que aquilo não poderia acontecer ali. Mas, até que Carter desse o sinal, eles teriam que ficar parados.

Beijá-la novamente, saborear sua boca doce e tocar sua pele macia foi o tapa que ele precisava para se lembrar de que não era um covarde. Ele não recuaria. Lutaria por ela. Como ele não poderia fazer isso?

— Vocês têm companhia — Carter anunciou abruptamente em seu ouvido.

Griffin apoiou a palma da mão contra a parede sobre a cabeça dela e tirou a outra mão de seu seio para enfiar por baixo do paletó do smoking, preparando-se para o que viria a seguir.

A ordem de um guarda, dita em italiano, que ele imaginou significar "mexam-se", não interrompeu o beijo. Ele precisava que o guarda chegasse o mais perto possível.

Savanna enrijeceu, o que o deixou saber que o homem estava se aproximando. O guarda continuou falando em italiano enquanto se aproximava deles e, no momento em que a mão do homem encontrou o ombro de Griffin, ele rapidamente se virou, agarrou-o pelo braço e torceu-o nas costas do homem, empurrando o cano da arma para lá também.

— Tudo limpo. Temos o saguão sob controle — Gray alertou pelos comunicadores, enquanto Griffin olhava para a esquerda e para a direita no corredor, confirmando que estavam sozinhos, o guarda xingou quando Griffin torceu seu braço com mais força.

Com uma expressão confusa no rosto, Savanna olhou para Griffin com os olhos arregalados. Suas instruções foram revelar sua identidade a um dos guardas quando os fogos de artifício começassem e ligar a câmera escondida em seu colar. Ela não sabia que eles haviam mudado os planos depois de conversar com os agentes do MI6. Ele estava preocupado que ela protestasse, então eles a deixaram no escuro. Outro segredo, mas este era para mantê-la segura.

— Você fala inglês? — Griffin sibilou. Quando o guarda assentiu rapidamente, Griffin continuou: — Eu tenho o que seu chefe quer. *Vou atirar em você se não me levar até Stefanos.* — Griffin encontrou os olhos surpresos de Savanna antes de acrescentar: — Os guardas no saguão estão ocupados no momento. Eles não virão até o fim do corredor para ajudá-lo.

Com os fogos de artifício prestes a explodir, a equipe esperava que os convidados também permanecessem em segurança do lado de fora, embora tivessem um plano alternativo, se necessário.

— Seu chefe está procurando por alguém. Uma mulher — Griffin disse, testando as águas para ver o quanto o homem sabia. — Você está ciente disto? — Quando o homem não respondeu, Griffin torceu novamente seu braço. — Sim ou não?

— Sim — o homem sibilou com uma pontada de dor.

— Sabe o que seu chefe está procurando? O que ele quer? — Outra torção e o homem assentiu. — Bom. Seu chefe agora tem Nick Vasquez, então ele não precisa mais da mulher.

O guarda lentamente voltou sua atenção para Savanna, como se estivesse fazendo a conexão.

— Ele ainda quer falar com ela. Ela pode saber alguma coisa. Nick não quer falar — o homem falou, um momento depois, e então praguejou em italiano.

— Sim, foi isso que eu imaginei. É por isso que *eu estou* aqui com ela. Mas ela não tem acesso ao que seu chefe quer, eu tenho.

O movimento de Savanna se virando e olhando para o corredor fez Griffin seguir seu olhar para ver o único homem que ele deveria ver se aproximando deles.

— Tire-a daqui — Griffin disse a Oliver ao se aproximar, o que levou Savanna a levantar a mão como se estivesse prestes a discutir. — Eu cuido disso — prometeu, esperando que soubesse que isso também incluía fazer

A CAÇADA

o seu melhor para salvar Nick. E então ela poderia decidir, depois de tudo isso, se realmente valia a pena salvar o homem.

Os olhos de Savanna permaneceram fixos nos dele enquanto Oliver a segurava, puxando-a para longe da cena. O nó em seu estômago diminuiu ao observar Oliver escoltá-la para um local seguro. E agora ele poderia se concentrar na tarefa que tinha pela frente.

— Não alerte ninguém pelo seu comunicador — ordenou ao guarda, notando o fio enrolado que ia até seu ouvido, menos sofisticado do que os sem fio que Griffin e sua equipe usavam. — Me leve até ele. Agora.

O guarda se moveu lentamente, virando à direita no corredor, na direção oposta em que Savanna havia desaparecido com Oliver. Não havia nenhuma maneira de que ele fosse capaz de deixar Savanna ser pega no fogo cruzado que ele sabia que aconteceria.

Depois de caminhar por alguns corredores, encontraram três guardas, o que Griffin previu que aconteceria. Soltou o guarda e empurrou-o para frente, na direção dos outros três homens no corredor.

— Estamos fora. Ela está segura — Oliver avisou em seu ouvido um momento depois, e o corpo de Griffin relaxou com a informação. Ele lentamente se ajoelhou e colocou sua arma no chão, imaginando que seria revistado e sua arma confiscada antes de ser levado ao chefe.

— Quem é você? — Um homem deu um passo à frente, e o guarda italiano de Griffin falou fortemente com o homem em italiano, provavelmente explicando o que Griffin havia dito.

— Isso é verdade? — o homem perguntou, e Griffin imaginou que ele era o responsável pelos outros.

Quando Griffin assentiu, o cara orientou dois de seus homens para revistá-lo e verificar se havia armas adicionais.

— Tudo bem. Vou te levar até ele. Tire sua máscara e venha conosco.

Griffin jogou a máscara e o homem fez sinal para que andasse na frente deles.

O rastreador que usava já havia sido ativado, então entre isso e sua comunicação, Gray e os outros poderiam mantê-lo sob controle, bem como saber quantos inimigos poderiam encontrar para chegar até ele.

Caminharam por uma série de passagens antes de descerem de nível. No andar de baixo, as paredes eram de pedra e o ar era úmido e bolorento como o de um porão.

— Lá dentro — o homem orientou, algumas voltas depois, empurrando Griffin para uma sala à sua esquerda com a coronha de sua arma. — Espere aqui.

Griffin olhou ao redor para o espaço repleto de caixotes de madeira, provavelmente cheios de bens roubados. Mas não havia pontos de entrada além da porta, pelo que sabia. Não era o ideal.

— Não falarei a menos que Nick venha também — Griffin falou pela primeira vez desde que se entregou aos guardas. — Eu preciso ver se ele está vivo.

A porta se fechou antes que eles oferecessem uma resposta. Uma vez sozinho, consultou o relógio. Faltava um minuto para as dez.

— Estou em uma sala abaixo do solo. Só há uma maneira de entrar — Griffin anunciou em seu comunicador.

— Entendido. Esperando que o alvo se mostre com Nick antes de avançarmos — Gray respondeu.

— Contamos mais de vinte guardas na propriedade até agora, além daqueles que você encontrou — Jack revelou.

— Se ele não trouxer Nick, mudaremos de planos — Carter anunciou.

Contingências para suas contingências.

Mas, caramba, Griffin odiava estar desarmado.

— Entendido — Griffin respondeu, então posicionou as costas na parede oposta do espaço de armazenamento, para que pudesse ficar de olho na porta.

Ele mal ouviu os fogos de artifício lá fora, o que era uma boa notícia caso isso se prolongasse por mais tempo do que esperavam. Ninguém na festa do lado de fora deveria ouvir os tiros de suas armas.

Felizmente, Griffin não teve que esperar muito até que Nick aparecesse. A porta se abriu e um guarda o trouxe para dentro e o colocou de joelhos. Nick levantou a cabeça para olhar para Griffin, com um olho inchado e quase completamente fechado.

Pela primeira vez, Griffin sentiu pena do homem. Além do olho inchado, o sangue proveniente de um ferimento no couro cabeludo escorria por um lado do rosto machucado.

— Quem é você? — Nick resmungou para Griffin quando Stefanos entrou na sala com mais seis guardas.

Antes que Griffin pudesse pensar em uma resposta, Stefanos fez sinal para que seus homens flanqueassem Griffin em ambos os lados.

— Quantos mais de vocês estão aqui? Como conseguiu uma arma na propriedade? — Stefanos acariciou a barba preta. Ele parecia ter menos de cinquenta anos e também estar em forma. — Meus homens estão verificando todos na festa agora. Você deveria me contar. Poupe-me do trabalho.

— Só faltam alguns ovos para uma dúzia — Griffin disse, um comentário aparentemente aleatório, mas com a intenção de alertar seus homens sobre o número de guardas presentes. O plano era ganhar tempo para levar seus homens até lá, e ele faria o melhor que pudesse para se livrar dos idiotas. O humor muitas vezes funcionava para foder a mente de alguém. — Eu era o único armado. Entrei com os biscoitos. A propósito, eles são excelentes.

Nick tentou se levantar, mas um dos guardas o chutou enquanto Stefanos o evitava.

— Ora, ora, um comediante — Stefanos comentou. — Não tenho tempo para piadas. Meu homem me disse que você tem o que eu quero. — Ele tirou uma arma de trás do paletó do smoking e apontou para a cabeça de Nick. — Então devo ir em frente e matá-lo?

Nick levantou seu único olho semibom para espiar Griffin. O fato de Nick ter ficado quieto sem revelar a localização do cofre ou de Savanna significava que havia alguma decência nele, ou que estava tentando ganhar tempo antes de uma execução iminente.

O júri ainda estava decidindo.

Griffin voltou seu foco para o chefe e casualmente cruzou os braços sobre o peito. Ele não estava acostumado a estar tão próximo e pessoal do inimigo, nem ser aquele que falava. Na maioria das missões, fosse com Carter ou com o Exército, ele ficava atrás da mira de sua arma de longa distância e deitado de bruços, derrubando alvos antes que soubessem o que os atingira. Isso era novo.

— Você vendeu ou prometeu o Projeto Elysium para alguém que é muito mais perigoso do que você, certo? — Griffin notou as gotas de suor na testa de Stefanos. O cara realmente estava apavorado. E provavelmente fora de sua zona de conforto, que Griffin e sua equipe usariam a seu favor. — Então você não entregou, e enviou seus homens para todos os lugares tentando caçar esse homem. — Ele inclinou a cabeça na direção de Nick. — Bem, você precisa de nós dois vivos para salvar sua própria pele.

Stefanos ergueu a arma e apontou para Griffin.

— Sério? Você acha? — Ele arqueou uma sobrancelha grossa e preta, mas quando passou a mão livre pela linha do cabelo, enxugando o suor, ele se entregou. O medo era proeminente. Até a mão dele tremia. — Como você sabe do Projeto Elysium? Quem te contou?

— A caminho — Carter avisou, em seu ouvido. — Preparar para lidar com as ameaças. Nos dê sessenta a noventa segundos.

Griffin só precisava manter esse idiota falando por algum tempo.

— Savanna não tinha ideia de onde Nick foi, ela não o via há anos, mas Nick escondeu a chave de um cofre na casa dela. Dentro dessa caixa estão os planos do Projeto Elysium. — Bem, ele estava presumindo que isso era verdade. — E eu tenho a localização do cofre e da chave. Mas você também precisa do escaneamento de retina e da senha de Nick para acessá-lo. — Griffin deixou seus braços relaxarem ao lado do corpo quando Nick começou a cuspir sangue, como se estivesse preocupado que Griffin pudesse sacrificar Savanna. Ou tentar fazer um acordo duvidoso.

Os ombros de Stefanos desabaram visivelmente.

— Onde?

— A duas horas de avião daqui. Em seu país de origem. — *Mais trinta a sessenta segundos.*

— Chefe. — Os guardas devem ter sido alertados sobre a equipe de Griffin pelas comunicações. — Temos relatos chegando. Tiros disparados dentro de casa. Devemos levá-lo para um local seguro.

— Os outros lá em cima cuidarão deles. Precisamos chegar ao avião — Stefanos avisou, já se encaminhando para a porta. — Chame o piloto. Vamos de helicóptero até meu jato. Eles vêm conosco. Usaremos os túneis de trás.

Quanto mais longe dos civis, melhor. Seus homens estavam rastreando Griffin e entrariam em colapso no momento certo.

— Entendido — Gray disse, no ouvido de Griffin, deixando-o saber que ouviu Stefanos.

Um guarda pegou o braço de Nick e o levantou do chão, e dois homens seguraram os braços de Griffin, que não resistiu. Não, ele guardaria isso para o momento certo.

Os outros três cercaram Stefanos em um círculo com armas em punho enquanto saíam da sala e avançavam lentamente pelo corredor em direção a um arco aberto que levava a um túnel.

Mais algumas voltas depois, eles subiram uma escada que levava ao andar principal.

Griffin mal ouviu as hélices do helicóptero lá fora, escondidas pelo som dos fogos de artifício explodindo no ar, mas o helicóptero tinha que estar por perto.

— Movendo-se para sua posição agora. Cuidando do piloto aqui — Carter anunciou.

— Sete — Griffin disse a Carter um momento depois, informando o número total de tangos que o acompanhavam.

— Entendido — Carter respondeu. — Prepare-se para se proteger.

— Sete, o quê? — Stefanos virou-se para olhar para Griffin, depois amaldiçoou. — Você não checou se ele tinha alguma escuta? — sibilou para seus guardas, ao perceber que Griffin tinha alguém em seu ouvido. — Porra. Precisamos nos mover.

— Agora — Carter anunciou, e Griffin mudou seu peso para a esquerda em um movimento fluido, então liberou o braço direito ao mesmo tempo.

Griffin libertou-se dos dois homens antes de soltar a arma do guarda ao seu lado. Stefanos e os outros foram distraídos pelos tiros do lado de fora. Griffin atirou no homem que havia desarmado e rapidamente disparou para eliminar a ameaça à sua direita antes que pudesse descarregar sobre ele.

E, em um movimento rápido, agarrou Nick e bloqueou seu corpo com o seu para... que Deus o ajudasse, protegê-lo.

Griffin estava agachado no corredor, mantendo Nick atrás de si, com a arma apontada para o caso de alguém que não fosse de sua equipe passar pela porta. Ele perdeu Stefanos e os outros homens que protegiam seu chefe de vista. Mas eles foram direto para o covil do leão — tendo que enfrentar seus colegas de equipe.

— Tudo limpo. Vamos fazer a extração — Carter anunciou. — O pacote está garantido — informou a Griffin que tinha Stefanos vivo. — Você está com o seu?

Griffin olhou para Nick e o viu caído no chão. Ele ofereceu uma das mãos ao irmão de Marcus, perguntando-se se os instintos de Savanna estavam certos sobre ele.

— Sim, estou com o pacote.

CAPÍTULO 31

Griffin e Jack ajudaram Nick a entrar na casa segura que os dois agentes do MI6 haviam montado e, ao ver Savanna pulando do sofá, ele vacilou, quase perdendo Nick.

— Griffin! — Savanna gritou, e ele esperava que ela chamasse o nome de Nick primeiro. — Você está bem. Quero dizer, eles disseram que você estava, mas eu só precisava ver... — Ela estava visivelmente tremendo e à beira das lágrimas. Ele queria largar Nick e abraçá-la, igualmente aliviado por vê-la sem nenhum arranhão, mesmo sabendo que Oliver a manteve segura.

— Savanna? — Nick disse lentamente o nome dela, em tom de descrença, antes de cair como um saco de batatas, quase levando Griffin e Jack consigo. Com ele de joelhos, os dois homens foram forçados a soltá-lo. Incapaz de se conter, Griffin contornou Nick e puxou Savanna para seu lado.

Ela permaneceu quieta enquanto se inclinava para ele, que passou um braço em volta de suas costas, colocando a palma da mão em seu quadril e a mantendo presa ao seu lado, seu foco firmemente plantado em Nick.

Carter e Gray entraram na casa em seguida com Stefanos amarrado e amordaçado, então o jogaram no chão, não muito longe de Nick.

Os dois agentes do MI6, que disseram que todos poderiam chamá-los de Jane e John Doe pois não se importavam, seguiram Jesse para dentro da sala alguns segundos depois.

Eles enviaram aos agentes da AISE uma denúncia anônima de que houve uma troca de tiros na casa de Stefanos logo após sua saída, o que lhes deu um motivo provável para entrar e lidar com qualquer outro homem armado que pudesse ter tentado resgatar Stefanos.

Felizmente, a missão correu perfeitamente. *Perfeitamente demais?*, Griffin não pôde deixar de se perguntar, mas Savanna estava segura e Nick estava vivo.

— Você está bem? — Jesse perguntou, com os olhos em Savanna, mas ela não se afastou do aperto de ferro de Griffin.

Ela também não caiu de joelhos e abraçou o cara, que era o que Griffin esperava que fizesse. Afinal, ele era irmão de Marcus e, mesmo que não o conhecesse muito bem, ela o defendeu.

— Não entendo por que Savanna está aqui — Nick disse, tossindo, depois voltou sua atenção para os dois agentes do MI6. John Doe jogou o paletó no sofá e começou a arregaçar as mangas como se estivesse se preparando para um interrogatório.

— Você a envolveu — Griffin disse a Nick. — Eles descobriram que você esteve na casa dela recentemente e tentaram usá-la para te atrair — continuou, olhando para Stefanos no chão. — De qualquer forma, você colocou um alvo na cabeça dela. — Seu tom era áspero e cortante, mas, no final das contas, Savanna estava em perigo por causa dele, e Nick deveria ter se sentido culpado por isso.

— Desculpe. Eu não deveria ter feito isso — Nick se desculpou, com os ombros caídos.

— Leve Stefanos para a outra sala — Jane instruiu seu colega de equipe. Depois que John levou Stefanos embora, Jane se virou e disse com raiva: — Você nos traiu? O que aconteceu?

Ele estava envolvido com o MI6? Griffin quase soltou Savanna com a acusação.

— O que você quer dizer? — Savanna falou, libertando-se do aperto de Griffin e dando um passo mais perto de Nick e da agente.

— Tudo bem. Você pode falar na frente deles — Nick disse, com voz rouca. — Imagino que todos vocês trabalharam com Marcus quando ele estava vivo?

— Não, mas somos amigos da, uhm, equipe de Marcus — Gray respondeu, parecendo um pouco desconfortável em compartilhar essa informação quando eles ainda não tinham ideia do que estava acontecendo.

Jane se levantou e ajeitou o vestido, voltando sua atenção para Carter.

— Desculpe não ter contado antes, mas Nick estava disfarçado para nós. Temos tentado nos infiltrar na operação de Stefanos para capturar alguns dos seus clientes. Principalmente terroristas.

— O quê? — Savanna arfou. — Eu não entendo. — E, ainda assim, Griffin ouviu aquela esperança familiar atravessar seu tom.

Nick cruzou um braço sobre o abdômen e sentou-se sobre os calcanhares.

— Eu não traí vocês — ele disse a Jane. — Não tive escolha a não ser correr atrás deste último trabalho.

— O que deveríamos pensar? — Ela cruzou os braços sobre o peito. — Você não avisou. Por que não fez isso? Temos protocolos.

— É complicado. Sydney Archer está envolvida e não temos muito tempo. Ela está em perigo. Se eles chegaram até mim, não demorarão muito para descobrir onde ela está escondida — Nick avisou, quase engasgado com as palavras.

— Sydney? — Gray perguntou, dando um passo à frente, com os braços caindo ao lado do corpo. — Conte o que aconteceu.

Nick fez uma careta ao segurar as costelas, que provavelmente estavam quebradas.

— Fui enviado para arrombar um cofre do Grupo Archer. Terceira vez este ano. Como nas vezes anteriores, uma vez lá dentro, os outros membros da minha equipe tiravam fotos e depois saíamos sem que ninguém soubesse que estivemos lá.

— Você permitiu que Nick roubasse para Stefanos? — Jack falou, direcionando seu comentário para Jane.

Griffin presumiu que John já estava interrogando Stefanos na outra sala e percebeu que Oliver tinha sumido, então provavelmente estava ajudando.

— Os dois últimos conjuntos de projetos que Stefanos enviou a Nick para copiar do Grupo Archer foram vendidos aos rivais da empresa. Projetos que nunca foram colocados em operação. Sim, é uma merda. Mas, em última análise, há um bem maior em jogo. Nick tem nos fornecido nomes de terroristas que contrataram Stefanos para outros trabalhos. Ele tem nos ajudado a eliminar essas ameaças este ano — explicou, em tom casual, como se tudo isso fosse normal.

Carter não pareceu surpreso e Griffin teve que presumir que a CIA empregava táticas semelhantes.

— Mas desta vez foi diferente — Nick disse, com voz rouca. — Desta vez, fui encarregado de roubar as plantas do Projeto Elysium, que reconheci como totalmente operacional. Permitir que Stefanos entregasse esse projeto ao terrorista que as comprou violaria a nossa segurança nacional e arriscaria muitas vidas... — Sua voz sumiu. — Marcus foi assassinado por terroristas. Eu não poderia simplesmente entregar o projeto para um bem maior desta vez e deixar mais pessoas morrerem do jeito que ele morreu.

Griffin perdeu o controle de Savanna enquanto tentava entender o excesso de informações.

— E quanto a Sidney? — Gray pressionou.

Griffin passou as duas mãos pelo cabelo enquanto Nick continuava:

— A outra razão pela qual fugi foi porque não soube até o último

minuto que os três homens que trabalhavam comigo tinham sido encarregados de matar Sydney Archer. Stefanos cronometrou para que chegássemos na mesma hora que ela naquele dia. Ele parecia conhecer seus padrões e sabia que ela sempre ia ao escritório cerca de uma hora antes de abrir.
— Nick negou com a cabeça. — Devíamos sequestrá-la e fazer com que parecesse um acidente.

— E foi então que você matou os homens? — Gray perguntou calmamente.

— Sydney me ajudou, na verdade. Ela é mais durona do que eu, para ser honesto — Nick respondeu, olhando para Savanna mais uma vez.

— Por que não nos alertar? — Mais como "Jane Bond" do que "Jane Doe" aos olhos de Griffin.

— Depois que eliminamos minha equipe, Sydney explicou que tinha ido para a Sicília porque suspeitava que havia uma fonte vazando informações. Ela acreditava que estava perto de descobrir a verdade, e a fonte descobriu. Que foi alguém do Departamento de Defesa ou do escritório dela que ordenou seu assassinato. Assim que confessei que estava trabalhando disfarçado para o MI6, Sydney me pediu para ajudá-la — Nick explicou, rapidamente.

— Por que esconder o projeto que você roubou naquele dia no cofre? — Carter perguntou. — Por que não destruir para evitar o risco de caírem em mãos erradas?

Nick olhou em sua direção.

— Nós destruímos essas cópias. Nunca fui à Grécia depois da Sicília. Aquele cofre era para o MI6 — ele disse, inclinando a cabeça para Jane. — Dentro dele há informações que venho coletando sobre outro suspeito de terrorismo que trabalha com Stefanos. Tudo estava armazenado em um pendrive e escondido naquela caixa em Santorini. — Ele girou seu único olho bom para Jane. — Quando fugi com Sydney, não pude deixar a chave no local designado, então a levei comigo para os Estados Unidos. Escondi a chave onde achei que seria seguro, planejando avisar você sobre isso assim que Sydney estivesse em segurança. — Ele negou com a cabeça. — Achei que fui cuidadoso. Sinto muito, Savanna.

— Uma câmera de campainha e uma batida de carros — Jack explicou. — Foi assim que você foi pego.

— Mas eles teriam vindo atrás de Savanna para chegar até você de qualquer maneira, pelo que parece — Jesse observou.

Savanna se agachou diante de Nick, consciente do vestido que ainda usava.

— Tudo acontece por uma razão. Eu te perdôo.

Claro que perdoaria. Ela era uma santa. Uma santa em carne e osso. Mas talvez tudo tenha acontecido por um motivo.

— Você sabe para quem o Projeto Elysium foi vendido? — Carter perguntou.

Nick balançou a cabeça, negando.

— Um grupo terrorista, isso é tudo que sei. Um terrorista diferente daquele que você está perseguindo — ele lançou para Jane.

— Você tem a chave? — Jane se virou para Carter, mas os olhos dele se estreitaram, como se não estivesse pronto para deixar de lado a missão pelo bem dela.

— Primeiro, você precisa salvar Sydney — Nick respondeu, abrindo o olho para ver Savanna ali. — Ela está fora de Nova Orleans, e quem pediu a Stefanos para matá-la não vai parar até que a encontrem.

Griffin olhou para Gray, que havia tirado o paletó do smoking e estava prestes a tirar a gravata borboleta ao ouvir a menção de que Sydney ainda estava em perigo.

— Por que você foi lá?

— Porque o homem que ela acredita ser o traidor mora fora da cidade e temos monitorado seus movimentos. Fui capturado quando voltava de sua propriedade para onde Sydney e eu estávamos trabalhando — Nick explicou lentamente.

Griffin ainda estava lutando para entender como Nick, o ladrão, era agora Nick, o agente secreto e herói.

— Quem ela acha que é o traidor? — Gray perguntou, apressado.

— O engenheiro-chefe, o arquiteto principal de todos os projetos. Sydney disse que ele teve uma briga com o pai dela no ano passado e queria pedir demissão, mas não pôde por causa de uma cláusula de não concorrência em seu contrato — Nick compartilhou. — Ela acha que é ele quem está atrás dela.

— Então é melhor nos certificarmos de chegar até ela antes dele. — Carter girou um dedo no ar. — Vamos para o jato. — Ele olhou para a agente do MI6. — Eu lhe darei a chave depois de cuidarmos dos nossos negócios.

A mulher olhou para ele por um momento, contemplativa.

— Tudo bem. Nós cuidaremos de Stefanos. Mas, se você não entregar, eu vou localizá-lo, e você sabe disso.

Carter simplesmente piscou, e foi uma das primeiras vezes que isso não pareceu estranho para ele.

A CAÇADA

— Vou com vocês — Nick avisou, lutando para ficar de pé. — Eu coloquei todos vocês nessa bagunça e tenho que resolver isso. Além disso, vocês não conseguirão encontrar o lugar sem mim. Não está no mapa.

— Você fez a coisa certa. Marcus... ele ficaria orgulhoso — Savanna acrescentou com a voz estrangulada, e o coração de Griffin se apertou.

— Sempre serei um criminoso aos olhos de Marcus — Nick sussurrou. — Ele morreu antes de saber que eu mudei, que mudei por ele.

CAPÍTULO 32

— Você está bem? — Griffin perguntou suavemente, o som da porta do quarto do jato de Carter fechando atrás de si. Savanna pediu licença para ir ao quarto para trocar de roupa e recuperar o fôlego por um ou dois segundos. Para processar tudo o que aconteceu esta noite. E o fato de Nick não ser um cara mau. Não mais, pelo menos.

Ela se virou lentamente, ainda segurando a camisa que estava prestes a vestir quando Griffin entrou. Ele ainda estava com a camisa branca e a calça preta, mas havia aberto alguns botões, tirado a gravata borboleta e o paletó. Ainda diabolicamente bonito.

— A porta não estava trancada. E se tivesse sido outra pessoa que tivesse entrado aqui? — a voz dele assumiu aquele tom profundo que ela desejava.

— Então acho que teriam me visto de sutiã. Não vejo qual é o problema — ela disse casualmente, sem saber por que estava brincando com fogo.

O homem rosnando diante dela era o mesmo macho alfa que Savanna encontrou na pista de dança mais cedo. Aquele que perdeu a cabeça ao ver outro homem dançando com ela. Sua possessividade era uma contradição com o que ele havia dito antes de partirem de Santorini, mas a maneira como Griffin a beijou no corredor daquela mansão não foi nada falso. Ele entregou algo diferente naquele beijo acalorado no corredor... *aceitação*.

Aceitação de que ele não poderia lutar contra a atração entre eles, assim como não poderia lutar contra a gravidade.

Savanna colocou a camisa na cama, permitindo que ele a visse vestindo apenas calça jeans e sutiã de renda rosa. Seus mamilos se apertaram contra a renda, implorando pelo toque de Griffin.

— Você adora me irritar, não é? — Ele se afastou da porta e diminuiu o pequeno espaço entre eles. Mergulhando o olhar em seu peito, estendeu a mão e puxou uma taça do sutiã para baixo para espalmar seu seio. O toque de sua mão forte e quente no seio de Savanna alimentou o fogo que ele acendeu e a fez soltar um suspiro trêmulo.

— Não é minha culpa que você me tenha feito fazer isso — ela sussurrou, erguendo o queixo.

— É mesmo? Então eu sou o único que consegue ver esse seu lado? — Ele deslizou a mão livre ao redor de seu quadril e bateu em sua bunda com força suficiente para arrancar um suspiro. Savanna empurrou contra a palma da mão dele, desejando aquela mistura de dor e prazer que só Griffin poderia lhe dar. Esse desejo sempre esteve dentro dela, apenas adormecido até Griffin aparecer e despertá-lo? Seja qual for o motivo, ela não queria voltar para a antiga Savanna.

— Bem, sim, mas porque tive a impressão de que você tinha terminado comigo.

Ele parou a mão que estava acariciando sua bunda como se lembrasse do que havia dito a ela na Grécia.

— Não acho que posso desistir de você, Doçura.

Savanna fechou os olhos e, quando a mão dele deslizou até o zíper da calça jeans, ela encostou a testa no peito dele.

— Você não pode? — perguntou, querendo ter certeza de que não tinha ouvido errado.

Em vez de responder à pergunta dela, ele rapidamente usou as duas mãos para puxar a calcinha e a calça jeans até os tornozelos, e Savanna arfou de surpresa.

Agora de joelhos, ele enterrou os dedos na carne de suas coxas e olhou para ela com aqueles profundos olhos castanhos.

— Uma equipe SEAL foi enviada para ir atrás do terrorista que Stefanos vendeu o Projeto Elysium — Griffin casualmente compartilhou a notícia antes de deslizar a língua ao longo do clitóris dela.

— É? — ela respirou.

— Uhum. — Ele adicionou mais pressão com a língua, e eles estavam realmente fazendo isso?

Claro, por um minuto na propriedade de Stefanos, ela pensou que Griffin poderia tomá-la contra aquela parede. O calor entre eles estava fora de cogitação.

— Acho que temos sorte de Stefanos ter tanto medo daquele terrorista para quem vendeu o projeto que facilmente revelou seu nome em um esforço para se salvar — acrescentou, entre lambidas suaves.

O homem a estava torturando. Conversa de trabalho seguida de lentos movimentos de sua língua talentosa. Por que isso a excitou ainda mais? Griffin era um demônio brincando de gato e rato com ela.

— Conte-me mais — Savanna exigiu, agarrando seus ombros enquanto ele mergulhava dois dedos dentro de suas paredes apertadas, e ela abafou um gemido alto e ofegante.

— Há uma equipe de agentes do FBI vigiando o engenheiro, então se ele tentar fugir antes de salvarmos Sydney, eles o impedirão.

Para dentro. Para fora. Ele moveu os dedos em um ritmo lento enquanto sua língua dançava sobre a pele sensível dela, como se não tivesse acabado de compartilhar algo importante.

— E não podemos enviar pessoas para chegar a Sydney antes disso? — ela perguntou, antes de morder o lábio inferior para não gritar.

Por mais louco que parecesse, Savanna precisava deste momento com Griffin, possivelmente mais do que a promessa de um amanhã. Porque ela sabia em seu coração que ele lhe daria isso também, quando estivesse pronto. Quando ele tivesse lidado com os traumas de seu passado. E Savanna sabia uma ou duas coisas sobre traumas. Então, daria a esse homem tempo para dar um jeito nas coisas, se ele precisasse.

— Nick diz que eles não serão capazes de encontrar o local sem ele, e confia em Sydney para se proteger até chegarmos lá — falou, murmurando contra seu abdômen e pontuando com uma mordida de seus dentes.

— Griffin — Savanna sibilou.

— Não se mova — ordenou, o que era absolutamente impossível, mas a ordem profunda e autoritária deixou seu corpo em chamas. — Boa menina — disse, alguns segundos depois, seguido por: — Você pode gozar agora.

E ela se deixou levar com tanta força que seus dedos dos pés se curvaram e sua mente foi oficialmente desligada.

O que acabou de acontecer?

Griffin beijou lentamente até seus seios, levantando-se ao fazer o caminho, e deu um último e casto beijo em sua testa.

— O que você está fazendo comigo? — Ele sorriu e balançou a cabeça, negando.

— Com você, hein? — Suas pernas estavam tão bambas que ela quase caiu em seus braços ao recuperar o fôlego.

— Juro, você lançou algum tipo de feitiço em mim.

— Ah, foi? — Savanna arqueou uma sobrancelha. — Eu enfeiticei você?

— Isso é um eufemismo.

Ela engoliu em seco e ergueu o queixo.

— Mas a verdadeira resposta é que eu pertenço a você, lembra?

Griffin segurou seu queixo e a puxou para um beijo, mas parou quando alguém bateu na porta.

Pelo menos a batida veio *após* o orgasmo.

— Estão prontos? Nick está esperando para falar com vocês — Jesse chamou através da porta.

— Já vai — ela disse a Jesse, enquanto Griffin afastava o rosto do dela. — Conversaremos depois.

— Depois de Nick?

Ele pegou a camisa dela, que arrumava a calça jeans de volta no lugar.

— Depois que Sydney estiver segura.

Assim que vestiu a camisa, ele abriu a porta e foram até onde Nick estava sentado. Havia uma atadura em volta de sua cabeça e seu olho ainda estava inchado e fechado, mas ele estava sentado e parecia um pouco melhor. Analgésicos e muita água pareciam ter ajudado.

Savanna sentou-se em frente a Nick e Griffin ao seu lado. Ela queria segurar a mão dele, buscar conforto em seu toque, mas, em vez disso, colocou as palmas das mãos nas coxas da calça jeans para tentar conversar com um homem que seu falecido marido nunca foi capaz de perdoar. Olhar para ele era como olhar para Marcus, e não era fácil.

O resto da equipe de Griffin, assim como Jesse, sentou-se perto da cabine, provavelmente para dar espaço a Savanna.

— Como você começou a trabalhar com o MI6? — Griffin perguntou, quando ficou claro que suas palavras ainda estavam presas em algum lugar entre *"isso realmente está acontecendo"* e *"o que diabos está acontecendo?"*.

— Não é desse jeito. — Nick colocou a garrafa de água no banco vazio ao lado dele. — A Interpol me prendeu em 2014 enquanto eu invadia o cofre de uma casa particular para roubar um artefato raro. Eles fizeram um acordo comigo, eu os ajudaria e nada de prisão.

— Ajudá-los como? — Savanna sussurrou, inclinando-se um pouco para frente, seus joelhos quase tocando os de Nick.

— Ir disfarçado? — Griffin perguntou a ele, que assentiu.

— Eles queriam que eu usasse minhas habilidades para me infiltrar em vários empreendimentos criminosos e passar informações. Mas um dos agentes também me disse algo que me impressionou. E eles claramente fizeram o dever de casa comigo antes de fechar o negócio.

— O quê? — a voz de Savanna falhou dessa vez.

— Ele disse que esta poderia ser minha chance de reconquistar a confiança do meu irmão. De fazer a coisa certa. Em 2014, Marcus ainda estava vivo.

O agente sabia que meu irmão tinha sido militar e, de alguma forma, também sabia que havíamos perdido contato ao longo dos anos. Para ser honesto, eu não tinha certeza se poderia fazer a coisa certa. Não confiava em mim mesmo, mas decidi tentar. Decidi que era melhor do que cumprir pena. E, se eu conseguisse, talvez pudesse provar a Marcus que não era um cara tão ruim. Eu realmente queria tentar por ele. — E agora era a voz dele que estava embargada.

O olho bom de Nick se fechou e Savanna estava fazendo o possível para não cobrir a boca e chorar.

— Ele morreu antes que eu tivesse a chance de dizer que estava indo bem. — Nick abriu lentamente os olhos novamente e uma lágrima inesperada escapou. — Desde então, fui emprestado a diversas agências ao redor do mundo. E, no ano passado, para o MI6.

Lágrimas rolaram pelo rosto de Savanna e ela foi incapaz de impedi-las de cair. Ela percebeu que Griffin a observava pelo canto do olho.

— Agora meu disfarce foi descoberto, então não sei se vão me jogar na cadeia, já que não posso mais ser útil para eles. Não que isso importe, eu acho.

— Não vou deixar isso acontecer — Savanna falou, como se pudesse realmente fazer algo sobre isso, mas tentaria. A.J. tinha influência com o presidente, e o pai de Gray era o Secretário de Defesa. Certamente, ela poderia conseguir para ele algum tipo de imunidade, um passe livre da prisão. — Mas de onde veio o dinheiro que você está me enviando? Era você, certo? — ela perguntou quando Nick permaneceu quieto. — Era do seu antigo, uhm, trabalho?

— Não, eu sabia que você nunca iria querer dinheiro sujo. E meu irmão rolaria no túmulo se eu fizesse isso — comentou. — Eles confiscaram tudo que eu tinha quando comecei a trabalhar para os governos. Depois que Marcus morreu, renegociei o acordo. Solicitei que dez mil dólares fossem enviados todos os meses para você, ou não ajudaria mais.

Uau.

— Da Interpol ao MI6 e assim por diante. — Nick assentiu. — É dinheiro limpo. Não se sinta culpada por ter gastado.

— Ela não gastou — Griffin disse a ele.

— O quê? Por que não? — Nick recostou-se na cadeira. — Ah, porque você presumiu... — Ele não precisava terminar essa linha de pensamento. Olhando para ela agora, Nick tinha que saber que ela era como Marcus, e que nunca gastaria dinheiro que acreditava ter vindo de uma fonte ilegal.

— Obrigada por tentar cuidar de mim. — Ela pegou a mão de Nick e a apertou levemente.

— Eu gostaria que Marcus pudesse ter visto que mudei. — Nick continuou segurando a mão dela e a encarando.

Savanna virou-se para olhar pela janela do jato e uma sensação de agitação encheu seu peito.

— Ah, eu acho que ele sabe.

CAPÍTULO 33

Arredores de New Orleans, Louisiana.

— Chegar até ela não será fácil, não quando está esperando um ataque. Mas alguns dias com aquela mulher foi tudo que precisei para saber que ela não cairá sem lutar. — Nick apontou para a tela com a exibição aérea de um dos drones que os homens de Carter subiram sobre a localização de Sydney, oferecendo uma vista dos pântanos abaixo.

Gray acidentalmente esbarrou em Savanna quando se inclinou para mais perto da tela dentro do caminhão de mudança de dezoito rodas que alugaram e se transformou em um centro de comando, onde os homens estavam se preparando para se infiltrar na propriedade para o que agora seria uma missão de resgate.

— São muitas identificações de calor espalhadas por todo o lugar.

— Eles estão procurando por ela — Savanna sussurrou, dando um passo para trás para olhar para Griffin, que estava vestido com equipamento de camuflagem e pintura no rosto. Carter tinha tudo o que precisavam no jato para qualquer tipo de situação, graças a Deus. E Griffin parecia um agente Delta naquele momento. Intimidador. Mortal.

— Sydney escolheu este local de propósito. A casa Cajun é praticamente invisível até que você esteja bem na frente dela. A Mãe Natureza praticamente tomou o exterior dela. E a casa-barco na água com luz por dentro é a diversão. A única maneira de chegar a casa é pela água e depois por hectares de floresta — Nick continuou a explicar.

— Mas de alguma forma eles a encontraram. Bem, eles encontraram a localização dela — Jack disse, colocando o colete, chamando a atenção de Savanna por um breve momento. — Imagino que usaram a tecnologia da Archer para fazer isso, como fizeram para encontrar a cabana do pai de Griffin.

— Isso significa que o informante enviou Joe e sua equipe, ou até mesmo outra equipe da Archer, para assassinar a filha do proprietário? — Era uma situação difícil para Savanna engolir... que veteranos cometeriam assassinato pelo preço certo.

— Meu palpite é que ele contratou um grupo de mercenários para ir atrás dela. Criminosos — Carter respondeu, colocando uma placa no peito por baixo do colete de munição.

— De jeito nenhum Joe é um daqueles homens que estão atrás de Sydney — Griffin declarou, sem hesitação. — Ele nos deixou ir embora e nos deu a pista de Elysium. — Griffin era tão protetor com o colega de equipe de Marcus quanto com Nick. Com sorte, todos sairiam dali no final.

— Nosso informante não se arriscará a designar uma equipe de homens de sua própria empresa para matar Sydney. Tenho que acreditar nisso — Gray acrescentou, concordando com Griffin.

— Isso significa que vocês atirarão para matar esta noite? — Savanna colocou a mão no pescoço, a ideia a deixando desconfortável.

— Você prefere que atiremos neles com balas de borracha? — Carter perguntou, seu foco em carregar sua arma com o pente cheio, mas ela viu uma sugestão de sorriso em seu rosto.

— Esses homens estão caçando Sydney para terminar o trabalho que os homens de Stefanos não conseguiram fazer. Eles têm ordens para matar — Gray explicou, solenemente. — Nós eliminaremos qualquer um que estiver em nosso caminho para chegar até ela.

— Se conseguirmos encontrá-la — Nick disse.

— Espera... você também vai? — Savanna perguntou. — Você não está nas melhores condições, embora seu olho pareça um pouco melhor.

— Ele tem que ir. Nick conhece o melhor caminho para chegar a casa e onde ela pode estar escondida — Carter respondeu, rapidamente.

— Tive algum tempo para me recuperar. Ficarei bem. — A voz de Nick ainda estava rouca, então Savanna não tinha certeza se ele estava dizendo a verdade, mas parecia determinado não apenas a salvar Sydney, mas a continuar provando ser digno de Marcus, mesmo que ele não estivesse ali para ver isso.

E isso fez seu coração inchar.

A equipe de Carter conseguiu um barco de fundo chato para atravessar a água e chegar ao local, o que não era ideal com dez inimigos no solo se movendo em busca de Sydney. *Eram* doze. Dois pararam de se mover não muito tempo atrás, e Nick sugeriu que isso era obra de Sydney. Nick mencionou que ela era hábil com arco e praticava durante os dias que passaram juntos.

— E os crocodilos e cobras por aí? — Savanna odiava levantar esse ponto, mas devia ser outra razão pela qual Sydney escolheu aquele local. Quanto mais obstáculos chegar até ela, melhor.

— É por isso que não vamos nadar — Oliver explicou, subindo a rampa que eles haviam posicionado para entrar e sair pela traseira do caminhão. E Jesse e Beckett o seguiram.

Jesse pediu a Beckett para encontrá-los quando o avião de Carter pousasse em Louisiana. Eles fariam companhia a Savanna enquanto o resto da equipe procurava Sydney. Beckett também tinha uma linha direta pronta para ligar para o FBI quando chegasse a hora de derrubar o homem que enviou esses bandidos atrás dela.

— Estou surpreso que Sydney tenha ficado aqui depois que você não voltou — Jack apontou, assim que Jesse e Beckett se juntaram a eles no caminhão de mudança.

— Não havia outro lugar para ir e ela é teimosa — Nick comentou, aceitando um colete de Griffin. Coletes à prova de balas nem sempre salvam vidas. Marcus estava usando um. — Sydney queria completar sua missão. Confirmar suas suspeitas quanto à identidade do traidor.

Quando sua atenção voltou para Griffin, seu estômago embrulhou. O homem estava prestes a se colocar em perigo novamente, como vinha fazendo desde os dezoito anos. Ele sobreviveu por mais de vinte anos, mas...

Não. Nada de "mas", droga.

— Eu preciso de um pouco de ar. — Savanna contornou todos que estavam lá dentro e escapou rapidamente pela traseira do caminhão e desceu a rampa. Ainda não estava totalmente escuro, mas o céu sombrio da noite tinha uma sensação sinistra que a fez sentir calafrios nos braços.

— Teremos câmeras em nossos coletes, semelhantes às corporais da polícia. — Savanna se virou ao ouvir as palavras de Griffin e viu que ele havia se esgueirado por trás dela. — Você terá uma visão do que está acontecendo. Não é a melhor imagem por causa do horário, mas vamos usá-las para que Jesse e Beckett possam manter os olhos em nós e fornecer informações, se necessário, pelo rádio.

Ele estava quase irreconhecível em seu traje militar. E seu cérebro hipotético começou a funcionar em dobro novamente.

— Marcus não trouxe você para minha vida só para que você se juntasse a ele — ela balbuciou, então piscou algumas vezes ao perceber que Griffin tinha ouvido esse pensamento, porque ela o havia falado.

— Você realmente acha que ele me mandou até você? — Griffin deu um passo à frente e pegou seu braço, segurando-a no lugar como se ela pudesse ser carregada pela suave brisa de outubro que soprava pelo ar.

A CAÇADA

— Acho. — Savanna estendeu a mão para o rosto dele, a tinta encontrando a palma da mão. — Então — ela sussurrou, fazendo o seu melhor para lutar contra o medo —, vá ser o herói que você é. Vá resgatar a garota.

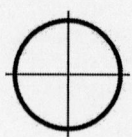

Jesse guiou Savanna em todas as etapas da missão assim que Griffin e seus colegas de equipe saíram, quarenta minutos atrás. Demorou mais do que ela gostaria para eles deslizarem pela água no barco do pântano, mas não foram detectados. E quando chegaram ao local designado para sair, havia apenas nove inimigos. O que significava que Sydney havia matado outro homem sozinha.

— Sydney é realmente durona — ela atestou, desabando na cadeira dobrável ao lado de Jesse. Ele e Beckett tinham três telas de laptop mostrando várias imagens de Griffin e dos outros. Savanna podia ver tudo em tempo real, mas estava cada vez mais difícil enxergar os movimentos deles agora que o sol havia se posto.

Eles também estavam sendo monitorados por dispositivos de rastreamento para que Jesse e Beckett também pudessem fornecer as coordenadas uns dos outros aos homens quando eles se separassem, o que estava acontecendo agora.

Foi difícil para ela ficar sentada deste lado das câmeras. Isso a lembrou de assistir de dentro do quarto do pânico na cabana quando Joe e seus homens estavam esmurrando Griffin.

— Qual deles é Griffin? E Nick? — perguntou a Jesse, nervosa. Ele pegou sua mão e apertou antes de apontar para a única tela onde os faróis rastreadores se iluminavam com pequenos pontos verdes.

— Esse ponto é Griffin. Ele é o número três. E esse é Nick. Número seis. — Jesse olhou para trás, para onde Beckett estava. — Você está lidando bem com tudo isso?

Savanna seguiu o olhar de Jesse para ver o xerife. A.J. havia dito que isso estava fora da alçada de Beckett, mas ele já havia feito parte do departamento de polícia de Los Angeles, então era possível que tivesse participado de operações desse tipo naquela época.

— Só...

— Nervoso? — Jesse terminou para Beckett antes de voltar os olhos para a tela.

— Só estou surpreso que você pareça ser tão bom nisso tudo. Você era um Ranger. Eu não sabia que você fazia esse tipo de coisa no Exército — Beckett comentou, em vez disso, mas sim, o homem devia estar nervoso. Havia mais de uma vida em jogo. Não era apenas Sydney que estava lá, mas Griffin, Nick e os outros.

— Um homem de muitas habilidades. — Jesse piscou para Beckett antes de voltar seu foco para as telas, aproximando-se da mesa encostada na parede.

— Ainda me surpreende que Carter tenha feito tudo isso tão rápido. — Savanna avistou Beckett abrindo as palmas das mãos para o ar antes de voltar sua atenção para o único laptop com pequenos pontos verdes se movendo.

Ela viu quem tinha certeza de ser Griffin pela câmera montada no peito de Gray no segundo laptop. E Nick parecia estar perto dos dois. Carter, Jack e Oliver seguiram o caminho oposto. *Em trios.*

— Talvez você queira nos esclarecer algum dia sobre aquela estranha lacuna de tempo entre quando você deixou o Exército e voltou para casa — Beckett sugeriu, como se precisasse preencher o silêncio enquanto eles rastreavam os movimentos da equipe.

— Não faço ideia do que você está falando — Jesse respondeu, antes de pegar o rádio. — Midas, você tem um possível alvo se aproximando às dez horas. Cem passos de distância. Poderia ser Archer ou um inimigo. Tome cuidado.

Savanna estava mais preocupada que Sydney pudesse atirar neles acidentalmente, mas essa foi outra razão pela qual sugeriram trazer Nick com eles. Ele não usava pintura facial, então seria reconhecido por ela como um amigo.

— Midas é...? — ela perguntou a ele.

— Griffin — Jesse respondeu, antes de enviar outra mensagem quando Carter e seus homens se aproximaram de outro possível alvo, e ele emitiu o aviso à equipe.

— Midas falando. Alvo abatido. Não era Archer — Griffin falou do outro lado da linha.

Agora eram oito.

— Ace falando — alguém que parecia Jack falou. — Alvo abatido.

Sete.

— Acho que tenho a posição de Archer. Estou enviando as coordenadas para você agora — Jesse anunciou, um momento depois, notando que outro alvo havia sido abatido, mas não por ninguém da equipe, o que significava que era obra de Sydney.

— Entendido — alguns dos caras responderam ao mesmo tempo.

— Midas falando. Vou para esse local — Griffin disse, e ela presumiu que ele cuidaria de Sydney, já que Nick estava com ele.

— Está indo bem, certo? — Savanna perguntou, um momento depois, então fechou os olhos, preocupada que pudesse ter azarado a missão. Depois de tudo ter corrido tão bem em Roma, será que teriam tanta sorte novamente esta noite?

— Tudo bem. Tudo vai ficar bem. — Beckett agarrou levemente o ombro dela por trás, e Savanna estendeu a mão e deu um tapinha na dele em agradecimento enquanto abria os olhos.

— Estejam preparados — Jesse começou apressado um momento depois, o que fez o coração de Savanna disparar. — Se ela ainda está nessa área, vocês devem se aproximar dela em breve, mas vocês têm companhia. Dois alvos se aproximando da sua posição entre três e nove horas.

Apesar dos ciprestes entrando e saindo da imagem, a câmera no peito de Gray deu a ela uma visão de Griffin e Nick avançando furtivamente à frente dele. Griffin parecia estar usando óculos de visão noturna e se movia com o rifle posicionado à sua frente.

— Entendido — Gray respondeu um momento depois, bem quando o som de tiros estourou no rádio.

— É Nick, não atire! — ele gritou, mas então mais tiros foram disparados, e Savanna não conseguia ver exatamente o que estava acontecendo.

Foi um borrão e uma onda de movimentos.

Os dois pontos "inimigos" na tela ainda estavam ativos e eles se dirigiam para as três luzes verdes — os mocinhos.

Merda. Savanna pulou da cadeira, seu coração lutando para se libertar enquanto a adrenalina corria através dela.

Ninguém estava falando. Ninguém estava contando a eles o que estava acontecendo e ela mal conseguia ver.

— *Porra! Pro chão!* — alguém gritou... e esse alguém era Griffin.

Jesse se levantou quando mais tiros explodiram no rádio e então duas luzes inimigas pararam de se mover.

Mas... o número três também parou.

— O que está acontecendo? O que aconteceu? — Ela se inclinou para frente e se aproximou da tela para tentar ver através das lentes da câmera de Gray.

— Acho... acho que Griffin levou um maldito tiro por Nick! — Jesse exclamou, e foi então que Savanna viu Gray de pé sobre Griffin enquanto ele estava deitado no chão. — Não no pescoço, droga — acrescentou, destruindo a esperança dela de que o colete tivesse parado a bala.

— Não, não! — ela gritou, revivendo o momento em que Marcus foi morto bem diante de seus olhos, e agora...

A descrença tornou-se como um laço em volta de sua garganta, estrangulando sua respiração. E lágrimas escorreram por seu rosto enquanto ela agarrava seu peito e cambaleava para trás, mas Beckett a segurou antes que caísse e desmaiasse.

CAPÍTULO 34

Savanna bateu os punhos contra o peito coberto pelo colete de Griffin quando o alcançou na estrada perto do caminhão.

— Você! Mas que droga. Você! — ela gritou, ainda batendo nele como uma louca.

— Estou bem — Griffin a lembrou, seu tom suave, mas agarrou seus pulsos e a impediu de bater nele. — Mas meu peito ainda dói, então talvez seja melhor você parar de me bater — sugeriu, entre uma risada, que também soou como se ele estivesse fazendo isso para esconder a dor.

— Ai, merda, me desculpe. — Ela deu um passo para trás e mordeu os lábios, esquecendo que ele não só tinha levado uma bala de raspão no pescoço, onde uma pequena gaze branca estava agora presa, mas também tinha levado uma no colete, o que definitivamente deixaria um hematoma doloroso.

— Está tudo bem, Doçura. — Ele a puxou para um grande abraço de urso, envolvendo-a firmemente em seus braços.

— Você tem que parar de pular na frente das balas por causa das pessoas — ela sussurrou, antes que ele colocasse uma das mãos entre eles e segurasse seu queixo.

— Foi por Nick. O que você queria que eu fizesse? — Estava muito escuro lá fora para ver seu rosto claramente, mas ela percebeu o peso de suas emoções em seu tom. Savanna não precisava ver os olhos dele para saber que também seriam expressivos.

— Você quase morreu. Essa bala poderia ter perfurado sua garganta.

— Ah, foi como fazer a barba. — O sorriso em sua voz quase a fez bater nele novamente.

— Não é engraçado! — Ela tentou se livrar de seus braços, com raiva de Griffin por ter se machucado, droga. Por colocar outra pessoa à frente de si mesmo, como sempre. Mas esse era o tipo de homem que ele era, e ela amava e odiava isso. E isso significava que ele estaria constantemente em risco e agora ela poderia ter um ataque de pânico. — Eu vi você levar um tiro na tela. Eu pensei... achei que tinha te perdido.

— Você viu? — sua voz caiu uma oitava naquele momento quando a compreensão surgiu; ele estava se lembrando de que ela lhe disse que viu Marcus ser morto. E agora, o único homem por quem ela sentiu alguma coisa desde então foi baleado diante de seus olhos. — Sinto muito. — Griffin segurou a parte de trás de sua cabeça e trouxe seu rosto contra seu peito; apesar do colete a prova de balas entre eles, ela ouviu seu coração batendo forte. — Estamos todos bem. Todos. Sidney. Nick. *Todos.*

— E da próxima vez? — Savanna recuou, precisando de um minuto para recuperar o fôlego e acalmar seu coração, que parecia competir batida por batida com o dele.

Griffin soltou o abraço e foi para a sua esquerda, posicionando-se na linha do pequeno raio de luz que refletia a estrada pelas portas abertas do caminhão.

Savanna olhou para Sydney e Gray parados nas proximidades, Sydney com um arco ainda na mão, segurando-o contra a coxa enquanto conversavam. O resto da equipe estava de volta ao caminhão cuidando da "merda pós-missão", como Jesse havia chamado.

— Você sabe o que eu faço no trabalho — a voz de Griffin atraiu seu olhar de volta para ele.

— Eu sei — ela garantiu, suavemente. — E eu adoro isso em você.

— Mas você pode *lidar* com essa parte minha?

Antes que ela tivesse a chance de responder, Sydney e Gray se juntaram a eles.

— Acabei de falar com meu pai — Sydney anunciou, depois de se apresentar rapidamente a Savanna. — O FBI está entrando agora no caso.

— E Joe e sua equipe? — Griffin perguntou, cruzando os braços sobre o peito apenas para estremecer e deixá-los cair novamente, obviamente esquecendo que havia levado um tiro.

— Eu conheço Joe — Sydney disse em voz baixa. — De maneira alguma ele ajudou intencionalmente um criminoso. Mas colocou os interesses da empresa acima dos da nação, o que ainda é problemático. Falarei com ele em breve e cuidarei da situação.

— Não eram veteranos lá esta noite, certo? — Savanna perguntou.

— Definitivamente não. Apenas bandidos comuns — Sydney respondeu, encolhendo os ombros.

Bandidos comuns, hein?

— Vamos embora. A polícia estará aqui em breve para limpar a bagunça que deixamos no pântano — Gray falou.

— O que acontece depois? — Savanna não pôde deixar de perguntar.

Gray olhou para Sydney.

— Ela cuidará da situação no Grupo Archer. E Nick precisa ajudar o MI6 com o cofre na Grécia. — Ele fez uma pausa. — Quanto a nós, partiremos esta noite antes que a polícia perceba que estivemos aqui.

Certo. Carter, o desonrado.

— Griffin também?

Griffin e Gray trocaram um olhar rápido.

— Ele pode acompanhá-la de volta a Birmingham, mas você tem Jesse e Beckett, então nosso trabalho está praticamente concluído.

Trabalho. Gray precisava saber que ela não era apenas "trabalho" de Griffin. Assim como Sydney não era "apenas" alguém de West Point.

— Vamos. — Gray fez sinal para Sydney subir a rampa até a traseira do caminhão no momento em que Nick se juntou a Savanna e Griffin na rua.

— Você não deveria ter se colocado em perigo por minha causa — foi a primeira coisa que Nick disse quando se aproximou deles.

— É o que ele faz — Savanna disse suavemente e focou seu olhar no irmão de Marcus, o choque ainda correndo através dela. — Você vai voltar depois da Grécia? Me visitar? Há algo que eu gostaria de lhe dar.

— Se, uhm, eles me deixarem. Mas se você realmente quer que eu faça isso... — Nick começou — Então sim, vou dar um jeito.

Ela sorriu e deu um passo à frente para envolvê-lo nos braços. Nick demorou a retribuir o abraço e ela não sabia bem como interpretar isso. Foi apenas por causa do macho alfa parado à sua esquerda? Ou Nick acreditava que, se Marcus estivesse vivo hoje, ainda o consideraria indigno?

Depois que soltou Nick, Savanna esperou até que ele voltasse para dentro do caminhão para enfrentar Griffin.

— Você vai me levar para casa?

Griffin se aproximou.

— Acho que Jesse e Beckett já cuidaram disso. — *Não.* Ele estava recuando porque ela hesitou quando ele perguntou se ela poderia lidar com o fato de seu trabalho ser muitas vezes perigoso?

E ela *hesitou?*

Merda.

— Preciso voltar para a Pensilvânia com os outros por enquanto — Griffin respondeu, em um tom sombrio, combinando com sua linguagem corporal em geral.

— Mas você ainda me deve aquela conversa — Savanna o lembrou, odiando as lágrimas surgindo em seus olhos. Foi uma noite emocionante. *Uma semana emocionante, na verdade.*

Griffin deu um passo à frente e gentilmente agarrou o braço dela enquanto abaixava a cabeça para tentar capturar o olhar dela na penumbra.

— Teremos essa conversa. — O foco de Griffin mudou para o caminhão, e ela viu Jesse e Beckett olhando em sua direção, esperando por eles. — Você estará em boas mãos, mas sim, eu juro. Juro pela minha vi...

— Não termine essa frase. — *Não jure pela sua vida.*

Mas a dor no peito lhe dizia que talvez algum tempo separados fosse bom para os dois.

Só não muito tempo. Ou ela poderia perder o controle do "feitiço" sobre seu agente Delta.

CAPÍTULO 35

Birmingham, Alabama. Uma semana depois...

Savanna guardou a última lata em uma prateleira na garagem e parou ao ver o único carro que estava lá dentro. O Mustang vermelho não estava em tão mau estado como os caras a levaram a acreditar depois que Oliver o desmontou durante sua busca. Mas precisaria de reparos, isso era certo.

— Ei, você está bem?

Savanna voltou sua atenção para onde Ella estava na porta da garagem.

— Sim, esse é o último, certo?

Ella espanou as mãos algumas vezes, como se dissesse: "tudo pronto".

Ela ajudou Savanna a guardar todas as decorações de Halloween de sua cafeteria naquela noite, já que o Halloween já havia passado. Savanna também precisava de algo para fazer para se manter ocupada.

Ainda nenhuma ligação de Griffin. E também nenhuma palavra de Nick. E ela estava ficando louca.

O irmão de Ella, A.J., e seus colegas de equipe agora estavam nos Estados Unidos e seguros depois de qualquer missão não oficial em que estiveram fora, o que era um alívio, mas A.J. teve que resolver algumas coisas em Washington antes de poder vir visitá-la. Ele ainda estava em choque com tudo o que aconteceu depois que ele saiu da casa de Jesse. Inferno, Savanna também estava, e ela viveu isso.

— Você está pensando em Griffin ou Nick? — Ella fez sinal para que Savanna se juntasse a ela na casa, e ela finalmente conseguiu se mover. — Ou Marcus?

Era o mês de aniversário de sua morte e, embora já tivessem se passado anos desde que ela o perdeu, agora parecia que foi ontem, quando os homens apareceram usando seus uniformes azuis para lhe dar as más notícias em 2015.

Após a morte dele, Savanna ouviu que o líder da equipe, Luke Scott, aparentemente teve uma espécie de crise de culpa e exigiu que ninguém na equipe se permitisse se apaixonar, e declarou que, daquele dia em diante, não haveria mais viúvas.

— Eles estão todos casados agora. A maioria com filhos — Savanna disse, esquecendo que Ella não estava dentro de sua cabeça para saber o que ela estava pensando. — No fim das contas, todos eles se apaixonaram. Incluindo seu irmão teimoso, A.J.

Ella apertou o botão para fechar a porta da garagem quando ambas estavam dentro da casa, e Savanna parou no corredor para olhar em direção ao hall de entrada onde Jesse havia matado um homem.

Eu deveria me mudar.

O espírito de Marcus parecia ter parado de segui-la e, francamente, ele era o único que ela gostaria que a assombrasse, então ela não precisaria de um estranho que tentasse sequestrá-la para fazer isso.

— Sim, acho que são todos casados — Ella disse, talvez entendendo, enquanto iam para a cozinha e abria a garrafa de vinho que trouxera esta noite.

— Chianti — Savanna comentou, pegando a garrafa, lembrando-se do tempo que passou na Grécia com Griffin e da primeira noite em que fizeram amor.

— Você está bem, querida?

— E se o que tivemos não foi real? — Savanna piscou para afastar as lágrimas e devolveu o Chianti para que Ella pudesse servir. — Nunca acreditei que o amor à primeira vista fosse possível. Talvez o que tínhamos era apenas desejo instantâneo, e nós dois estávamos presos no momento, na adrenalina. E Marcus realmente não o enviou para mim porque Marcus — ela disse, engasgando com um soluço inesperado — está morto. Pessoas mortas não... — Ela deixou de lado suas palavras e caiu no chão, sem ter certeza do que havia acontecido com ela de repente, mas Ella se abaixou junto.

— Foi real — Ella falou, em tom confiante. — Você sabe que foi, e vocês dois terão um tempo para provar isso. Porque o tempo não extinguirá a chama que aquele homem acendeu dentro de você, e posso com certeza ver que ela brilha mais a cada dia, mesmo enquanto estão separados.

Savanna engoliu o nó na garganta.

— Você sempre disse que acreditava que o espírito de Marcus estava com você, mas agora não o sente mais. Acho que ele finalmente seguiu em frente, ou como você quiser chamar, porque sabe que você está bem cuidada — Ella acrescentou, e agora estava ficando emocionada. — Ele pode ter ficado bravo e desapontado com Nick, mas tenho certeza de que gostaria que o irmão ficasse bem, e você o ajudou com isso.

— Esqueça essa minha conversa maluca — Savanna balbuciou, enxugando as lágrimas do rosto, mas elas continuaram vindo.

Sentia falta de Griffin.

Muita.

Savanna passou tantos anos de luto por Marcus que era estranho sentir falta de outro homem. Mas este homem agora controlava seu coração e sua mente.

— Você sabe que não deve mentir para mim — Ella desafiou. — Não é loucura. É real. Você ama Griffin e não há nada de errado com isso. Não me importa se demorou um dia ou dois anos para você se apaixonar por ele. — Ela inclinou o queixo para que Savanna olhasse em seus olhos e visse a verdade ao acrescentar: — O coração não tem noção de tempo. Acredite em mim, eu sei.

— Ah, Ella, me desculpe. Eu sei que você ainda está…

— Não, isso não é sobre mim ou o irmão idiota de Rory — Ella disse rapidamente, seu sotaque sulista ficando mais forte junto com sua raiva por Jesse. — Você é uma mulher forte, Savanna. E… — Ella parou de falar ao ouvir uma batida na porta dos fundos da cozinha.

— Estou interrompendo?

— Jesse? — Ella revirou os olhos ao ver seu inimigo.

— Encontrei alguém lá fora com quem pensei que você gostaria de conversar — Jesse acrescentou, abrindo a porta, sem esperar por um convite.

Savanna ficou de pé e enxugou as lágrimas do rosto ao ver seu cunhado.

— Nick.

Os hematomas de Nick haviam desaparecido bastante e, no geral, ele parecia muito melhor — saudável e até feliz. E agora que ele estava se recuperando, sua semelhança com Marcus era ainda mais impressionante.

— Oi. — Ele lhe deu um sorriso pequeno e nervoso.

— Vou levar Jesse para me ajudar com algo lá fora. — Ella agarrou o bíceps de Jesse, precisando das duas mãos para a tarefa, e arrastou-o porta afora.

— Oi — Savanna finalmente retornou com uma voz igualmente calma. — Você está livre agora? Quero dizer, da sua obrigação com o MI6… — explicou, sentindo suas bochechas esquentarem de vergonha. — Está tudo bem para você estar aqui?

Nick apoiou as costas no balcão, os olhos indo para o vinho que ela ainda não havia bebido.

— Eles me liberaram. Depois que entreguei o pendrive, o MI6 apagou meus registros. Eles disseram que eu mereço um novo começo.

— Um novo começo? Que legal. — Por alguma razão, Savanna estava nervosa. Ela foi para o lado Nick e ofereceu uma das taças de Chianti que Ella acabara de servir, precisando de um gole para aliviar a tensão. — O que você vai fazer?

— Sabe, eu estava pensando em seguir os passos do meu pai e talvez garantir que idiotas como eu não possam invadir merda alguma. — Nick sorriu antes de tomar um gole de vinho.

— Você não é um idiota.

— Eu era. Houve uma razão pela qual Marcus nunca me perdoou.

— Mas ele perdoou — Savanna disse. Soltando a respiração instável, colocou o vinho no balcão. — Venha comigo. — Ela foi até a sala de estar, onde havia guardado a caixa com as coisas de Marcus que pegou no jato de Carter antes de voltar para casa na semana passada.

— O que é isso? — Nick perguntou, se ajoelhando e abrindo a caixa.

Aquilo não seria fácil, mas prometeu a si mesma que conseguiria superar esse momento quando, ou *se*, Nick aparecesse. Savanna pegou a pilha de cartas não enviadas, levantou-se e encarou Nick, mais uma vez impressionada ao ver como ele era parecido com seu falecido marido.

— Aqui.

Nick os aceitou com as sobrancelhas franzidas.

— Ele escreveu para mim? — Um lampejo de emoção surgiu com sua pergunta.

— Bem, ele obviamente não as enviou, mas sim. Ele era um homem teimoso. Mas Marcus me disse que em cada carta que escreveu ele te perdoou. Achei que você poderia querê-las. — Savanna fungou e enxugou as lágrimas.

Quando Nick olhou para ela, seus olhos também estavam lacrimejantes.

— Obrigado — foi tudo o que ele pareceu capaz de dizer.

Savanna voltou para a caixa e tirou a foto que a equipe de Griffin usou para rastrear aquele cofre na Grécia.

— Você pode querer isso também.

— Foi assim que vocês encontraram o cofre, hein? — Ele sorriu como se estivesse impressionado enquanto olhava a foto de sua adolescência. — Como vocês sabiam que deveriam revistar o Mustang?

— Me lembrei da única vez em que nos vimos. — Ela sorriu. — De novo, Marcus era teimoso.

Ele devolveu o sorriso desta vez.

— Sim, bem, aquele homem era protetor com você, e por um bom motivo. Sua teimosia veio de um bom lugar.

— Também quero que você fique com o Mustang. Os caras vasculharam o carro em busca da chave, mas sei que Marcus iria querer que você ficasse com ele. Precisa de reparos agora, mas, por favor, aceite-o.

Nick ficou quieto por um momento.

— Eu farei isso se você prometer não ser teimosa com o dinheiro que lhe enviei. Quero que o use.

— Não, você deveria ficar com ele — declarou, negando veementemente com a cabeça. — Para o seu novo começo. Vai ajudar.

— Tenho bastante guardado. Não se preocupe comigo. — Ele olhou para a mancha de água no teto da cozinha. — Talvez comprar uma casa? Pagar sua cafeteria? Eu me sentiria melhor sabendo que você está bem.

Ela piscou surpresa, tentando compreender a realidade do que ele estava dizendo. Nick estava se oferecendo para apagar seus problemas financeiros. Ela poderia respirar novamente.

Ele ergueu a mão livre.

— Prometo que o dinheiro é limpo.

— Não sei o que dizer.

Ele ergueu as cartas.

— Sou eu quem lhe deve um milhão de agradecimentos. Você não me deve nada.

— Você voltará de vez em quando para visitar? Ligar, pelo menos? — ela perguntou, quando ele se virou, parecendo que estava prestes a ir embora.

Mas ele não foi e girou para encará-la.

— Se você acha que está tudo bem, eu gostaria disso.

— Eu também. — Ela sorriu, sentindo um pequeno pedaço de seu coração voltar ao lugar ao sentir que Marcus e Nick realmente fizeram as pazes de alguma forma.

— Ah, e Savanna?

— Sim? — ela sussurrou, esfregando as mãos para cima e para baixo nos braços, calafrios percorrendo sua pele.

— Está tudo bem em ser feliz novamente. Você sabe que é isso que Marcus iria querer, certo?

O estômago de Savanna deu um nó com suas palavras e ela assentiu levemente.

— Eu sei. — Ela engoliu em seco. — Acho que quero isso também.

CAPÍTULO 36

Em algum lugar da Pensilvânia. Uma semana depois...
— Falcon Falls — Griffin sugeriu, encolhendo os ombros. — Que tal? Não é como se fôssemos aparecer na lista telefônica, mas...

— Listas telefônicas ainda existem? — Oliver o interrompeu, acariciando Dallas sentado ao lado dele no sofá da sede.

— Acho que sim. — Griffin honestamente não sabia.

— Falcon Falls Segurança. — Gray se afastou da tela em sua mesa para olhar para todos. — Eu voto sim.

— Por que esse nome? — Carter perguntou depois de chamar seu cachorro para si. Dallas obedientemente saltou do sofá e correu pela sala para chegar ao seu dono.

— Todas as cachoeiras lá fora, então "falls". E eu vi um falcão a caminho esta manhã, logo, "falcon". Não sei. Isso surgiu na minha cabeça.

— Falcões representam liberdade e sucesso, certo? — Oliver falou.

— Não tenho ideia. — Jack riu e olhou para Griffin. — Mas o garoto da mitologia aqui deve saber.

— Garoto da mitologia, hein? — Griffin inclinou a cabeça e posicionou os braços sobre o peito, perguntando-se se Jack queria ir à academia para um pequeno treinamento de combate corpo a corpo. A "disputa" entre eles havia desaparecido, mas eles continuavam com os golpes amigáveis aqui e ali. E ele pode ter preferido assim. Mantinha as coisas interessantes.

Jack também parecia estar se esforçando para distrair Griffin desde que deixaram Savanna em Nova Orleans. Eles estavam treinando juntos e até tomaram umas bebidas no bar algumas vezes.

— Eu voto sim — o novo companheiro de equipe acrescentou. — Falcon Falls. — Jesse colocou as palmas das mãos na mesa à sua frente. Ele estava limpando seus rifles; um trabalho pesado para um cara novo.

Depois de apenas quatro dias com a equipe, Griffin não ficou tão surpreso que Carter tivesse trazido Jesse. Embora ele se sentisse mal por

Savanna ficar sem um amigo no Alabama, especialmente um que sempre ficou de olho nela.

Em algum momento, provavelmente deveríamos contar a Jesse que conhecemos a irmã dele.

— Todos a favor? — Gray perguntou e foi imediatamente respondido com um coro de "sim". — Então está resolvido.

— Vá fazer os cartões de visita, então — Jack brincou, se juntando a Jesse. Ele passou um braço por cima do seu ombro. — Tem certeza de que quer ficar conosco em vez de Ella? Pelo que ouvi...

— Não há nada entre nós — Jesse sibilou um pouco mais desafiadoramente do que Griffin teria esperado, e Jack sentiu o golpe e afastou o braço.

— Ah. Você é um fujão. Bem, se atirar em pessoas ajuda você a dormir melhor à noite enquanto abandona uma mulher tão bonita quanto ela, que assim seja. — Jack saiu do caminho como se esperasse um soco no queixo a qualquer minuto, mas Jesse não reagiu.

Além dos músculos cerrados da mandíbula, ele mal se encolheu diante da pobre tentativa de piada de Jack desta vez. Griffin tinha certeza de que tinha lido bem Jesse. O homem estava fugindo de Ella, mas não conseguia entender por quê.

Griffin estava bem ciente do motivo pelo qual ainda não havia retornado para a "conversa" que devia a Savanna, mas não tinha planos de fugir dela. Era apenas uma questão de "quando" ele iria caçá-la e tomá-la nos braços. Só precisava colocar a cabeça no lugar e ter certeza de que poderia realmente ser o homem que ela merecia; para que isso acontecesse, havia algo que Griffin precisava fazer primeiro. Mas seria preciso muito para ele engolir o orgulho e realmente fazer isso.

Ela vale a pena. Meu Deus, ela vale muito a pena.

Griffin estava longe de Savanna há mais tempo do que estiveram juntos e, ainda assim, de alguma forma, seus sentimentos por ela ficaram mais fortes durante o tempo que passaram separados.

— Alguém mais acha catártico riscar alguma coisa de uma lista? — Jack perguntou, caminhando até o quadro branco na parede, obviamente tentando mudar o mau humor que causou ao novato com a menção de Ella.

— O que você está fazendo? — Oliver indagou, negando com a cabeça. — Você está realmente listando todos os bandidos que derrubamos na última missão só para poder riscá-los?

— Óbvio — Jack respondeu, em um tom bem-humorado. — Todos, desde o engenheiro até o comprador terrorista.

— Bandidos comuns? — Oliver leu uma das linhas enquanto Jack a escrevia e riu.

— Foi assim que Sydney chamou os idiotas que a caçaram no pântano — Jack justificou, casualmente. Griffin ficou aliviado porque o nome de Joe não precisava estar nessa lista. O de Nick também não, aliás. — Nada mal para nossa primeira missão juntos.

— Sim, mas você não acha que o toque de uma mulher cairia bem?

Gray ficou imóvel ao ouvir a voz suave flutuando no grande espaço, e Griffin se virou para encontrar Sydney Archer na entrada do túnel.

— Como diabos você nos encontrou?

Sydney usava uma calça jeans preta com um rasgo no joelho, combinada com um moletom cinza do Exército e tênis pretos. Seu cabelo estava preso em um rabo de cavalo alto que balançava de um lado para o outro enquanto entrava na sala como se fosse dona do lugar.

Dallas começou a latir, mas Carter ordenou que ele se afastasse.

— Não é um local ruim o que você tem aqui — Sydney comentou, ignorando a pergunta de *"como ela os encontrou"* enquanto olhava ao redor do espaço. — Uma vibe meio Batman, mas vai funcionar.

Jesse largou o rifle que estava segurando e Griffin caminhou ao lado dele para testemunhar o que estava prestes a acontecer com Gray atravessando a sala para chegar até ela primeiro.

— Eu larguei meu emprego — revelou, para surpresa de Griffin. — De qualquer forma, meu coração nunca esteve lá, então estou procurando trabalho. Acontece que sou uma das melhores rastreadoras do planeta e minhas habilidades têm sido pouco utilizadas há anos. — Ela estava tão calma e casual. Confiante e teimosa.

— É, ela vai se encaixar perfeitamente — Griffin disse, com um aceno firme.

— Adicione sua inteligência, com o suprimento infinito de dinheiro de Carter, e poderemos realmente instalar um daqueles símbolos do Batman para brilhar no ar quando formos necessários, só que o nosso será um falcão — Jack brincou.

— Você quer mesmo desistir do seu emprego e trabalhar na segurança privada? — Gray agora a encarava, com as mãos nos quadris. *Isto deveria ser interessante.*

— Eu vi o que todos vocês fizeram. Quero fazer parte disso. E, vamos lá, é mais do que trabalho de segurança — ela respondeu, em um tom um pouco mais gentil desta vez.

— O que aconteceu com Joe e seus homens? — Oliver perguntou, quando Gray e Sydney pareciam estar em uma competição para ver quem piscaria primeiro.

— Eles não foram presos porque, pelo que sabemos, realmente acreditavam que estavam atrás de uma ameaça. E, após o incidente com Griffin, Joe começou a fazer perguntas sobre a missão. Tenho certeza de que ele teria sido o próximo alvo por causa disso e pelo que ele sabia, se não tivéssemos lidado com isso naquele momento. — Sydney parou por um segundo. — Mas ainda assim ele perdeu o emprego e a autorização de segurança por colocar a empresa acima da segurança nacional. — Sydney voltou sua atenção para Oliver. — Acho que o pai de Gray ficou feliz em varrer tudo isso para debaixo do tapete, já que a crise foi evitada e o Elysium não acabou nas mãos erradas.

— Graças a você — Gray respondeu de imediato, claramente impressionado com esta mulher.

— Dizem que você e Carter estão no comando aqui, então, o que você me diz? — ela perguntou, olhando entre os dois homens.

Gray olhou para Carter, que assentiu com a cabeça afirmando que sim.

— Ok, então — Gray disse, expirando. — Você está dentro. Ainda usa o mesmo codinome?

Sydney sorriu.

— Com certeza.

— Qual é? — Griffin perguntou.

— Julieta.

Jack começou a rir enquanto voltava a escrever merdas no quadro.

— Bem, isso deve ser divertido. Romeu e Julieta — ele disse, com uma risada.

— Bem-vinda à equipe — Griffin a cumprimentou.

A referência de Romeu e Julieta o fez perceber que já era hora de ele virar homem e ir atrás de Savanna. Chega de esperar até que sua cabeça estivesse no lugar ou as estrelas alinhadas ou qualquer outra besteira que Griffin dizia a si mesmo. Se ele queria um "felizes para sempre", então era melhor ir em frente.

Griffin olhou para Carter e anunciou:

— Estou tirando férias.

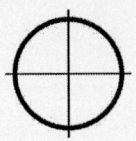

Lexington, Kentucky. Um dia depois...

A pulsação de Griffin acelerava a cada passo que dava na varanda da frente da grande casa sulista que ficava majestosamente em vários hectares de propriedade. Havia cavalos no pasto e colinas verdes ao longe. A casa de sua mãe era como o cenário de um filme. *Uma imagem perfeita,* ela disse a ele por telefone depois de se mudar para lá com seu novo marido, anos atrás.

Agora que ele estava lá pela primeira vez, teria que concordar. E Savanna adoraria.

Griffin enxugou as mãos suadas nas coxas enquanto estava diante das portas duplas de sua casa, tentando encontrar coragem para enfrentá-la depois de todas as festividades perdidas e eventos familiares aos quais ela implorou que ele comparecesse ao longo dos anos.

Evocou uma imagem de Savanna em sua mente, encontrando forças para continuar com esta conversa por ela. Por eles. E então tocou a campainha.

A porta se abriu um minuto depois e sua mãe deu um passo para trás, surpresa.

— Você não verificou suas câmeras de segurança primeiro? — Ele balançou levemente a cabeça. — Eu não te ensinei nada?

Sua mãe diminuiu a distância entre eles e jogou os braços sobre os ombros dele, assustando-o com um abraço. Um que ele não sabia que sentia tanta falta.

— O que você está fazendo aqui? — ela perguntou, depois de finalmente soltá-lo com mais um aperto.

Ele inclinou a cabeça em direção ao balanço da varanda.

— Podemos conversar lá fora?

Ela olhou para trás como se procurasse o marido, depois assentiu e fechou a porta, saindo com ele para a grande varanda que envolvia a casa.

Sua mãe fez sinal para que ele se sentasse no balanço da varanda e depois sentou ao lado dele. Ganhando algum tempo para reunir forças para falar, Griffin colocou o balanço em movimento usando as botas.

— Eu conheci alguém — finalmente confessou. — Ela é teimosa, inteligente e atrevida. Tão linda que às vezes dói olhar para ela. Mas ela é um pouco como...

— Eu — sua mãe terminou por ele, sua voz tensa com o que ele só poderia interpretar como dor.

Griffin olhou para ela e assentiu.

— Também adora seus livros.

— Claramente inteligente, então. — Ela ergueu a mão e foi então que ele avistou sua aliança de casamento. Foi um soco no estômago, mas já se passaram anos e ele precisava se controlar.

Concentre-se na... bem, na missão. Para encontrar um caminho a seguir para que pudesse estar com Savanna e não sobrecarregá-la com suas próprias merdas que ela não merecia. Se ela ainda o quisesse, claro.

— Desculpe, piada de mau gosto. — Ela olhou para as colinas ao longe. — Você está com medo de que ela seja como eu, do jeito que machuquei seu pai — afirmou, suavemente.

Ele tirou um momento para olhar verdadeiramente para sua mãe enquanto o foco dela estava em outro lugar. Seu cabelo preto estava preso em um coque solto no topo da cabeça, e ele notou o lápis saindo dele. Tão típico dela. Sua pele não estava tão desgastada como seria de esperar de uma mulher de sessenta anos que adorava atividades ao ar livre, mas ela tinha rugas de expressão ao redor da boca e dos olhos. Sua mãe estava feliz, e isso dizia alguma coisa.

Quando o fitou, seus olhos escuros refletiam os dele, Griffin engoliu em seco. A expressão em seu rosto era suave e compreensiva, em vez de arrependimento como ele esperava.

— Eu sempre amarei seu pai. Sempre — começou, pegando a mão de Griffin, que surpreendentemente deu a ela. — Mas meu coração de alguma forma se dividiu em dois, e acho que sempre amei Tony, mesmo antes de conhecer seu pai, mas o momento nunca foi certo para nós. E então seu pai e eu ficamos juntos por tanto tempo e tivemos você... — Ela negou com a cabeça. — Não há desculpa pela traição. Eu deveria ter deixado seu pai antes que algo acontecesse com Tony.

— Você não desejou nunca...

— Não consigo explicar os caminhos do coração — ela interrompeu, como se soubesse aonde ele queria chegar com sua pergunta. — Mas eu sabia que não poderia continuar casada com seu pai se metade do meu coração pertencesse a outra pessoa. E sei que isso não é justo, nem a resposta que você procura, mas não quero que passe a vida sozinho por minha causa. Porque você está preocupado que um dia o coração da sua mulher também se divida por outra pessoa.

— Já está dividido por outra pessoa — ele se viu resmungando. — Mas ele morreu.

Sua mãe apertou sua mão com mais força, e por que ele se sentiu com dezesseis anos novamente naquela garagem socando as paredes enquanto a dor inundava seu ser? Por que ele se sentia tão fora de controle de suas emoções agora?

— Savanna é a mulher mais misericordiosa que já conheci — acrescentou, contornando aquele nó na garganta. — Ela merece alguém que possa confiar nela. Alguém que possa, uhm, perdoar os outros também. — Ele quase engasgou com as palavras desta vez, a emoção apertando seu peito. — A única maneira de ser digno dela é poder... perdoar você.

— Você pode fazer isso? — Sua mãe chorou, lágrimas escorrendo pelo rosto enquanto segurava a mão dele com força.

Griffin fechou os olhos e ficou impressionado com a ideia ridícula de que ali estava ele, um homem de trinta e nove anos, um veterano de guerra, alguém que se colocou em perigo para salvar outras pessoas, mesmo agora como agente especial... e ele estava chorando na varanda da casa de sua mãe.

— Eu quero. Realmente quero fazer isso.

— Você deve realmente se importar com esta mulher para estar aqui, então — ela sussurrou, fungando.

Griffin forçou os olhos a abrirem para olhar para sua mãe.

— Sim.

Ela enxugou as lágrimas com a mão livre e ergueu as palmas entrelaçadas no ar.

— Então que tal começarmos com o jantar e continuarmos daí?

CAPÍTULO 37

Birmingham, Alabama. Três dias depois...
Griffin olhou para o Jeep preto na garagem de Savanna.
Era do Shep?
Cheguei tarde demais?

Seu corpo ficou tenso enquanto ele ficava preso na calçada, olhando para a porta da frente. Ele deveria ter ligado. Não deveria ter esperado dezoito malditos dias para aparecer.

O foco de Griffin voltou-se para a abertura da porta e Shep apareceu, segurando um pote transparente com o que parecia ser comida. Coisas assadas, talvez.

— Griffin — Shep chamou, afastando-se quando Savanna apareceu.

Savanna ficou ao lado de Shep na varanda da frente de sua casa, imóvel, e olhou para ele. Griffin precisou de todo o seu controle para não correr até ela.

Shep virou-se para ela e eles trocaram uma palavra rápida. Griffin não tinha certeza do que ele havia dito, mas ela lentamente voltou para sua casa e fechou a porta.

Seu coração poderia ter murchado e morrido em seu peito ao vê-la se afastando por ordem de Shep. Griffin disse a si mesmo para respirar e organizar seus pensamentos. Não assumir nada ou imediatamente brigar com Shep e cair no soco com ele por Savanna.

Ela tinha feito sua escolha?

— Espere — Shep pediu, como se estivesse preocupado com a possibilidade de Griffin ir embora.

Griffin não iria a lugar nenhum, mas ainda não poderia enfrentar o bombeiro. Primeiro, precisava controlar suas emoções.

— Não é o que você pensa. Eu disse a ela que queria conversar contigo antes de vocês dois conversarem.

Com isso, Griffin olhou para Shep enquanto colocava o pote no banco do passageiro de seu Jeep antes de caminhar até onde Griffin estava parado no final da garagem.

— Esses cupcakes são para a estação. Ela está assando muito enquanto espera você finalmente aparecer — Shep revelou, em um tom baixo, ou para que Savanna não ouvisse ou para deixar Griffin saber que ele era um idiota por esperar tanto tempo.

Esperando por mim? Então, ela esperou. Ele passou a mão pelo cabelo enquanto Shep fechava o espaço entre os dois.

— Não vou mentir. Se eu estivesse no seu lugar, não gostaria que *eu* fosse amigo dela.

Sim, não era isso que ele queria ouvir quando estava tentando resolver seus problemas e ser um homem mais forte e confiante para Savanna.

— Sei que ela lhe contou o que aconteceu quando estávamos bêbados um tempo atrás. Ou, bem, você adivinhou, devo dizer. — Shep cruzou os braços sobre o peito largo, ficando na mesma altura de Griffin. — Então, entendo por que você não quer que sejamos amigos. Eu sentiria o mesmo. E por um segundo, quando a vi com você naquele hangar, semanas atrás, fiquei com um pouco de ciúme. Não vou mentir sobre isso.

— Aonde você quer chegar com isso? — Griffin perguntou, fazendo o possível para não rosnar para o homem.

— Eu nunca serei bom o suficiente para aquela mulher. Não sou do tipo que se estabelece e tem filhos. — Shep manteve as palmas das mãos abertas, as chaves ainda em uma das mãos. — Eu nem quero filhos, e ela quer muito. Eu a magoaria, e então A.J. e Jesse iriam para a prisão por assassinato, e bem, nenhum de nós quer isso, não é?

— Eu também mataria você — ele se viu admitindo, tentando esquecer o fato de que este homem teve Savanna em seus braços... e muito mais.

— Achei que você faria isso. — Shep baixou as palmas das mãos. — Mas também, nunca a vi olhar para ninguém do jeito que te olha. Eu meio que quero bater em você por fazê-la esperar tanto tempo, mas, se seus motivos foram honrosos para essa espera, então vou ficar de boa. Sabe, pelo bem de Savanna. Ela odeia usar ervilhas congeladas para tratar olhos roxos.

Griffin repetiu mentalmente as palavras de Shep, esperando ter ouvido direito.

— Você pode confiar nela, cara. Eu juro. Ela nunca... — Ele ofereceu sua mão livre. — Você tem minha palavra de que nunca ultrapassaria os limites. Eu a quero feliz, e se isso é com você, então tudo bem.

Griffin olhou para a oferta de paz e finalmente aceitou sua mão.

— Mas se você a machucar, eu te mato. — Então acrescentou: — E se você morrer por causa dela, então vou arrastar você até o mundo dos vivos e te matar de novo.

Griffin estava nervoso com a ideia de enfrentar Savanna, mas, de alguma forma, esse encontro com Shep o relaxou surpreendentemente. Talvez fosse disso que ele precisava para ajudá-lo a fazer as pazes com o passado. Se pudesse confiar que Shep seria honrado, então havia esperança de que ele seguisse em frente.

— Entendido — Griffin respondeu, com um aceno de cabeça, seu estômago revirando novamente quando voltou a olhar para a porta da frente, encontrando-a aberta com Savanna lá.

— Vejo você por aí — Shep se despediu, antes de acenar para Savanna e se dirigir para seu Jeep.

Griffin caminhou lentamente até os degraus da frente, com o coração batendo furiosamente.

— Você veio — ela sussurrou, com lágrimas nos olhos.

Ele parou no último degrau, mantendo algum espaço entre eles.

— Sinto muito por ter demorado tanto. Eu queria ter certeza de que estava... bem, que eu poderia ser o homem que você merece.

— E você é? — Savanna fungou.

— Espero que sim. Talvez eu precise de um pouco mais de conserto. Sabe, minha cabeça está enfiada em um buraco na terra há muito tempo, mas por você, Savanna, farei qualquer coisa. — Ele se lembrou das palavras dela sobre Marcus na Grécia. — Eu vou lutar. Lutarei para estar com você até meu último suspiro.

Savanna deu um passo à frente e, incapaz de se conter, ele a puxou para seus braços, apoiando o queixo no topo de sua cabeça.

— Você ainda me quer? — ele perguntou, sua voz um pouco crua de emoção. Ainda havia o problema potencial de seu trabalho. — Meu trabalho... — ele a lembrou.

— Sem dúvida — respondeu, se afastando para encontrar os olhos dele. — Sei que essa coisa entre nós aconteceu rápido, mas talvez pudéssemos sair ou...

— Eu adoraria cozinhar com você. — Griffin sorriu.

— Entre. — Ela recuou e estendeu a mão, e ele a seguiu para dentro de casa, odiando que ela ainda morasse em um lugar onde um homem havia sido morto.

— Quero lhe contar uma coisa — ele falou, assim que chegaram no corredor.

— O que é? — Ela focou seus lindos olhos castanhos nele e tocou sua bochecha, e ele fez o possível para não pegá-la nos braços e beijá-la.

— Veja, eu conheci essa mulher e ela tem o maior coração do mundo. Ela é a pessoa mais misericordiosa que já conheci. — Sua voz falhou um pouco. — E pensei que talvez pudesse ser como ela. — Ele fechou os olhos. — Então, visitei minha mãe e dei o primeiro passo para ser o homem que ela precisa. E perdoei minha mãe.

A outra mão de Savanna encontrou sua bochecha, e ela segurou seu rosto, o que o fez abrir os olhos.

— Griffin — ela sussurrou, suavemente. — Estou orgulhosa de você.

— Tenho algo para você — ele disse, depois de engolir em seco.

Griffin deu um passo para trás e enfiou a mão no bolso.

— Meu passaporte? — Ela olhou surpresa.

— Você esqueceu e eu...

Savanna arqueou uma sobrancelha curiosa antes de olhar para ele.

— Pensei que talvez pudéssemos preenchê-lo juntos? — sugeriu.

Seus lábios se esticaram no sorriso mais lindo que ele já tinha visto em sua vida antes de ela dizer:

— Eu te amo. — Seus olhos ficaram lacrimejantes e ela acrescentou: — Sei que isso me faz parecer louca.

— Então eu também estou louco — ele admitiu com voz rouca, antes de puxá-la para seus braços e finalmente beijá-la.

Quando ele a levantou do chão, ela envolveu as pernas na cintura dele e Griffin a levou até a parede para se apoiar. Com uma das mãos na bunda e a outra na parede por cima do ombro, ela se manteve nos braços dele e ele interrompeu o beijo para dizer aquelas "palavras malucas" pela primeira vez na vida para alguém que não fosse seus pais.

— Eu te amo.

As unhas curtas de Savanna cravaram em suas costas enquanto ela o beijava novamente com ainda mais intensidade, e então ele levou os lábios até sua orelha.

— Me diga, Doçura, você se tocou todos os dias em que estive longe? — murmurou, e ela empurrou a pélvis contra ele.

— Há um limite para o que uma garota pode fazer — Savanna respondeu, enquanto ele pressionava seu pau contra ela. — E você?

A CAÇADA

Ele gentilmente beliscou o lóbulo da orelha dela.

— Não, eu queria esperar que fosse com você. — Griffin levou os lábios de volta à boca dela, roçando-os nos dela.

— Ah, sério? Bem então. Acho que fui uma garota má por não esperar.

— Muito má — ele murmurou, sombriamente.

— Uhm... — Ela se inclinou para trás para olhar nos olhos dele. — Acho que é melhor você me punir.

EPÍLOGO

Toscana, Itália. Um mês depois...

— Ainda não acredito que você armou isso. — Savanna aceitou a taça de Chianti de Griffin, com os olhos voltados para os vinhedos ao longe de sua vila. Ela estava nua sob seu roupão curto de seda vermelha, depois de horas de amor que começaram no momento em que entraram no local.

Tecnicamente, começou antes disso, enquanto Griffin dirigia o pequeno carro esporte preto pelas estradas sinuosas até sua vila. Ele deslizou a palma da mão por baixo do vestido e gentilmente roçou seu sexo por cima da calcinha de cetim.

— Este lugar é tudo e muito mais. — Ela alongou as costas, o corpo dolorido por causa do ato sexual. Um bom tipo de dor. Mas, depois de duas semanas sentindo falta desse homem enquanto ele trabalhava em outra missão, eles tiveram tempo para compensar, e a viagem foi uma surpresa inesperada.

A.J. e sua esposa, Ana, tinham ido jantar quando Griffin apareceu mais cedo do que ela esperava depois de sua missão na Costa Rica, e ele a cumprimentou com um beijo e duas passagens de avião.

Ela ficou aliviada por A.J. e Griffin se darem tão bem e por A.J. não ter sentido a necessidade de confrontá-lo do jeito que fez com Shep.

E agora estamos na Itália. Um novo carimbo no passaporte numa viagem com o homem que amava.

Griffin passou os braços em volta dela por trás enquanto estavam na varanda e admiravam a vista do sol poente.

— Tudo o que falta é uma máquina de escrever — ele disse em seu ouvido, seu hálito quente provocando arrepios em seus braços sob o roupão.

— Eu tenho você. Não preciso de mais nada. — Savanna se inclinou para colocar a taça de vinho na mesa, e ele não a soltou quando ela se virou em seus braços e colocou as mãos sobre seus ombros.

— Não? — Ele arqueou uma sobrancelha. — Tem certeza? — Griffin colocou uma das mãos entre seus corpos e soltou o nó do roupão, permitindo que o tecido se abrisse. Fazia apenas quinze graus ali fora, então seus mamilos estavam tensos no ar fresco, mas a maneira acalorada com que ele olhou nos olhos dela, embora tivessem acabado de fazer amor, começou a aquecê-la novamente.

— E se alguém nos vir? — Savanna ergueu as sobrancelhas de brincadeira para cima e para baixo para provocá-lo. Embora não tenha passado muito tempo desde que começaram a namorar, Griffin manteve sua promessa de se concentrar em seus problemas de confiança, embora ainda rosnasse quando outros homens olhavam para ela. E Savanna não queria que ele mudasse nesse departamento. Gostava de seu macho alfa robusto rosnando daquele jeito.

— Verdade. Alguém pode estar vagando por aquele vinhedo — Griffin disse, falando sério, depois puxou-a de volta para dentro com um movimento rápido e fechou a porta.

— Esqueci meu vinho lá fora — ela brincou.

— Ora, quer que eu despeje em seu corpo e o lamba de você? — Mas ele a colocou deitada de costas no tapete no chão de madeira um instante depois, todos os pensamentos sobre o vinho esquecidos.

Seus braços fortes e musculosos sustentavam seu peso sobre ela enquanto olhava em seus olhos. Ela enfiou um dedo no cós da cueca preta de Griffin, a única coisa que ele usava, enquanto mordia o lábio. Então a atenção dela desviou-se para a tatuagem no ombro dele. As penas protegiam um homem de armadura segurando uma espada, e Griffin lhe dissera há algumas semanas que o homem de armadura representava todos os seus companheiros de armas.

— Faça amor comigo — sussurrou, pronta para ele novamente.

O roupão estava aberto sobre seu corpo nu, e ele mudou de posição para reposicionar a boca sobre o seio de Savanna. Passou a língua sobre seu mamilo, e ela enterrou os dedos nos músculos definidos das costas enquanto ele movia o peso para o antebraço de um lado para trabalhar a outra mão entre as pernas até seu centro encharcado.

— Nunca vou me cansar disso — ela ofegou, quando ele a tocou forte e profundamente.

Todas as coisas eróticas e travessas que já tinham feito no quarto desde que se conheceram pareciam de alguma forma a ponta do iceberg com este homem, e eles tinham muito mais para explorar. E tinham tempo para fazer isso também. Graças a Deus.

Seu corpo aqueceu, e seus mamilos endureceram quando ele enterrou seu pau profundamente dentro dela em um impulso forte, e suas costas saíram do chão.

Savanna adorava todas as maneiras de como faziam amor, mas Griffin por cima, olhando em seus olhos, sempre fazia seu coração apertar. A conexão era tão profunda... Tão real.

Eu sou realmente tão sortuda e abençoada por encontrar o amor novamente?

Savanna se entregou ao orgasmo, incapaz de combatê-lo, nem mesmo alguns minutos depois. E então Griffin gozou, derramando-se dentro dela. Ele desabou ao seu lado e uniu as mãos, e eles olharam para o teto por alguns minutos antes de Griffin quebrar o silêncio.

— Eu posso ter comprado algo para você... que está faltando alguma coisa.

— O que você quer dizer? — Ela virou a cabeça para o lado para olhar para ele.

— Eu, uhm, enviei algo para cá antes de chegarmos. — Ele a limpou, usando o roupão, e então se levantou lentamente. — Já volto — avisou, com um sorriso, antes de sair nu do ambiente.

Ela pegou o roupão, mas agora estava pegajoso, então não podia usá-lo. *Ficaria nua. Ele não vai se importar.*

Mas ela quase caiu de bunda quando Griffin entrou na sala com uma máquina de escrever antiga nas mãos. Já havia um pedaço de papel inserido.

— Onde você conseguiu isso? E por quê?

Sem dizer nada, ele a colocou sobre a mesa perto das portas que davam para a varanda, e quando a encarou, seu nervosismo pareceu voltar.

— É da minha mãe. Ela escreveu seu primeiro livro nessa máquina há trinta anos — revelou. — Ela queria que você ficasse com isso, caso você quisesse... ter o seu próprio, uhm, momento Hemingway.

Savanna colocou a mão sobre a boca enquanto lágrimas enchiam seus olhos.

— Você herdou o romantismo de sua mãe, quer queira admitir ou não — murmurou, depois de conseguir tirar a mão da boca e libertar as palavras.

— Há algo no papel, se você quiser dar uma olhada.

Savanna olhou para ele com um pouco de suspeita, depois caminhou até ao seu lado e se abaixou para pegar o papel. Digitado na página estava: "*Você será meu prólogo?*".

— Griffin? — Ela segurou o papel contra o corpo enquanto o encarava, tentando entender o significado das palavras.

— *Te casarías conmigo?* Quer se casar comigo, Doçura? — perguntou, sua voz rouca de emoção.

— Você... você aprendeu isso em espanhol para me pedir em casamento?

Ele sorriu.

— Já sou fluente. Estava esperando o momento certo para te contar.

O papel escorregou de suas mãos enquanto ela olhava para ele com os lábios entreabertos até que ela finalmente somou dois mais dois no que ele estava tentando dizer a ela.

— Nossos filhos podem ser...

Ele assentiu e seu lindo sorriso se estendeu. Olhos cheios de lágrimas. Os dela também.

— *Sí.* — Savanna ergueu brevemente os olhos para o teto, como se sentisse sua *abuela* ali. — Sim. Sim, quero me casar com você — declarou, chorando e se jogou nele.

— *Te quiero* — ele disse em seu ouvido. — Eu te amo — acrescentou, antes de beijá-la, deslizando a língua dentro de sua boca.

— Não posso acreditar que você escondeu isso de mim — Savanna acrescentou, quando suas bocas estavam livres, mas o choque ainda não tinha passado.

— A vida é melhor com surpresas. — Griffin piscou e a puxou de volta para ele. — E, Doçura, você foi a melhor surpresa da vida para mim.

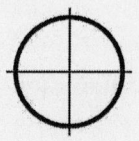

Walkins Glen, Alabama. Véspera de Natal...

— Você pediu a ele para cantar isso? — Savanna olhou para o irmão de Ella, A.J., cantando a música do Maroon 5, *Sugar*, em que chamavam a amada de "doçura", com dois de seus irmãos. Eles estavam no deck da casa dos pais, em seu amplo rancho.

— Claro — Ella respondeu, com uma risada.

A voz de A.J. tinha que ser um presente de Deus, como a de seu pai. E seus irmãos também não eram tão ruins. É claro que o mal-humorado Beckett não se juntou a eles, mas sua filha estava no palco dançando com todo o coração.

A família Hawkins sabia dar uma festa, isso era certo. Savanna tinha certeza de que toda a cidade havia sido convidada. A.J. e seus nove colegas de equipe estavam ali com suas famílias, assim como os pais de Savanna e de Griffin. O lugar estava cheio de atividade e muitos beijos e danças.

Antes de a festa começar, A.J. e seus companheiros, junto com Griffin e seus colegas, fizeram um brinde... um para o passado, para Marcus... e um para o futuro, para Savanna e Griffin. E embora Griffin conhecesse os colegas de equipe de Marcus antes desta noite, parecia que eles realmente o acolheram e o aceitaram na família, da qual nunca abandonaram Savanna em todos aqueles anos.

Foi um brinde muito emocionante para todos eles também, especialmente quando A.J. tocou *Mr. Red White and Blue*, de Coffey Anderson enquanto estavam ao redor de uma fogueira e erguiam seus copos.

Savanna ficou emocionada, mas Griffin segurou sua mão e a ajudou a superar. Ele era sua rocha agora. A razão pela qual Marcus achou que não havia problema em dizer adeus. Em seguir adiante.

— Ele sabe que eu disse a você que ele me chama de Doçura. — Savanna colocou o cabelo atrás das orelhas quando avistou seu noivo a cerca de seis metros de distância enquanto conversava com Jesse e Jack.

Griffin ergueu a cerveja na direção dela e lhe deu um sorriso conhecedor, que ela fez o possível para retribuir com um olhar atrevido.

— Sim, ele sabe — Ella disse. — Mas quem se importa, um cara tem que saber que não existem segredos entre melhores amigas.

— Pode haver alguns segredos entre alguns amigos. — Savanna voltou sua atenção para Jesse enquanto ele parecia estar bebendo um pouco mais do que o normal depois de seu "olá" um pouco estranho com Ella, não muito tempo atrás, depois que ele chegou. Era a primeira vez que se viam desde que ele foi trabalhar com a equipe de Griffin, mal avisando Ella que estava indo embora. — Acho que Jesse está escondendo algo de nós. — Savanna olhou para Ella, que estava vestida com um lindo vestido vermelho, semelhante ao que ela havia desenhado para Savanna.

— Bem, depois do que descobrimos sobre Rory, acho que os segredos são de família — Ella comentou. — Rory parou de correr quando encontrou a pessoa certa. — Ela apontou o queixo para o marido de Rory, que trabalhava na equipe de A.J. — É seguro dizer que não sou essa pessoa para Jesse.

Savanna balançou a cabeça.

— O problema não é você. É ele.

— Não sei. — Ela tomou um gole de seu coquetel de vodca vermelha e verde. — Eu realmente deveria começar a namorar de verdade.

— Eu sabia que aqueles outros encontros que você teve em outubro eram uma besteira. — E Ella parou de ir a eles quando Jesse saiu da cidade.

— Tentar deixá-lo com ciúmes para que ele parasse de encarar o próprio umbigo não funcionou.

— Você realmente vai seguir em frente desta vez? — Savanna seguiu seu olhar, os olhos postos em Nick, que a surpreendeu ao aceitar o convite para se juntar a ela e Griffin no Natal. Ele estava conversando com Gray e sua irmã perto de uma das mesas de comida.

— Nick me convidou para sair — Ella deixou escapar, e Savanna engasgou com o gole que havia tomado de sua própria bebida.

— Ah. — O que ela iria dizer sobre isso?

— Eu disse não — Ella disse, imediatamente. — Ele é um homem do mundo. Não alguém que queira permanecer em um único lugar, e é hora de levar a sério e encontrar alguém que ame não apenas minha casa, mas também a mim.

— Merda, me desculpe. — Savanna mal conseguia acreditar que não era mais uma personagem secundária na história de amor de outra pessoa. Ela vinha observando casais se apaixonarem há anos, presumindo que seria impossível para ela fazer o mesmo, e agora estava planejando um casamento na primavera. Savanna se beliscava quase todos os dias. — Mas isso vai acontecer. — *Apenas talvez não com Jesse.* E isso partiu seu coração romântico.

— Não sei. — Ella suspirou.

— Quero dizer, suponho que Jesse não tenha ido embora de vez. Ou pelo menos não parece ter feito isso. Estou fazendo com que isso funcione com Griffin, mesmo que o trabalho dele não esteja aqui.

Savanna e Griffin estavam construindo uma casa em Walkins Glen, mas ela iria para Birmingham por causa da cafeteria. E agora que poderia contratar ajuda quando Griffin precisasse estar na Pensilvânia entre suas missões, e poderia ficar lá com ele também.

Antes que Ella tivesse a chance de rejeitar o comentário de Savanna, que ela presumia que viria, Griffin começou a acenar para elas. As mulheres atravessaram a festa para chegar onde os homens estavam, então Ella surpreendeu Savanna ao parar na frente de Jack e oferecer sua mão.

Quanto Ella bebeu? Porque, caramba!

Não apenas um nome que começa com J, mas o novo colega de trabalho de Jesse.

É, isso deve correr bem.

— Quer dançar? — Ella perguntou a Jack, que voltou sua atenção para Jesse em busca de permissão, e o olhar furioso que Jesse enviou de volta fez Jack balançar a cabeça.

— Desculpe, eu tenho que, uhm, ir ao banheiro. — Jack encolheu os ombros e saiu correndo dali.

Homem inteligente.

— Eu vou dançar com você — Jesse deixou escapar, e seus expressivos olhos azuis ficaram sombrios enquanto suas sobrancelhas se curvavam como se alguém tivesse sequestrado sua voz. — Vamos. — Ele pegou a bebida de Ella e entregou para Griffin sem esperar pela resposta dela.

— Bem, isso foi...

— Confuso — Savanna interrompeu Griffin, depois que Ella hesitantemente pegou a mão de Jesse e caminhou em direção onde seu irmão e os outros ainda estavam cantando. Desta vez uma música nova.

Griffin descartou a bebida de Ella e a sua própria na lata de lixo próxima, e então jogou a de Savanna em seguida.

— Eu gostaria de dançar com minha futura esposa.

— Ah, você gostaria? — Ela sorriu quando Griffin a tomou nos braços, parecendo incrivelmente bonito em sua calça jeans escura, botas de cowboy e camisa preta de botão. *E ele é todo meu.*

— Eu gostaria. — Griffin a puxou para seus braços, sem se preocupar em sair daquele lugar. — E então eu gostaria de desembrulhar você mais tarde como um presente de Natal antecipado — ele disse em seu ouvido, e seu corpo se contraiu de expectativa pelo "mais tarde".

Savanna apoiou a cabeça no ombro de Griffin enquanto ele a segurava, e eles simplesmente se moveram de um lado para o outro. Ela estava tão feliz, mas então seu coração saltou do peito com a visão diante dela.

— Querido — ela disse, se afastando para bater em seu peito com entusiasmo algumas vezes.

— O quê? — Griffin virou-se para o lado para ver o que ela estava olhando.

— Seu pai. Ele está... totalmente caidinho pela Liz. — Savanna observou o pai de Griffin pegar um pequeno guardanapo vermelho e dar um tapinha na bochecha de Liz como se estivesse ajudando a remover um farelo ou algo assim. — Acho que ele está flertando. Olhe para ele.

— Liz é solteira? E quão jovem ela é? Ela parece jovem. — Griffin passou um braço em volta de Savanna enquanto observavam seu pai sorrir com o que quer que Liz tivesse dito.

— Ela tem sessenta anos e é dona da padaria da cidade. A razão pela qual não quis abrir minha cafeteria aqui e nos tornar concorrentes. — Savanna sorriu com a visão. Talvez depois de todos esses anos, o pai de Griffin também pudesse encontrar seu segundo amor, e Liz, uma viúva como Savanna, também pudesse aproveitar essa segunda chance.

— Faz muito tempo que não vejo meu pai sorrir assim — Griffin declarou, tossindo com o punho fechado, como se suas emoções o estivessem sufocando. Um homem tão forte, mas odiava mostrar seu lado sensível. Porém, ele estava melhorando nisso, o que ela apreciava. Ainda um macho alfa no quarto, e ela preferia desse jeito. Droga, ela sempre preferiria desse jeito.

— Sabe o que eu acho? — Ela se reposicionou na frente dele e colocou os braços sobre seus ombros, entrelaçando os pulsos atrás do pescoço de Griffin.

— O quê, Doçura?

— Este vai ser o melhor Natal de todos.

— E por que isso? — ele perguntou. Ah, Griffin sabia muito bem o que ela iria dizer, mas queria ouvir.

— Porque eu tenho você — Savanna justificou, aproximando sua boca da dele.

— Parte de mim pensa que o próximo Natal será melhor — ele falou antes de beijá-la suavemente e depois roçar o lábio dela entre os dentes.

— Por quê? — ela repetiu a pergunta quando ele soltou seu lábio, e seu corpo doeu com a necessidade do toque de Griffin, mas havia muitas pessoas ali.

Ele inclinou a cabeça e levou a mão ao abdômen dela.

— Porque, se eu conseguir, você estará grávida até lá. E você estar grávida no Natal só pode ser superado por...

— Ter nosso filho conosco no ano seguinte — ela concluiu por ele.

E Deus, ela amava esse homem e quantas vezes eles estavam sempre na mesma página.

INFORMAÇÕES DO CROSSOVER DE FALCON FALLS

A série *Falcon Falls Segurança* é um spin-off da série *Stealth Ops* (*Echo Team*, livros 6 a 10). Há também menção sobre Emilia, personagem da minha série *Dublin Nights*.

Adoro cruzar os mundos dos meus livros. Abaixo estão informações sobre onde você encontrará alguns desses outros personagens — bem como onde mais você pode ter conhecido os personagens de *Falcon Falls Segurança*.

Gray Chandler estava em *Chasing the Knight* e no epílogo de *Chasing the Storm*. Jack London também apareceu em *Chasing the Knight*, que é estrelado pela irmã de Gray, Natasha.

Em *Chasing Daylight*, conhecemos pela primeira vez a galera do Alabama (Jesse, Beckett, etc). Esse é o livro de A.J. Também vemos a tensão entre Ella e Jesse neste livro, e essa tensão continua em *Chasing Fortune*, que é o livro da irmã de Jesse (Rory).

A.J. é "visitado" por Marcus em seu livro *Chasing Daylight*. Marcus é mencionado em vários livros da série *Stealth Ops*.

Carter Dominick estava em *Chasing Fortune* e *Chasing the Storm*.

Oliver e Griffin também estiveram brevemente em *Chasing the Storm*. Mas, neste último, Griffin é referido apenas como "o atirador do sul".

Emilia — a bilionária italiana — estrela o livro *The Final Hour*. Mas você pode encontrá-la em três dos livros de *Dublin Nights*: *The Real Deal*, *The Inside Man* e *The Final Hour*.

The GiftBox
EDITORA

A The Gift Box é uma editora brasileira, com publicações de autores nacionais e estrangeiros, que surgiu no mercado em janeiro de 2018. Nossos livros estão sempre entre os mais vendidos da Amazon e já receberam diversos destaques em blogs literários e na própria Amazon.

Somos uma empresa jovem, cheia de energia e paixão pela literatura de romance e queremos incentivar cada vez mais a leitura e o crescimento de nossos autores e parceiros.

Acompanhe a The Gift Box nas redes sociais para ficar por dentro de todas as novidades.

🏠 www.thegiftboxbr.com

f /thegiftboxbr.com

📷 @thegiftboxbr

🐦 @GiftBoxEditora